I0727398

Blago cara Radovana

Blago cara Radovana

knjiga o sudbini

Jovan Dučić

Globland Books

Car Radovan je car careva, vladar sudbine, gospodar svemira. On nosi zlatnu sekiru na ramenu, jaše konja koji je beo i visok kao brdo pod snegom, i na ruci drži buljinu sa ognjenim očima kako bi mogao noću videti pred sobom. O njemu govore u mojoj zemlji samo ljudi koji su poludeli. Ali su zatim u njega poverovali i svi mudraci. Car Radovan ima krunu od hartije i po plaštu ludačke praporce. Ima noge i ruke zelene kao trava, jer živi na kopnu i vodi. Niko ne pamti njegovo poreklo, ni ime njegove porodice, niti zna za njegove prijatelje i neprijatelje. On prolazi kroz nebeski prostor kao crni oblak pun grmljavine, i po vodama kao brod koji gori. Niko ne zna njegove bitke ni trijumfe, jer njegova moć nije nad vojskama, ni njegova slava u bojnim podvizima. On carstvuje u miru svoje veličine i sunča se na suncu svoje snage i lepote. On se krije od svakog, a ipak svako ima njegovu sliku u očima i njegov glas u ušima. Gde su njegove palate i njegovi vrtovi? I gde su njegove bele žene, i njegovi brzi konji, i njegova svilena stada, i njegovi ljuti psi za stadima? Čuvaju li njegova vrata ljudi ili zmajevi? Samo ludaci, čiji je on jedini car i gospodar, samodržac i pokrovitelj, znaju puteve koji vode u njegovo carstvo, i znaju gde su mostovi preko kojih se prelazi u njegove pokrajine pune sjaja i pune muzike. Jer je ljudski um ograničen na ono što je video i čuo, a ludilo je jedino bezgranično slobodno od svih ledenih zakona svesti i saznanja. Sloboda, to je ludilo; i samo ludaci su slobodni.

Car Radovan je car ludaka koji su uvek dobri. On zato pliva u ljudskoj krvi samo kad je otrovana, i prebiva u njihovom umu tek kad je već pomrčao, i zato su ga samo oni koji su izgubili sve puteve našli na svojim tamnim bespućima. Njega poznaju samo ludaci koji više nikog drugog ne prepoznaju; i s njim govore samo oni čije reči više niko ne razume; i za njim vape jedino oni koji su se već odrekli svega zemaljskog i ljudskog. Svi ljudi imaju istovetne sreće i nesreće otkad su postali, a samo ludaci imaju svaki svoju sopstvenu sreću. Samo oni nisu jednaki samom sebi, nego se obnavljaju uvek novi. Svi ljudi vide stvari skoro podjednako, a samo ludaci imaju svoja lična mišljenja. Velika mudrost se nalazi na dnu mračnog ponora; i samo su najluđi ljudi govorili najdublje reči.

Car Radovan nije postojao drugde nego u očima koje su izgubile svoj pogled. Samo ludaci govore o blagu tog cara, i zato kopaju noću i na pripeci, probijaju led i buše studenu Zemljinu koru. Svu su zemlju bezbroj puta ispremetali. Po samotnim vinogradima, zaboravljenim crkvinama, po dvorcima porušenim i punim trnja, svud su kopali, bušili, obarali, prevrtali. Bezbrojne vojske ludih kopale su s kraja do nakraj po mojoj zemlji. Svuda su prošle te crne čete izgubljenih za život, bivši ljudi koji su se odrekli svakog dodira s nama. Oni od pamtiveka traže blago cara Radovana; kopaju železom i kamenom, i granjem, i noktima, i zubima; kopaju dok ne popadaju mrtvi! Čitava pokolenja poludelih ljudi tražila su blago carevo, zakopano negde neizmerno duboko, ko zna gde, u našim poljima. Dopirali su često do u samu utrobu Zemlje, bušeći bez sna i odmora; ali je to blago tonulo sve dublje, i mamilo sve svirepije. Tako će trajati dokle bude sunca i meseca.

I uvek će kopati, a nikad dvojica zajedno. Jer je carev naslednik samo onaj koji bude najdublje kopao, i koji umre kopajući, i koji ne bi kazao i kada bi najzad njegov ašov odista udario u crna vrata podzemne palate u kojoj je blago cara Radovana, cara svih careva, i vladara svih sudbina. Uvek kopati, dok drugi ne dođe da kopa! Jer samo drugi smetaju da nađemo sreću gde hoćemo. Ludaci to znaju bolje od mudrih. Ali znaju to i mudri.

Nisu samo ludaci koji kopaju za blagom cara Radovana. Svi ljudi znaju da ima u životu još uvek jedno zakopano blago za svakog od njih. Svi ljudi kopaju: svi ljudi od akcije, od poleta, od sile, od vere u život i u cilj, i od vere u neverovatno i u nemogućno. Jedni kopaju u polju i u šumi; drugi u ideji, u idealu, u himeri; treći u intrigi i u zločinu. Svi traže i vape za carem tog večnog nespokojstva i večnog traganja. Svet bi nestao da nema tog cara, i oslepeo bi da ne sija u pomrčini njegovo naslućeno blago, i očajavao bi da nema njegove manije i opsesije. Jer svaki čovek nešto traži; svako je upro svoj pogled bezumlja i sebičnosti u neko mesto gde misli da stoji zakopano blago cara Radovana. Nema nikog ko ne veruje da nema još nešto njegovo koje treba pronaći. I svako veruje da svoje blago treba krišom tražiti, krišom i od najbližih i od najmilijih. Svi su ludaci. Svi su ljudi omađijani i otrovani. Jer careve palate su visoke do iznad Sunca danju, i do iznad zvezda u mraku kada sedam Vlašića prolaze mirno sve granice nemira i očajanja. Svi su ljudi ludaci.

Carevo blago je otrov ovog sveta. O njemu sanjaju Pesnici, koji žive u večnom nespokojstvu da objasne božanstvo kroz njegova dela, i da ga posvedoče svojim sopstvenim stvaranjem.

O njemu sanjaju i Heroji, jer misle kako samo oni treba da sebe bace u oganj pa da sutradan bude dobro svima, i da zatim svi ljudi nađu svoje blago.

O njemu sanjaju i Proroci, koji, u svom ludilu, proriču uvek neku novu sreću i novu obećanu zemlju.

I najzad, o njemu sanjaju Kraljevi, što hoće da vladaju silom ljubavi ili silom mržnje.

O njemu je sanjao Mojsije kad je išao za ognjenim stubom, i Cezar kad je prešao Rubikon, i Kolumbo kad je svoje jedro poverio vetru koji ga je vodio u zemlju o kojoj nije znao ni šta je ni gde je. To blago carevo traži i zvezdar koji gleda maglu na zvezdama; i botaničar koji traži svu tajnu plođenja u srcu jednog cvetića; i sveštenik koji vraća veru u okorelo srce nevernih. Svi ljudi traže jer su svi ludi! Krv sviju je otrovao car koji prolazi nebom kao oblak pun grmljavine, i morem kao brod koji plamti u požaru.

Car ludaka, ali i car sviju ljudi od akcije i ideala! Car onih koji u ludilu srca ili u ludilu mozga veruju u neverovatno i ostvaruju nemogućno! Car Radovan je car careva, silniji nego heroj Agamemnon, bogatiji nego Mida, dublji nego prorok Jezekilj, i mudriji nego car Solomon. Sve oči ovog sveta uprte su u njega.

O SREĆI

1.

Svaka je filozofija tužna. Ako govorite duže o sreći, vi ćete se naposletku osećati pomalo nesrećnim. Nema nijedne velike istine čovekove o kojoj se sme do kraja misliti bez opasnosti za svoju misao: ni o religiji, ni o ljubavi, ni o smrti. Sve što je duboko, izgleda na dnu tamno i neveselo; i ni u jedan se ponor ne daje dugo gledati bez vrtoglavice i užasa. Koliko više razmišljate o životu, sve se više otvaraju njegove zasede i prokazuju njegova bespuća. Zato ako mnogo govorite o nesrećama u životu, najzad više ne vidite život nego nesreće. Odista, čovek živi celog veka u nebrojenim opasnostima, ali ipak se događa da veliki broj ljudi proživi ceo život ne dočekavši nikakve naročite nesreće. Čak mnogim ljudima proteče život kao lepa reka Aretuza, koja je najpre imala svoj izvor na Peloponezu, a zatim nesmetano pronela svoje slatke vode kroz celo more do Sicilije, da isto tako slatka izbije onamo iz novog izvora. Užasi života postanu jednim delom naše sudbine samo ako se u njih naročito udubljujemo. Ima blaženog sveta koji ne veruje u zlo, a ima i drugih ljudi koji nisu nikad verovali ni u nesreću; međutim, ni jedni ni drugi nisu time izgubili više nego oni koji su sva zla premerili i sve nesreće prebrojali. Naprotiv, mnoge nesreće ne bismo možda ni izbegli da smo na njih dugo mislili, kao što je slučaj da čovek dobije baš onu bolest na koju najviše misli. Mnogi se ljudi tuže da im prođe ceo vek tražeći životu njegov smisao, koji, ako uopšte postoji, i nije drugde nego u samom traženju. Ko smisao života nije tražio, taj nije živeo; ali ko ga je tražio, taj nikad nije bio dovoljno srećan.

Sreća, dakle, nije ideja nego iluzija, pošto sreća nije stvar razuma, nego stvar uobraženja. Zato čovek veruje da je srećan i kad nije srećan. Ali i nesreća je tako isto utopija kao i sreća, jer na stotinu nesreća ima izvesno polovinu izmišljenih i uobraženih. Zato se može govoriti samo o tom šta može biti predmet sreće ili nesreće, ali se ne daje govoriti o tom ko je srećan a ko nesrećan. Ko misli da je srećan, on je odista srećan. Nemoguće bi nekom bilo dokazivati da nije srećan samo formulama ili doktrinama o sreći. Međutim, izmišljena sreća ili uobražena nesreća, to su ipak potpune stvarnosti: jer mogu trajati celog života, i jer je svaki čovek uveren u ono što oseća i kad nije uveren u ono što misli.

Najmanje su srećni oni ljudi koji bi imali sve razloge da budu srećni. Ima ljudi koji su gospodari zlatnih rudnika, a ne osećaju se srećnim; a ima ljudi koji se ne osećaju nesrećnim ni posle kakvog slučaja koji bi drugi smatrali katastrofom ljudskog života. Znači da je sreća jedna stvar mišljenja, i da sama za sebe ništa ne predstavlja. Sreća, to je ipak samo jedna fikcija. A ako sreća postoji, onda je ona samo u željama, jer je želja pokret i akcija, znači jedini život i jedina prava radost. Neosporno, ima i ljudi koji ne umeju biti srećni ni sa ma kakvim vrlinama, ili ma kolikim bogatstvom. Ima i ljudi rođenih za nesreću, kao što su drugi rođeni za muziku. Treba imati nekakav talenat za sreću, kao što treba imati dušu da se bude istinski nesrećan. Mali ljudi mogu biti srećni, ali mali ljudi ne umeju biti nesrećni.

Bogatstvo nije glavni uslov za sreću, ma koliko izgledalo da jeste. Na lepim srebrnim monetama Fokeje i Mitilene, stajali su reljefi boginje Afrodite i pesnikinje Sapfo, kao da je time rečeno da iznad sreće u bogatstvu stoji nenadmašna sreća u ljubavi i lepoti. Ali lepota i ljubav, to su sreće koje nisu dovoljne bednom čoveku, jer je on uplašen i prestravljen životom otkad je počeo da hodi po suncu.

Zato je uvek i mislio da je zlato jedini izvor sigurnosti za njegov život. Izvor sigurnosti, ali ne i sreće. U prirodi je čoveka da kad misli, on misli samo upoređujući, i ne postoji misao drukčije nego prema analogiji. A materijalno bogatstvo je baš nešto što se najlakše upoređuje s drugim bogatstvima, ali i koje u tim poređenjima samo gubi. Zato materijalno bogatstvo ne može nikad biti punom srećom. Samo sreća usamljena, nedeljiva, neuporediva, i sreća koja stoji po strani svih drugih čovekovih blagodeti, to je sreća svih sreća, središni nerv naše ljubavi za život, prava čovekova iluzija o sudbini. Takva nedeljiva sreća jesu genije, hrabrost, čast. Nedeljiva i neuporediva sreća jeste samo slava.

Sve su velike sreće slučajne, i nema čoveka koji je izmislio jednu sreću. Nije tačno rečeno da je svaki čovek kovač svoje sreće; tačno je, naprotiv, da je čovek uvek sâm kovač svoje nesreće. Jer od hiljadu nesreća ima samo jedna koja nas snalazi od Boga, a to je smrt, iako smrt nije nesreća, ili bar ne najveća. Sve druge bede su delo čovekovo, čak i sama njegova bolest. Zato ako su sreće slučajne, nesreće nisu slučajne. Za svaku našu nesreću kriva je ili naša lakoumnost, ili naša gordeljivost, ili naša glupost, ili naš porok. I za fizičke bolesti su krive samo naše duhovne bolesti, nezdrave i poročne misli. Za nesreće novčane kriva je ili naša lakoumnost ili naša senzualnost. Čak i čovek koji je pregažen na ulici može najpre da krivi sebe a tek onda da krivi drugog. Zato čovek kroz ceo život čini sebi samom više zla nego dobra. Što uspemo svojom pameću, pokvarimo svojom ćudi; a što uspemo svojom dobrotom, upropastimo svojim porocima; i najzad, što postignemo svojom mudrošću, izgubimo svojim temperamentom. Jer ima nešto jače i presudnije od svih naših sila, a to su naše slabosti. I antički svet je znao za neprijateljstvo čoveka prema sebi samom. Lukrecije, veliki pesnik, govori na jednom mestu o neredima u duši čoveka, kojih nabraja pet: oholost, razvrat, razdražljivost, raskoš, lenost. Odista, sva mudrost čovekova treba da služi samo tome da sâm sebi ne pravi zlo. Treba se čuvati više sebe nego svih svojih zlotvora. Čovek koji za svoje nesreće krivi drugog, već time pokazuje da je ili malouman ili krivouman; čak i rđav. Nauka o tom kako treba misliti, logika, i nauka kako treba biti dobar, moral, i nisu stvarno ništa drugo nego učenje kako da čovek sâm sebi ne iskiva nesreće i ne stvara neprijatelje.

2.

Oduvek su ljudi smatrali da su sreće, velike i nesrazmerne čoveku, božanskog porekla, a da su i velike nesreće samo kazne Proviđenja. Jedino su male sreće smatrane za delo čovekovo, a i male nesreće su smatrane samo čovekovim sopstvenim pogreškama. Jer u dnu svakog velikog slučaja leži jedno čudo, a nijedno pravo čudo nije čovek umeo da pripiše samom sebi. Ni nesreća ne ide na svakog čoveka, kao što bolest ne ide na svaku krv. Zatim, mada je vrlo malo ljudi istinski srećnih, isto je tako malo ljudi koji se smatraju istinski nesrećnim. Izgledalo bi kao da se ceo život i ne sastoji jedino od sreća i nesreća, nego kao da po sredini ima još jedno naročito stanje koje čoveka podiže iznad svih sreća i iznad svih nesreća. Jer je nesumnjivo: nema nijedne velike sreće bez jedne velike obmane.

Orijentalci idu za sudbinom, a zapadnjaci za idealom. Ali je svaki čovek, bez razlike, uveren da ne može izbeći svojoj sudbini, bilo da nju pripisuje samo slučaju, kao fataliste, ili volji božjoj, kao ljudi koji veruju u Proviđenje. Svaki čovek može da uvidi kako treba da se odrekne hiljadu malih sreća pa da dođe do jedne velike sreće. Kao da je srce čovekovo stvoreno za jedan veliki udarac; jer, neosporno, ima samo jedna velika sreća u životu. Svaki čovek može naći jedan jedini svoj dan kada je odista osetio najvišu sreću koju čovek ikad može doživeti. Za velike duhove i za velike duše nema sreće bez veličine; ali nema ni veličine bez svog sopstvenog dela. Svaka sreća bez našeg dela, to je samo veliko čudo, i to božje a ne čovekovo. Je li ikad bilo silnijeg krika obične ljudske sreće nego krik Ksenofontovih vojnika: „More! More!" Ali naročito je li bilo potpunijeg usklika jedne više sreće nego uzvik Kolumbovih mornara: „Zemlja! Zemlja!"

Zlato i talenat ne mogu se smatrati srećama u čovekovom životu; jer je zlato često bilo povod za nesreće mnogih bogataša, za izvor mnogih njihovih zločina; a i čoveku je njegov talenat često učinio isto toliko zla koliko i dobra. Čak je bilo nekoliko velikih talenata u istoriji koji su bili prava nesreća za čovečanstvo. Svakako, čovek nosi sve svoje u sebi, što je bila još i rimska ideja. Katon je ostavio ponosnim stoicima ovu sjajnu i gordu izreku: „Ono što nemaš, zajmi samom sebi."

Čovek i ne zna šta je prava sreća ni prava nesreća. Svako o sreći ima različito mišljenje, prema dobima života, prema svojoj kulturi, ili prema svom staležu; a nesreće su opet toliko neizbrojne da nijedan čovek nije u stanju da ih zamisli sve ujedno. Čovek zna samo za dubinu i gorčinu nesreće koju je sâm preboleo, ali niko ne zna nesreće ni bolesti koje drugi podnose. Darvin je govorio da čovek ne bi imao nijedan dan zadovoljstva kad bi znao šta je smrt, toliko bi ideja smrti bila poražavajući užas za ljudsku pamet i srce. Moglo bi se reći i da čovek ne bi imao nijedan dan sreće kad bi znao za sve nesreće kakve postoje oko njega i od kojih pate drugi ljudi. Za mene je najveća slika nesreće jedan čovek istovremeno star, bolestan i siromašan. Starost i bolest i sirotinja, ujedinjene, to su neosporno najveća i konačna katastrofa jedne ljudske sudbine.

Niko ne bi mogao klasifikovati sve nesreće. Ima zdravih ljudi koji su nesrećni zbog bolesti svojih bližnjih; a ima zatim ljudi odista večno ubogih i večno zapostavljenih, i ljudi koji slabo ili nikako ne ostvare u životu ono što hoće. Ima i ogroman broj sveta koji celog života radi samo za druge, bilo za tuđince ili za svoje, i to radi više nego što ima snage i zdravlja. Postoje i večito bolesni, i večito proganjani.

Postoje, najzad, i žrtve svojih sopstvenih poroka: preterane ambicije, ogorčene sujete, krvoločne zavisti, bezumne ljubomore, odvratne ćudi, i naravi svakom dosadne. Dve ovakve nesreće u životu jednog čoveka, to je već čitav pakao na zemlji. Žena ima da, i pored svog eventualnog zla, podnese još i tiraniju muža; i još teže, tiraniju dece, čak kad su ta deca i najmudrija i najlepša. Sve knjige na svetu trebalo bi da budu knjige utehe, toliko ima nesrećnih na zemlji. Osim stvarnih nesrećnika, postoje i nesrećnici samo po temperamentu; a to su melanholici, koji su mnogobrojni. Stari su govorili da je melanholija osobina velikih duhova. Aristotel kaže da su Sokrat, Platon i Lisandar bili melanholici.

3.

Mi smo istinski dobri samo kad smo istinski srećni. Nesreća kvari srca i ruši karaktere. Retko je bilo ljudi koji su odoleli otrovima nesreće i produžili da vole druge ljude. Naročito onaj kome su drugi učinili nesreću, omrzne i nedužne. Mogu da ne postanu čovekomrscima samo oni nesretnici koji svoje bede ne smatraju krivicom drugih ljudi, nego samo voljom božjom, što opet znači krivicom svojom sopstvenom. Sirotinja je najveća nesreća zato što otruje čoveka takvim mržnjama; a jedna velika napast čovekova, to je što u nesreći dobije rđavo mišljenje o ljudima i pogubi prijatelje. Neosporno, niko ne može poverovati da je on sâm uzrok svojoj bedi, a da su svi drugi zaslužili dobra koja imaju. I u srednjem veku su siromasi verovali u svojim ubogim predgrađima da su im bogataši slali epidemije, što znači da ni u te pobožne vekove nisu ljudi verovali da svako zlo dolazi s neba. Samo se u sasvim primitivnom dobu i na Istoku blaženo verovalo da je neko bogat samo zato što je rođen pod srećnom zvezdom, i da zaslužuje pažnju i uvaženje samo zato što je na njega izlivena božja milost pre nego na nekog drugog. U našem dobu se veruje da je bogataš svoju sreću oteo od siromaha, i da je zato sreća jednih napravljena od nesreće drugih. Čovek po jednoj slabosti i sujeti, sve svoje sreće pripisuje samo sebi, a svoje nesreće pripisuje samo drugom: ali što svako smatra kao naročitu nepravdu prema sebi, to je da se raduje srećama drugih ljudi. U Rimu se svakom novoizabranom papi ponavljaju stare reči: *non videbis annos Petri*, što ima stvarno ovaj pakosni smisao: nećeš živeti dvadeset pet godina. Mali ljudi ne znaju da treba biti velikodušan ne samo prema nesrećnim nego i prema srećnim.

Izvor nesreće čovekove leži u njegovom egoizmu: u tom što hoće da uvek drugi radi za njega. Bežanje od rada i napora, to je najveći motiv borbe u ljudskom društvu. Ne mučiti se sâm, a zaraditi bogatstvo; i postići veliko bogatstvo, da bi time postigao najveću sigurnost; i to pre svega sigurnost da ni docnije neće morati da pravi napor, pošto je napor najveća gorčina ljudske sudbine! Mržnja među ljudima je uvek posledica ove borbe ko će koga potčiniti, kako bi jedan radio a drugi uživao od tuđih napora. U ovoj iskonskoj borbi izgrade se crte karaktera drukče kod bogataša, a drukče kod siromaha. Bogataš je dobar iz pobožnosti i iz častoljublja. Bogataš je duhovno hrabriji, a siromah je hrabriji fizički. Bogataš nema intenzivnih radosti kao siromah, jer živi bez velikih očekivanja i snova; nema iznenađenja, živi bez dovoljno idealizma, često blaziran i pasivan. Bogataš je perverzniji, a siromah čedniji, jer perverzija dolazi od presićenosti i lenosti, a čednost dolazi od rada koji je veliki moralizator života. Ima siromaha zaljubljenih u poštenje većma nego drugih u zlato, a mnogi čak izgledaju manijaci častoljublja. Poštenju se uče bogataši od siromaha, jer se samo na siromahu može da vidi kako poštenje i sreća stoje nezavisno od zlata. Zavist je osobina ubogih, a spletka visokog stila je osobina bogataša. Ružne reči i grubi načini su siromašnog porekla, ali duboke zloće i mračne osvete su bogataške. Siromah je ubog i u svima sredstvima borbe, kao u svačem drugom.

Najveću ravnotežu karaktera i najviše viteške vrline davali su ljudi iz slavnih istorijskih porodica. Marko Brut i Katon Utički nosili su imena dvojice velikih predaka iz kraljevskog i republikanskog doba. Skoro svi veliki ljudi carstva bili su potomci velikih predaka. Aristotel je dao o plemstvu ovu definiciju: plemstvo znači nasledstvo bogatstva i čestitosti.

Ljudi mogu da nesebično vole, ali retko nesebično mrze. Svaka mržnja je strah ili zavist. Mržnja je najčešće strah, jer čovek ne mrzi, nego samo onog koga se boji. Čovek odista hrabar ne mrzi nego prezire. U osećanju mržnje ima uniženja za nas same, a u preziranju ima ponosa i uverenja da smo bolji i viši od onog koga preziremo, i da možemo bez njega, i da smemo protiv njega. Nikad mržnja ne dolazi iz razlike uverenja, ni iz razlike moralnih principa. Pravi viši čovek ne mrzi čak ni onog koga se boji. Mrzeti veće od sebe, to je osećanje sluge prema gospodaru, a ne gospodara prema sluzi; a mrzeti slabije od sebe, to je bolest ili pometenost. Mržnja je, kao i guba, bolest ubogih.

4.

Po sredini, između otrovne mržnje i hladnog preziranja, ima antipatija. Ona je mirna, ravnodušna, neizmenljiva. Ona je, kao i simpatija, stvar pre svega fizička; nema veze s razumom, a vrlo malo i sa ukusom. Antipatija je mračna i instinktivna mržnja, a ne razumna; i zato je jača od nas, i niko joj ne može odoleti. Kad takvo osećanje postoji između dva čoveka, onda su posredi ili duboka rasna mržnja, ili neprohodna razlika svih elemenata u karakteru; ona je onda neodoljiva i svirepa kao netrpeljivost između dve zoološke rase, možda i jače. Najdublja neprijateljstva dolaze od antipatije, koja je nesvesna i zato besavesna. Netrpeljivost je u prirodi, i to ne samo u prirodi ljudi nego i u prirodi biljaka, čak i u prirodi kamenja. Video sam u Egiptu da su stari skulptori metali svoje stvari od alabastra u niše od ćerpiča, jer je alabaster brzo propadao ako je bio u niši od kamena. A zna se da ima i izvesnog cveća koje se ne može staviti pored drugog cveća jer oba brzo uvenu. Mnogo manje ima u životu razumnih mržnji, nego mržnji instinktivnih. Ljudi dobri i kulturni bore se da nikad ne daju maha ovim nagonskim silama; a rđavi i malodušni ljudi, naprotiv, robuju najviše ovim instinktivnim mržnjama, postajući nevaljalci u sitnim porocima, ili junaci u krupnim zločinima. Ima ljudi koji žive zbog tih instinktivnih antipatija u krvavom neprijateljstvu s drugim ljudima, i kad su duhovno i moralno upućeni na zajednicu s njima. Analizirajte svaku svoju mržnju, pa ćete je uništiti samim tim što ste joj pogledali pravo u oči.

Mi smo uvek nepravedni kad mislimo i govorimo o drugim ljudima, jer jedne ulepšamo svojim simpatijama, a druge poružnjamo svojom antipatijom, a obe su podjednako instinktivne i slepe. Najbedniji je čovek koji živi u mržnjama na druge ljude; taj se prvi iseče noževima koje je sâm izoštrio. Mržnje rastu kao proletnje vode. Niko ne može zadržati poplavu mržnje ako čovek pusti na volju ne samo mašti nego i najmudrijem razmišljanju o čoveku kojeg mrzi. Ljudstvo je mrzelo vekovima i u ime same religije (koja uvek propoveda samo ljubav), i o kojoj se najviše govorilo i najdublje razmišljalo. Imperator Vitelije govorio je da ništa ne miriše na suncu kao leš neprijatelja. Ovakve mržnje su bile retke kod starih Grka. Platon je govorio: „Ljubav umiruje ljude i stišava bure na moru; ljubav uspavljuje vetrove.” Mudrac nema mržnje. Naše mržnje škode nam više nego našem protivniku. Govorite rđavo o nekom čoveku pola sata, i vi ste posle toga nesrećni i otrovani; a govorite pola sata o njemu veoma dobro, i kad to ne zaslužuje, i vi postanete mirni i blaženi, čak i ponosni na lepotu svojih osećanja, ili bar na lepotu svojih reči. Jedan uslov sreće, to je sugerisati sebi ljubav prema neprijatelju. Čovek, istina, ne može pretvoriti svoju mržnju prema nekom u svoju ljubav, ali je može ublažiti. Ako vam je neko učinio zlo, sačuvajte se da ga ne omrznete, jer će vas mržnja stati još jednog novog gubitka i novog nespokojstva, i od neprijatelja trenutnog i slučajnog možete napraviti zlotvora stalnog i ubeđenog. Ukrstite mačeve i pobijte se, ali ne iz mržnje prema neprijatelju, nego iz poštovanja prema sebi. Ljubav za neprijatelja, to je vrlina velika koliko i samo častoljublje. Ako je ona i protiv prirode, spasonosna je, jer ne daje mržnji da nam oduzme oči, i da nas povede u još veće zlo. Kad budu ljudi više razmišljali o svojim mržnjama, onda će uvideti da se i pravim putevima može ići ka sreći, i da svaka trijumfalna kola ne moraju ići preko zgaženih. Život nas uči da su ljudi mnogo manje rđavi nego što se misli, ali da su i mnogo gluplji nego što je moguće i uobraziti. Ako čovek svojim neprijateljima oprašta samo njihovu glupost, time je oprostio najveći deo njihove zloće. Nema neprijateljstva razumnog i plemenitog, nego samo glupog i ružnog. Ljudi koji mrze, to su najpre glupaci, a zatim kukavice, ali nikad heroji.

Užasan je slučaj što ima mnogo ljudi koji ne mogu biti potpuno srećni, ni osećati se velikim, bez istovremeno i nečije nesreće. Ta mračna potreba čovekove mržnje prema drugom, bila je ušla čak i u carske ceremonije. Tit, za vreme proslave svog oca cara Vespazijana, bacio je zverovima u cirku tri hiljade Jevreja za ručak. Tacit priča da se devetnaest hiljada ljudi poubijalo među sobom na jezeru Fucinu kličući Cezaru: *morituri te salutant*, i primajući pljesak publike.

To nagonsko traženje zabave i zadovoljstva u nesreći i krvi drugih, vidi se i iz starih verskih obreda. Herodot priča kako su kraljevi u Skitiji, posle godišnjice svoje smrti, dobijali kao posmrtne žrtve pedeset mladih konja i pedeset probranih robova, poubijanih okolo njihovog groba. Homer opeva ljudske žrtve koje je Ahil na grobu prineo drugu Patroklu, ubivši nekoliko trojanskih mladića. Ljudi su, dakle, dotle išli da su verovali kako ni njihovi mrtvi ne mogu biti mirni bez nesreće drugih ljudi.

Ima trenutaka kada se čovek više plaši života nego smrti. To je najgroznije osećanje koje se može imati. To je vrhunac očajanja sa kojeg se pada ili u smrt ili u zločin. Ali ovo znači i da je potrebno više hrabrosti za život, nego što je potrebno za smrt. Znam da su religiozne krize za pobožnog čoveka porazni momenti, kada čovek pada u prašinu i rida. Ali je još strašnija kriza jednog karaktera, u kojoj čovek oseti sopstvenu nepouzdanost. Ne verovati više u Boga, u kojeg se dotle verovalo svim srcem, to je odista užas; ali ne verovati više u sebe, to je još bolnije; jer to isključuje i Boga i čoveka u našoj sudbini.

5.

Sreća, to je osećanje da čovek ima što mu je najpotrebnije. Neki su mudraci smatrali srećom samo suficit čovekovog blagostanja. Čovekova sreća, međutim, ne može nikad biti potpuna ako i svaki svoj prohtev uzme za potrebu; a to je baš najčešći slučaj. Svaki uspeh i svaki dobitak znači radost, ali ni sreća nije u stalnim uspesima, nego samo u ostvarenju jedne centralne namere. Zato nije čudo što je skromnost smatrana za sreću već otkad ljudi postoje. Simpatični pisac Abe Prevo je govorio da mu je dovoljno za srećan život da ima jedan vrt, jednu kravu i dve kokoši. Slično su govorili i stari Grci: da je Diogen srećniji od Aleksandra, jer mu ovaj silnik niti može što dati, niti šta oduzeti.

Umerenost, koja je išla do samoodricanja, bila je zlatna vrlina za grčke mudrace. Atinski besednik Fokion odbio je da primi darove svog obožavaoca Aleksandra, i osećao se ipak srećniji nego njegov drug sa tribine, Demad, koji ih je redovno primao. Sokrat je predavao besplatno svoju nauku, čak i bogatašima kao što su bili njegovi učenici Alkibijad i Kritija, a odbio je makedonskom kralju Arhelaju da živi na njegovom dvoru, izgovarajući se da ne može primiti dobročinstvo osim ono koje i sâm može drugom učiniti. Rimljani su čak smatrali da čovek vrši prevaru, ako od nekog primi uslugu koju mu nije u stanju vratiti. Bezuslovno, najveći je deo sreće u samoodricanju. Kada bi ljudi razumeli koliko malo je potrebno da se bude srećan, izbegli bi time najgorče dane u životu. Nesreća je što niko ne meri sreću prema sebi i svojim potrebama, nego prema drugom, i to prema najsrećnijem. Manija svih ljudi je da usvajaju tuđa merila i za svoj sopstveni život. Prava sreća čovekova biće ako postigne svoje oslobođenje od drugih ljudi; a osloboditi se, to je najpre odvojiti svoju sudbinu od presije tuđih primera, dajući svom životu pečat svoje sopstvene prirode i svojih ukusa. Tada bismo razumeli da sreća za Petra ne mora biti što i sreća za Pavla.

Svaki čovek ima u svom životu mnogo planova, ali nema nego jedan cilj. Ko razmisli taj će lako taj cilj naći, jer je on u našoj strasti i našoj volji vrlo izražen, iako često zamagljen i nerazgovetan. Taj cilj, to je sva sudbina čovekova na svetu. Kao čovek koji se iz doma krenuo u grad, tako se čovek iz ništavila krenuo u život za svojim ciljem sasvim jasnim. Tim ciljem stvarno počinje čovekov život i njime svršava, skoro u precizan sat. Dok god cilj nije ostvaren, čovek postoji, jer je sav u sili i akciji; a kad je najzad cilj postignut, čovek prestaje da bude sila i akcija, i postaje sâm nepotreban, čak često i štetan svome delu. Veliki čovek čak i umire u takve dane. Cilj i sudbina su nerazlučni, i oboje su božanskog porekla. Retko je kad čovekov cilj zao; mogu biti zla samo sredstva. Čoveku koji jasno razazna kud hoće, sve njegove unutarnje sile isti čas krenu istim pravcem, i mnogim takvim ljudima moćne volje ne može se ništa odupreti. Samo po sugestiji tuđoj ili po poremećenosti instinkta, čovek izgubi taj smisao cilja ili pobrka prava sredstva za njegovo ostvarenje. Inače, postoji jedan apsolutni odnos između onoga što hoćemo i što možemo. Niko ne poželi oboriti lava, kao Herakle; niti trčati kao trkač sa Maratona; ni postati imperator, kao Napoleon; ni svirati kao

Paganini. Svako zna unapred koliki teret može dići, i koliko stopa daleko može skočiti, jer postoji jedan dinamičan odnos između nas i cilja. Niko, osim poremećeni duhovi, ne želi apsurdume. Čovek koji vidi cilj, najjasnije, taj je čovek najsilniji. *Homo unis ideae*, jeste najjači čovek, jer je sav koncentrisan, neodoljiv, nepobedan. To su često veliki zavojevači, ali takvi su i veliki artisti, oboje deca sunca i slave. Jedno lice u Ibzenovoj drami kaže da ima ljudi koji nešto hoće tolikom silom da im se ništa ne može odupreti; a za mene to nešto jeste cilj ciljeva, koji je centralna sila u čoveku. Velikim ljudima njihovi veliki ciljevi nikad ne izgledaju nemogući, i oni ih odista postižu sa istom lakoćom s kojom i mali ljudi postižu svoje male ciljeve.

Jedna od velikih sreća čovekovih bila bi u tom da brzo uoči cilj, i odmah brzo nađe i sigurne puteve u tvrđavu gde ga očekuje sve blago cara Radovana. A nesrećni su oni koji ne uoče svoj pravi cilj, ili promaše prava sredstva. Daroviti Benžamen Konstan, pisac i političar, govorio je za sebe da je sva njegova katastrofa bila u tome što nikad nije znao šta hoće. Velika je nesreća drugog opet u tom što nikad nije znao šta može. Najveći broj ljudi ne zna šta hoće, a veliki broj ljudi ne zna koliko može. Najređi je slučaj čoveka koji zna i šta hoće i koliko može.

Život je jedna neizmerna logika i harmonija, a pošto su priroda i život jedno isto, ne postoje ni u životu apsurdumi i anomalije. Sve je na svetu vezano jedno za drugo, pa su vezane i sreća i nesreća u ljudskoj sudbini. Kao iz korpe rumenih trešanja što se ne da izvući samo jedna trešnja, a da se prstom ne zakači i izvuče odjednom više njih, tako idu i sreće i nesreće uvek u serijama — trešnje zdrave i trešnje otrovane, stavljene zajedno u jednoj kobnoj korpi. Svaki je čovek po nekoliko puta u životu dobijao osećanje konačne propasti, kao da su ga izneverili tlo pod nogama, krma na brodu, uzde na besnim konjima. Ali se svaki uverio u to da je posle serije sreća dolazila serija nesreća, i obrnuto. U samim momentima očajanja, čovek ne misli da pored njegove nesreće skoro u korak ide i sreća. Sreće i nesreće, to su beli i crni konji koji trče u istom pravcu, blisko i naporedo, tako da čas promaknu beli pored crnih, a čas crni pored belih. Tako ide celog života, koji je sav sazdan od takve utakmice belog i crnog. Zato čovek istovremeno preživljuje sreću i nesreću, i onda kad za to i ne zna. Nema apsolutne nesreće ni apsolutne sreće, i zato ih obe istovremeno proživljujemo.

Zbog ovog su, i u najvećoj bedi, mogući uteha i ohrabrenje. Ako si siromah, teši se što si mlad; ako si bolestan, teši se što si častan i poštovan; ako si ružan, teši se što si uman; ako si izgubio novac, teši se što nisi izgubio zdravlje i čast. Ovo je način da se sve nesreće umanje i prezru. Ali i u velikoj sreći treba sve nesreće ponoviti u pameti, kako bismo se očeličili za dane kad jednom crni konji izmaknu ispred belih. Treba ovde reći: ako sam mudar, nisam mlad i lep; ako sam bogat, nisam zdrav; a ako sam i mudar i zdrav, nisam bogat. Postoji dakle način da se čovek nikad u nevolji ne oseti izgubljen, kao ni u sreći preterano gord. Neosporno, čovek, i kad misli da je konačno propao, ne zna da ima još jedan neotkriven zlatan rudnik u svom životu. Niko nema prava da bude očajnik; očajanje nije nikakvo uverenje, nego samo fizička nemoć, bolest ili najčešće glupost. Nesreća nam izgleda mnogo manja kad o njoj ćutimo nego kad o njoj govorimo. Govoreći o nesreći, ona samo postaje sve dublja i sve crnja. Ko o njoj govori sto puta, on je tim samo povećao za sto puta. Ćutanje je najbolji lek protiv nesreće; ono je i najdostojanstveniji čovekov otpor i odmazda sudbini.

Često je smešno šta mnogi ljudi nazivaju srećom. Uostalom, svaki to čini više po tuđem merilu nego po sopstvenom osećanju. Mecena je imao genija da bude veliki besednik, ali se zadovoljio da bude samo bogat kurtizan; međutim, Seneka je bio isto tako bogat, ali se smatrao srećan samo što je bio filozof. Katon je bio veliki bogataš, ali nije uživao u raskoši nego u vrlini, za koju je uostalom i umro.

Mnogi ljudi nisu ni život smatrali glavnom srećom. Epiktet priča kako je Vespazijan poručio jednom senatoru stoiku da će ga ubiti ako ode taj dan u Senat i bude tamo besedio. Ovaj mu je odgovorio da će ipak otići taj dan u Senat i govoriti, dodavši: „Tvoje je da me ubiješ, a moje je da umrem bez straha." Stoicizam je doktrina filozofa Zenona, ali je, kao osećanje, ta doktrina Sokratova. Ovaj božanstveni čovek, osuđen na smrt, rekao je pre presude za svoje tužitelje glumce i sofiste: „Anit i Melet me mogu ubiti, ali mi ne mogu naškoditi."

Dve su prave i najveće čovekove nesreće: nemati zdravlja i nemati prijatelja. Međutim, i iz jednog i drugog ima izlaza: čovek ili prezdravi ili umre, a s prijateljima ili se izmiri ili dobije nove prijatelje. Čast je najteže ponovo zadobiti ako se jednom izgubi. Zato su svi drugi gubici samo lični, a ovaj pogađa porodicu i zemlju, a ako je posredi veliki čovek, onda pogađa i njegovu ideju. Sokrata su posle presude hteli da otkupe učenici, ili da mu pomognu da pobegne, ali je on radije ispio otrov, govoreći svoje poslednje pobožne reči: „Treba žrtvovati jednog petla Eskulapu." Drugim rečima: smrt je ozdravljenje.

Što je najčudnije: mladi se ljudi osećaju nesrećnijim nego stariji. Mladićko je očajanje naglo i ogorčeno, jer ne znaju koliko posle prvih poraza ostaje u životu još novih puteva sreće i pobede; zato je i najviše samoubistava među mladima. Mladim ljudima je teško biti srećan i zasićen, jer je njihov život preterano bogatiji u željama nego u sredstvima. Čak kada vrše i samoubistva, oni to češće čine iz nerazumne sujete i romantičke parade nego iz očajanja, jer je očajanje i tako nerazumljivo kod mladih i zdravih. Mladi ne znaju šta imaju i zato potcenjuju život. Šekspir stavlja u usta mladog Romea ove reči: „Obesite vašu filozofiju ako ona ne može da napravi jednu Juliju, i premesti jedan grad s nekog mesta na drugo mesto..." Kod mnogih ljudi je ideja o životu veća nego život. Svakako, prosti duhovi sve uproste, a inteligentni sve komplikuju; istina je po sredi i za srednje.

Hrabrost je jedan veliki uslov sreće; bez hrabrosti se ne može biti srećan. Za svaku akciju treba hrabrosti, i što čovek ima više hrabrosti, utoliko je šira i potpunija njegova akcija. Hrabar čovek podnosi mirno svoje bolove, i sličan je samo velikom mudracu. Hrabrost se ogleda najpre u merama čovekovim prema samom sebi: neenergičan čovek i kukavica pre bi osudio Rim na požar, i ceo jedan narod na smrt, nego sebi pričinio kakav težak slučaj. Čovek koji nije hrabar ne može biti ni pošten, jer za poštenje su potrebne žrtve kakve kukavica ne ume da podnese; i potrebna je velikodušnost, koju on ne može ni razumeti. Kukavištvo je čak i krvoločno: najveći tirani i ubice bili su plašljivci. Samo je heroj hrabar, a samo je razbojnik plašljiv; jer je heroj duhovno čist, a zločinac duhovno poremećen. Hrabrost se ne ogleda samo u krupnim pitanjima časti i opstanka, nego i u vrlo sitnim odnosima, i gde se god traži nesebičnost i dobrota. Tvrdice su obično veliki plašljivci. Tvrdice nisu tvrde samo u pitanju novca nego i u pitanju prijateljstva i dobrote. One su sitničari i zavidljivci; i kao što teško nekome pruže zlatnu monetu, isto su tako uzdržljive i da drugima učine uslugu, makar i rečju. Čovek tvrdica, to je inkarnacija ne samo jednog poroka, nego je to zbir nekoliko poroka, od kojih je njegova škrtost samo njihova najvidnija manifestacija.

Za ceo naš unutrašnji život treba da postoji nešto što je van pokreta i promene, nešto stalno, i rešeno, i centralno. Život se ne da drukče zamisliti nego kao zatvoren krug, ni čovek drukčije nego kao središna tačka u tom krugu. Ali i u samom čoveku ima opet jedan krug unutrašnjeg zbivanja s nečim usred toga kruga koje je centralno: bilo jedno centralno osećanje, ili centralna strast ili centralni događaj, ili centralna navika. A to centralno u nama, to je čovekova celokupna priroda i povest; i ko to nema, on je neodređen, bez ličnosti, lutalica. On se gubi u hiljadu protivurečnih misli i osećanja i događaja, kao čovek bez karaktera, bez namere, bez misije. Hrabri ljudi imaju tu centralnu silu izvanredno izraženu, i zato uvek pogađaju put kojim idu; kukavice uvek idu stranputicom.

6.

Svaki čovek ima onoliko pameti koliko je potrebno da bude srećan, čak i da svoju sreću sâm ostvari. Već je Dekart govorio da je od svega na svetu pamet još najpravilnije podeljena među ljudima, jer se, veli, ljudi razlikuju više po njihovom pamćenju i uglađenosti, nego po njihovom zdravom razumu. Nije normalno da se bude nesrećan. Dok je čovek mlad, uvek je dovoljno lep, a kad ostari, uvek je iskustvom dovoljno pametan. Nije zato normalno, nego sasvim retko, ni da se bude ružan i glup. Nesumnjivo, ljudstvu najviše nesreće prave glupaci. Najveća je beda što glupak ne zna da je glup, kao što ni rđav ne zna koliko je rđav; a svet bi možda bio spasen kada bi glupaci znali kakva su nesreća za čovečanstvo. Glupost je nesumnjivo u osnovi svakog poroka i zločina. Treba najzad glupog lečiti klinički kao opasnog bolesnika. Velika je nesreća društva i države što poroci dolaze odozgo, a glupost odozdo. Od rđavih se možemo odbraniti, ali glupak je jedini zločinac koji nas unapred obezoružava. Kad je Atina prestala biti Sokratova i Periklova, i postala Atina demagoga i prostaka, grad Kleona, Pisandra i Kleofana, onda je Platon propovedao kult intelektualizma kao spasenje društva, a Aristotel kult plemstva kao spasenje društva. Ali su prostaci i glupaci već bili uzeli maha, i rulja je konfuzno posmatrala propast države i katastrofu mudrosti. Savremenici starog Katona su, naprotiv, smatrali preterano filozofisanje u Grčkoj kao glavne uzroke njene propasti. Jedan od razloga što je vojnički Rim uvek mrzeo filozofiju, bilo je to crno iskustvo Grčke. U drugom veku pre naše ere, rimski je Senat naredio da se izgore knjige kralja Nume, zato što su senatori bili našli da u njima ima filozofije. Isti Senat je malo docnije proterao filozofe iz Rima, smatrajući filozofiju za perverziju, donesenu sa strane; a Karakala je proterao filozofe iz Aleksandrije, novog filozofskog središta, da tu perverziju konačno istrebi. Ta mržnja na atinsku mudrost trajala je vekovima. U šestom veku hrišćanskom, Justinijan je ukinuo ukazom predavanje filozofije u Atini, i konfiskovao velika imanja filozofa platonista, koji su zatim pobegli u Persiju.

Ima ljudi koji celog života ne reknu nijednu glupost, ali ih urade hiljadu; a ima ljudi koji sve što reknu, prazno je, a sve što urade, mudro je. Čovek len voli da govori, a čovek od akcije voli da ćuti, i ne daje rečima nikakvu cenu. Reč je neprijatelj zamaha i poleta. Dovoljno je da jednu svoju nameru dvaput nekom izgovorite, pa da ona odmah za polovinu oslabi. Velike snage su ćutljive u čoveku, kao i u prirodi. Napoleon je, uglavnom, bio ćutalica.

Više čoveku zagorčavaju život nesreće kojih se boji da ne dođu, nego one koje su već došle i od kojih pati. Od svih nesreća čovek se najviše plaši sirotinje, koja je, međutim, najmanje čovekovo zlo. Mi celog života nešto čekamo, a nadati se, to je pomalo očajavati. Zato su stari mudraci propovedali, kao uslov sreće, ništa ne čekati. Jedan od tvoraca stoicizma, Stilpon, učitelj Zenonov, govorio je da je najveće dobro biti indiferentan i neosetljiv. *Summum bonum animus impatiens*, kaže Seneka.

Jevanđelje propoveda da treba voleti neprijatelja koliko i prijatelja; a hrišćanska teorija o mučeništvu uči da čovekovo izdržavanje nepravde jeste najbolji dokaz njegove ljubavi za pravdu. Grci su već isticali da je kazna jedan deo pravde, i prezirali su bol, čak i najrazumljiviji. Rimljani su podnosili pravednu kaznu s manje dostojanstva nego nepravdu: pravi krivci su umirali kukavički, a pravednici bogovski. Seneka je bio u izgnanstvu na Korzici, i odande slao pisma drugima u Rim, tešeći ih za ono što je trebalo da oni teše njega. I pobedilac kralja makedonskog Perseja, slavni P. Emilijan, kojem su baš u mesecu njegovog trijumfa umrla dva sina, sâm drži pogrebni govor tešeći Rimljane za ono isto što su oni njega oplakivali. Ali ipak nije znao stradati kao hrišćanin, kojeg je sama vera učila da je stradanje na ovom svetu jedino iskupljenje za onaj svet.

Ima ljudi koji mogu da nesreću trpe celog života, i da se ne osećaju nesrećnim, kao što drugi podlegnu pod prvim nesrećama. Najviše stradaju sujetni i rđavi, a dobri i iskreni lako podnose bol. Stradanje je stvar fizička i stvar temperamenta; ali je stradanje i stvar duhovna: pitanje smisla o životu i sreći. Treba se već iz detinjstva učiti šta je sreća i nesreća, kao što se uči šta je dan i noć, jer se iz velikih primera u istoriji vidi da ima u srećama sićušnosti, a u nesrećama veličine. Antički mudraci su se bavili mnogim izvorima ljudskog stradanja. Epikur je govorio da je izvor naše ljudske nesreće u dve stvari: u strahu od smrti i u strahu od Boga. I zato je pokušao da dokaže da se ni smrti ni Boga ne treba bojati, pošto ne postoji ni smrt ni Bog drukče nego u čovekovom mračnom uobraženju. Prema ovom, prisustvo božje mudrosti nije bilo ni potrebno pri stvaranju kosmosa. A pošto ne postoji sudija, ne postoji, učaše Epikur, ni strašni sud, taj otrov ljudske misli i života na ovom svetu. Stoici su isto ovako bili slabo religiozni, jer nisu verovali u besmrtnost duše, niti u ma kakvu vrstu života s onu stranu smrti. Platon je govorio da se bol ne da izbeći, ali se stradanje dâ suzbiti, govoreći svakoj svojoj bedi: „Dogodine neću misliti na tebe, jer te više neće biti." Platon dodaje da to isto treba reći i svakoj radosti. Istina, ovo vodi stanju u kojem ne bi bilo ni prave sreće, ni prave nesreće; ali u tome baš i jeste, misli Platon, cilj mudrosti: ukinuti suvišak i jednog i drugog.

7.

Veliki uspeh u životu imaju ćutalice. Oni ulivaju poverenje ljudima s kojima rade, jer mnogi ljudi u ćutanju drugog vide i svoju sigurnost. Čovek može da naškodi drugom čoveku ili promišljenim rđavim delom ili nepromišljenom rečju; a ćutalica se smatra bar kao čovek koji ne škodi svojom neopreznom rečju. Zatim ćutalica ne traži ni od drugog čoveka briljantnu konverzaciju, niti naročitu rasipnost duha, i zato je on za druge odmoran, zbog čega izgleda i dobar. Ljudi koji mnogo govore, škode i sebi i drugom; kad su i najsjajniji kozeri, oni su sami ipak prva žrtva tog svog talenta. Jer im jedni zavide na tom duhu, drugi ih omrznu zato što su od te njihove duhovitosti ostali zaslepljeni i ošamućeni; a treći se čak boje te duhovitosti da ih najzad ne pogodi i ne poseče. Ovo je sasvim razumljivo. Jer odista, ljudi duhoviti ne mogu izgledati mnogo blistavi ako samo govore o idejama i stvarima; naprotiv, duhovitost se hrani najviše otrovom ličnih mržnji, više negoli medom ličnih ljubavi. Ćutalica, i kad je neinteligentan, ne izgleda glup, jer izgleda bar zamišljen; a prostom svetu izgleda i mislilac. Jer ako ćutalica ne kaže mudrosti, ne kaže ni gluposti, ili ih bar ne kaže u velikom broju. Ćutalica izgleda i čovek pozitivan i realan. Blistavi ljudi koji vas podignu svojom duhovitošću u visine, ni sami ne izgledaju drugom da su na zemlji, nego uvek u oblacima, znači iznad svakidašnjih čovekovih misli i briga, a izvan realnosti od kojih je život uglavnom sačinjen. Zbog toga prosečnim ljudima takav čovek neminovno postane dosadan, ali izgleda i opasan. Ljudi se boje čoveka koji ćuti, ali preziru čoveka koji mnogo govori. Čovek koji ćuti izgleda uvek zaverenik i mizantrop, ali čovek koji mnogo govori, izgleda vetrogonja. I pošto ljudi ne cene nego onog koga se boje, poštovanje ide za ćutalicu. Jer, bezuslovno, ima mudrih ćutanja koja vrede više nego i najmudrije reči. Ljudi zato vole da se zabavljaju s čovekom koji lepo govori, ali vole da rade samo s čovekom koji ume da lepo ćuti. Proverite u svom životu da li su vam više dobra donele vaše najblistavije reči, ili kad ste u izvesnom momentu pribegli ćutanju.

Nikad čovek ne može da kaže onoliko mudrosti koliko može da prećuti ludosti, čak i gluposti. Jedino ćutanje može da prikrije kod čoveka strasti koje su najnasrtljivije i najštetnije: sujetu, lakomost, mrzovolju, osetljivost, mizantropiju. Jedino ćutanje može da sačuva čoveka od posledica koje mogu da mu nanesu trenutna i nesmotrena raspoloženja, i nagle i nepromišljene impulsije. Čovek koji pusti uvek jedan razmak u vremenu između pitanja koje mu se postavi i odgovora koji treba da dadne, jedini je koji može da razmišljeno kaže šta hoće. On je već tim odmerio koliko jedan minut može da sadrži pameti i gluposti, dobrote i zloće. Samo takav uzdržljiv čovek izbegne najveći broj nesreća, nesreća koje dolaze od naše nesposobnosti da uvek budemo prisebni, i da nikad ne budemo glupi. I učenici Pitagore su morali da ćute. Duhoviti Atinjani su se divili i takozvanom lakonskom izražavanju, kojim su se služili ljudi iz Sparte. Katolički red kaluđera karmelita ima tako isto propis da govori samo četvrtkom. Kad bi svi ljudi i žene govorili samo četvrtkom, na svetu bi bilo mnogo manje gluposti i mnogo manje zla; jer čovek drugom čoveku uvek više škodi rečima nego delom. Neke životinje kušaju jedna drugu samo time što približe nozdrve, i što se omirišu, odlazeći svaka na svoju stranu, a da imaju sposobnost govora, rastrgle bi jedna drugu. U rečima uvek ima više laži nego istine, i više zloće nego ljubavi; jer ljudi najčešće ne znaju ni sami šta kažu, ni zašto su nešto rekli. Reč dovodi do više nesporazuma, nego što bi bilo nesporazuma da reči uopšte ne postoje.

8.

Međutim, ljudi odista nisu mogli u svom gorkom životu da izmene mnogo samim mudrovanjem. Ni grčka mudrost nije bila svemoćna, kao ni vera hrišćanska, koja je još dublja. Zato su u antičko doba ljudi upotrebljavali za svoja olakšanja i druga sredstva osim filozofije. Upotrebljavali su utehu kao lek za tugu; čak su uzimali i neke trave i neke sokove. Još stari Homer pominje nekakav sok *nepentes* protiv tuge. Ali je ipak sve kod njih bilo bar vezano za filozofiju, kao danas kod nas za fiziku i hemiju. Ciceron govori kako je filozofija bila klasifikovala bolove u razne kategorije, a zatim svrstala kategorije uteha prema svakom bolu posebno. Sva je mudrost antička već tad bila otišla u praktične udžbenike. Filozof Mitaikos napisao je sistem o načinu kuvanja, a slavni filozof Demokrit pisao je i o vojnoj taktici. I pesnik Sofokle je pisao udžbenik o režiji pozorišta, kao što je filozof Simon napisao knjigu o lečenju konja. Naročito su udžbenici o utehi bili mnogobrojni. Filozof Kantor, platonista, bio je slavan zbog jedne zlatne knjige koja je sadržavala celo dotadašnje mudrovanje o tome kako treba ljude s uspehom tešiti. Postojala je i klasa ljudi koji su bili lekari duša, a na svojim vratima imali su napisano svoje specijalno znanje, kao naši lekari za lečenje očiju ili kožnih bolesti, ili naši lekari za zube. Tako su ovi utešitelji primali slepce, ranjave, kljaste, uboge, prestarele, i robove. Odista, nikakav lek nije bio toliko čuven koliko su bile mudre reči; a i danas se, očevidno, ljudi vraćaju tim raznim autosugestijama i psihoanalizi. Grčka religija je bila fizika, grčka umetnost je bila filozofija, a grčka mudrost je bila higijena duha. Bilo je u svim vremenima pisaca koji su bili utešitelji, i ne može se sporiti da su pesnici najveći utešitelji nesrećnih i samotnih. Dante je u svom progonstvu čitao dve knjige od kojih je prva bila *O utehi* od Boetija, rimskog pisca iz petog veka, koji je to delo napisao dok je i sâm bio u zatočenju u Paviji. Druga je njegova lektira bila poznato delo Ciceronovo *O prijateljstvu*. Obe su ove knjige bile za veliku utehu Danteu, kao što su bile istovremeno i od velikog uticaja na njegovo filozofsko opredeljenje.

Stari Grci su govorili da bog Eskulap leči telo, a da pesnik Platon leči duše.

Stara je ideja da čovek ne može znati da li je srećan sve do dana smrti, jer niko ne zna kako još može završiti svoj vek, a poznata je i Ksenofontova priča o Krezu i Solonu koja se na ovo odnosi. Već u starom Hesiodu se vidi večna čovekova potreba da definiše život, i da razazna šta je zapravo sreća na svetu. Naročito je ovo bilo omiljeno učenje u Sokratovo doba. Ljudska sudbina je oduvek bila glavna osnova ljudskog straha, i nikog nema koji se ne boji života koliko i smrti. Sudbinu ili Mojre, Hesiod zove „ćerkama noći", znači nešto nerazumljivo i mračno; Pitagora sudbinu zove merom i principom stvari; a samo je Platon naziva proviđenjem i dobrotom božjom, kao što je docnije zvao i hrišćanstvo. O principima sreće govorilo se od vremena Pitagore i Sokrata, pa sve do kinika i hedonista, i do doba epikurejaca i stoika. Jedan od velikih slučajeva grčkog morala bio je to što je svaka od ovih filozofskih škola propovedala da se principi morala moraju dokazivati ličnim primerom. Odista, primerima ličnim su svoje principe dokazali Sokrat i Fokion, kao docnije Hristos i mučenici. Sokratova sreća, to je bio život u čistoti, a čistota je u samoodricanju. Sokrat je i po rođenju i po životu bio puki siromah; za sedamdeset jednu godinu, koliko je živeo, nije izišao iz zidova Atine da vidi drugi svet, ili bar drugu pokrajinu. Ovo je sasvim protivno od drugih filozofa, od kojih su mnogi dopirali do u najdalje krajeve azijske i afričke. Sokrat je najveći primer antičkog samoodricanja.

Diogen iz Laerte, biograf mnogih mudraca, govori da je Antisten iz Kirene, osnivač škole kinika, koračao dnevno četrdeset stadiona od Pireja do Atine da čuje svog učitelja Sokrata. Da ste ga sreli tad na jednoj ulici atinskoj, vi biste po njegovom spoljašnjem izgledu imali tačno mišljenje o tome kakvim se paradoksima i onda govorilo o sudbini čovekovoj. Antisten je bio obučen u bedan ogrtač, i bosonog, nekad neobrijan i neošišan, s praznom torbom na ramenu, s toljagom u ruci. „Atinjani", govorio je on, „vratite čoveku njegovu slobodu da živi po zakonima prirode, jer je to jedina sreća. Stavite poštenje iznad svega; prezrite uživanja kako ne biste zavisili ni od koga i ni od čega. Čovek bez potreba, to je Bog. Ne treba ništa učiti; znati čitati, to je odreći se prirode i cilja; čovek koji razmišlja, to je pokvarena životinja. Čovek je dovoljan sâm sebi, i ne duguje ništa društvu. Ne postoji porodica, ni društvo, ni država." U istom trenutku dok je Antisten govorio, iskrsnuo bi na ulici i legendarni filozof Diogen iz Sinope, slavan sa svoga bureta. To je bivši kovač lažnog novca i bankar, isteran iz svog grada. I on je bosonog, nečist, i fizički odvratan. Traži po ulicama atinskim da mu dadnu da jede, sâm uzevši za primer pseto; on grdi i kalja onog ko mu tu pomoć uskrati. Često prespi kišnu zimsku noć u kapiji Zevsovog hrama, koji i danas postoji, gladan i poluzamrzao. Prosti od statua, tuče se s decom na ulici, svađa se sa škrtim ženama. Kao i njegov učitelj Antisten, i Diogen govori gomili nasred ulice: „Atinjani, znate li šta je nesreća za čoveka? Nesreća, to je nositi teret nepotrebnih stvari: imanje, uglađenost, umerenost, nauku, jer su to najveći neprijatelji čovekovi. Najvećma treba prezreti bogatstvo, a zatim lepotu, gospodsko poreklo, i slavu. Religiju i sve zakone izmislili su političari, stvarajući državu samo za svoju korist. Najveća zloupotreba, koju treba iskoreniti, to su brak i imanje. U prirodi je sve zajedničko: imanje, žene i deca. Bogovi raspolažu svim, a mudrac je prijatelj bogova; i zato mudracima sve pripada." I Džon Lok je docnije verovao da je postojalo stanje prirode u pogledu razvitka čovekovog. Ruso je govorio da nije, i da je Bog već odmah dao čoveku razum kako bi poznao njegovu volju. Antisten i Diogen, to je reakcija na učenje Aristipa, koji je, naprotiv, propovedao da je sreća samo u uživanju, zbog čega se i nauka njegova zove hedonizam. Prema njemu, treba slušati instinkte, jer je telesno uživanje najveće uživanje. Nema uživanja dobrih i rđavih; svako je uživanje dobro po sebi, govoraše Aristip.

9.

Stoici su isticali dve svoje poznate maksime: mudrac je srećan i sve pripada mudrom — ističući tip mudraca kao primer svima ljudima. Ali sva stoička mudrost i sva sreća jeste u ideji o dužnosti. Najveće dobro jeste čast; čast nam niko ne može oteti, a sve drugo nije naše. Stoik smatra da kad izgubimo imanje i porodicu, mi smo ih samo vratili Bogu; a jedino naše imanje, to je vrlina, čast za koju treba živeti i umreti. Stoicizam je moral bez Boga, i ne priznaje besmrtnost duše, niti veruje da išta drugo treba čekati od Boga. Bog stoika je Proviđenje, duša sveta, Jupiter koji je Bog-Sve, koji nije personalan, nego fatalnost hladna i nemilosrdna. Stoici su bili čovekoljubivi; i Epiktet govori o ljubavi prema neprijatelju, kao da je odista hrišćanin. Ali ovo je stvarno jedna religija gospode, sujetne na svoj ponos i ideal, koji su bili daleki i nepristupačni gomili, i niko nije išao da tu doktrinu širi i neukim nameće. Čak i Epiktet, koji je bio rob, piše o malim ljudima: „Ko je ikad mislio da se zabavlja s magaretom, i da s njime pase travu." Stoicizam je bio filozofija samo za filozofe i obraćala se samo pameti, protivno hrišćanstvu, koje se obraćalo nečem višem: srcu, i zato je pobedilo. Stoicizam je hladan i prek, svodeći celu mudrost na čuvanje dostojanstva. Stoici su propovedali samoubistvo kao sredstvo da se iziđe iz života neokaljan. Plutarh kaže da je ljubav za život sramna bolest. On s preziranjem govori o poslednjem makedonskom kralju Perseju koji, pobeđen od Rimljana, nije hteo da izvrši samoubistvo. Ceo stoicizam tvrdi jedino da je sreća samo u časti čovekovoj, ali ništa više.

Sokrat govori u *Kritonu*: prvo, ne čini nepravdu ni u kojem smislu; drugo, ne čini nepravdu ni onom koji ti je nepravdu učinio; i najzad, treće, nikad ne vraćaj zlo za zlo. Ima ogromne razlike između ovih potpuno hrišćanskih ideja i sebičnog častoljublja stoičkog. Uostalom, stoici su govorili o častoljublju i o dužnosti kao o jednom dobru, ali ne kao o čovekovoj obavezi. Sholastika Tome Akvinskog deli vrline i poroke, ali ni ona ne zna za dužnost. Prvi je Kant napravio teoriju o dužnosti, kao ideju o pritisku razuma na volju. To je njegov slavni kategorički imperativ. Kant je moral stavio iznad religije; on je od dužnosti napravio nešto silnije od svega: volju koja zapoveda i koja iziskuje da joj se sve pokorava kao zakonu prirode. Ta dužnost, to je Bog, a taj moral, to je religija. Iz morala izlazi Bog, pošto sâm moral traži da Bog postoji. Ovo je Kantov dokaz da i Bog odista postoji. Za Kanta je dužnost-Bog središte ljudskog života; ali Bog postoji i u prirodi kao tvorac najvišeg dobra, a to je kao tvorac harmonije vrline i sreće. Tako je, prema ovom filozofu, moral i teodiseja jedno isto. Izvesno, antički mudraci koji su toliko govorili o dobru i vrlini, nikad ne bi lako razumeli ovakvu našu ideju o dužnosti. Oni nisu Boga dokazivali, jer nisu bili teolozi; ali nemačka filozofija osamnaestog veka, koja je stvarno bila toliko teološka, napravila je na ovaj način religiju nepotrebnom, stavivši moral iznad dogme.

Epikurova ideja o sreći, to je ideja da je ljudska sreća samo u uživanju. Zadovoljiti treba sve želje, velike i male, istovremeno; jer, kako epikurejci govorahu, ako jedna želja nije zadovoljena, to je dovoljno da duša tuguje. Međutim, oni su govorili i da postoji jedna hijerarhija uživanja, pošto ima uživanja koja treba izbeći kako bismo izbegli nesreću, a ima bolova koje treba primiti da bismo tako došli do jedne više sreće. Fizička zadovoljstva postaju uživanjima samo ako daju istovremeno i duhovnu sreću, jer su svagda duševna uživanja viša. Najveće uživanje jesu vrlina i častoljublje. Važna vrlina za Epikura, to je izbegavanje vlastoljublja, pošto je najveća sreća u životu mir bez uzburkanosti, takozvana ataraksija. Epikur propoveda umerenost, jer ko ima komadić ječmenog hleba i vode, ravan je Jupiteru. Pa ipak, sama reč uživanje, izbačena kao princip života, napravila je nesporazum u pitanju Epikurove nauke. Taj sjajni Atinjanin je mislio samo na uživanja duhovna i duševna, a posle se pod epikurejstvom podrazumevalo samo vulgarno uživanje u fizičkim slastima. Epikurejci, to je značilo svet parazita koji propovedaju doktrinu sladostrasnika. Međutim, ovo je skroz pogrešno. Sâm Epikur je izgledao ne samo kao najobičniji čovek u Atini nego i najsiromašniji čovek u njegovom selu Gargeti, blizu Atine. Zna se da je živeo hraneći se samo hlebom i sirom. Začudo, epikurejstvo odista nije izbacilo nikakvog velikog čoveka, niti ikakav veliki pokret i primer. Istina, Kasije je bio epikurejac, čak i veliki pesnik Lukrecije. Ali je ipak stoicizam bio jedina doktrina koja je zadahnula najveće lepote rimskog karaktera i rimske mudrosti. Ni danas obični duhovi ne razlikuju dva razna pojma koja su stari Grci imali u teoriji o uživanju; jedno je Aristipova hedonija, blaženstvo niske vrste, a sasvim je drugo Epikurova ataraksija, ideja o uzvišenoj mirnoći duha i savesti.

Uglavnom, antičko grčko doba je stavljalo za ideal svetu tip mudraca, kao što je za Rimljanina bio model heroj-građanin. Taj mudrac je imao sve glavne vrline čovekove, naročito mudrost i skromnost, a to je bio Sokrat. Docnije je hrišćanstvo postavilo čoveku za ideal samog Hrista, a to znači mučenika, ili ljubav prema bližnjem. Kao Sokrat, tako i Hristos, ima sve vrline čovekove, ali s tom razlikom što Hristos nije, kao Sokrat, zatvoren u sebe, i dobar radi sebe, ni aktivan samo radi usavršavanja svoje sopstvene ličnosti, nego Hristos živi i stvara radi drugog, samo u ljubavi za ostale ljude. Ovakva hrišćanska ljubav čoveka za čoveka, preziranje egoizma, čak i u njegovoj najsavršenijoj formi (kao što je grčki mudrac, koji je stvarno pasivan), i ovo bežanje od svakog ograničenja na ličnoj sreći, stvorilo je ideju o sveobimnoj ljubavi čovečanskoj, u kojoj zatim svaki čovek pliva kao u sjajnom i toplom moru. Hrišćanstvo je tako proklamovalo da čovek nije vuk drugom čoveku, kako su govorili neki mudraci, a o čemu je filozof Hobs dao čitavu teoriju, nego da je, naprotiv, čovek čoveku prijatelj, i da iznad sviju ljudi stoji Bog koji je prijatelj celog ljudskog roda. Napravivši Hrista predstavnikom svih vrlina, hrišćanska religija ga je na taj način postavila glavnim uslovom same vere. Ovo nije bio slučaj ni s Mojsijem, ni s Muhamedom, jer nijedan od njih ne zauzima u svom učenju ovakvo mesto. Oni su proroci i donosioci verskog učenja, ali nisu inkarnacije tog učenja. Dovoljno je bilo paganskom grčkom čoveku ići za njegovim Sokratom, a Rimljaninu za Scipionom pa da budu mudraci i heroji u krugu drugih ljudi; ali ko ide za Hristovim idealom, taj je uzvišen i pred licem njegovog Boga. Hristos, to je ljubav za bližnjeg koliko i za sebe samog, ljubav za neprijatelja, pretpostavljanje carstva nebeskog svakom carstvu zemaljskom; a to znači staviti vrlinu iznad svakog uživanja. Istina, Hristos je išao da dadne jedan novi moral, a ne novu religiju. Tek njegovi učenici osnažuju taj moral napravivši ga religijom. Hristos je zato morao ostati središte i oličeni princip novog učenja.

10.

Ima i jedna čovekova sreća koja dolazi od njegove religije. Čovek se Boga boji većma nego što ga voli, i sve ga manje voli ukoliko ga se većma boji. Ali ipak je pobožan čovek u svom životu bogatiji nego čovek bezveran: jer pobožnost, to je ipak imati na broju jedno osećanje više, a ne manje. Ideja o Bogu jeste neizmerno prostranstvo, pojam o sveobimnom i totalnom, kakvu nikakva druga fikcija ne može dati; a slika o Bogu je lepota, čak i umetnički nenadmašna. Naš pojam o Bogu, to je najsavršeniji od svih pojmova koji je ljudstvo moglo imati: snaga, razum, dobrota, pravda, milosrđe; a sve ovo pod raznim imenima, i u raznim slikama. Odreći se ovakvog ideala, značilo bi osiromašiti život i umanjiti sebe. Negirati opstanak božji, to je ili duhovna ili moralna poremećenost, ili perverzija kakve filozofske škole. U stvari, ima samo jedna religija, kao što postoji samo jedan Bog prema našem smislu o kosmosu. Ali ima ljudi bez religioznog smisla kao što su drugi bez sluha. Drugi su religiozni doktrinarci, baš zato što nisu dovoljno religiozni. Sve su religije svete jer u svima njima ljudi traže uzor i ideal za svoj pošten život i svoje usavršenje na Zemlji. Ni u jednoj od glavnih religija današnjeg sveta nema razlike u ideji o dobru, nego u snu o dobru, i u rečima kojima je to kazano. Epikur je božanstvo negirao kao i svi materijalisti, a Volter se bacio na Boga samo da bi pogodio jezuite. Tri instinkta mi se čine usađena u čoveku od prvog dana: ljubav, lepota i vera. Pitanje je koji je ovde instinkt jedan od drugog stariji: da li je lepota, ili vera, ili ljubav. I da li je umetnost prethodila religiji, ili je religija rodila umetnost.

Bog kao regulator svemira, ne daje se zamisliti nego samo kao apsolutan regulator i svega najsitnijeg u svemiru, pa i čovekove volje i duha. Bez takvog duhovnog božanstva ne daje se zamisliti svet, a bez moralnog božanstva ne daje se zamisliti čovek. Ali ni jedno ni drugo se ne da negirati. Može se reći samo da ne postoji ništa, i prema tome da ne postoji ni čovek; ali da postoji svet i čovek, a da ne postoji Bog, to je apsurdum. Skazaljka na časovniku ide prema suncu, a čovek ide prema božanstvu, onakvom kako ga je bio zamislio. Svejedno i kako je čovek zamišljao i slikao Boga, on nije prestajao da ga zamišlja, i zatim nije prestajao da ga slika.

Sreća koja dolazi iz religije bila je katkad veliki izvor blaženstva čovekovog. Čovek koji veruje u duhovno i moralno božanstvo, is-punio je sve prostore sveta nečim što ga nigde više ne ostavlja samog, i on zatim nije nigde prepušten slepom slučaju ni bespomoćno os-tavljen neprijatelju. On ima štit darovan od božanstva, kao što ga je imao Ahil. Hrišćanin je vekovima išao na gubilište šapćući molitvu, ili pevajući pobožnu pesmu, često smatrajući svoje mučeništvo kao široka vrata kroz koja se ulazi u blaženstvo i u večnost. Od prvog mučenika naše crkve, Hrista, cela je vera osnovana na primeru požrtvovanja i herojstva, u čemu je i bila njena snaga i pobeda. Zato nema nijedne sreće ni danas među srećama čovekovim tako istinski duboke kao što je ova religiozna sreća koja se postiže u razgovoru s Bogom, u pogađanju njegove volje, i u službi njegove namere: jer Bog, i da nije stvarnost, on je najsavršenija čovekova ideja o stvarnosti. Verujem u Boga, u ljubav, u prijateljstvo, u otadžbinu, u poštenje. Da ne verujem istovremeno u sve to, ne bih imao razloga da verujem ni u jedno od toga posebno.

Ljudi pate i zbog tuđih nesreća, više možda nego i od svojih sopstvenih. Ovo je velika beda čovekova. Patimo od nesreća patriotskih i socijalnih, i porodičnih, i prijateljskih, čak i istorijskih. Svašta od ovog baca po manju ili veću senku na naš život, nagriza naš oklop, podriva naš zid. Zato, ma koliko čovek organizovao svoju sudbinu, nesreće su neizbežne jer su neizbrojne, i jer su one van naše moći i domašaja. Zato su grčki kinici preporučivali neosetljivost, koja je čak i protivna ljudskoj prirodi, koliko je i nesaglasna sa idejom o punoj sreći. Nije bilo filozofije, koja nije preporučivala pasivnost prema izvesnim nesrećama, pasivnost bez koje bi život bio gotov pakao; a religije su nas upućivale na volju božju, pred koju je bedni čovečji duh izlazio uvek s ushićenom nadom.

Ima nesreća rasnih, to jest onih koje idu s porodicama pojedinih rasa. Postojale su takve rasne pogreške starih Rimljana, kao što postoje rasne pogreške mladih Amerikanaca. Neko je tačno precizirao pogreške karaktera starih Rimljana: oholost, zverski egoizam, obožavanje brutalne sile, nemoralnost javna i privatna. A i savremeni američki pesnik Vitmen ovako je oštro zabeležio pogreške svoga velikog naroda: pohlepnost, ekscentričnost, frivolnost, odsustvo moralne savesti, ekscesi, individualizam (kao, uostalom, i kod njega samog). Srbin ima prirodnu tendenciju da sve svoje velike ljude ili poubija ili unizi, i da ih zatim opeva u svom desetercu kao heroje svoje nacije, i najzad proglasi svetiteljima svoje crkve. Ovo su rasne nesreće koje teško menjamo u sebi samim svojom snagom, ili u svom društvu ma kakvom kulturom. Imaju, dakle, i nasleđene bede kao što postoje i nasleđene sreće. Pišući o svom tastu Agrikoli, koji je bio guverner Britanije, Tacit je pisao za britanski narod, pretke današnjih Engleza, da imaju prekomerno dugačke ruke, zbog čega ih je on uvrstio među germanske narode. Od tog vremena je zatim prošlo još deset stoleća a narod je tog ostrva još stajao van svoga učešća u istoriji kulture, što je odista vrlo čudno. Naročito je čudno što je za ovih drugih deset vekova njegove povesti sačuvao skoro iste mane i vrline koje je imao kroz ceo svoj život. Francuzi su se od vremena Klovisa do danas stalno menjali svojom kulturom i uglađenošću, ali su osnovne rasne crte ostale iste: oštar ratnički duh i svirepa ljubav za slobodu i tlo; naročita ljubav za ženu i njeno mesto u životu; konzervatizam u svemu svome lično; smisao za meru i poredak, većma nego i za progres i modernizam.

Svakako, najveći tvorac čovekove nesreće, to je sâm čovek. Prebrojte, ako možete, sve nesreće koje je čovek izmislio da upropasti ili zagorča život drugom čoveku. Jedni su ljudi bili nesrećni što su bili crnci među belcima, drugi što su bili protestanti među katolicima, treći hrišćani među muslimanima, ili monarhisti među republikancima, ili, najčešće, što su bili fizički slabi među fizički snažnim. Ni kuge nisu toliko pomorile ljudstvo, koliko njegove sopstvene predrasude i njegova urođena potreba da čini zlo i da ruši. Hiljade izvora bilo je uvek otvoreno za čovekovu nesreću, od kojih su jedni presušivali samo zato da bi se zatim drugi otvarali.

Isto tako su mnogobrojne sreće i nesreće koje se izmenjuju u toku jednog posebnog čovečjeg života. Postoje sreće dok ste sin i sreće dok ste otac; i postoje sreće mladosti i sreće starosti; i postoje sreće duha i sreće tela. Tako isto su različne i nesreće. Jedna od najvećih nesreća, to je što mnogi ljudi osećaju da su zalutali u životu kao što drugi zalutaju u šumi ili u velikom gradu. Čovek ne zna kad pomeri jedan put, treba da brzo iziđe na drugi; međutim, čovek je konzervativna životinja, i uvek sve promene vrši protivno svojoj volji. Dekart je govorio kako čovek koji zaluta u šumi, treba da uvek produži da ide u istom pravcu, i tako će najzad izaći iz šume opet na pravi put. Ali tako nije i u životu: jer život, naprotiv, traži elastičnost i promenu. Samo vrlo jaki duhovi prodiru nepromenljivom impulsijom u istom pravcu. Čovek mora da veruje u mnogostruki život na onom svetu, i da treba život stalno počinjati iznova. Ne menjati svagda, ili nikako, glavni smer života, ali menjati njegove forme, a njegove samovolje potčinjati svojoj volji. Mnogi veliki čovek nije ni sanjao u mladosti što će postati kroz dalje godine. Hristip i Kleant su bili poznati najpre sa utakmica na javnim igrama, a tek zatim u filozofiji; kao što je i Platon bio najpre atlet u Korintu i u Sikionu, a tek docnije najveći mudrac svoga vremena; i najzad, zna se da je i sâm Pitagora počeo svoj javni život dobijajući najpre nagrade na Olimpijskim igrama u Elidi. Svakako, više je žrtava među ljudima koji nisu menjali svoje puteve, nego među onima koji su ih menjali. Život je kula na bregu sa koje hiljadu prozora gleda na hiljadu strana vidika. Jedna ogromna količina hrabrosti dolazi čoveku od samo ove ideje: da uvek ima još jedan put ka sreći, a ne samo onaj kojim je dotle bezuspešno išao da je postigne. Boginja Junona, koja je mnogo grešila, postajala je ponovo čedna kad god se okupala u slatkom izvoru Kanatosu.

11.

Jedan stari rimski pisac kaže: sreća rđavih ljudi jeste beda za plemenite. To je istina. Slučaj što nevaljali ljudi imaju sreće koliko i najbolji ljudi, zbunjuje čoveka i odvodi ga u ateizam. Međutim, plemeniti ljudi imaju drukčije sreće nego rđavi ljudi. Najgori čovek može biti srećan u novcu, i u zdravlju, i u deci, ali ne može biti srećan u duševnoj lepoti ni u slavi među drugim ljudima. Plemeniti ljudi imaju slavu i kad nemaju sreću; a slava je najveća sreća. Jedan čovek je slavan u svojoj okolini samim tim ako je primer poštenja, kao što je Aleksandar bio slavni vojskovođa, ili Platon slavan zbog mudrosti. Ne treba rđavim zavideti za njihovu sreću, nego dobrim za njihovu slavu. Sreća može da čoveka pokvari i kad je najbolji; i da ga satre brigama, jer je mora stalno čuvati; i može da mu donese neprijatelje i bolest, jer postane neumeren u govoru ili u uživanjima. Ali slava je sreća koja nema potrebe da je čovek čuva, jer ona, naprotiv, čuva čoveka. Čovek koji nema nikakve slave u životu, ni duhovne, ni građanske, ni herojske, ni moralne, to je čovek rođen pod prokletom zvezdom. Jer svaki čovek može biti veliki ako hoće: ako ne kao general, a ono kao vojnik; ako ne kao izvanredan gospodar, a ono kao izvanredan sluga. Naša veličina dakle zavisi od nas; a veličina je sreća time što je veličina.

Smrt nije nesreća, nego samo jedna čovekova predrasuda; zato je predrasuda, što je smrt za jednog ubica, a za drugog spasitelj. U oba slučaja ona je veća od života. I u oba slučaja, ona nije nesreća za onog koji odlazi, nego samo za one koje ostavlja. Cela ideja o smrti ponikla je iz te čemerne istine. Stvarno, ili postoji samo smrt ili postoji samo život; istovremeno smrt i život ne mogu biti za naš um drugo nego dva pojma koji jedan drugog isključuju. Smrt u životu ili život u smrti, to je apsurdum. Ali svakako: smrt nije nesreća. Nema mirnijeg izraza nego što je na licu mrtvog čoveka; i ništa toliko ne protivureči našim suzama, koliko to spokojstvo onog za koga suze prolivamo. Ništa indiferentnije nego što je ledeni osmeh čoveka čiji odlazak drugi ljudi smatraju njegovom katastrofom. O smrti ne postoji jedno uverenje, nego jedna fikcija.

Ali ono što nas vezuje za život, i što ne daje da se iščupamo iz njega, to je jedan cilj koji nam uvek izgleda nepostignut. Taj cilj se uvek identifikuje sa životom i opstankom, koji faktički i jesu njegove forme. Ne hoditi po suncu, i survati se u bolesničku postelju, ali živeti! I izgubiti moć da se dalje drži u ruci pero, mač ili dleto, ali bar moći misliti! I oslepeti, kao Milton, i ogluveti, kao Betoven, ali znati da iza te crne zavese postoji pokret i akcija, i moći još i sâm stvarati! I najzad pasti, kao ogromni suncokret, tek onda kada nema više snage da se i dalje gleda za suncem! Život sâm po sebi ne može drukče biti predmet uma; jer akcija, to je jedina njegova sadržina. Akcija ili naracija, to je sreća ili nesreća.

Mnoge su religije i filozofije propovedale mržnju na život. Pisci, kao Niče, okomili su se bili na hrišćanstvo kako je ono omalovažilo život na ovom svetu, govoreći isključivo o drugom svetu, za koji, međutim, niko ne zna ništa. Ali Niče je ovde bio nepravedan. I pre hrišćanstva je život smatran za tašt, i to ne samo u Indiji nego i u Evropi. Sokrat, Lukrecije, Vergilije, Ovidije, Horacije, Seneka, svi su verovali u ništavilo života, i govorili da je čast još jedino što vredi u životu, i preporučivali samoubistvo. Samoubistvo iz dostojanstva, postojalo je čak i u staroj Grčkoj. Zar se Anaksagora nije bio zamotao u plašt i legao da sebe umori glađu; Demosten je popio svoj otrov. Obojica su ovo učinila iz osećanja ugroženog dostojanstva, koje je smatrano višim od života. Najbolje opravdanje za hrišćanstvo od ovih prekora jeste baš u tom faktu što, naprotiv, nije ono nikada propovedalo samoubistvo, nego je smatralo da čovek koji pogine voljno od nepravde najbolje dokazuje ljubav za idealom. Jedan francuski filozof, Montenj, rekao je: filozofirati, to je učiti se kako treba umreti. Ali Montenj je pesimista starinski, a ne hrišćanski; učenik Plutarha, a ne učenik jevanđelja. Hrišćanstvo je čak odlučniji protivnik samoubistva i mržnje na život, nego ijedna druga religija ili druga mudrost. Ono je čak prijatelj života na ovom svetu, jer ga je smatralo kao predsoblje drugog života i kao pripremu za večnu sreću. Čak rimski pisci koji su bili neprijatelji hrišćanstva, kao Celzije, ili kao sâm Lukijan, istovremeno su napadali i hrišćanstvo, kao smešnu i odvratnu doktrinu, i život kao najbedniju taštinu.

12.

Čovek i ne zna da se smrti većma gnuša nego što je se plaši. Smrt je većma ružna i odvratna, nego što je užasna i jeziva. Ona nagrdi čovekovo telo i unakazi njegov izraz lica, pretvorivši najlepšu čovekovu amforu u besformnu i gadnu masu. A to nije strašno koliko je odvratno. Čovek bi se mogao da užasava ideje nestanka, ali on tu ideju ne može imati, jer takve vrste ideja i ne postoje za naš um; postoji samo ideja o nečem što stvarno i postoji. Jedino čega bi se mogao čovek plašiti pred pomišlju na smrt, to je stradanje fizičko koje obično prethodi momentu gde se kida između života i smrti. Ali nije svagda slučaj ni da se fizički strada u momentima dolaska smrti. Nesumnjivo, kada bi ljudi mogli da pređu iz teškog života u savršenu apatiju smrti, bez gnušanja za ono šta posle toga nastaje za njegovo telo, smrt bi izgubila polovinu od svoje ružnoće; a kada bi se i umiralo bez fizičkog bola, možda bi smrt velikom delu ljudi bila potpuno ravnodušna. Prema tome, nije strašna smrt kao čovekov nestanak iz života, nego je strašna samo po onome što smrt prati. Zato je smrt gadna a ne strašna. Sve što se može reći o smrti, to je da je prelaz iz života u smrt strašniji nego sama smrt. Stoga se ne treba bojati same smrti. A koliko se ljudi većma smrti gnušaju, nego što je se plaše, to se videlo oduvek po tome kako su mrtvog posipali cvećem i mirisom, pratili pesmom i muzikom, oblačili u svečana odela, i polagali u raskošne sarkofage, uvek samo zato da smrt učine manje gadnom. Grci su stoga za grobne spomenike uzimali vesele figure, razne vajane životinje, lepo izrađene vaze i pisali ljupke ili vesele epitafe u kamen. „Ovde leži Gorgija, kinik, koji više ne kašlje i ne pljuje", pisalo je veselo na jednom grčkom grobu. A ne znam koji je ono kralj iz Magnezije imao na grobu potpuno golu mladu ženu. Ovo je i najbolja odmazda prema smrti. Uostalom, nije strašna smrt nego bolest. Najbolji dokaz, što se o smrti još može šaliti, ali se o bolesti ne može šaliti.

13.

Nijedna jednobožačka religija nije smatrala da je sreća u bogatstvu. To je zato da blesak zlata ne bi zaslepio čovečji um; i zato da bi umanjila urođenu gramzivost čovekovu za lenstvovanjem; zatim, da suzbije poroke koje bi bogataš mogao napraviti principima života; i najzad, da otupi zavist siromaha prema bogatašu, koja je uzrok tolikih zločina. Ali je ipak sreća koja dolazi od bogatstva svakako veća nego sreća koja dolazi od siromaštva. Bogatstvo je, neosporno, polovina ljudske sreće na zemlji. Najveći stepen sreće to je nezavisnost, a bogatstvo je ipak čoveku put da dođe do svoje slobode. Čovek bogat, to je čovek nezavisan bar od ljudi. A ovo je, nesumnjivo, najviše blago na zemlji. Istina, druga polovina sreće na zemlji daleko je od toga da se može kupiti zlatom. Alkibijad je bio srećan što je bio najlepši Atinjanin, i vrlo učen đak Sokratov, i vrlo hrabar, ali je bio i bogat. Sokrat je bio srećan iako je bio ubog; a bio je srećan što ga je delfijsko proročište u hramu Apolona proglasilo najumnijim Grkom, i što je bio hrabar vojnik i plemenit čovek. Alkibijad je, dakle, bio potpuniji u svom bogatstvu nego Sokrat, ali nije bio potpuniji u svojoj sreći. Ima ljudi koji su srećni i sa samo jednom od gornjih sreća, ali apsolutne sreće, i razumljive za svakog drugog čoveka, nema bez bogatstva, zato što ono jedino znači savršeno oslobođenje čoveka od drugog čoveka. Bez bogatstva nema slobode, nego same borbe. Istina, i ubogi Sokrat se smatrao nezavisnim, a to najzad i posvedočio svojom smrću. Pesnik Petrarka je uvek mrzeo bogatstvo, ali ne zato što ga nije želeo, nego samo zbog briga i muke koje su neminovni pratioci bogatstva. Ovako misli i Leonardo. Petrarka ne kaže da su i pratioci siromaštva još crnje brige i muke. Za zdrave i hrabre i umne, bogatstvo nije potrebno u toj meri; ali ceo svet nije ni zdrav, ni hrabar, ni uman. Čak i zdravlje i pamet kupuju se ili održavaju novcem, naročito u našem vremenu. Božanska Sapfo peva: „U mojoj kući ni meda, ni muve na medu.”

Sreće su mnogobrojne, i retko ima čoveka koji nema u životu bar jednu veliku sreću, čak i onda kad misli da je potpuno nesrećan. Istina, ima sreća ljudskih za koje jedni ljudi znaju a drugi ne znaju. Tako za beskućnike ne postoji sreća ljubavi za porodicu i za decu, a za čoveka prikovanog za ognjište ne postoji apsolutna sloboda i fantastični život beskućni. Heroj ne zna za vlast zlata bogatog kralja Lidije, ali ni bogati Krez nije znao za herojstvo Ajanta, ili pesničku slavu Pindarovu. Čak i čovek koji ne daje životu ništa, traži od života sve. I začudo, nijedan čovek ne ume da odmeri sreću koju ima, nego samo sreću koju nema. Najsrećniji je čovek onaj koji ume da se udubi onoliko u svoju sreću, kao što se drugi udube u svoju nesreću. I da ne prespava celu noć misleći na svoju sreću, kao što bi uradio da mu se dogodila nesreća; i da onako isto zbog sreće drži u rukama glavu, i da unezvereno gleda u predmete oko sebe, i rasejano čuje sve što se oko njega govori, kao što se izbezumi čovek kome su potonule galije. I najzad, da tu sreću sâm ulepšava svojim mislima, i proširuje svojom ekstazom.

Mislim čak da treba i mnogo svoje sreće namerno izmišljati. Uobražavati ih; slikati ih na pesku ili po zidovima; pevati im, i razgovarati o njima s kamenjem po putu. Velika je pogreška čovekova, čak i beda, u tom što misli da je nesreća dublja nego sreća, i što ne ume da se eventualnom srećom hrabri, koliko se eventualnom nesrećom obeshrabruje. Strah, to je životinjski osećaj u čoveka; potpun čovek se ne plaši ničeg osim sramote i kukavištva. Nikad nisam razumeo gubitke koje donosi samo vreme. Kad sam izgubio mladost, već je bilo došlo pesničko ime, i ja sam mirno prešao tako iz jedne sreće u drugu.

Ima mnogo sreća rasejanih ulicom kuda ste i danas prošli. Nijedna tuđa sreća nije bez pomalo sreće i za nas druge. Ima ubogih ljudi koji su srećni samo zato što mogu da žive u gradu bogatih, gledajući s uživanjem blistave fasade njihovih kuća, bogate vrtove pune boja i mirisa, njihova sjajna kola i lepe besne konje, osvetljene velike trgove i muziku. Tuđa raskoš, to je blaženstvo i za oči ubogih. Uživati u lepim ulicama i bogatstvu koje njima teče, izaziva više radost nego zavist, ma šta se o tom mislilo. S velikom radošću se živi u raskošnom gradu, ne zbog svojih palata nego i zbog tuđih. Ima nebrojeno više sveta koji bi se zadovoljio i mršavim ručkom i bednijim stanom, samo da živi u Parizu, nego što bi bio blažen da živi begovski na kakvom anadolskom mestu. Zato je jedna velika mudrost: od tuđih sreća praviti i sreću za sebe. To je jedini način da naša lična sreća ostane potpunija i viša. Isto je to i u stvarima ljudskih nevolja: ko podeli tuđu nevolju, tad i njegova moralna sreća povišuje sve svoje bedeme u nenadmašne tvrđave. A nesrećan čovek, videći kako drugi dele njegovu bedu, ima zadovoljenje koje postane skoro čitava sreća. Dva sina Dijagorina su bili pobedioci na Olimpijskim igrama, i gomila je pronela njihovog oca kroz svetinu koja mu je dovikivala: „Umri, Dijagora, jer valjda ne možeš postati i Bog, a samo ti još to ostaje!" Dijagora je umro od radosti. Najviši stepen čovekovog učešća, to je u stvarima otadžbine, jer je otadžbina zbir svih drugih ljubavi i osećanja. Mikelanđelu je bilo šezdeset dve godine kad je u Sikstinskoj kapeli počeo mladićkom snagom da slika *Strašni sud*, veličanstveno delo renesanse. Ali je taj umetnik toliko bio ožalošćen događajima u životu svoje otadžbine, da je mesecima ostajao ne videvši nikog, i noseći na ustima stihove koje je bio urezao pod svojom statuom *Noći*: da je slatko spavati, a još slađe biti od kamena, dok svetom vladaju zlo i sramota. Odista, ovakve sreće i nesreće, koje nisu lične, postoje u nebrojeno mnogo primera. Neke su mudre, a neke i lude. Jedna majka, stara rimska matrona, ugledavši sina da joj se vraća zdrav i čitav iz strašne bitke na Kani, pala je mrtva od radosti. Papa Lav X, saznavši da su stranačke imperatorske trupe zauzele njemu protivnički Milano, pao je mrtav od sreće. Čovek je, izvesno, po instinktu egoista; i možda nije prijatelj drugoga čoveka nego samo po istorijskoj navici. Ali ipak bez vezivanja svoje sudbine za tuđe sreće i nesreće, on je nepotpun i sitan. Zamislite dva ogromna duha kao što su bili Makijaveli i Mikelanđelo dok se borahu istog dana na šančevima, braneći oružjem svoju Firencu protiv pape i imperatora.

Čak i u vedroj staroj Grčkoj bilo je pesimista koji uopšte nisu verovali u sreću. Teognis, mudrac iz Megare, kaže: da je od svih dobara, najveća sreća za čoveka ne roditi se, i nikad ne videti sunce; ali ako je čovek već rođen, da treba što pre proći kroz vrata Plutonova i počinuti duboko sahranjen pod zemljom. Istina, ova pesimistička doktrina nije nikad uzela maha u vedroj grčkoj ideji o životu. Međutim i Sofokle, u horu jedne svoje tragedije, kaže da je bolje umreti nego živeti, verovatno pod uticajem Teognisa koji je živeo ne više nego stoleće ranije. Ali je možda u čovekovom duhu i onda, kao i danas, prolazio poneki crni oblak koji je zatvarao vidik sreće. Osećanje nesreće je bezuslovno stvar organska i stvar kulture čovekove. Vrlo zdravi reaguju fizički, a slabi su uvek gotovi na tugu. Nesreće se dublje osećaju i u zemljama gde je nebo visoko, i gde po svima stvarima leži sunčevo zlato. Nekulturan čovek nalazi svoje sreće onde gde ih drugi ne nalaze: Tamerlan je bio podigao kod Damaska piramidu od šezdeset hiljada ljudskih glava, i bio izvesno za sebe srećan, a za druge slavan.

Slava, to je jedina čovekova sreća koja nije spokojna, i koja je najskuplje plaćena. U svojoj desetoj satiri Juvenal propoveda umerenost, koja je bila i rimska mudrost. Opisuje Kserksa posle njegovog poraza kod Salamine, samog na jednom brodu, i okruženog samo leševima koji plivaju po vodi. I opisuje Aleksandra kojem je svemir bio tesan, ali koji se morao zadovoljiti najzad jednim uskim sarkofagom. I tirana Marina, kojeg su preterane želje oterale u izgnanstvo i tamnicu, i u baruštine Minturna, i da najzad prosjači parče hleba u Kartagi. Ni Hanibalu nije bila dovoljna Afrika od Atlantskog okeana do Nila, jer je smatrao da njegova slava nije dovoljna ako u Rimu ne zabode svoju zastavu usred Subure. A završio je bedno živeći od milosrđa jednog tirana u Vitiniji. Zatim, kaže Juvenal, zbog svoje visoke rečitosti su poginuli Demosten i Ciceron. Prvi je popio otrov, a drugom su odsekli ruku i glavu. Juvenal dodaje da nikad krv običnog tribuna i malog čoveka nije poprskala govornicu na Rimskom forumu nego samo krv slavnih velikana. Odista, veliki ljudi bili su sreća za čovečanstvo, ali su bili stvarno najveći nesrećnici. Najveći deo istorijskih imena prvoga stepena svršavali su kako svršavaju samo zločinci, i skoro nije bilo velikoga čoveka koji nije bio i veliki nesrećnik.

14.

Zlo i nesreća ne dolaze od Boga, nego od čoveka. Sve bede među ljudima to su nesreće koje učini čovek samom sebi, ili urade ljudi jedan drugome. U prirodi nema sreća i nesreća, nego ima samo smrt i život. Čovek je najveća štetočina na zemlji. Sve velike stvari izgrađuju samo veliki ljudi, a ljudske gomile samo ruše; mali ljudi sve sravnjuju sa zemljom. Koliki je čovek rušilac po instinktu, to su svagda pokazivali ratovi. Šta je sve uradio u Rimu Alarih samo za tri dana boravka, i Gejserih za četrnaest dana, bar ako je verovati hrišćanskim piscima. Ali šta su tek poradili hrišćani, vojnici vojvode Burbonskog, za vreme pape Grgura VII, u tom istom hrišćanskom Rimu; a šta uopšte sve po ostalim gradovima napraviše hrišćani u borbi protiv paganstva. Nema nijedne religije koja nije bezbožno rušila, kao što nema nijednog čoveka koji u svom životu nema nekoliko sitnih zločina. Veliki ljudi su netrpeljivi među sobom, jer su surevnjivi, ali mali ljudi su neiscrpni u svojim zloćama prema boljim od sebe. Mali ljudi se uvek šegače s velikim ljudima, a veliki ljudi se često šegače s krupnim stvarima. Jedan od tvoraca renesanse, prosvećeni papa Lav X, platio je stotinu zlatnih cekina za jedan epigram da napakosti nekom čoveku kojeg je mrzeo; a na Kapitolu je ovenčao jednog škrabala da se podsmehne lovorima kakve je nekad primio i Petrarka. Kad se uzme koliko na svetu ima ludaka, zatim glupaka, zatim podlaca, i najzad bezličnih i bezbojnih ljudi, čovek izgubi ljubav za život u takvom otrovanom vazduhu. Toliki broj nakaznih učini da nam ovaj svet odista izgleda najgori od svih svetova; a dodajte odmah još i da svemu tome ne može biti nikad konca ni kraja. Oglašena je prirodom borba između kontrasta na svetu: borba zlih protiv dobrih, bezumnih protiv pametnih, divljih protiv pitomih. Hrišćanstvo je imalo čudnu ideju da izmiri dve protivurečnosti: kako istovremeno postoji i Bog koji je svemoćan, i zlo koje satire ljude. Da bi opravdalo Boga, tvrdilo je da zlo postoji na svetu samo zato da bi se mogli staviti na iskušenje i dobri i zli ljudi, kako bi zatim nagrada postojala za jedne, a kazna za druge. Ovo je možda jedino tumačenje hrišćansko koje nije uspelo da unese nimalo svetlosti u jedan svoj krupni problem.

Čovek ima više hrabrosti prema drugom, nego prema sebi. Da nije toga, ne bi bilo zla na svetu. Savršenstvo čoveka sastojalo bi se u tome da bude većma strog prema sebi, negoli čak i pravedan prema drugom. Ja znam mnogo ljudi koji su bili vrlo pravedni prema drugom, ali nisu bili strogi prema sebi, i zato su bili uvek labavi u stvarima dobra. Njihova pravednost je uvek propadala, ako nije bila u pitanju tuđa ličnost nego njegova sopstvena, jer pravednost prema sebi zavisi od strogosti prema sebi, kao što pravednost prema drugom zavisi samo od naše dobrote. Pravednost je jedno kraljevsko osećanje, i čovek pokazuje pravednost često više laskajući sebi, nego voleći drugog. Najbolji ljudi to su oni koji su prema sebi najstroži, i koji oproste drugom i ono što ne bi nikad oprostili samom sebi.

Svi ljudi imaju iste mane, ali nemaju iste vrline; u tome je i sva razlika između velikih i malih ljudi. Ljude treba suditi samo po njihovim vrlinama, a ne po njihovim manama; međutim, po vrlinama nas ocenjuju samo naši prijatelji, a naši neprijatelji nas ocenjuju samo po našim manama. Stvarno, svaki čovek je bio gotov da bude razbojnik po svojim instinktima, ali svaki čovek nije bio po instinktima gotov da bude dobar: zato što za dobrotu treba više mudrosti nego instinkta, i što u prirodi ne postoji zloća i dobrota nego samo borba za život između jačih i slabijih.

Sve se plaća, kažu ljudi. Tako govore i oni kojima se nikad ništa nije platilo. Ali se ipak sve plaća; a kad ne bi bilo ove istine, onda bismo umrli od straha na ovoj zemlji. Ideja o nagradi za dobre i o kazni za rđave, nije uopšte postojala u prvim vekovima grčkoga politeizma, nego je tek docnije sekta orfista unela ideju o božanstvu koje i presuđuje ljude prema njihovim delima. Čak ni jevrejska sinagoga nije spočetka bila izgradila tu ideju odgovornosti nego tek nešto malo pre pojave hrišćanstva; ali hrišćanstvu izvesno pripada priznanje da je tu ideju o nagradi i kazni podiglo do pravog i osnovnog smisla o dužnosti na zemlji.

Od svega što je čovek posejao, ništa nije rađalo brže nego mržnja. Narod se brže fanatizuje nego vaspita. Koristoljublje je uvek nedeljivo od mržnje; iz koristoljublja se ljudi odriču otadžbine, porodice i vere. Švajcarske trupe borile su se jedne u službi francuskog kralja Luja XII, a druge u službi grada Milana, i one su se međusobno podavile u jednoj strašnoj bitki, samo za tuđ novac. Fanatizam je ostatak varvarstva, a s kulturom trebalo bi da čovek ide samo za hladnim osvedočenjem; međutim, nažalost, izgleda baš naprotiv, da je fanatizam jedno slepilo našeg instinkta, koje neće moći ništa iskoreniti. Što je najžalosnije, ljudi se fanatizuju u mržnji, ali se ne fanatizuju u ljubavi. Jedini lek protivu ovog instinkta bila je vera hrišćanska, koja je prva fanatizovala ljude u ljubavi. Svaka mržnja je sugestija samog sebe, i zato čovek mudrac može sebe fanatizovati u ljubavi, protivno i svojim instinktima, koji su inače uvek skloni samo mržnji. Fanatizovati se u dobru, to znači postati čovek istinski pobožan.

15.

Smrt je u svetu neizmerno više raširena nego život, i smrt izgleda skoro normalno stanje egzistencije. Život postoji na površini zemlje; samo male oaze života stoje, očajno se otimajući da ne uginu. A svugde je drugde smrt i ćutanje. Bifon, po Epikuru, kaže da nismo svesni smrti kad ona dođe. To je tačno, ali smo svesni pre nego što dođe da će zaista doći, i svesni smo da nas posle toga više neće biti. A to je ono što je užasno. Jer jedno je smrt za stvari u prirodi, a drugo za ljudsku dušu. Herojstvo pred smrću je paradoks, koji se ne daje ničim objasniti; jer nije logično hteti slavno umreti, nego hteti živeti u slavi. Mržnja i ljubav su u jednom pogledu nedeljive: čovek nikad ne mrzi drugoga nego iz ljubavi prema sebi, a često se događa i obratno. Svako bi čak možda mirno umro kad bi znao da posle nas neće više ni za druge postojati sunce, žena, muzika, prijateljstvo i vino. Naročito nepravda, koju čovek oseća na svom prolasku kroz život, hodeći zatvorenih očiju za sve glavne probleme oko sebe, odvodi ljude u ateizam. Najzad takav nasilni čovekov odlazak u smrt, koja je od svega najodvratnija ljudskom umu i srcu, to je ono što otvara između božanstva i ljudstva onaj jaz, koji će biti sve dublji, ukoliko čovek bude duhovniji i duševniji. Stalnim porastom kulture, čovek će u svojim očima postajati sve veći, a ovu će božansku nepravdu ipak razumevati sve manje. Čovek kulturom postaje sve više tvorac, i time se sve većma približuje tvorcu sveta; zato će ideja o smrti biti uvek najveća protivnica ideje o Bogu. Čovek nikad nije razumeo Boga koji kazni i dobre koliko i rđave; i koji često ne kazni ni rđave nego samo najbolje; i koji satire najkorisnije, mesto najštetnije; i najveće kao i najmanje; i Boga osvetnika, kakvog se um ljudski užasavao otkad misli na njega. Nikakva mudrost nije bila u stanju da rasturi te mračne čovekove sumnje. Čovek se pokoravao božanstvu koje nikada nije do kraja razumeo. Čovek ima neumitni nagon za život pred kojim sve drugo iščezava, i nikakva mudrost nije u stanju da premaši snagu toga instinkta.

Mudrost, to je, uostalom, vrlina nesrećnika i staraca. Marko Aurelije kaže ove gorke reči: „Naskoro ćeš sve zaboraviti, i naskoro ćete svi zaboraviti." Ali šta se postiže ovom mudrošću, koja, ukoliko je dublja, utoliko je za čoveka većma poraz i uniženje? Ovaj latinski mudrac nas teši govoreći nam zatim kako je vreme proždrlo mnogo mudrih Hrisipa, Sokrata i Epikteta, i da zato svako treba da ima na umu da će vreme i njega proždreti tako isto. Ali ništa ne dodaje našem spokojstvu ovakvo tumačenje života! Nagon za život ostaje ipak najveće čovekovo dobro, i on će uvek ratovati protiv prevlasti tog užasnog saznanja o svom ništavilu. Kažu da je Demokrit imao na usnama večiti osmeh, a da je Heraklit bio plačevan; ali ko bi znao reći da nije taj osmeh bio tužniji od te plačevnosti. Zar nije taj isti Demokrit govorio: „Svet je samo promena, a život je samo jedno mišljenje", a Heraklit je tvrdio da sve protiče, i da svi dani sliče jedan drugom. Na takav pesimizam o životu, mogao se odista jedan od ovih mudraca zaplakati, a drugi podsmehnuti, jer bi to opet izašlo na jedno isto. Instinkt za život, to je samo instinkt za sreću, i jedno od drugog su nerazdvojni. Egipćani su izbegavali reč smrt, koja je najružnija čovekova reč; i smrt su nazivali uvek drukčijim imenima: velika promena, gospodar života, ulazak u odmor, probuđenje u svetlosti. Odista, ni sve religije nisu stvarno drugo nego čovekova borba protiv ideje o smrti. Međutim, za Platona je smrt veća nego život, pošto kaže na jednom mestu da život treba da bude samo razmišljanje o smrti.

Pesnik je čovek večite mladosti. Ima bednih ljudi za koje nema ništa ni novo ni čudno. Izmalena su bili starkelje, a u starosti su dečurlija. Kad bi pesniku izgledalo sve staro i svršeno, on ne bi stvarao. Treba verovati da nije ništa stvoreno, ili tek da je svet juče začet, pa hteti i sâm stvarati. Samo je mladost stvaralačka. Ma u kojim godinama, ako čovek još stvara, on je mladić. Kao novorođeno dete, i novo delo je produkt samo čoveka mladog i moćnog. Skeptici nisu ni srećni, ni nesrećni; to su ljudi van života i protiv života.

Velika nesreća čovekova jeste što život počinje mladošću a svršava starošću; jer bi život bio neizmerno savršeniji da, naprotiv, počinje starošću, a svršava mladošću. Čovek ovako stoji osuđen da prisustvuje svom postupnom umiranju, i za dugi niz godina misli na smrt s užasom, i najzad plati svirepo onaj prosečno vrlo mali broj godina prave mladosti. Ne znamo da smo mladi kad smo mladi. Uče nas u mladosti da budemo skromni i mudri; da rano ležemo i rano ustajemo; da ne gledamo tuđe žene, i ne poželimo tuđe dobro; da opraštamo neprijatelju, i da sve činimo za prijatelja. Ali nas niko ne uči da smo mladi kad smo mladi, i da je mladost jedna veličina i slava. Zagorčavamo mladost strahom od starijih, neprestanim radom za karijeru, mučnim životom u vojnoj službi, što upropasti najlepše godine te mladalačke veličine i mladalačke slave. Mi saznamo šta je mladost tek onda kad nas je napustila. Čovek svaku stvar meri prema sebi, prema svojim srećama i nesrećama, čak i ceo život okolo sebe; i zato izgleda da svet odista ima pogreške koje zbunjuju i ogorčuju protiv Boga. Španski kralj Alfonso X, koji je nazvan Mudrim, govorio je da je Bog pogrešio što, stvarajući svet, nije imao njega pored sebe, jer bi mu bio mnogo koristio.

16.

Svakom zdravom čoveku je ipak moguće da bude srećan. Osećanje nesreće, to je, najčešće, samo jedno duševno stanje (mnogo puta tuđa sugestija), najčešće stvar temperamenta, ponekad i samo stvar lične predrasude o životu. Sreća, to je utopija zdravih; ali nesreća, to je fantazija bolesnih. Filozofija će zato, kao i sve religije, uvek propovedati da je blagodet jedino u skromnom životu, a to znači u samoodricanju. Odista, pokušajte da se nečeg odrečete, i videćete koliko odjednom osetite vere u sebe. Odrecite se zatim još nečeg i videćete kako se najednom počnete osećati moćnijim od svih neprijatelja; a odrecite se, najzad, nečeg što je bilo vaše najveće i centralno zadovoljstvo, i vi ćete se konačno osetiti silnijim i od samog života. Pokažite samom sebi da možete živeti s vrlo malo društvenih veza, i biti srećan i s polovinu ili trećinu svog imanja, i da se možete osećati snažnim i samo s dvojicom prijatelja, mesto bezbrojnih i blistavih poznanstava, i da možete spokojno stanovati u predgrađu, mesto u središtu velikog grada, čak i u selu, mesto u varoši. Odrecite se, na kraju krajeva, i svojih neprijatelja, kao da ne postoje, jer i oni predstavljaju jedan teret, bespotreban, na vašim kolima. Naročito uverite sami sebe kako je sasvim mogućno sve materijalne sreće zameniti moralnim i duhovnim, da sujetu možemo zameniti ponosom, a samoljublje zameniti častoljubljem. Stari su Atinjani počinjali svoju jutarnju molitvu ovim rečima: „Orosi, orosi, mili Zevse, polja atinjanska i ravnice...” A imperator Marko Aurelije, navodeći blage reči ove molitve, dodaje sa svoje strane, da se ili ne treba moliti Bogu, ili ga treba odista moliti ovako nevino i predano.

O LJUBAVI

1.

Ljubavnici su najveći utopisti, a ljubav je najveća utopija. U ljubavi se oseća više nego što treba, pati više nego što se misli, sanja više nego što se živi, i kaže i ono u šta ni sami ne verujemo. U ljubavi nema ničeg razumnog. Ljubav je jedno duhovno stanje bez ravnoteže i bez razabiranja. Zato su antički Grci smatrali ljubav bolešću, a zaljubljene bolesnicima. Ni zakletva zaljubljenih nije za njih imala sudsku vrednost. „Dobro pazi, sine moj, da nikad svoj razum ne žrtvuješ za ljubav jedne žene", kaže Kreont u *Antigoni*. A Plutarh, govoreći o Antoniju i Kleopatri, pet vekova posle takvog Sofoklovog pesimizma, kaže o ljubavi: „Duša zaljubljenog čoveka živi u tuđem telu." Dugo se verovalo da ljubav pomućuje zdrav razum, i podiže egoizam do slepila. O ljubavi se ne može ni govoriti pametno, jer ljubav nije stvar pameti nego osećanja; a zato što je ljubav istinska samo kad je slepa, ona ne podleže nikakvim merama razuma. Žena se zato može samo voleti ili ne voleti, ali se ne daje razumeti; najbolji dokaz, što se najmanje poznaju dvoje koji se najvećma vole. Mi zapravo počinjemo ne razumevati ženu tek otkad počnemo da je volimo. Naročiti razlog što se o ljubavi ne može pravilno misliti, to je što se o njoj odveć razmišlja. Preterano razmišljanje o nečem skrene misao na bespuće, naročito u stvarima osećanja. U ljubavi se naročito ispituje svaka pojedinost, svaki pokret, svaka reč, pogled, aluzija. Zaljubljen čovek je mistik koji živi od priviđenja, koji veruje u čudesa, koji ne veruje ni ono što je očevidno, koji se bori s fantomima, koji izmisli najveći deo svojih sreća i nesreća, i najzad, koji izgradi planove bez srazmera i bez logike, sasvim protivno svemu kako bi radio da nije zaljubljen. A koliko zaljubljeni žive u opsesijama i u poluludilu, vidi se tek kad se takvi zaljubljenici najzad ohlade, i otrezne, i povrate sebi. Zaljubljeni se danas očajno vole, kao što sutra mogu da se očajno omrznu, a oni se omrznu bez stvarnog povoda, kao što su se zavoleli bez stvarnog razloga.

U ljubavi čovek traži sudbinu u gatkama, hrabri se rečima, ne veruje svojim očima ni ušima. Žena je stvar spola i srca, a ne osvedočenja i filozofije. Ako od nje napravite predmet misli, onda je ona izgubljena za vaša osećanja. Često i sve ideje koje imamo o nekoj ženi, dolaze samo od dobrog ili lošeg iskustva s nekom sasvim drugom i drukčijom ženom. Najgore govore o ženi oni koji su bili najsrećniji u ljubavima; nesrećnici su uvek kratki u svojim refleksijama o ženi. Pisci i nepisci, ljudi dubokoumni i ljudi maloumni, svi govore o ženama sa uopštavanjem; ali ženu najvećma napadaju baš ljudi koji su najmuževniji i fizički najstrasniji. O ženi govore lepo i pristojno samo ljudi po krvi hladni i za ženu ravnodušni. Jedino onaj pisac koji ženu ne bi napao u šumi, neće je napasti ni u knjizi. Srećom što i žena voli samo napadača, koji hoće da napadne kako bi je oteo, i da je otme kako bi je zaposeo. Izvesno, jedno o ženi misle mladi, a drugo stari; i jedno bogati, a drugo ubogi; i jedno lepi, a drugo ružni; i najzad, jedno zdravi, a drugo bolesni. U ljubavi, kao i u religiji, sve počiva na osećanju i na verovanju u neverovatno. Zaljubljen čovek misli da uvek voli prvi put, iako je pre toga sto puta voleo; a događa se čak da veruje kako je odista samo ovaj put istinski voleo. Zbog ovog nelogičnog i nerazumnog, ima u ljubavi toliko nesrećnika.

2.

Srećom samo što je ljubav jedini slučaj gde se u nesreću srlja svojevoljno. Martirologija ljubavi je bezgranična; to su *scalae demoniae*, koje ljubavnicima izgledaju kraljevske stepenice. U ljubavi ne stradaju samo ljudi koji su mekog srca, nego, naprotiv, najvećma stradaju baš oni koji mesto srca unose svoju grubu sebičnost, svirepu želju da osvoje, i potrebu da despotski zavladaju. Ljudi koji u ljubav unose odveć srca, manje stradaju, jer srce sve pozlaćuje, i ne vidi ništa što nije dobro. Egoisti su u ljubavi prirodno osuđeni na muke, jer je ovde ljubav za ženu svedena na najmanju meru, a brutalna ljubav za sebe postala nepomirljiva. Nikome se ne robuje mračnije koliko samom sebi, jer naša sebičnost, to je tamnica pod zemljom na kojoj nema prozora. Stradaju u ljubavi i ljudi od velike mašte, jer ako mašta zida zlatne tvrđave na oblacima, ona otvara i crne ponore, i onde gde nema ponora. Ljubav je najčešće jedno veliko maštanje, jer smo izmislili sve vrline kod žene koju volimo, i uobrazili da su sve sreće moguće, i zaključili da su sve prepone sitne i neznatne. Čovek koji voli sve žene, nije zaljubljen u ženskost koliko je u ženskost zaljubljen čovek koji voli jednu jedinu ženu: da čovek odista voli postojano samo jednu jedinu ženu, potrebna je mašta koja ide u priviđenje i prelazi u ludilo. Tako su i pesnici, kao ljudi od mašte, uvek bili veliki stradalnici u ljubavi. Srećom što u ljubavi pesnici nisu i fanatici, jer nikad ne vole samo jednu lepotu, niti se zato ograničavaju na samo jednu ženu. Zato pesnik nije nikad žrtva žene kao što su mnogi drugi ljudi. Pesnikova je ljubav sveobimna, a u toj sveobimnoj ljubavi je žena samo najsavršenije umetničko delo. Najsavršenije, ali ne jedino. Zato nema pesnika samoubica. Oni su se čak branili od ženske isključivosti i ljubavne tiranije često vrlo oporo i bezdušno. Ovidije i Bajron bili su najveći cinici u ljubavi. Ovidije, ljubavnik lepe Korine, savetuje: „Nemoj se ustezati da ženi sve obećaš: zaklinji se svima bogovima da uvek govoriš istinu; igraj se ženama nemilosrdno; varaj varalice!... Veći deo njih pripada perfidnoj rasi, zato pusti neka se uhvate same u svoje mreže." Bajron je bio očaran kad mu je gospođa De Stal rekla da on nema prava na ljubav, jer nema srca ni sposobnosti za lepu strast, i da je takav bio celog života. A Bajron ovde dodaje: „Ja sam odista bio očaran kad sam sve ovo saznao, jer nisam o tome imao ni pojma." Žene su se uvek pesnicima krvavo svetile. Kao što divljaci najzad poubijaju svoje kraljeve, tako i žene na kraju dotuku one kojima su najpre robovale... Odista, u ljubavi su pesnici pretenciozni, oholi, teško zadovoljni, i na kraju krajeva, vrlo dosadni.

Ali su pesnici u ljubavi iskreniji nego svi drugi ljudi. Anakreon kaže: „Ako možeš da prebrojiš lišće u šumi, ili pesak u moru, onda ćeš moći prebrojati i moje ljubavi. Najpre ćeš ih nabrojati samo u Atini dvadeset, i još po vrhu petnaest. U Korintu, celu vojsku; jer u Korintu ima najviše lepih žena u celoj Ahaji. I nabrojaćeš dve hiljade u Lezbosu, u Joniji, u Kariji, i na Rodosu. Reći ćeš: zar si toliko voleo? Ali nisi još prebrojao one u Siriji, u Kanabosu, i one na Kritu, gde ognjeni Eros vlada nad gradovima. I najzad, sve one u Gadesu, u Baktrijani, i u Indiji." Na drugom mestu kaže isti pesnik: „Teško je ne ljubiti, ali teško i ljubiti, a najstrašnije ljubiti uzaludno. Ni preci, ni vrline, ni genije, ne koriste u ljubavi, nego samo zlato. Proklet bio ko ga je izmislio! Zbog njega se omrznu rođena braća i roditelji, i biju krvave bitke. A što je najgore, zbog njega stradamo svi mi koji ljubimo..." I na trećem mestu: „A sad čemu mi služi moj štit. Ne mogu se njim odbraniti, pošto se moja bitka bije u meni." Pesnik Gete je voleo Katarinetu, Frederiku, Šarlotu, Lili, Kristijanu, Ulriku, Marijanu... Sličan je slučaj sa svima pesnicima. Uostalom, to je zato što su pesnik i ljubav nerazdvojni celog života, za razliku od drugih ljudi. Ljubav je glavni izvor inspiracije i akcije pesnikove, jer je ljubav i glavni motiv njegovog života. Sve što znamo o ljubavi, znamo od pesnika. Da nije bilo pesnika, o ljubavi bi se znalo manje nego o mržnji.

3.

Ljubav je osećanje koje je rezultat svih drugih osećanja, zbir svih mogućnosti čovekovih, najviših i najčistijih. Ljubav je najveći izvor snage za iluziju, i najdublji dokaz moći za akciju. Ljubav je svedočanstvo zdravog spola i dubokog morala: jer za ljubav treba imati pre svega mnogo fizičke sile i neizmerno mnogo dobrote. Znači, mogućnosti za utapanje u drugom biću i drugoj sudbini; pregorenja za iluziju i vere u ideal; radosti da se živi dvostrukim i mnogostrukim životom; i najzad, potrebe da se iziđe iz sebe u nešto šire i veće i opštije. Čovek koji ljubi ženu, viši je od čoveka koji ne ljubi, jer ljubav za ženu je već dokument moći za iluziju i za požrtvovanje, dokaz čovekoljublja, jedno suvereno osećanje protivno samoživosti i isključivosti. Čovek koji ne voli žene, ne voli ni ljude. Voleti, to je sveobimno osećanje. Ljubitelji žena, to su ljudi već izraženi u jednoj humanoj crti, koja je čak vrlo duboka. „Ja sam stvorena da ljubim, a nisam stvorena da mrzim", kaže Antigona u drami Sofoklovoj.

Ljubav je dokaz inteligencije, jer čovek bez ideja i prostak bez vaspitanja, ne mogu biti zaljubljeni, pošto je ljubav najveća mudrost i najfinija duševnost. Ljubav je zato uvek bila privilegija najviših duša, ako ne i najvećih duhova. Sveta Tereza govori đavolu da je nesrećan zato što ne ume da voli, a sveti Frančesko je pravio žene od snega. U hrišćanskom svetu su bili zaljubljeni sveci, ali u paganskom svetu su bili zaljubljeni bogovi. Čak i boginja Rea, majka Zevsova, volela je jednog frigijskog mladića, lepog Atisa. Njen jedan sin, Pluton, umirao je od ljubavi za Persefonom, ćerkom Demetre, a drugi sin, Zevs, posejao je ljubavnim neredima sve grčke puteve kud je prošao. I svi drugi grčki bogovi su bili zaljubljeni; ljubav je za antički svet bila božanskog porekla. Nema u grčkom životu fatalnih ljubavi ni fatalnih žena. Bog Eros je slikan kao gološav dečko, a postajući docnije latinski Amor, isto je tako po izgledu bio samo đavolast i bezazlen. Pesnik Teokrit ima pesmu u kojoj je Erosa ujela pčela, i on se tuži Afroditi kako je tako mala pčela mogla napraviti toliko veliku ranu. A boginja mu odgovara: „I ti si malen, a kakve teške rane zadaješ." Neizmerna je nesreća za ljudsko srce što su pogubljene ljubavne pesme antičkih grčkih liričara, jer već sama božanstvena Sapfa pokazuje kakvom se izvanrednom istančanošću govorilo o ljubavi, i koliko su u ljubavi grčkoj strast krvi i finoća izraza bile podjednako duboke. Gubitkom tih knjiga stare erotike, antičko grčko srce je za nas ostalo tajnom, baš u onom u čemu je bilo najintimnije kazivano. Ima pisaca koji veruju da antički narodi nisu znali nego za ljubav fizičku. Nije tačno. Oni samo nisu znali za našu hrišćansku mortifikaciju, ili našu romantičarsku ekstazu ljubavnu; ali to ne znaju ni današnji Amerikanci sa severa, a sutra to više neće možda znati ni evropski čovek. Svakako iz grčkog eposa i iz atinske tragedije vidi se da su Grci poznavali i ljubav-dužnost, kakvu je docnije slikao Kornej, i ljubav-strast, kakvu je zatim pevao Rasin. Istina je da su rimski pesnici bili u ljubavi neverni i pohotljivi, i na jeziku cinici i sadisti, i odveć malo zauzeti duševnom lepotom svojih žena. Pa ipak Ovidije je bio galantan, kao kakav pesnik iz Versaja. Propercije, najstrasniji pesnik rimskog doba, strada što ga njegova Cintija vara; i peva istoj Cintiji kako će nekad poneti ljudi njegovu posmrtnu urnu od crnog oniksa, punu mirisa iz Sirije, a na njegovom grobu čitati ove reči: „Onaj koji, sad, počiva ovde — bio je nekada rob ljubavi samo jedne." I Teokrit, koji na jednom mestu kaže: „Nesretni su oni koji ljube", peva na drugom mestu: „Zdravstvujte, vi koji ljubite. Onaj koji mrzi, mrtav je. Ljubite da vas ljube. Jer Bog kazni po pravdi." Ovde su kod grčkog liričara čovekoljublje i ljubav jedno isto; a neosporno, to osećanje i jeste nedeljivo.

4.

Žena u koju smo zaljubljeni, kao i sama ljubav, nije nešto što postoji van nas, nego je nešto što postoji u nama, i što je deo nas samih. Mi nekog ljubimo ne zato što tu ljubav zaslužuje potpunije i isključivije nego iko drugi, nego što smo mi na tu ličnost prosuli jedno svoje sunce koje ga je ozarilo i izdvojilo od sveg drugog naokolo na zemlji. Mi ljubimo, jer je naša duša prepuna nežnosti, i naše telo prepuno strasti; dokaz, što to isto biće ne bismo voleli u starosti, kad već naša zamorena duša nema dovoljno nežnosti, ni zamoreno telo dovoljno strasti. Mladost i ljubav, to je sve što ima život. To su dve nerazlučne sreće koje posle sebe ostave pustoš i pomrčinu. Ostatak života čovek proživi samo od uspomena na svoju mladost i na svoju ljubav; i čovek bi sve docnije sreće i trijumfe dao za nekadašnju obest mladosti i nekadašnje fantazije ljubavi. Nema nijednog ostarelog kralja koji ne bi pristao da bude običan mlad poručnik. Čovek bez mladosti, to je sasvim drugo biće nego što je taj isti čovek bio mladićem, skoro bez veze s nekadašnjim sobom. To je sad jedna setna egzistencija koja je duhovno i moralno ili bolja ili gora, ali izvesno sasvim drukčija nego nekad. Ne žalim ništa na svetu nego što u mladosti nisam znao da sam mlad, i da mi je to saznanje moglo dati osećanje superiornosti nad milionima najmoćnijih i najbogatijih ljudi. Nisam znao da sam nekada bio imperator Kine i car Indije! Nije čovek znao zašto ga nekad žene gledahu kao pijavice, ni da su ga tad ljudi mrzeli jer nisu imali širinu njegovih grudi i snagu njegovih mišica. Zato je najčarobnija sudbina u istoriji čoveka bio život Aleksandrov, koji je osvojio najveće carstvo na svetu, i zatim umro, ne znajući ni za jedan poraz, poraz koji bi inače doživeo da nije umro mladićem. Ovako je umro s uverenjem da niko nije jači od njega; i s pravom je verovao za sebe da je Bog, kao što ga je uveravao i Amonov sveštenik u Egiptu. Jer odista, ni grčki homerski bog nije imao ničeg više od njega: lepotu mladića, silu i besmrtnost.

Ljubav je čak i herojstvo jer traži žrtve. Ako se pitamo da li smo ljubljeni u zamenu, i u istoj meri, ljubav je time prebrojana i taksirana kao moneta i roba. Zato slepa ljubav, to je jedina ljubav. Za ljubav treba nevinosti, koliko i za religiju. Samo slepe oči ljubavi nađu najveće puteve sudbine, kao što se samo zatvorenih očiju vidi lice božje u svoj čistoti i veličini. Ko nije religiozan, ne može biti ni istinski zaljubljen; i zato je u naše doba tako malo zaljubljenih. Ima prirodno zaljubljenih kao što ima prirodno religioznih; a ima ih koji ne mogu biti ni prirodno zaljubljeni ni prirodno religiozni. Ljubav nije samo privilegija jednog našeg životnog doba nego i privilegija jedne naročite vrste duhova; jer ima sveta za koje je ljubav nerazumljiva i otužna, a za koje je i vera samo jedna samoobmana i perverzija.

Ljubav je, najzad, i najviši produkt kulture. Kod primitivnih ljudi ne postoji ljubav nego prohtev, ni san nego požuda. Što je veća kultura jednog naroda, utoliko je ljubav dublja, jer je komplikovanija i fatalnija. Žena nije više ženka nego ličnost, znači mnogostruka lepota: umetničko delo, duša i duh. Zbog ovog je osećanje ljubavi tesno vezano za nečiju inteligenciju i dobrotu. Biti zaljubljen, verovati u ljubav kao u nebo, to je živeti u najvećoj čistoti i krajnjoj sili dobrote. Ljubav je najveći stepen svega što nosi nekoristoljubivo srce, najveće pregnuće, totalno samoodricanje, život u drugom biću i za drugu ličnost, usađenu u zenit jednog doba našeg života. Zato je apsurdum i nesreća sumnjati u nešto što volimo, pa je apsurdum sumnjati u ženu ako je volimo. Ljubav u sumnjama, to je najveća beda i najčemerniji paradoks božji, čak i nepremostiva fatalnost za ljude od srca i ponosa. Jer, najčešće, koliko je ljubav veća, utoliko je i sumnja veća. Međutim, za punu sreću u ljubavi, treba biti nesebičan, i prema sebi krajnje neosetljiv: ljubav isključuje samoljublje, i ne poveruje ni u ono što je očevidno. Ideal i nije u stvarima nego iznad njih. Teško srcu koje uzima san o sreći kao sliku sreće koja je mogućna. Nema sreće koja se ne daje porušiti u prašinu, ako je samo više tumačimo nego što je osećamo.

5.

Nijedan veliki čovek nije poznavao ženu. Svaki je pisac opisuje kako je sâm zamišlja i sâm izgradi, a ne kakva je žena u stvari. Filozofi nisu o ženama dovoljno pisali, jer nisu s njima živeli koliko s filozofijom, i jer su ih stvari srca uvek manje zanimale nego stvari uma. Nema dobrih knjiga o ženi. Dok smo mladi, mi žene volimo i zbog njih stradamo, a ne opisujemo ih naučno; a kad ostarimo, one nas više ne interesuju ni kao predmet razmišljanja. Žena je bez principa i bez merila; bez jednog stalnog i uravnoteženog stanja; često bolesna i poluluda; svagda nestalna i prevrtljiva. Sve ovo, i kad je mnogo bolja od nas. Zato bi veliki čovek trebalo da se kloni ljubavi, ne zbog momenata tragičnih, nego momenata smešnih, u koje neminovno pada pored žene. Ljubav je ozbiljna i sveta stvar, ali su zaljubljenici — začudo — uvek smešni za sve ostale ljude. Dovoljno je da vam neko ispovedi da je zaljubljen, pa da mu u vašim očima padne cena.

Ima žena koje nose sobom pravi duh razorenja, i potrebu da sve stvari degradiraju, i sve duhove nivelišu; a to je ono što superiorni ljudi ne mogu ženi da oproste. U probleme svih vrednosti žena ulazi s lakoumnošću i perverznom obešću, da nesvesno obori cenu svačega: genija, ljubavi, umetnosti, morala, razlike među ljudima, razlike među ženama, među principima, među dobrim primerima. Ne postoji za nju merilo opšte nego lično. Žena ne zna šta je to opšti život, ni opšta sreća, ni opšti ideal; sve meri po sebi i prema svojim potrebama. A ženske potrebe su, nesumnjivo, daleko od tih velikih kriterijuma za sreću. Ona je bez divljenja pred velikim, bez gnušanja pred malim. Sve će vrednosti priznati, ali i sve pasivno primiti. Ne uviđa da su velike ideje potrebne za život, jer ona vidi život u malim srećama i malim nesrećama, u šarenilu i u strastima. Još su manje potrebni superiorni ljudi za njene sreće, koje ne treba da budu velike nego samo šarolike i radosne, uzbudljive i promenljive.

Ljubavi velikih ljudi su zato bile mahom ili komedije, ili tragedije, ali najčešće komedije. Veliki čovek svaki proces srca podigne neizbežno do procesa uma; i tako filtrirajući kroz mozak stvari sna i mašte, one postanu bezlične ili čak sasvim izblede. Postoji ludilo ljubavi, a ne postoji mudrost ljubavi. Zato su ljubavi velikih ljudi pune protivurečnosti, kobnog i smešnog. Obični ljudi za takve sukobe ne znaju, niti prave ljubavne nesreće doživljuju. Istinske ljubavne nesreće su isključiva i tužna privilegija samo odabranih duhova i velikih srca. Bekon kaže da veliki ljudi nisu bili veliki ljubavnici, jer je ljubav za njih odveć malena stvar. Ovo nije tačno; nego baš naprotiv. Svi veliki ljudi su bili zaljubljenici celog života; i to ne samo pesnici nego i državnici, i velike vojskovođe, čak i veliki vladari: Perikle, Cezar, Napoleon. Jedan veliki čovek je rekao da se na sve bregove penjao, ali da je breg ljubavi najviši. Za Dantea i Petrarku, ljubav je bila identična s Beatričom i Laurom; a i ljubav je Beatriče isto što i ljubav Laure. To je žena *dona della salute*. Čak je i sasvim obično da veliki ljudi duguju najviše svojim ljubavnicama. Sjajni pisac Turgenjev je govorio gospođi Tolstoj kako je prestao da piše otkad je prestao da bude zaljubljen. A ako su i Italijani onoliko Madona naslikali, to nije zato što su bili zaljubljeni, i što je u Italiji bilo mnogo madona. Čovek kad je istinski zaljubljen on je istinski pobožan, i meni je ovakva ljubav bila najrazumljivija. Dante svoju Beatriču pravi čak simbolom teologije koja je za njega bila nauka o sreći, kao što je filozofiju smatrao naukom o blaženstvu.

Istina je samo da veliki ljudi nisu ludovali za ženom nego za ljubavlju. Nije ljubav za njih nešto maleno, kao što je mislio Bekon, nego je žena odveć malena prema ljubavi, koja je neizmerna. Za velike ljude nema ničeg ni malog ni prolaznog, i njima je zato potrebna ljubav samo u jednom okviru beskonačnog i večitog. Zatim, njima je potrebna ljubav u stalnoj groznici i u usijanju, u vrtoglavici i u vrtlogu — zato što je ljubav vatra u kojoj oni sve svoje iskuju. Zato su oni često i izneveravali svoje žene, i onda kad su ostajali očajno verni svojoj ljubavi. Za velike ljude nije ljubav odmor, kao za obične ljude, nego otrov, potreba da se živi u stalnoj iluziji mladosti i akcije. Za mnoge velike ljude žena je bila čak i pojam vrlo dalek od ljubavi. Jer veliki čovek teže uvidi ženine vrline, nego što oseti pogreške njenog spola. Kad je slavna gospođa De Stal bila u Nemačkoj, toliko je mnogo govorila da je mirnom Šileru za mesec dana upropastila nerve, i on se, kažu, zatim osećao kao posle kakve duge bolesti; a hladni Gete je bežao i zatvarao se kod svoje kuće, strahujući šta će ona docnije napisati od onog što je on tad s njom razgovarao. Uopšte, veliki čovek se boji žene većma nego običan čovek; veliki čovek se boji lukavstva i nestalnosti, usađene u ženski spol, a ništa kao lakoumna žena ne može postati kobnim za njegovo delo. Veliki čovek stavlja svoje delo iznad svega drugog, a naročito iznad žene, što je izvesno srećan slučaj, ali što mu žena nikad ne oprašta. Niko o ženama ne misli gore nego baš čovek koji već neku ženu bezumno voli; svi su zaljubljeni ljudi mračni pesimisti, ubeđeni skeptici, koji veruju da su proganjani i uhođeni, i da koračaju između stalnih zamki i busija. Nisu od ovog oslobođeni ni veliki ljudi. Možda samo pravi artisti nađu u ljubavima naknade za izgubljeni mir. Jer ono što otpate kao obični ljudi, ljubav im naknadi kao tvorcima, jer je ona najveća inspiracija za stvaranje. Svakako, između žene i velikog čoveka postoji prirodni antagonizam, zbog čega su veliki ljudi ili izbegavali superiornije žene, ili imali s njima samo nesrećne doživljaje.

6.

Ni žena se lako ne veže za superiornog čoveka, koji je po prirodi samotnik, često vrlo sujetan, skoro uvek mnogo ćudljiv, u više prilika i neurastenik; zatim, veliki čovek većma voli principe nego stvari, i većma ideje o ljudima nego ljude. Velikog čoveka zbunjuje i zaglupljuje veliko društvo, koje, naprotiv, ženu razdragava, i zbog kojeg jedino ona čini i dobro i zlo. Veliki čovek luduje za onim za čim se više niko ne otima: za mudrošću i za slavom posle smrti. A žena je po prirodi epikurejac, sva od ovog sveta, zadovoljna brzim uspesima, a na slavu posle smrti nikad i ne misli. Ženu veliki čovek zanima samo spočetka, jer to laska njenoj sujeti među drugim ženama, i jer žena voli sve što blista. Ali obožavati, ne znači i ljubiti. Ljubav je sama sebi dovoljna; ljubavi nije potrebna nikakva druga slava nego njena sopstvena. *Je vous admire jusque ne pas vous aimer*, kaže jedno lice u nekoj staroj komediji. Uostalom, žena ne zna da poštuje, nego da voli. Žene ne traže ni da vi njih poštujete, nego da ih volite. Poštovanje za njih znači odsustvo svake ljubavi, nešto hladno i iz glave, a ne nešto proosećano i iz duše. One veruju da nekog treba najpre voleti, kako bi ga zatim istinski poštovale, a ljudi misle obratno. Žene misle: gde je mnogo poštovanja, tu je malo ljubavi. Žene imaju stalnu potrebu da budu voljene, i kad one same ne vole, i zato se često predaju i ljudima koji su im inače fizički nemili.

Obične žene vole obične ljude, a samo neobične žene vole ljude s neobičnim odlikama. Ni ove žene ne vole ljude koji odista najviše vrede, nego one koji su najviše na glasu. Sve žene vole bogataše, jer je žena uvek siromah. Pametnih se boje; darovite smatraju za polumahnite. Izvesno, pesnici su od svih ljudi oni koji najvećma žive u opsesijama ljubavi, i koji imaju najviše ljubavnica, ali su njihove ljubavi bile za njih često samo igre mašte i intrige srca. Retko je koji mogao bezmernost svoje ljubavi da koncentriše samo na jednu ženu.

Rafaelo je jedini od njih umro u zagrljaju svoje ljubavnice. Međutim, Edgar Po je dao ipak svoju teoriju o reinkarnaciji jedne jedine ljubavi u čovekovom postupnom nizu žena i ljubavi. U hiljadi žena koje smo voleli, mi uvek volimo samo jednu.

Ima izvesnih patriota zbog kojih nam omrzne otadžbina, i sveštenika zbog kojih nam omrzne crkva i vera, i vojskovođa zbog kojih nam omrzne vojska i herojstvo, i žena zbog kojih nam omrzne ljubav. Španjolke i Italijanke zagorče čoveku život ljubomorom, Grkinja svojom sebičnošću, Ruskinja svojim ludim prohtevima, Nemica što brzo odeblja, i Srpkinja što nikad ne sazre. Francuskinja je danas najpotpunija žena u njenoj ljubavi za čoveka. Ona od prirode ima, i sobom donosi čoveku: konverzaciju, graciju, zabavnost, iskrenost, intelektualnost, moralni interes, utehu, ljubav, hrabrost, ženskost, rasnost. I kad nema polovinu ovog, ostaje ipak druga polovina koja je čini superiornijom od svih drugih savremenih žena. Francuskinja je jedina žena koja može da bude učena bez straha da postane muškobanja. Ona je čoveku najbolja ljubavnica i drug i saradnik, i kad nije supruga. Ona je jedina koja ima ideju o čoveku s kim razgovara. Za sve druge žene čovek vredi samo onoliko koliko on znači za nju i njene namere.

7.

Ima odista jedno doba u ljudskom životu kad sve podseća na ljubav: sunčan dan, tamna noć, bura i tišina, novac i muzika, cveće i heroizam, mek divan, oblak u nebu, mušica u vazduhu. Tako žena postane središte svih drugih pokreta srca, misao misli, cilj ciljeva. Sreća vredi samo koliko je sreća za njih dvoje. Sirotinja je strašna samo zato što taj čovek ne može da tu ženu napravi kraljicom, ili ona njega imperatorom. Religija vredi utoliko ukoliko Bog pomaže njihove sastanke, i ostvaruje njihove planove. Dvorac na bregu vredi samo ako je prikladan za njih dvoje. Stari prijatelj, ukoliko je njihov protektor; a novi prijatelj, ukoliko je bezopasan. Smrt postoji ukoliko spasava od nesrećne ljubavi i učini kraj jednom očajnom razočaranju... Sve gleda samo kroz ono što volimo: pejzaž, kuću, put, knjigu, ideju. Ništa u ljubavi nema više cenu samo za sebe, i sve je mereno na jedan način. Zaljubljenici mogu da žive navrh planine na jednom stablu, u dnu šume u jednoj pećini, nasred mora na jednoj dasci. Zato je ljubav najisključivije osećanje koliko je i najpotpuniji život. Ljubav sve ispuni i sve zameni. Rađanje ljubavi u duši, to je više i lepše nego rađanje sunca na okeanu.

Žene počnu da ljube samo onda kad su voljene, ili bar kad misle da su već voljene. Inicijativa ljubavi uvek dolazi od čoveka. Žena hoće više da bude voljena, nego da sama voli; i više da je žele, nego da je vole. Ona ne samo da prva ne voli, nego prva i ne bira. Čovek joj se može naoko i da dopada, ali je retko da ga prva zavoli. Nikad u ljubav žena ne ulazi inspiracijom kao čovek; kad god se krene u ljubav, ona je zavedena, obmanuta ili pervertirana. Ona se ne daje nego se podaje. Žena ide više za ljubavlju čovekovom, nego za svojom prirodom. Žena može da se zanese za bogatašem ili artistom, za vojnikom ili sportistom, za lepim ili za umnim, ali se najzad dadne, često za ceo život, sasvim drukčijem čoveku nego kakvog je zamišljala i želela. Ona uvek podlegne jačem, a ne lepšem i umnijem, ni boljem ni milijem. Retko koja žena visi o ruci čoveka koji je bio odista čovek njenog ukusa. Nije tome uzrok društveni položaj, zbog čega žena ne bira muža nego muž ženu; nego što je u prirodi žene da željno podnosi nasilje i da ga rado očekuje — slučaj koji je možda dublji i od same ljubavi. Padajući pred jakim a ne pred dobrim i lepim, žena ne razume duh nego volju, ni lepotu nego nameru. Čovek je po prirodi nasilnik, a žena po prirodi ide na susret nasilju. Prava žena nikad ne poljubi prva; pravi tip žene sve čeka od čoveka: prvu reč, prvi poljubac, prvu žrtvu, prvi primer. Retko kad žena prva kida s nesrećnom ljubavlju; ali, jednom odvojena, prva zaboravlja, ili se prva baci kamenom na prošlost. Svakako, zaljubljena je žena uvek žrtva; zaljubljen čovek je uvek pobedilac, ili bar nije žrtva. Jedna velika i nesrećna ljubav u životu jedne žene od srca može da joj društveni i intimni život učini nemogućim za ceo vek. Žena to instinktivno oseća. Zato se žena često lako daje, ali se lako ne zaljubljuje. Žena veruje da se sačuvala od čoveka samo kad zna da se nije zaljubila; zato što je i mnogo manje zaljubljenih žena na svetu nego što iko misli. Braneći se od ljubavi, žena misli da se odbranila i od čoveka. Žena dobro zna da je slaba samo kad voli.

Nikad žena i čovek ne vole jedno drugo istom merom; kao da je prirodi bilo stalo samo da deponuje negde izvesnu sumu strasti bez obzira da li će biti pravilno podeljena na njih dvoje, različne po duhu, po duši, po temperamentu, po volji. Ima, uostalom, jedan veliki broj ljudi koji apsolutno i ne zna za osećanje ljubavi, i to kroz ceo njihov život; a ima ih koji imaju smisla za ljubav, ali joj ne daju nikakvu osobitu cenu. Ne stavljajući ljubav iznad svih drugih faktora života, i žena je ovde za takve ljude samo onoliko važna koliko je ona njihov ortak u nekom poslu, ili jatak u pljački. Čovek nikad ne zna kad ga žena voli. On uvek traži da to sazna po spoljnim znacima, koje, međutim, žena namerno izvrće, jer je intriga njenog spola uvek glavni deo njene ljubavi. Naprasitost i nasilje čovekovo je njegova ogromna beda naročito prema finoći i mirnoći žene koja sve saznaje intuicijom i urođenom gipkošću. Ovakvom grubošću ljudi pokvare sebi gotove trijumfe. Ljudi ne znaju koliko žena često voli, i onda kad najmanje izgleda zaljubljena; i koliko često svirepo strada, i onda kad izgleda najvećma rasejana; i dok sedeći pored kakvog drugog čoveka, izgleda mračni izdajnik. Žena se pretvara i laže, i kad ljubi i kad ne ljubi. Hipokrizija ženina, stvar njenog spola, i sredstvo njenog života, postane tako često i njenom nesrećom. Ona se prva otruje otrovima koje je drugom iskuvala, i poseče nožima koje je sama izoštrila.

Čovek, uopšte, ne poznaje žene, jer je bez intuicije, glomazan, samovoljan, odveć pritisnut poslom, i odveć zauzet drugim ljudima. Zatim, čovek uvek voli da veruje u utiske laskave za njegovu sujetu; i on ljubav ne analizira, jer se oseća jačim od žene, znajući da će zapovedati, verujući čak da će i vladati. Žena, naprotiv, zna da će joj se zapovedati, i odmah se stavlja u položaj odbrane prema tiranskom instinktu čovekovom. Žena brzo prozre čoveka, naročito dobro uoči njegove slabe i zle strane; čak je i ne interesuju vrline kojima on zrači među drugim ljudima. Žena gleda u čoveku protivnika i tirana, i onda kad ga najvećma voli; zato nikad ne gubi iz vida njegove slabosti, kojima se u toj borbi ona služi većma nego svojom snagom. To je lako, jer se čovek brzo pokaže ceo, naročito kao drugar. Žena se, naprotiv, uvek krije, i nema potrebe za drugarsku intimnost: ove su stvari čak glavni slučajevi njenog spola. Čovek o ženi zna samo ono što je sâm izmislio, i u što je samo on verovao. Odista, u odnosima između čoveka i žene, žena je svagda superiornija. Herodot priča da u Egiptu ljudi tkaju platno kod kuće, a da su žene trgovci u čaršiji. Diodor Sicilijski kaže da su u Egiptu ljudi potpuno robovi žena.

8.

Govoriti o ljubavi, to je već pomalo voleti. Nikad žena ne govori o ljubavi s nekim koji joj se ne sviđa kao čovek, i kojeg nikad ne bi mogla voleti ili poželeti. Ima momenata kad prva lepa diskusija o ljubavi s jednom ženom, ne znači prvi lep kozerski uspeh, nego prvi ljubavni korak. Za mladu ženu je svaki minut jedan gorak gubitak, ako nije u vezi s ljubavlju. Žene, stvarno, nikad nisu indiferentne prema čoveku. Već s prvim pogledom, ona jednoga čoveka ili mrzi, ili voli, ali nije nikad prema njemu ravnodušna. A ako ravnodušnost uopšte postoji, onda je ona osećanje čovekovo, ali nikad ženino. Žena je u ovom pogledu slična detetu, koje se na prvom susretu baca u naručje jednom čoveku, a od drugog čoveka se usteže, skoro s očevidnom mržnjom, znači opet bez svakog znaka indiferentnosti.

Ima mladih žena koje kažu da su s nekim mladim čovekom samo prijatelji. Velika prijateljstva, to su ovde već male ljubavi. Nikad žena nije prijatelj s čovekom koji nije mužjak, i kojem se ne divi kao spolu. Može jedan čovek biti i mudrac, i pesnik, i vojskovođa, ali pre svega mora biti nosilac svog spola. Može žena s uživanjem opštiti s čovekom za kojeg zna da ima lažnu nogu, ali ne može bez odvratnosti opštiti s čovekom za kojeg zna da nema spola. Čovek i žena, dok su mladi, ne mogu biti samo prijatelji i svakodnevni drugovi, na način na koji je to mladić s mladićem, ili mlada žena s drugom mladom ženom. Može se dogoditi i protivno, i to samo ako se jedno drugom nimalo fizički ne sviđaju; ali je u tom slučaju posredi više antipatija, negoli ravnodušnost. Žena će o ljubavi govoriti sa Alkibijadom, a o filozofiji s lepim Lisidom, ali sa starim i ružnim Sokratom neće razgovarati ni o ljubavi, ni o filozofiji. Čak se žena s čovekom i ne sprijatelji bez nekog svog intimnog motiva; u najviše takvih slučajeva prijateljstva ona ipak misli da je taj čovek voli. Čim čovek bude takvoj ženi pokazao malo veću pažnju nego drugim ženama, ona u tom događaju vidi većma ljubav nego obično prijateljstvo. Uvek između čoveka i žene ima jedna intriga spola. Znam žene koje su s jednim čovekom održavale veze savršeno idealne, ali su uvek znale, ili bar pretpostavljale, da ih taj čovek bar želi telesno. Takvo osećanje čovekovo, uostalom, ako je diskretno, ne vređa ni najčistiju ženu. Ona, čak i bez ikakve naročite namere, oseća ovde potrebu da mu bude najbolja prijateljica, kao što bi mu druga koja žena bila gotova ljubavnica. Svaki dodir mladih jeste na osnovi čulnoj, i onda kad im najmanje tako izgleda. Najveći čovek joj je ravnodušan, ako ma čim pokaže potpunu čulnu ravnodušnost prema njoj. Nezainteresovanost, da; ali ravnodušnost, ne! Žena ne shvaća platonska stanja duha i tela; jer mladost ima sve svoje zakone u krvi. Žena je najpre spol, pa onda čovečje biće. Ali i čovek tako isto.

Žene se nikad ne pokazuju cele onima koji su preterano strogi u moralu. Žene su potpuno otvorene samo prema onim za koje unapred znaju da sve praštaju. Zato i manje rđave žene, često čak i potpuno dobre žene, jure za rđavim ljudima. U nekim evropskim zemljama žene luduju za tenorima iz opereta, ili za artistima iz ateljea, u drugim za oficirima, ali svugde za bogatašima. Artisti predstavljaju život u fantaziji i razuzdanosti moralnoj; oficiri predstavljaju mladost, zdravlje, lepotu i redovan položaj; a bankari su spasioci žena raspikuća i kockara. Oficirova peruška i mač, to su ostaci starog viteštva, koje danas pripada samo njima; njegova lepa pojava može da zameni nedostatak učenosti; malo bolje vaspitanje, da zameni porodično ime. Oficir ima puno od pauna, a to je ravno onom što žena traži od svakog čoveka. Oficir se izdire na ljude i konje, a žena se divi njegovoj sili zapovednika od kojeg imaju strah ljudi i životinje. Oni su tirani svojim ženama; a one ih trpe, ali im se osvećuju brže negoli drugim ljudima. Svakako, dugmeta oficirske uniforme većma sjaje u očima mlade žene nego najduhovitije izreke čoveka u smešnom fraku koji pored ovog izgleda rugobno i pogrebno tužan. Ima, najzad, žena koje se zaljube i u čoveka koji ima lepšu ženu nego što je ona. Zatim, ima ih koje se zaljube u nekog čoveka samo zato što je on muž žene koju ona mrzi. I, najzad, ima ih koje se lako zaljube u neprijatelja svoga muža. Ovo su sve stranputice i apsurdumi ljubavi kakvi ne postoje u stvarima mržnje. Svakako, žene instinktivno preziru čoveka koji nije bio u stanju da oplodi ženu. Ima žena kod kojih pitanje ljubavi ne ulazi u njeno opšte mišljenje o životu; na jedan način misli žena o ljubavi, a o svemu drugom misli na sasvim drugi način; zato su mnoge žene u stvarima ljubavi savršeno rđave, a u drugom svemu savršeno ispravne. Mnogo češće nego kod čoveka, fizički nemoralna žena može biti na celoj liniji do krajnje mere moralna, ili potpuno verna svom čoveku, a u svakom drugom pogledu razvratna: raspikuća, kockar, zao jezik, loša ćud. Znam dame iz najviših društvenih sfera, punih blagorodstva, čak i naivnosti, ali čije su ljubavne istorije bile pune rugobe. Jer spolni razvrat češće je više stvar naivnih nego perfidnih. Ljubavne vratolomije mogu biti i lepe kad se u njih metne ono što ih čini razumljivim: poezija, san, iluzija, prijateljstvo. Međutim, u najviše slučajeva žena pada iz razloga kojima se ne razaznaje ni pravi pokretač. Svakako najkorektnija prema društvu može biti najgora prema ljubavi i porodici, i mnoga čovekova razočaranja dolaze otud. Očevidno je da se svaki čovek čudi ako nije voljen. To je apsurdum. Ima ljudi na koje ni muva neće da padne.

9.

Ljubav najmanje postoji u velikom društvu. Ljubav je uživanje a veliko društvo ima hiljadu drugih načina da uživa. Veliko društvo s titulama se vezuje i u braku prema titulama, a bogataši se vezuju u brakovima prema bogatstvu. Na stotinu aristokratskih i bogataških brakova nema danas nego jedan u kojem bi glavni motiv bila ljubav; čak se u tim sferama o ljubavi govori kao o jednom nižem i ne-savremenom osećanju. Zato je ljubav, kao moral i kao religija, luksuz sirotinje. Žene padaju u velikom društvu za položaje, veze, nakite, čak i za običan novac, kojeg nikad nemaju dovoljno u svojim utak-micama; a u malom društvu se žene daju za ljubav i za strast. Nikad nam novac nisu tražile siromašne prijateljice, nego uvek žene mnogo bogatije od nas. Bogataši kupuju žene iz svog kruga, isplaćujući njihove račune i spasavajući ih od dugova; sirote žene nisu ni uzete u obzir, jer je u gospodskim ljubavima više sujete prema sebi nego nežnosti prema ženi. Na Istoku su žene za novac najlakomije; ali je to razumljivo, pošto su na Istoku do juče prodavali žene na pazaru kao voće, brašno i kamile. Sad više ljudi ne prodaju žene, ali se one same iznose na pazar. Na Istoku je ljubav u našem smislu skoro nepoznato osećanje, pošto je svedena samo na telesno i nervno stanje; a nije čak ni strasna ni pomamna, nego naprotiv uboga i hladna, jer se onamo žena čoveka više boji nego što ga voli. U Francuskoj je, više nego i u jednoj evropskoj zemlji, ljubav postigla celu svoju obimnost, zato što je Francuskinja i duhovno i duševno najprobuđenija žena, a Francuz najodaniji prijatelj ako ne žene a ono Francuskinje. U Parizu je prošle godine bilo trideset hiljada samoubistava, većinom ljubavnih, a na Istoku niko ne bi razumeo da je uopšte moguće samoubistvo iz ljubavi. Stari su Grci govorili da je ljubav jedno „poludelo prijateljstvo", ali na Istoku ljubav nije ni ludilo ni prijateljstvo. Uostalom, čovek koji ne poštuje ženu, ne poštuje ni ljubav za ženu. Ima na Istoku, možda više nego igde, puno žena koje ne padaju; ali one koje padnu, padnu za novac. U mnogim velikim gradovima na Istoku je jedini gospodar bej-trgovac, za kojeg rade svi ostali. Zato se onamo sve kupuje, a, što je najgore, onamo se sve i prodaje.

10.

Čovek i žena su ne samo dva različna nego i dva potpuno neprijateljska spola. Dokaz, što se sve među njima rešava borbom. Prvi dodir čoveka i žene, to je već jedna mala bojna čarka. On prvu pobedu dobija bitkom kojom se otpočinju ostale bitke, tog večnog stogodišnjeg rata. Čovek lako osvaja ženu kad nije u nju zaljubljen, ali kad njoj izgleda da jeste; u ovome je, istina, teško prevariti žensku intuiciju, ali zato ipak često one same sebe obmanu. Žena, uostalom, ne voli ljubav koju uviđa nego koju nagađa. Zaljubljen čovek je slab; on postaje svirep i sebičan, analitik i sitničar. On sumnja jer hoće da sve sazna, čak i ono čega nema. Kad je najveće sumnjalo, on poveruje da je postao vidovit. Zaljubljen čovek muči ženu da bi sebi olakšao, i često ide prema ženi do neprijateljstva, i čak do zločina. Žena svoju ljubav nosi s puno slasti i tuge, a čovek sa zloćom i strahom. Čudno je da se u svojoj ljubavi čovek boji i ljudi kojih se inače nigde drugde ne bi bojao. Niko mu nije bezopasan; na svima mestima, busije i neprijatelji.

Ima vrlo malo sveta srećnog u ljubavi. Ljubav napravi više nesrećnih nego srećnih, i više bede nego radosti. Najveći deo sveta kad najvećma voli najvećma je ljubomoran, i zato je nespokojan i često potpuno nesrećan; jer nema sreće bez spokojstva. Ali i kad čovek ne voli, on je nesrećan, jer je nepotpun. Ljubomora je najbrutalniji izraz ljubavi fizičke; uostalom, samo su seksualci ljubomorni a jedini sentimentalci ne znaju za ljubomoru. Sentimentalac možda u ženu sumnja, ali on bez sumnje bez gneva i bez krajnosti; a seksualac ženu voli krvnički i može da je omrzne ubilački, a ponaša se prema njoj razbojnički. U samom pogledu seksualca pred ženom ima mnogo zverskog i nasilničkog. U ljubomori i očajanju seksualac je osvećuje i muči, a sentimentalac sâm strada mučeći sebe; seksualac ubija ženu, a sentimentalac ubija sebe. Čovek koji voli samo kroz spol, baca se u slepilo posle prvog znaka sumnje, i tada je njegova jedina strast mrzeti, mučiti druge, osvetiti se. Nema sreće u ljubavi; najmanje ima sreće čovek koji ima najviše uspeha. Ljubav je najveće nespokojstvo i nasilje nad sobom i nad drugim.

Nema leka ljubomori; i najbolji ljudi i najveći mudraci su skloni ljubomori, jer je ona stvar temperamenta, a ne stvar uma. Katul, kao kakav najspiritualniji pesnik našeg vremena, kaže u jednoj pesmi: „Ljubim i mrzim! Kako je to moguće, pitaćeš. Ne znam. Ali to osećam, i zato stradam." Ovo je ljubomoran pesnik. U ljubomori je Alfred de Mise pio i plakao, a Bajron je varao i žene u koje je verovao, a tukao one u koje je sumnjao. Ljubomoran čovek stvarno izmisli najveći deo svojih razloga za nesreću i svoju i ženinu. Kao glad, ni ljubav nema očiju; ali ljubomora nema pameti. Čovek koji ženu muči ljubomorom, veruje da se naplaćuje za bol koji mu je ona zadala, a niko ne može uveriti da se vara u svojoj sumnji. Ljubomora je zato jedan oblik ludila. Najbolji dokaz, što čovek nije ljubomoran samo na današnjicu, nego je ljubomoran i na prošlost te iste žene. Ljudi koji su pre prošli kroz njen život — kakva vojska samih džinova!... Kad taj nesrećnik ugasi noćnu svetiljku u svojoj sobi, daleki neprijatelji ostanu još naslikani po zidovima i po plafonu! Ova ljubomora na prošlost jeste najsvirepija, jer je to nešto bespovratno i nemerljivo. To je bezdan u koji se ne sme pogledati; i to su protivnici koji se ne daju domašiti. Za današnjeg protivnika verujemo i da ćemo ga nadmudriti, ali za bivšeg protivnika verujemo uvek da je bio u čelik obučen pobedilac. Ovo je za ljubomornog čoveka borba s duhovima, koja odvodi u ludilo i porugu. Međutim, ima ljubavi i brakova koji su zauvek otrovani na ovaj način. Imao sam jednog prijatelja koji je ceo život živeo od mržnje, a umro od ljubavi.

Ako smo ljubomorni u mladosti, ni starost ne donosi leka. Ljubomora starca je poznata kao strašna. Kod mladih je ljubomora posledica preteranog spola, a kod starih je ljubomora bolest starosti i strah od jačeg. Čovek, uopšte, kad postane ljubomoran, poveruje da vidi više nego svi drugi ljudi.

Ima razlike između ljubomore čovekove i ljubomore ženine. Kod čoveka je ljubomora samo slučajna i fizička, a kod žene je ljubomora obično duševno stanje. Žena u svoju ljubav i u svoj brak stavlja više ljubomore prema drugim ženama, svojim protivnicama, nego ljubavi i nežnosti za čoveka. Nežnost, koja boravi u svakom čoveku još od deteta, u ženi se izgubi čim se oseti spolom. Između ljubomore čovekove i ženine, ima i ta razlika što ljubomorna žena izneveri muža, a ljubomoran čovek nema oči na ženi, nego na protivniku; i ne želi da se osveti ženi, koliko drugom čoveku.

Lek od ljubomore ne postoji, ali postoji lečenje. U ljubavi treba od žene uzeti samo ono što je ona u stanju dati: mladost, lepotu, strast, fine reči, lepe navike. Sva pića i mađije, ali ne herojske zavete ni hrišćanska pokajanja! Žena je estetički i fizički osećaj, a ne moralni. Međutim, ljubavnici su strožiji i svirepiji moralisti negoli muževi. Nepomućena sreća u ljubavi, to je ne tražiti od žene vernost. One su stvarno vernije nego što mi verujemo; i vernije su kad im se to ne traži nego kad im se to iziskuje.

Dovoljno je zaljubljenom čoveku, koji ima naklonost za ljubomoru, da vidi ženu da se smeje od sveg srca, pa da ne poveruje u njenu ljubav. U stvari, ljubav je jedno sumorno osećanje. „Ne tražim da budeš mudra, nego budi lepa i budi tužna", kaže pesnik Bodler. Znao sam mnogo ljudi koji su voleli samo žene sposobne za plač, jer je plač prirodnije vezan za stvar ljubavi; pošto je ljubav uvek trzanje, nemir, patnja. Smeh od sveg srca nije stvar zaljubljenih, niti smejači izgledaju sposobniji za duboke stvari. Jedino osećanje, to je odista uvek jedan slučaj savesti. I ljubav je, kao slučaj savesti, osećanje hermetično i ponosito. Zaljubljen čovek zato sebi izgleda kao obučen u zlato, i daje sebi izgled svečan i veličanstven. I golub kad se udvara golubici, toliko se pući i nadima, da sâm sebi izgleda velik kao carski orao, ili težak koliko albatros.

11.

Jedni u ljubav meću samo dobrotu, a drugi samo mržnju. Međutim, najveći broj ljudi ne unosi u ljubav ni dobrotu ni mržnju, i za njih je žena celog života najmanje predmet duhovnog i duševnog zanimanja. Ljudi do pedesete godine misle na poslove, namere, dužnosti i veze, a od pedesete već manje gledaju na put pred sobom; od šezdesete veliki broj ljudi ne misli ni na budućnost, ni na prošlost, nego na smrt. Ali ima i ljudi koji, naprotiv, stavljaju u ženu ceo i duhovni i duševni i fizički život, i postave ženu u centar svih svojih poslova i dužnosti, i veza, i namera. Ovakvi su svi Francuzi. Što je najčudnije, nigde državni zakoni nisu bili svirepiji nego francuski prema brakolomnoj ženi: u naše vreme francuski zakon oslobađa muža koji ubije ženu uhvaćenu u prevari; međutim, nijedna literatura na svetu nije od preljube napravila više slučaj srca, niti je igde čedna devojka i neporočna supruga imala manje svojih istoričara i panegiričara. Žene preljubnice, to su jedine junakinje u francuskoj književnosti, kao što su nekad bile mučenice jedine junakinje u hrišćanskoj hagiografiji. Iz francuske književnosti je svaka lakoumna žena mogla na taj način da izvuče sve komplikovane zakone preljube i neverstva prema mužu u korist ljubavnika; čak je u francuskom romanu uvek opisivana preljubnica lepše nego muž i sjajnije nego i ljubavnik. Ali francuski zakonodavac osuđuje na smrt junakinju ljubavi zbog preljube, koju su, međutim, njegovi pesnici i romansijeri digli do apoteoze. Slovenska književnost nije dosad dala primer divljenja za preljubnicu. Najveća slovenska žena preljubnica, to je Ana Karenjina, ali je i nju pesnik opisao u jednoj višoj logici srca: ona je iz ljubavi pala u porok, i iz poroka pravo u smrt. Međutim, i ona je naličila na sve žene koje pođu za srcem: kad je onako mlada prvi put videla Vronskog, kojem je bilo tad dvadeset šest godina, ona je, na povratku doma, najednom opazila kako njen muž, Aleksandar Aleksandrovič, kome je bilo četrdeset dve godine, ima nesrazmerno krupne uši. Srpske rapsodije su bile nemilosrdne prema nevernoj ženi. Ovo se vidi iz pesama o ženi vojvode Momčila, i o ženi bana Strahinjića, i najzad o ženi bana Milutina.

Ima tri vrste ljubomornih ljudi: prvi veruju da su sve žene nevaljale, pa zato je nevaljala i njegova žena; drugi, koji veruju da su sve ostale žene verne a samo njegova neverna; i treći, koji veruju da su sve druge žene propale, a samo njegova stoji kao nezauzimljiva tvrđava. Prva dvojica su po prirodi plašljivi i sumnjalice, a poslednji su ili vrlo hladni prema ljubavi, ili vrlo lakoumni u moralu, ili, naposletku, odveć sigurni u svoju ličnu neodoljivost. Najveći deo ljudi nisu ljubomorni na ženu samo zato što su odveć oholi na sebe; oni veruju da ni drugi njihovoj ženi ne daju višu cenu nego što je daju oni sami. Oni često ne pokazuju svoju ljubomoru što smatraju da će žena biti bez smelosti da pođe ka grehu, ako joj njen čovek pokaže da je se nimalo ne plaši. Najveći deo ljudi nije ljubomoran, zato što su odveć zaposleni, a ima ljudi koji su toliko iskreno nemarni za svoju sopstvenu ženu, jer i sami jure za tuđim ženama. Zbog svega ovog, ljubomora je jedno merilo kojim se daje dobro izmeriti i čovekova pamet, i njegov karakter, i njegovo moralno osećanje.

Najmanje ima ljudi koji veruju da je žena sama sebi dovoljna kad dođe pitanje da brani njenu časnost. Čovek, naprotiv, uspeo je da izmisli i pripiše ženi sve odlike karaktera koje ona u stvari nema, čak koje su više čovekove nego ženine. Tako čovek misli da je žena slaba i zbunjena, a ona je izvanredno gipka, smela, dosledna, i uvek zna šta hoće i koliko može. U pogledu spolnom, žena je neizmerno manje uzbudljiva i sposobna da samu sebe savlađuje; a kad padne, to nije često ni zbog velike ljubavi, ni zbog silne strasti ni zbog urođenog nemorala, nego iz momentalnog prohteva i amoraliteta koji je stvarno usađen u seks. Međutim, ako mnogi ljudi nisu ljubomorni, to je najvećma zato što veruju da ni drugi ne daju veću vrednost njihovoj ženi nego oni sami koji su se već i odviše na nju navikli; kao što se opet najveći broj žena baci drugom čoveku u naručje kako bi same sebe uverile da im neko daje više cene nego što joj daju u njenoj kući. Najtragičniji slučaj večnog nesporazuma između čoveka i žene u ljubavi, koji poznajem, to je slučaj jednog poljskog plemića iz mog društva na strani, kad je bdijući noću očajan pored mrtvačkog odra svoje mlade žene, došao na pomisao da izmeni s njom prsten, a zatim u ženinom prstenu našao jasno urezano ime i reči jednog njegovog prijatelja, na kojeg je već i dotle ponekad sumnjao da je mogao biti njen ljubavnik.

Najsvirepiji u ljubavi, to su Latini, i to najpre Italijani i Španjolci. Poznat je slučaj nekog italijanskog senjora koji je zbog ljubomore na nekom balu iste večeri izveo iz dvorane svoju ženu u grad, i odande u jednu daleku provinciju, gde se s njom zajedno zatvorio u kuću za ceo život, da ni jedno ni drugo više nikad ne vide ljudsko društvo. Ljubomorni Španjolci su imali prava da svoje žene zatvaraju u manastir, za večna vremena, kao uzidane. Rus ne ubija nevernu ženu nego obesi samog sebe; a Srbin je ljubomoran samo kad je neprosvećen. Turci su ljubomorni kao gorile, a Arapi kao kobre. Nemci od ljubomore naprave pitanje kako bi imali priliku da se s nekim potuku, i jedno drugom odseku uši i noseve. Englez nije ljubomoran, jer poštuje ženu, gledajući u njoj i sestru i majku, a ne samo ljubavnicu. Amerikanac nije ljubomoran, jer većma ceni svoje vreme i svoje zdravlje nego svoju ženu. Grk nije ljubomoran, jer smatra da je od svega na svetu najlakše naknaditi gubitak žene; a nije ljubomoran ni zato što on mirno izneveri drugog, i pre nego bi iko imao vremena da njemu podvali.

Ljubomora je nesumnjivo jedno osećanje koje je izvor najstrašnijih nepravdi i najprostačkijih nastupa. Ko je bio ljubomoran lako može uvideti koliko ima u tom osećanju vulgarnog i nedostojnog prema tuđoj ličnosti. Ali može da uvidi i koliko ljubomora manje sačuva ženu, nego što je odaleči od kuće i uputi u neverstvo, čak i s čovekom na kog bi možda bez tog jedva i pomišljala. Plemenit i hrabar čovek smatra nevernu ženu većma nesrećnom nego nevaljalom; a za sebe samog smatra da nema prava da sudi drugog čoveka za ono što bi on isto učinio u sličnom slučaju. Zato je ljubomora jedno stanje potpunog ludila, pošto se u njemu i čovek dotle najispravniji okrene protiv svih zakona i religioznog morala i pravnog smisla. Stoga bi ljubomorne prestupnike trebalo najpre uputiti u ludnicu mesto u tamnicu. Jeste li primetili da ljudi nisu ubijali svoje žene uhvaćene da se daju za novac, nego uvek one koje su se davale iz duboke i iskrene ljubavi; a ovo najbolje svedoči da je ljubomoran čovek ne samo bez smisla za moral i pravičnost nego i bez poštovanja za iskrenu ljubav, u čije ime tobož diže ruku. Zato je ljubomoran čovek moralni idiot, a ljubomorna žena je gora i opasnija od preljubnice.

12.

Ima žena koje u čoveku vole samog čoveka, a druge u čoveku vole samo ljubav; međutim, ima ih koje vole i samo uspeh. Žena koja u čoveku voli samo njegovu ličnost, ostaje očajno vezana za njega. Ovo su najčešće velike mučenice ljubavi. Međutim, za žene koje u čoveku vole samo ljubav, i to kao intrigu i strast, čovekova ličnost je sporedna, a ljubav prema njemu lako zamenljiva ljubavlju prema drugom čoveku. Ali je i neosporno da je žena koja u čoveku traži samo svoj uspeh, od svih najopasnija, jer je sebična i proždrljiva, zabavljajući samo svoju sujetu i maštu; ona sve pred sobom gazi, i ništa ozbiljno ne uzima. Ovo je zao paun, opasan za ljude od srca, bez porodice i bez morala, egoist, koji sve vidi kroz sebe i za sebe. Nema vremena da opazi da li ste obučeni u belo ili crno, a ulovi svaku reč i aluziju ako se odnosi na njenu ličnost. Gledajući u vaše oči, ona ogleda sebe; naročito, ne tumači vas, niti vas prosuđuje. Voleće i čoveka nižeg od vas, ako se pokaže pred svetom kao njen obožavalac veći nego što ste vi. Žena koja voli uspehe, ne voli ljubav, jer je ljubav okiva i zarobljuje; ali i obratno: žena koja voli ljubav, ne voli uspehe, jer joj te male sreće smetaju višim srećama. Samo žena koja voli čoveka u čoveku, useli se cela u njegovu ličnost, kao vojska u neku tvrđavu. Ovo je Andromaha, koja smatra ljubav i dužnost za jedno isto. To su žene s puno majčine nege i sestrinske nežnosti, najređi prijatelji čovekovi, žene arhanđeli.

Vrlo je retka ljubav-dužnost; ona izgleda čak kao paradoks. Kornej je od te ljubavi pravio velike tragedije. Ona odista postoji, ali ne u velikom društvu, u kojem je mnogo iskušenja i zamki. Najpoštenija žena misli da je žrtva ako je poštena. Moralan muž se zaljubi u svoje poštenje, a žena u svoje mučeništvo, i to je onda ostrvo sunca u okeanu mraka. Prva žena je bila bludnica, kao što je prvi čovek bio razbojnik. Žena, u iskonsko doba, išla je za čovekom iz šume u šumu, a danas ide za njim iz salona u salon, kao što je i čovek nekad čekao iza stene drugog čoveka da ga ubije, a danas ga čeka u banci ili u politici, da ga prevari. Prvi znak ljubavi jedne žene, to je kad želi da se osami i izdvoji od sveta. Žena koja odmah ne napusti svoje dotadašnje navike, vara i sebe i čoveka o svojoj ljubavi. Jedan dokaz ženine ljubavi, to je njen kult svakog vašeg momenta, svake vaše navike, svakog vašeg predmeta. Istinski zaljubljena žena postaje fetišist. Ona, kao svraka, čuva sve što je čovek imao u rukama: njegov cvetić, sliku, olovku, dugme, cigaretu, neupaljenu ili upola ispušenu. Ona u svemu vidi njega, i sve pobožno prinosi k usnama. Ovo su žene koje o ljubavi više sanjaju nego misle, ali se ovo događa i najdubljim ženama kad odista duboko zavole. I čovek isto tako čuva ženine čiode, pantljike, sličice, ukosnice. Čedni i čisti u svojoj ljubavi, postaju tako fetišisti, koji izgledaju jedini zaljubljenici na svetu. Kult svih malih momenata i stvarčica, to je ljubav naivna i nevina. To je Eros slikan kao dete. To je velika stvar rečena malim jezikom.

U ljubavi je žena uvek dete ili divljak; a kao dete i divljak, ni ona nema pamćenje za svoje emocije. Ona je u stanju da bude najravnodušnija prema čoveku kojeg je nekad bezumno volela, i čak da se s njim i dalje ophodi bez ikakve veze s njenom prošlošću. I da mirno sve poreče, i da hladno sve unizi. Prošlost za ženu ne postoji. Pazite dobro kako žena ponekad govori pred novim čovekom o svojoj prošlosti s ponižavanjem; i kako o svom bivšem ljubavniku iz prošlosti govori bez srdžbe i bez žaljenja, i bez potrebe da se ičeg seća. O nečem što je pre nazivala svetinjom, i ključem svoje sudbine, ona može da govori i u sasvim profanom momentu. Žena ne priznaje prošlost, a još manje je žali; ona grabi od svakog momenta sve što može ugrabiti. Ali ako ne misli na prošlost, ne misli ni na budućnost: žena živi samo i potpuno u sadašnjici.

Dok žena voli, ona ne zna za druge opasnosti nego da bude napuštena ali i prvi znak da prestaje voleti jedna ljubavnica, to je kad dobije strah od javnosti. Izgubljena hrabrost, to je već izgubljena ljubav. Ako vas žena napušta prva, to nije što je uvređena vašim rečima ili delom, nego što je posredi drugi čovek. Retko se koja žena, i posle najveće poruge, odvoji od čoveka dok se prethodno nije najpre pobrinula da ne ostane sama. Najsvirepije osećanje ženino jeste osećanje usamljenosti.

Čim ljubav počinje da pričinjava bol, ona od dobrotvora postaje krvnik. Nesrećna je ljubav razdvojenih ljubavnika, jer ništa ne daje, a sve oduzima. Opasna je ljubav kad čovek ne razume ni ženine reči, ni njena fakta, jer je tu posredi ženina bolest. Ljubavni metafizičar se izgubi u ovim kliničkim slučajevima, i postaje mistik koji ne veruje svojim očima. Žene su češće bolesne nego rđave; niko ne zna koliko su one često neodgovorne za mnoga zla koja čine. Zato ili ljubite slepo, ili bežite od žena. Homer je slavio junaka Eneju koji je umeo da beži.

Žena oprašta čoveku sve pogreške prema njoj, ali ne oprašta ni najbolju stvar učinjenu zbog druge žene. Čovekov se ceo karakter poznaje po njegovom odnosu prema novcu i ženidbi. Kroz ženu možete da često poznate do kraja i muža. Ne treba verovati kad se tuže jedno na drugo, jer su se oni skoro uvek tražili i uvek našli; retko kad da nisu muž i žena slični po bitnoj crti svoje dobrote ili zloće, ili po zajedničkoj strasti za novac, ili kao žrtve jedne iste sujete. Čak kad je žena najvećma zaljubljena u ljubavnika, ipak je vezana za muža, većma nego što može i sama da veruje.

Bolje je verovati u svašta nego ne verovati ni u šta. Tako ni čovekova sumnja u ženu ne vodi ničem. Žena, odista, nije moralno niža od čoveka, nego samo moralno drukčija. Najopasnije je hvatati ženu u laži. Posle prve takve scene, ona se toliko uzme na um da vi ubuduće nećete moći lako razaznati njenu laž od njene istine. Kao što gusenice imaju boju lista na kojem leže, ili kao što polip dobije boju predmeta za koji se uhvati, i žena tad dadne sebi izgled kakav joj je potreban. Čovek može samo jednom uhvatiti ženu u laži; ali posle toga ona postane toliko oprezna, da se zatim napravi gospodarem i sebe i onog koji je lovi u lažima. Njena nova laž je posle takvog slučaja uvek suptilnija od čovekovog starog iskustva. Vi ćete ženu samo uhvatiti kako laže, ali će ona vas uhvatiti u sredstvima kojim se ovde služite; a to je mnogo dublje. Zato ko hoće da upozna ženu, treba da je pre svega pusti da se pokazuje kakva jeste, i da veruje da je ne žbirite, i najzad, da ne sumnja nikad kako vam je milija ona nego istina o njoj.

Ženu nije moguće meriti prema jednom principu, nego samo prema drugim ženama. Žena je goli instinkt, a tu sva merila razuma unapred propadaju. Međutim, žena ipak nije lišena snage da postane često i uzvišenom i velikom; ali kad je god postala i uzvišenom i velikom, to je uvek bilo što je jurila za svojim prohtevima više nego za ičijim principima. Žena je istinitija prema sebi nego čovek, jer čovek ide za onim što je naučio, a žena ide za onim što oseća. Čovek uvek uradi što mora, a žena uvek uradi što hoće.

Za sve lepote na svetu, i božanske i umetničke, čovek ima ushićenje koje se pretvara u religiozno osećanje. Jedino naše osećanje za žensku lepotu se pretvara samo u duhovni nered i fizičko stradanje. Zbog ovog se ide u prestup i zločin, pošto u takvom duhovnom stanju kradu i ljudi koji nikad nisu krali, i ubijaju i oni koji nisu rođeni zločinci. Ima ženskih lepota koje gledamo, a ima ih koje udišemo. Žena u koju smo zaljubljeni, prestaje biti za nas obično ljudsko biće, nego ili postane beli anđeo ili crna sotona. Prema tome, žena izgleda ili našom velikom srećom ili velikom bedom; zavisi od ogledala u koje smo je uhvatili. Neosporno, žena ima u sebi jedno morbidno osećanje, koje je delimično ludilo; žena uvek mora da ima nekog koga će mučiti, bilo muža bilo ljubavnika. To mučenje je mnogo puta žestoko, a mnogo puta u sitnim merama; žena nas muči i onda kad voli i onda kad ne voli. Zbog toga kad je žena i najvećma napadnuta, čak i nepravedno, ona neće da razuverava dokazima nego samo maglovitim rečima. Ona iskreno veruje da je čovek voli samo onda kad zbog nje pati, i kad u nju stalno sumnja. Za nju je spokojan čovek izgleda ravnodušan i leden.

13.

Ljubav kod antičkih Grka nije bila samo jedna čovekova strast, nego i jedna naučna doktrina. I pre i posle Platona, o ljubavi su pisane učene knjige. Već Hesiod kaže da je ljubav najstarije božanstvo, duša i tvorac sveta; zato i nije čudno što su stari Grci dizali oltare ljubavi. Samo se ljubavi i ženi može pripisati i stvaranje starog grčkog društva. Ono što u životu grubi čovek naziva dobrim i rđavim, žena zove lepim i ružnim, i često je razlika samo u rečima. Stari Grci su govorili da ljubav odvodi države u sreću, a sveštene tebanske legije u slavu. Kod žene je urođen instinkt protiv grubosti i divljaštva. Žene su unele više blagosti i uglađenosti među ljude, nego svi moralisti ovog sveta. Žena je nenadmašni artista u hiljadu dnevnih slučajeva, pored kojih čovek prođe neopaženo, i onda kada se zove Rafael ili Luj XIV. Žena ne zna za drugi moral nego estetički, ali ona ipak nije zato manje moralna nego čovek. Grčke hetere bile su u mnogom pogledu više žene nego slavne rimske matrone, bar prema onome kako je o tim matronama pisao Juvenal. Žene razneže srca, izgrade jezik duševnosti, profine načine, i dignu ljubav i lepotu do religije i mudrosti. I duboki Lukrecije, u svom spevu, govori o ljubavi u Rimu slično kao i Juvenal, pisac satira. On takođe vidi ljubav jedino u fizičkom zadovoljstvu, i skupo plaćenu gubitkom vremena i novca, snage i samoljublja. Protiv te nesreće preporučuje samo bežanje od žena. Propercije, koji je umro u tridesetoj godini, naprotiv, voli i robovati ženama nego biti slobodan među ljudima. Samo se treba, kaže, čuvati ćudi svoje ljubavnice; ne govoriti joj sa visine, ni ćutati pored nje; ni praviti neprijatno lice kad joj služimo; ni prečuti nijednu njenu reč. Jer je ljubav, najveće blago. Zato kad je Propercije u naručju svoje Cintije, sve vode Paktola teku pred njegovim krovom; i Crveno more nosi ispred njegovih nogu sve svoje bisere; i on prezire sve tronove, i odbija sve darove Alkinoja.

Ne zna se, odista, ni za jednu ženu tog vremena da je bila za nekog Rimljanina ono što je bila Hipareta za geometra Euklida, i Leontija za filozofa Epikura, ili što je bila Arkeanasa za mudraca Platona, i Herpilisa za naučnika Aristotela. Oseća se i u najdubljim delima grčkim prisustvo ljubavnice u životu njihovih pisaca. Čak i Sokrat je imao jednu ćerku s kurtizankom Lagiskom, a ko zna i koliko je njena inspiracija bila moćna u njegovim delima. Zna se da je svako ljudsko delo nerazdvojno od čovekove ljubavi i mržnje u životu. Zar bi Taso bio onakav pesnik da nije bilo sestara duke od Ferare. Zar bi Rasin onako poznavao ljubav i protivurečnosti srca, strast za avanturu i intrigu spola, bez njegovog svakodnevnog opštenja s dvorskim damama u Versaju, gde su se smenjivale slavna La Valijer sa slavnom De Montespan. Sve je začeto u ljubavi i spolu, kao i dete. Ništa se ne daje odvojiti od opšteg principa plođenja. Žena je zato najviši podstrek ljudskog stvaranja. Ona stoji u zenitu naše misli i akcije; i njoj se duguju sve lepote i veličine ljudskog genija. Ono što je snaga čovekova u sadržini, ženina je snaga u formi. Čovek nju oplodi telesno, a ona njega plodi duhovno. Veliki stilisti su bili veliki ljubavnici. Oni svoju prefinjenost, sjaj izraza, meru i neposrednost, duguju samo svojim ljubavima i ženama. Jedan državnik, Kavur, rekao je: kako onaj koji ne zna da govori sa ženama, ne zna da govori ni s parlamentom. Znači, da za velike gomile, kao i za žene, treba isti ljupki i zavođački jezik ljubavnika. Svakako, retko je ko bio veliki pisac, a da nije imao izvanredne ljubavnice.

Možda bi užasi ljubavi bili manji kada bismo mogli voleti samo one koje bismo hteli. Odista, strašno je i pomisliti da ni naše mržnje ni naše ljubavi ne zavise od naše slobodne volje. Mi smo na taj način robovi nečeg dubljeg i moćnijeg u nama, nego što je sva naša pamet, i sva naša energija. Čar ljubavi koji je baš u tom fatalnom, jeste istovremeno, i zbog istog razloga, najveća kob ljubavi. Ja ipak istinski verujem, da mi, u dnu svih naših bespuća srca i mašte, nosimo u sebi tip žene koja odgovara ravno onom što mi u ljubavi tražimo. Nikad, ili neizmerno retko, nađu ljudi ovaploćeno to osećanje, ali taj iluzorni tip žene postoji u nama, nerazgovetno ali aktivno. Ako volimo kroz život deset žena, mi smo u svakoj od njih voleli jedan deo baš te iluzorne žene. Ne možemo je sresti inkarniranu u celini, ali ona pliva u našoj krvi, ili peče kao iskra zarivena u naše tkivo. To je razlika između strasti za ženu i ljubavi za ženu. Orfej je sišao u Had iz ljubavi za nimfom Euridikom, rano umrlom, i bogovi su mu tamo pokazali njenu senku, ali ga bogovi vratiše natrag, jer se preko njihove volje na nju okrenuo. Sve što pesnik kaže u pesmi ženi koju ljubi, to je uvek rečeno pod mađijom te iluzorne i naslućene i daleke žene, u čijem zračenju žive sve druge žene, i sijaju sve stvari na zemlji. To je Danteova idealna „žena spasenja", i Petrarkina „žena obučena u sunce".

14.

Ksenofont je, naprotiv, govorio da je ljubav stvar slobodne volje, jer kada bi lepota imala suverenu snagu, ona bi bila lepa za svakog. Vatra, veli, oprži svakog, jer je u prirodi vatre da oprži; međutim, u jednu se lepotu zaljube jedni, ali drugi pored nje prođu ravnodušni.

Prema tome, ljubav zavisi od volje i mi volimo samo onog kog hoćemo. Ni brat se ne zaljubi u sestru, ni otac u ćerku, jer oni to neće, što znači da ljubav zavisi od volje. A baš i ako hoće, strah od suda i tamnice uguši njihovu poročnu ljubav; što opet znači da se ljubav da ugušiti. Prema svemu tome, ljubav zavisi od naše slobodne volje. Tako kaže Ksenofont kroz usta svoga Araspa. Ali njegov Kir odgovara ovo: ako ljubav zavisi od naše slobodne volje, zašto ne prestanu da vole oni koji bi hteli da prestanu; naprotiv, plaču od bola, i robuju ljubavi, čak i oni ponosni ljudi koji inače smatraju ropstvo za najveće zlo; i rado se lišavaju zbog ljubavi nečeg čega se inače nikad nisu hteli odreći; i nose svoju ljubav kao bolest ili okov; i žive u strahu da ne izgube samo onog kog vole. Araspo odvraća da su takvi zaljubljenici plašljivci: žele da umru, ali se ne ubijaju. To su sladostrasnici, jer vas prava ljubav ne prisiljava da ljubite. Pošteni ljudi, kad vole zlato, dobre konje, lepe žene, mogu živeti i bez njih, a žive bez njih radije nego da ih nepravedno zadobiju. Znači da je ljubav zavisna od volje. Kir odvraća: vatra opeče kad se u nju dirne, ali ljubav oprži i izdaleka...

Kada bi naša takva slobodna volja bila, kao što govori Ksenofont, jača od naše ljubavi, onda bi najmračniji instinkt čovekov bio sveden na sitnu meru naše logike i našeg koristoljublja. Svi veliki putevi ljubavi bili bi tad osvetljeni kao amerikanske ulice, i svako bi znao kojim će pravcem otići, i kojim se pravcem vratiti. Uostalom, Ksenofont je i sâm docnije pokazao u sudbini njegovog junaka Araspa, zaljubljenog u čednu Panteju, da ljubav odista nije stvar slobodne volje. Mi smo svi robovi jedne sile strašnije nego što je i mržnja, i koja s civilizacijom postaje samo zamršenija i kobnija. A zato što je ljubav jedna fatalna i natčovečanska sila, ljudi su ljubavi priznali njeno božansko poreklo. Pesnici su ljubavi dali još i više: oni je smatraju kao naročito božanstvo, koje postoji van čoveka, i iznad čoveka. Ona je sila bezmerno moćnija od nas, kao, uostalom, svaka sila prirode. Ali ta moć dejstvuje kroz čoveka: čas gradeći a čas rušeći. Ovo božanstvo, najviši princip čovekovog stvaranja i princip plođenja ljudske fele, prožima ljudsku misao u obliku svetlosti, uzrujava ljudsku krv u obliku toplote, i razgranjava ljudski um kao božanski sok koji podiže šume u pustinji i oplođuje živa bića na dnu mora. Ljubav i smrt, to su jedina dva principa raširena na svakom deliću sveta.

Ljubav je prolazila kroz istoriju u raznim svojim formama: strast, uživanje, nežnost, san, galanterija. Strast i uživanja su antička osećanja ljubavi; zato je poznato da su u Rimu bili pesnici ljubavi samo Propercije i Tibulo, kao što su u Grčkoj bili Anakreon i Sapfa, a svi su ostali pesnici pevali o ljubavi samo kao o zadovoljstvu. Tako su i Horacije i Ovidije i Katul pevali samo ljubavna uživanja a ne ljubavni bol. Međutim, ljubav je bol, a sve drugo nije ljubav. Ima nežnosti u pesmama Tibula, a ima sna u pesmama Katula, ali su obojica daleko od pravog smisla za ljubav kao za jedno sublimno i kosmičko osećanje. Srednji vek je bio naglašeno antički, naročito latinski, ali je bio naročito hrišćanski, znači nešto novo. Zato je i ljubav u njemu dobila nove oblike i nove načine u izražavanju. Tako su ljubav Dantea i ljubav Petrarke sasvim nova i dotle nepoznata osećanja za ženu. Istina, s renesansom prestaje ovakva hrišćanska vizija o ženi, i ponovo nailaze prilivi paganstva. Dolaze Ronsar i ostali pesnici njegovog doba kad preovlađuje o ljubavi Platonova ideja: da su čovek i žena jedna celina razdvojena u dve polovine koje jedna drugu traže u svima formama čežnje i nežnosti.

Stendal greši što u stvarima ljubavi stavlja Italiju iznad Francuske. Prva je Francuska imala svoje vitezove *cavaliere servente* koji su bez ikakvih sebičnih namera išli zbog žena u najopasnije avanture, i to prema naročitom zakoniku jednog tribunala ljubavi koji je zasedao u Provansi. Vera je bila digla ljubav za ženu do izvanredne čistote, i zbog toga je ljubav otišla zatim i do viteštva, kao nikad dotle. Trubadursko doba je, u pogledu ljubavi za ženu, bilo nešto što se dotle nije videlo, i što se možda nikad više neće videti. Tek docnije je ljubav u Francuskoj dobila svoj pogrdni karakter, prestajući da postoji kao duhovni zakon, a pretvarajući se samo u fizički impuls; a to je bilo baš kad su onako prodrle italijanske knjige Bokača i zatim Aretina. Tek je romantizam, koji je odista jedno katoličko osećanje, vratio ljubavi njene uzvišene i spiritualne akcente.

15.

Cela borba žene s čovekom jeste u tome što žena hoće samo da sačuva svoj lični integritet: ako je dobra, da ostane dobra; ako je rđava, da ostane rđava; ako vas ne voli, da vas odaleči ili iskoristi; a ako vas voli, da vam se dadne i da se za vas žrtvuje. I kad je najbolja, žena hoće da bude slobodna, da ima u džepu ključ jednog tajnog hodnika za koji zna samo ona jedina, i koji iz tvrđave vodi u slobodno polje. Žena ne postaje toliko ogorčena kad je lišena slobode, koliko kad joj tu potlačenost čovek naročito pokazuje. Više nego i čovek, žena voli da ostane samo ono što jeste. I onda kad žena zaželi da ima kakav nov i drugačiji život, to ne znači da je zaželela da imadne i drugačiju prirodu. Žena uvek veruje da je po duhu i ponašanju najbolja onakva kakva je odista. Više nego čovek za sebe, žena tvrdo veruje da bez svojih poroka ne bi mogla imati ni dana zadovoljstva i da bi je veliki broj vrlina samo osiromašio, kao što alkoholik veruje da bi umro bez svoje čaše, i kockar bez svoje kocke. Žene se drže instinktivno svojih najgorih navika s istom upornošću s kojom se drže ljudi svojih najboljih načela.

Čovek se zaljubi gledajući ženu, a žena se najčešće zaljubi slušajući čoveka. Prema tome bi čovek bio više telesan, a žena više duhovna. Međutim, čovek ne osvaja ženu dubinom svojih reči, koliko načinom svog govora, bojom svoga glasa, zavođačkim elementima svoje konverzacije. Ali se ipak samo kroz telo ide u dušu; nema ljubavi koja nije spolna. Ljubav koja nije spolna, može postojati samo među nedovoljno spolnim i fizički slabim, ali ne među naročito čednim i naročito idealnim.

Žene su izvanredno svirepe u svojoj osveti. Istina, one se ne vide takve u istoriji jer su bile uvek vrlo vešte da se sakriju iza leđa svojih ljudi; čak ni žene koje su bile vladarke nisu ostale poznate kao tirani ni krvoloci. I tip kraljice Marije Mediči je vrlo redak u istoriji. Žena se nikad nije svetila mačem nego jezikom, što je ona uvek smatrala za sigurnije. I kada ljudi najmanje osećaju ko ih podiže i obara u njihovoj karijeri, često to dolazi od žena. Naročito žena upropašćuje druge žene, i kad ni ove ne pogađaju zapravo otkuda ih bije grom. Još će žena oprostiti čoveku i najteže poroke, ali žena ne prašta drugoj ženi ni njene najveće vrline. Moglo bi se reći odista da mržnje ostaju uvek među pripadnicima istog pola: prevaren čovek ubija ljubavnika a ne ženu koja ga je prevarila, kao što bi prevarena žena pošla da se osveti njegovoj ljubavnici a ne njemu. Najsvirepija osveta jedne žene prema čoveku bila je, po mom mišljenju, osveta žene Kvinta, brata Ciceronovog, koji je poginuo istih dana kad i Ciceron. Cezar Avgust je docnije predao ubicu ženi Kvintovoj da mu ona sama sudi za ubistvo njenog muža, a ona ga je osudila da sâm sebi seče parče po parče sopstvenog tela i da se njim hrani.

Ljubomora je jedna slepa sumnja, nalik na životinje za koje se zna da žive bez očiju. Srećom što su ljubomorni samo ljudi strasni i fizički snažni; ali njih retko kad žene varaju, nego oni prvi iznevaravaju žene. Oni su toliko zauzeti svojim uspesima i neuspesima na drugoj strani, da ne strahuju kako će i sami biti prevareni. Oni jedino strahuju kako neće dovoljno prevariti ceo drugi svet. Istina je i da ovakvi ljudi, koji nemaju vremena da sumnjaju u svoju ženu, uvek skupo plaćaju kod svoje kuće ono što su sami učinili drugom. Svi veliki donžuani su bili prevareni mnogo više puta nego što su oni prevarili druge. U najvećem broju slučajeva, ljubomoran čovek, to je onaj koji veruje da je žena jača od njega, i da joj on nije dovoljan. Stoga je ljubomora samo jedan strah, a ljubomoran čovek je kukavica.

Međutim, ljubomora je otrovala život nebrojenim velikim ljudima. Kod silnog čoveka je svaka osobina dovedena do vrhunca, pa i ljubav; i nije bilo mogućno da i ljubomore ne odgovaraju takvim ljubavima. Šekspira je prevarila njegova žena s jednim njegovim prijateljem, a taj pesnik je zatim svoju nesreću opevao u svojim sonetima i u jednoj drami, kao što je docnije i Molijer takve svoje nesreće ispričao u svojim komedijama. Međutim, ruski pesnik Puškin je izazvao svoga protivnika na dvoboj i poginuo. Gete je bio violentan u ljubomori i mirno patio; ali ljubomorni Bajron je šamarao svoje ljubavnice i bacao ih niza stepenice. Neosporno da su i ljubomore velikih ljudi bile često izvorima njihove veličine, jer su u svojim patnjama davali ljubavi mesto koje zaslužuje. Istina, veliki umetnici su najviše stradali zbog njihove vatrene mašte koja je svaki bol produbila i razvijala u beskonačnost. Moglo bi se reći da je često bila prava profanacija za samu ljubav što su najveći ljudi često voleli najmanje žene, katkad i najgore žene. Među najpobožnijim i besmrtnim madonama najvećih slikara, kojima se divimo po crkvama i galerijama, ima njihovih ljubavnica i žena koje su bile bez pameti i najokorelije izdajice, kao žena sjajnog slikara Andrea del Sarta; a i najdublji stihovi o ljubavi bili su ispevani ženama koje su bile često potpuno ravnodušne prema pesništvu, ili do kraja cinične prema pesniku. Svi su veliki umetnici, i u slici i u pesmi, većma slikali svoje snove nego svoje istine. Da nije bilo tako, svet bi odista izgledao mnogo manje lep nego što izgleda.

16.

Fizička ljubav se smatra za uniženje, i za ženu i za čoveka. Naročito je hrišćanstvo utvrdilo svet u ovoj predrasudi, i time često pravilo od najzdravijih i najmoćnijih ljudi mučenike i manijake, čak i prestupnike i zločince. Fizička ljubav, naprotiv, jeste jedina ljubav iskrena, spontana, bogomdana, duboka, nerazumna, nadrazumna. Ona nije samo pijanstvo našeg tela, nego i neizmerni izvor svih drugih lepota, i duševnih i duhovnih. Gde nema najpre fizičke ljubavi, nema ni duševne; a ako ima fizičke, ima i svega drugog. Samo za bolesne i rđave ne važi ovaj zakon; za bolesne jer su slabi telesno, a za rđave jer su slabi duševno. Prvi se ne mogu predati fizički, a drugi nemaju sposobnost za simpatiju. Zato samo zdravi mogu da se potpuno predaju, a to znači da fizičko zdravlje i fizička ljubav sadrže i sve izvore nežnosti i dobrote. Čak je vrlo jasno da telo i duh podjednakom snagom izazivaju simpatiju ili antipatiju: mi se i s ljudima najpre sprijateljimo fizički, ili najpre jedan drugome postanemo fizički nemogućni. A najbolji dokaz da je fizička ljubav glavna osnova svake ljubavi prema ženi, to je što nema ljubavi gde nema spola. Ne voli se pre puberteta, kao što se ne voli ni posle ugašenog spola, u starosti ili u bolesti. Najveća slast života za snažne i neporočne ljude, to je zdrava fizička ljubav. Čovekovom duhu ostaje samo da fizičkoj ljubavi napravi dekor, a čovekovoj duši ostaje da sve obojadiše i pozlati, i oplemeni, i opeva. Nikad se ljubav ne zadrži samo na fizičkom uživanju, osim kod žena glupih i kod ljudi vulgarnih. Nikad ne postoji perverzija kod zdravih i fizički silnih. Sve su poroke izmislili slabi i degenerisani ljudi.

17.

Tri stvari uvek idu zajedno: mladost, lepota, ljubav. Ljubi se samo u mladosti, ali se samo u mladosti i u ljubavi proživljuje i lepota. Nema ljubavi bez lepote; jer je čovek zaljubljen samo u lepotu, bilo stvarnu ili uobraženu, bilo telesnu ili duhovnu. Ljubav je velikodušna, i samo stoga ljudi kažu da je slepa. Ona nikad nije slepa da ne bi videla nečije nedostatke i nekoje prepone; ali je plemenita i duševna, jer ipak sve smatra manjim od ljubavi. Ljubav je, kao i vladalac, najviša kad najvećma prašta. Ljubav je iskrena jedino ako se nalazi sva u predmetu koji ljubi, a ne u principima koji su izvan ljubavi. Ovakvo dizanje ljubavi iznad svih principa, baš i jeste taj neizmerni i suvereni trijumf duše nad duhom. Možda svugde treba ići za pameću osim u ljubavi; najluđe ljubavi su bile mnogo puta izvorima najviših dela i najlepše slave. Bilo je ljubavi koje su izvesnim ljudima iz osnove preinačavale karakter i um, oplemenivši ljude bezdušne, učinivši pobožnim ljude bezbožne, i napravivši herojima ljude obeshrabrene. Samo velike ljubavi su inspirisale velike akcije. Prava ljubav je jedan ceo niz velikih slučajeva, čak i u životu običnog malog čoveka. Još i više: samo kroz ljubav može i obični čovek da bude dignut do velikog čoveka, i da pigmej pođe u korak s gigantom. Samo se u ljubavi i u smrti ljudi mogu da izjednače, i da poslednji stigne prvog.

O ŽENI

1.

Za čoveka su božanstva jedna veza između njega i kosmosa, a za ženu su božanstva samo jedna veza između nje i čoveka. Žena nikad nije drugačije smatrala svoju religiju, kao što ni religije nisu bile milosrdne za ženu. Čak su mnoge religije potpuno prezirale ženu: budizam, hrišćanstvo i muslimanstvo. Žena kad veruje u religiji, ona veruje, kao primitivan čovek, sa svim oznakama sujeverja. Za nju je Bog jedno strašilo, obučeno u belo; i kad se moli, ona vrača. Žena ne razume hrišćanstvo, niti je ikad postala hrišćankom po uverenju i po razumevanju dogme, ni po inspiraciji za ljubav prema bližnjem i bednom. Žena je opak epikurejac, koji prezire sirotinju, i ima instinktivno gađenje za siromaha. Po celom svom smislu za život, žena je svagda bezverna koliko i neverna. Ona više veruje u magije nego u molitve. Ona ne razume da je Bog jedna ideja o dobrom i o svetom, jedno duševno osvedočenje, i da je Bog tvorac i regulator života, bez kojeg se ne daje razumeti ni svet ni život. Ona se Boga samo boji, i sva njena ridanja su izrazi praznoverja. Žena ne zna šta je to praktikovanje vere van kulta i molitve, šta je konkretna vera mimo verbalne vere: milosrđe i dobročinstvo. Pored tolikih primera ženskog milosrđa, ona je ipak sebična i nedarežljiva. Koliko žena prođu ulicom pored prosjaka ne pruživši im milostinju, samo zato što ih mrzi da skinu rukavice i da otvore novčanik. I kad učine kakvo milosrđe, to je opet njihova vradžbina i računanje na neku zamišljenu nagradu ili uspeh.

Najčešće milostinju daju na ulici mlade žene žureći na ljubavni sastanak. Pobožna žena je neizmerno skrušenija nego čovek, jer veruje da je progoni jedno oko od kojeg se ne daje ništa sakriti. Ali se manje boji i Boga nego zlih jezika. Žene počinju bivati duboko milosrdne tek kad su i same duboko nesrećne; u sreći su bezdušne i pustoglave, sasvim obratno od čoveka koji je dobar samo kad je srećan.

Jedna je velika nesreća što žena ne zna šta je život. Šta je odista život prema ženskoj ideji? Žena je dobra samo kad voli; ali kad voli, ona je viša od čoveka. Svakako, žena nikad nije naivna, a ljudi čak i ženu frivolnu zovu naivnom. Kod žene je urođeno da vara na malo i na veliko, svesno i nesvesno, namerno i nenamerno, a vrlo često i bez ikakve zle namere, i čak sasvim često iz najbolje namere: u najviše slučajeva, samo da bi se većma dopala. Ali jedna žena samo onoliko vredi koliko voli, a ona vara i kad najvećma voli. Ima žena koje nikad ne kažu laž, ali nikad ne kažu celu istinu. Mlada žena ima svoje iskustvo starije žene, i svu radoznalost i ležernost devojčice. U mladoj ženi od dvadeset pet godina počinje najveća strast za uživanjem, koja se zatim ne smiruje do njene pune propasti. Pronaći dobru ženu, to je teško kao pronaći u svom vrtu izvor petroleuma. Ali lukavstvo ženino nije uvek zloća. Znam lukavih žena koje su bile dobre; a znam iskrenih koje su bile nevaljale. Lukavstvo je dokaz slabosti i straha, većma nego zloće i zlonamere.

Žena voli čoveka dok joj veruje. I onda kad ga ne voli, ona traži da joj ipak veruje. Ne voli se braniti ni kad je kriva; i hoće da ima iluziju da je držite za dobru i kad to nije. Kad je ne držite za dobru, ona veruje da je više ne držite ni za lepu. A njoj nije dovoljno ni da izgleda lepa, nego hoće da bude jedina lepa. Kad žena treba da se počne braniti, ona se ne brani, nego prestane da voli i počinje da mrzi. Zato, ne objašnjavaj se, nego ili uzmi ili ostavi. Duboko je uvređena ako joj kažu da je kriva kada to odista jeste. Žena nema osećanja odgovornosti kao ni dete; i ona se brani suzama, a ne razuveravanjem. Ali i kad moli za oproštenje, to ne znači da priznaje krivicu, nego izbegava grube scene.

2.

Ako žena ima hrabrosti pred životom, koliko čovek ima pred smrću, to je što ima nepokolebivo veće pouzdanje u svoju gipkost, nego čovek u svoju snagu. Naročito veruje u svoju moć pretvaranja i laži. Laž je njeno obično oružje i obično utočište, čak i najboljih među ženama. Pretvaranje i laž su jedini izlaz iz nebrojenih njenih sukoba sa svim tiranima: roditeljima, mužem, svetom, idejama. Lažju ona prikriva svoje neznanje, koje je ogromno, i sebičnost, koja je neizmerna, i lenjost, koja je besprimerna, i poroke koji su često nezajažljivi. Zato ona prolazi kroz život trijumfalno, uvek praćena većma svojom legendom nego svojom istinom, nikad dovoljno poznata svom društvu, najmanje razumljiva onima koji joj stoje najbliže, a ostajući za čoveka koji je voli samo mit i nadrealnost.

Ljudi nikad ne mogu da razlikuju ženinu laž od ženine istine. Ali ipak ljudi osećaju lažljivca, i kad ne mogu da se odbrane od laži. Brak se najčešće sastoji od jednog lažova i jednog nasilnika. Žene kad lažu, one uvek lažu na krupno i totalno; i kad imaju da sakriju sitnicu, žene negiraju i sve drugo što je s tom sitnicom u vezi, i to brzo, odlučno i konačno. Nije nigde bila, nije nikog videla, nije ništa čula; ne poznaje uopšte osobu za koju je vezuju zli jezici; nije bilo ničeg... A pošto tako poriče sve totalno i sve konačno, zato se lako i ne zapliće, i ima uvek stav odvažan. A pošto se ne laže uvek da naškodi, ona ne uzima laž za sredstvo kako bi drugom učinila zlo, nego samo da sebi učini dobro. Žena zna da ima nekih istina koje mogu da sve upropaste, ako se reknu samo iz ljubavi za istinom; i zato se ona služi lažju, ne prebacujući sebi da je lažov, verujući čak da dobar cilj uvek vredi koliko i dobar princip. Ona zna da je laž spasavala često i samu istinu u kritičnim momentima. Sveti Avgustin je rekao: „Lagati, lagati pošteno i pobožno...” Ali je to svetac rekao mnogo docnije nego što su tu ideju žene već bile usvojile za glavno načelo svog opstanka.

Ako hoćete da vas žena voli, treba joj dati prilike da vas sto puta slaže, i da uvek izgleda kao da to ne vidite. Žena je toliko gipka i prilagodljiva, da, posle dva susreta s nekim čovekom, tačno zna kakvu on ženu voli. I već od tog momenta ona prestaje da bude onakva kakva jeste, i kakva će i dalje za sebe ostati; a daje sebi sve one odlike po kojima misli da će se najviše dopasti. Tako se ona napravi drugačijom nego što je u stvari, da ubrzo naliči većma na naš model, nego na svoju prirodu. Ona se toliko brzo obrne u samoj sebi, da prosečan čovek ne može ni da je prati u tom neverovatnom njenom obrtu. Ona tim samo postaje zagonetnija za glomazni duh čovekov, koji ne ume da je posmatra u tom njenom nameštanju kako bi od one kakva jeste postala najednom onakva kakva nije. Žena je i inače uvek jedno biće za sebe i za ceo svet, a drugo za čoveka kojeg voli. Najčudnije je možda i to što se svakoj zaljubljenoj ženi čini da mora izgledati drugačija nego što jeste; i da bude okićena draguljima i vrlinama kakve nema, a ne samo onim kakve ima; i da sebi izmišlja čak i drugo poreklo, i drugačije društvene veze; a sve to uvek prema ukusu čoveka kojeg hoće da opseni. A ona hoće da opseni i iz prostodušnog i često najboljeg razloga: da bi zadobila čoveka kojeg voli. Taj put od istine, koja je u njenoj prirodi, do laži, koja je samo u njenoj pameti, ona prevali u nebrojenim sitnim prevarama. Jedan italijanski pisac kaže da i devojče koje ima najlepšu boju lica i usana, metne malo rumenila polazeći na kakav bal. Laž zbog dopadanja, to je glavna laž ženinog spola. Ta je laž međutim često nevinija nego sve iskrenosti čovekove.

Žene ne mogu da ne varaju i kad su najzaljubljenije. Kad je žena izgovorila najveću laž, izgledala je sebi najveća. Laž daje ženi osećanje superiornosti nad čovekovim umom i talentom, a naročito joj daje osećanje sigurnosti pred urođenim brutalnostima čovekovim. Žena se ne služi lažju da napadne, nego da se odbrani. Nikad ne pitajte ženu da vam kaže nešto od svoje prošlosti. Nijedna ne voli da ima prošlost, niti joj daje kakvu cenu; a ako vam krije prošlost, to nije zato da nju sačuva za sebe, nego da vas ne izgubi. Ako hoće da prećuti prošlost, to je i zato što je žena prema prošlosti odista ravnodušna, jer žena po prirodi nije romantik. Žena ne podnosi spomen. Ona bezdušno sve krije jer ne želi da ima oči ni na čemu što nije u vezi s čovekom kojeg voli u tom trenutku. Žena živi s dana na dan.

3.

Znam ljude koji veruju da je ljubav samo za besposlene i za mesečare; i druge koji su ostareli a nikad nisu bili zaljubljeni, i treće koji su smatrali za nedovoljno poštovanje svoje muškosti da svoju ljubav kažu ili pokažu. Samo ljudi od velike uglađenosti i artisti u životu naprave od ljubavi neiscrpni izvor svoje radosti ili svoje tuge. Lirski pesnik govori o svojoj ljubavi ozbiljno kao o stvorenju sveta. I danas je više na zemlji samoubistava zbog propale ljubavi nego zbog propalog imanja ili propale časti. Prosečni čovek uvek voli više ženu nego ljubav. Kod žene je sasvim obratno: retko je kojoj ženi dovoljan samo čovek, i koja ne čezne da bude i voljena. Istina, mnogo se na svetu manje misli o ljubavi nego što izgleda. Ljubav na svetu održavaju samo žene i pesnici. Svakako, od svih viših ljudi, ženama su pesnici najbliži, jer i oni žive u stalnom uzbuđenju i imaju puno ženskog i detinjastog. Sanjalice i mistici, pesnici svagda nalaze da realni život nije dovoljno veliki ni dovoljno lep, i oni grade da bi ga dogradili, i stvaraju da bi ga dovršili. Njihove su ljubavi nestalne, ali raskošne. Žena je blagodarna čoveku i koji je ne voli, ali koji ima izgleda da je voli; ne traži u čoveku herojstvo nego pažnju; veruje i u laži ako su delikatne i nežne; i uživa i u maloj sreći, ako je ništa ne muti.

Čovek voli ljubav-bol, a žena voli ljubav-radost. Za ženu je ljubav blistava sasvim dovoljna. Žena može otići i u ludilo i u samoubistvo, ako je stalno trujete rečima o dubini ljubavi i lepoti suza; ali po svom instinktu deteta i epikurejca, ona mrzi svaku dubinu i ima užas od velikih suza. Žene koje vole ljubav-bol, to su obično žene koje su prirodom određene majke. One se ne boje bola; one nose mesecima dete pod pojasom, gotove da se nagrde noseći ga, i da mu žrtvuju život rađajući ga, i upropaste mladost odgajajući ga. Žene koje ne trpe nikakav bol u ljubavi, to su one koje ne vole ni decu, ni materinstvo. Zato devojka koja unapred pokazuje da ne želi decu, neće nikad biti ni dobra žena, ni dobra majka, ni dobra drugarka, nego buduća raspikuća i opasan poliandar, koja voli svet većma nego kuću, sebe nego ikakvog čoveka; to je pustolov kojoj će muž služiti samo za pratnju i podvođenje. Znao sam, naprotiv, devojaka koje su u petnaestoj godini želele da se udaju, samo da što pre postanu ma-jkama, i koje su unapred imale u glavi plan da imadnu svoje desetoro dece, i već tako unapred odredile i imena svih desetoro. Prvi znak da jedna žena odista ljubi, to je kad se u njoj javi neodoljiva i bolna želja da dobije dete od čoveka kojeg voli.

4.

Neko je rekao da čovek ne radi nego kad je radostan, i da mnogi insekti pevaju kad rade. Ali se i ne ljubi samo u radosti. Tužni duhovi i melanholici su često mislioci i heroji, ali retko ljubavnici. Žene vole samo veseljake koji ih zasmejavaju i iznenađuju. Žena mrzi čoveka koji je smešan, ali uživa u čoveku koji joj sve drugo napravi smešnim. Žena je nosilac radosti, i ne ceni nego ono što zrači i razdragava. Više za ženu vredi jedan dobar kalambur nego najdublja

Njutnova istina. Za nju više vredi čovek duhovit nego dubok, a više blistav nego duhovit. Žena voli ležerne ljude jer joj oni praštaju njene ležernosti i radoznalosti; i voli poročne, jer se žene daju za porok a ne za vrlinu. Njih plaši vrlina koliko i um, jer um čovekov žena smatra za lukavstvo i za svirepo oružje prema ženi. Voli beznačajna ćeretala, jer je zadovoljna s malim brojem ideja; obožava anegdote, luduje za varoškim spletkama, uživa u uličnim hronikama. Ima ljudi koji su po salonima primani s najvećim urnebesom, jer su nosioci vesti koje se kazuju na uho, i koje drugi ne znaju ili ne vole.

Ne samo religija nego je i poezija oduvek bila opak sudija za žene. Pesnici su o ženama uvek rđavo govorili. Pevali su samo onoj koju su voleli, ili za kojom su ludovali. Pesnik ima za ženu dvoje: ima jedno mišljenje i ima jedno osećanje, a to mišljenje i osećanje retko kad naliče jedno na drugo. Kad pesnik nije ženu voleo ili mrzeo, on je se uvek bojao. Šta su za pesnika principi ljubavi? To su najčešće kaprici mašte kao i njegove pesme. Gete u sedamdesetoj godini voleo je devojku od sedamnaest godina, i prosio je najzad za ženu. Bodler je živeo sa ženom mulatkinjom, u kojoj nije bilo više od osamdeset centimetara visine. Žena pesnika Miltona, kojoj je pevao raj i anđele, napustila ga je zbog njegove ružne ćudi prema njoj. Nema skoro nijednog velikog pesnika kojeg žena nije ili prevarila ili zlostavljala: od Šekspira do Igoa, i od Molijera do Puškina. Latinski pesnik Lukrecije, koji nije manji od Vergilija, i koji je izvesno dublji, ima užas od žene. Za njega postoji samo fizička ljubav, kao i za mnoge rimske pesnike. Ali je, kaže, i ta ljubav skupo plaćena novcem, gubitkom snage i samoljublja; i zato je, po njegovom mišljenju, jedino spasenje pobeći od ljubavi. A može se, kažu, pobeći od ljubavi ako se ne izmišljaju svojoj ljubavnici vrline koje ona stvarno nema. Međutim, veli Lukrecije, nesreća je što zaljubljeni smatraju za zlato sve što je žuto. Oni i razroku ženu smatraju za suparnicu plavooke Minerve; i mutavu ženu smatraju samo kao ženu opreznu na rečima;

i preterano mršavu smatraju za vitku srnu; i ženu oštrokonđu drže samo za ženu temperamentnu; i ženu pijanicu smatraju za boginju Cereru, ljubavnicu Bahusovu.

Sve žene nisu stvorene za ljubav. Za ljubav je žena koja ima duha da sve razume, i frivolnosti da sve želi da sazna. Žena je perverzna duhovno, a čovek telesno. Ima žena koje dožive duhovno veći broj poročnih stvari, nego što ih ijedan potpuno raskalašan čovek doživi materijalno. Čovek je nemoralan dok ne počne da ljubi, a žena prestaje biti moralno nevinom od časa kad joj ode pamet za nekim čovekom. Platonska ljubav je samo ljubav čovekova.

Svaka je žena dosadna osim one koju volimo. Međutim, ženi nije dosadan nego samo onaj čovek koji joj se divi, ili koji je ne želi, ili koji se ne divi makar njenom ukusu, ili se ne interesuje bar njenim psetom. Žena je azijski satrap kod kojeg uspevaju najplodnija laskanja samo ako su prikladno izrečena; ona tu pazi na reči, a ne na misli. I kad zna da joj lažu, ona voli te lepe reči laži većma nego divljenje kojoj joj se prećutkuje.

Mnogi veruju u intuiciju žene, a ta intuicija izvesno i postoji. Svakako, za mene, intuicija žene nije isto što i intuicija umetnika: jer je intuicija žene sterilna, a intuicija umetnikova je tvoračka. Intuicija žene je bolesna vidovitost, a ne konstruktivna sila.

5.

Fizička lepota čovekova je jedna velika sreća njegova, i među ljudima, a ne samo među ženama. Između četiri velika svojstva koja jedan Atinjanin mora da ima, Platon na prvo mesto stavlja telesnu lepotu. Herodot kaže da su stanovnici Hegeste kao boga proslavili Filipa iz Krotone, jer je bio božanski lep; a Pavsanija kaže da su u Egi, u Ahaji, postavljali najlepšeg mladića za sveštenika u Zevsovom hramu. Biti ružan, to je odista biti nečovečan, i od prirode obeležen i isključen. Ružnoća poražava, seje obeshrabrenje, ubija radost, nosi nesreću. Vekovima se misli da je Sokrat bio ružan; međutim, Epiktet kaže da su bili lepi i Sokrat i Diogen, i da su obojica bili čak čuveni sa svoje lepote. Ksenofont je bio lep kao Apolon. Stendal, koji je jedne večeri sedeo u pozorišnoj loži u Milanu s Bajronom, kaže da je bio zaluđen fizičkom lepotom tog engleskog pesnika. Međutim, zna se da je Horacije bio čovečuljak s velikim trbuhom. Maleni stasom su bili Bajron, Tolstoj, Kits, Balzak, a Sent-Bev i Stendal su bili i ružni.

Lepotice ne čeznu za lepim ljudima, kao ni bogate za bogatašima. Lepe ljude vole žene koje nisu lepe, kao što za bogatim čezne fukara. Istina je da lepota čovekova osvaja odjednom, a karakter i duh čovekov osvajaju polagano, jer se karakter i duh ne obraćaju ženinom životu fizičkom nego moralnom. Veliki čovek, to je za ženu veličina koja zamara, dubina koja plaši, pedantnost koja odbija, princip koji gađa u glavu. Za ženu više vrede dve radosti nego jedna sreća, a više vredi sreća nego slava. Najlepše žene pođu obično za ljude bez lepote, a često čak vole i ružne ljubavnike. Mnogo puta žena ne voli čoveka ni čijoj se lepoti najviše divi; jer svaka žena instinktivno oseća da je fizička lepota žensko oružje, a ona to svoje oružje ne voli da vidi u rukama muža ili ljubavnika. Žena ne ide ni za čovekom koji ju je zaneo svojom lepotom ili svojom duhovitošću, nego za čovekom koji ima nešto što ona naročito traži. U najviše slučajeva, žena traži osećanje sigurnosti. Žena nikad ne vidi jednog čoveka u celini, nego uvek u detalju: da lepo peva, ili lepo igra, ili lepo svira, ili se lepo oblači, ili se lepo ponaša; ili najzad, da ima uspeha u društvu ili uspeha kod žena. Salonska dama broji čoveku klase, godine službe, pare i zube; intelektualka mu broji misli i dela; cerebralna žena ne broji mu ni podvige ni trijumfe. Cerebralne žene su obično poročne i to na hladno. To je muškobanja koja nema ni ženske nežnosti, ni muške dobrote, i sasvim je nesposobna za ljubav. Viša inteligencija žene je uvek zlodejna za čoveka od srca. Takva žena je naoružana do zuba. Ako je čovek duhovno manji od nje, ona seče; ako je čovek silniji, ona se mačuje. Nikad se kod žene s većom inteligencijom nisu uspele da razviju više osobine srca.

Lepe žene su manje sklone poroku nego ružne. Lepotica se zadovoljava divljenjem i obožavanjem svoje okoline, a ružna traži utočišta u prvom ljubavniku koji bude smatrao da nije ružna. Zato su ružne žene većma zauzete naporom da se dopadnu, nego lepe, kojima to uspeva i bez napora. Prvi čovek koji takvu ružnu ženu nađe da je lepa, i koji joj to pokaže, postaje njen neodoljivi gospodar. Da bi se dopale ljudima, ružne žene postaju muzičarke, spisateljice, slikarke, filantropi, a sada čak i parlamentarci.

Žena voli većma lepotu nego vrlinu; ali žena voli samo svoju lepotu. Tuđa lepota joj izaziva zlu krv, kao tuđ novac i tuđ nakit. Ljudi su, naprotiv, u tom pogledu viši od žene, jer su u stanju da se dive i čoveku lepšem i umnijem i bogatijem od sebe. Jedino što ljudi ne opraštaju drugom čoveku, to je kad ima lepšu ženu nego što je njihova. Jedan čovek uvek izgleda drugom čoveku nedostojan lepe žene; i ljudi često jurišaju na lepoticu samo da je otmu čoveku kojeg redovno smatraju smešnim pored nje, i onda kada taj čovek nije nimalo smešan. Lepotice imaju skoro uvek ružne glasove, kao labudovi i paunovi, koji su najlepše ali i najgluplje i najsujetnije ptice. Naročito žene nemaju nikad lepo uho kao čovek. Lepa školjka uha je privilegija čoveka i veliki nakit čovekove glave, a ništa čoveka ne može da napravi vulgarnim i smešnim kao ružne uši. Oči pokazuju pamet, a usne pokazuju duševnost; zato oči znaju da lažu, a samo usne pokazuju iskrenost. Video sam u jednoj rimskoj galeriji kako sve biste slavnih besednika s Foruma imaju usta živa kao u deteta ili sočna kao u devojke; vidi se da je lepota prebivala nad tim pregibima i da je sjaj uzvišene reči ostavio na njima trag za sva vremena. Svi ljudi koji lepo govore, imaju lepa usta. Osetljivost i osećajnost čovekova leži samo na usnama i oko usana, a ne u očima, pošto se uvek čovek pazi da očima ne prokaže svoju pravu misao. Začudo, ljudi su najmanje u istoriji proslavljali lepotu ženine ruke. Margarita de Valoa, čijoj su se kraljevskoj ruci jednog dana divili, rekla je skromno i zbunjeno kako ima već četrnaest dana da je nije oprala.

<h2 style="text-align:center">6.</h2>

Lepota fizička, to je neosporno jedna plemenita čovekova vrlina. Uostalom, telesna lepota je samo spoljni izraz viših unutrašnjih čovekovih lepota, jer lepota nije nikad bila osobina zlikovaca i nevaljalih žena; i neosporno, uvek pored fizičkih lepota u istom čoveku boravi još nekoliko bilo duševnih ili duhovnih kvaliteta prvog reda. Priroda je uvek izgrađivala svoje pravo majstorsko delo s ljubavlju i izdašnošću, i nikad nije bila tvrdica ni u pogledu drugih osobina tog privilegovanog lica. Bilo je, istina, i bezumnih žena među lepoticama, kao i lepih ljudi među glupacima. Ali je to bio svagda redak slučaj; jer su uvek imali pored lepote ili blagorodno srce bez mnogo pameti, ili veću pamet bez mnogo srca. Ako lepotice obično svrše život u katastrofama i skandalima, često i ružnim ili glupim, to je zato što postanu žrtve tuđih strasti i tuđih sujeta. Ako su lepotice često neobrazovane, to je što je negovanje njine lepote bilo za njih važnije od nege njihovog duha. Svakako, lepota nije nigde usamljena. Ahil je bio najlepši mladić u Grčkoj, ali i najveći heroj; a Sofokle je bio najlepši mladić, ali i najveći pesnik. Hipatija iz Aleksandrije je bila lepotica koja je imala trostruku oreolu: lepote, vrline, i učenosti; ona je bila i veliki astronom i filozof svog vremena. Pompadur je bila najlepša žena, ali i veliki diplomata i državnik. Lepota je plemstvo i blagodet koju je Bog spustio na naročito izabrane među ljudima; lepota je i blagoslovena, jer ona kao sunce izaziva život, nosi zdravlje, i inspiriše religiozno osećanje. Kao što su antički Grci sva svoja božanstva pravili lepim, i hrišćani su najzad slikali lepim sve najveće ličnosti svoje crkve: Bogorodicu, Hrista, svetog Đorđa i sve arhangele. Uostalom, stari Grci su verovali da ružan čovek ne može biti ni dobar.

Najlepša je žena u ljubavi ona za koju kažemo da je lepa a ne znamo zašto. Ljubavnice Luja XIV, najvećeg ljubavnika među svim kraljevima, nisu bile lepe, nego samo žene od duha i srca. Gospođica La Valijer je bila čak vrlo malenog stasa, boginjava, smeđih očiju, velikih usta, zuba ne baš najlepših; a koračala je ružno, jer je bila hroma. Takvu je opisuje njen poznanik Bisi-Rabiten, rođak slavne gospođe De Sevinje. Ali Rabiten zatim dodaje da je La Valijer imala pogled strastan i uman, reči pune duha i bleska, i da je bila iskrena i duševna, vrlo verna i sva predana, i najzad, da je bila i učena. I Mekoli u svojoj istoriji govori da su ljubavnice engleskog kralja Džejmsa II, savremenika Luja XIV, bile veoma ružne, skoro rugobe: Ana Hajt, a još nakaradnije Arabela Čerčil i Katarina Sidli. Bilo je sličnih ukusa i među filozofima. Dekart je prvi put voleo jednu razroku devojku, i otad je ceo život imao slabost i simpatiju za razroke žene. Pesnik Bodler je bio zaljubljen u nakaze.

Ima odista najlepših očiju koje ne umeju pogledati, i najlepših usana koje se ne znaju osmehnuti. Obe ove velike i neopredeljive lepote su nematerijalne, jer su isključivo duševne. Lep pogled i lep osmeh nemaju čak ništa zajedničkog s bojom očiju ili formom usta. Španjolka ume da pogleda a Francuskinja ume da se osmehne. Osmeh, to je zora i svitanje tela, najveći događaj i najlepši izraz duševnog u materiji. Ima očiju koje se smeju, i očiju koje govore, i očiju koje ćute; a ima očiju koje izgledaju da uvek nešto osluškuju i čekaju. Najlepše oči ima slovenska žena, jer uvek izgledaju začuđene.

7.

Platonska ljubav je samo ljubav čovekova, a ne ženina. Uostalom, idealna ljubav i nije u instinktu nego samo ljubav fizička. Ljubav idealna je produkt vere i kulture, i održava se nasiljem nad sobom. Žena nema osećanja požrtvovanja za druge nego samo za sebe, jer se ne ume osloboditi sebe, kao ni dete ni divljak, ni izaći iz hiljadu malih sreća i nesreća od kojih je napravila svoj šaren i smešan život. Ona je vernija svojim prohtevima nego vašim najsjajnijim idejama. Poći će za vama, ali ne za vašim principom. Žena nije uzela ništa od naše civilizacije i religije; povila se samo za našim namerama, i pošla za jakim čovekom. Ona se nikad ne gadi propale žene kao što se mi gadimo propalog čoveka; naprotiv, traži njeno društvo; i kad joj ne zavidi, ona je izvinjuje. Žena u Egiptu i na Levantu i danas je onakva kakva je bila otkad tamo postoji.

Neznanje ženino ide do gluposti. One nisu u stanju da sačekaju ni odgovor na pitanje koje vam same postave. Nemaju ni za što pravog interesa, a najmanje za umetnost. Sve žena uzima za zabavu, i sve meri po svojim nervima. Ali ako žena nema dovoljno volje za učenost, ona to nadoknađuje spontanošću svojih prohteva, i prirodnošću svojih suđenja; a kad žena ima ukusa, on je uvek urođen i otmen. Ima izvesni ukus koji je čisto stvar njenog spola. Žena ima većma ukus za stvari nego za ideje, ali njen ukus nadmašuje u mnogom pogledu srednju kulturu čovekovu. Žena nije tvorac, ali je veliki asimilator. Uvek je u istoriji žena postala uglađena pre nego čovek, a ona je to i danas.

Čednost nije u prirodi, i zato je nema ni u ljubavi: jer je ljubav samo čista i prekaljena priroda. Gde je mnogo ljubavi, tu je malo čednosti; a možda i obratno: mnogo čednosti znači malo ljubavi. U Parizu se mnogo luduje od ljubavi, i malo govori o čednosti. Ljubav i moral nisu rođeni zajedno, niti se voze istim kolima: jedno je stvar božja, a drugo je pronalazak čovekov. Čednost su propagirali hrišćanski apostoli da bi njom siromašnim ženama dali načina da postanu bolje od bogatih, i da tako čedna devojka postane dostojnom svakog bogataša. Moral je nasilje, naročito moral seksualni; a kad nije, onda je hipokrizija. Treba imati navike morala kao navike izvesnih jela i pića. Žene su moralne više po svome temperamentu nego po svom uverenju. Ima žena koje ne mogu podneti pokvarene reči, kao što ne mogu podneti rđav vazduh, ili ukvareno jelo. One su tad čedne i bez naročite volje, ili bez naročite namere, ili često čak i protivno svojoj volji. Ima zatim takvih žena koje bi se ponekad osvetile mužu, ili ljubavniku, za kakvu uvredu, crnim izdajstvom, ali, i pored sve volje, ovakve žene ne mogu ni zamisliti drugog čoveka na njegovom mestu. Moral je kod mnogih žena stvar urođenog ukusa, a ne vaspitanja; stvar fizička, kao što je kod drugih nemoral; jer moral nije u glavi, nego u krvi i u stomaku, kao stvar organska. Oni koji su moralni drugačije, slabi su ili lažni. Zato je rečeno: svetac koji nije potpuno svetac, onda je đavo; a đavo, koji nije sasvim đavo, on je svetac.

Ima žena moralno korektnih, ne iz ljubavi za čoveka i za moral, nego samo zato što su po karakteru pasivne, ili što ljubavi ne daju nikakvu cenu. Druge su opet moralne iz udobnosti za sebe, ili iz odvratnosti za javnu bruku. A treće su moralne iz krajnjeg nepoznavanja poroka. Svakako, fizički moral obično nije u prirodi ni ukusu ženinom koliko je u ukusu čovekovom: dokaz, što je žena u stanju da se celom svetu pokaže gola, kad bi znala da je ceo svet našao lepom kao boginjom. Uostalom, one ne pristaju da razgolićuju sebe, i da nose svoje gole grudi kao na poslužavniku. S vremenom je žena postala deteubica. Vrlina je za mnoge žene nakit da se većma dopadnu; one koketiraju vrlinom pred drugim ženama. Mnoge su mlade žene ponosne na svoju vrlinu, ali je vrlo malo ostarelih žena koje se svoje vrline sećaju s preteranim ponosom.

8.

Moralna kontrola žene nad samom sobom, vrlo je promenljiva. Drugačije se žena oseća moralno snažnom pre večere, nego posle večere; pod maskom i u dominu, nego u običnom odelu; drugačije i nedeljom, nego u redovne dane; drugačije u mraku, nego u svetlosti; drugačije u gužvi, nego u mirnom salonu; drugačije u inostranstvu, nego u otadžbini; i najzad, drugačije na vodi, nego na kopnu; na severu, nego na jugu; pre podne, nego posle podne. Žena se teško odupre jednoj prilici, i kad bi se oduprla jednom čoveku, mada i najčistija žena ima svog fatalnog čoveka, koji treba samo da se pojavi pa da pobedi.

Telesni porok je prirodna posledica društva, a ne prirode, jer je seljak čedniji od građanina. U mnogim zemljama seljak spava u kući zajedno sa svom ostalom čeljadi, i čak sa svojim životinjama, i nikad se on i njegova žena ne svuku potpuno goli. On do smrti ne vidi svoju ženu drugačije nego obučenu, a možda bi ga bilo strah i stid da je vidi bez odela. Porok se razvija u ljubavnoj dokolici i golotinji; porok je umnogome stvar mašte koliko i temperamenta. Svakako, porok je stvar bogatih i besposlenih.

Moral je za čoveka stvar idejna, a za ženu estetička. Zaista, na moralnim zakonima je sarađivalo osećanje lepote i osećanje harmonije više nego osećanje dobrote. Svet je moralan iz mnogo razloga, a nemoralan je samo iz jednog uzroka. Moral je često jedna ukorenjena navika duhovna, osobina fizička, sujeta porodična, račun lični. Ali svakako je moral fizička osobina koliko i nemoral. Niko nije uspeo da izmeni ženu kako bi je od rđave napravio dobrom, ali retko ko nije uspeo da ženu izmeni ako je hteo da od dobre napravi rđavu. Žena nije ni bolja, ni gora, a možda ni drugačija nego čovek. Pogrešno je samo verovati da je žena po prirodi čedna, i zato po krvi staloženija i otpornija, ili po prirodi plašljivija nego ljudi. Ona je verovatno moralno inferiornija, a duhovno samo različnija. Žena je za nas jedno pijanstvo krvi kad smo mladi, ili bolest degeneracije kad smo stari. Žena je jedna divljač u kući. Ona ostaje uvek vernija sebi nego vama ili moralnom principu; živi uvek po svojoj prirodi većma nego po tuđim propisima, znači sasvim obratno od čoveka. Ženu treba uzeti za ono što jeste, i ne pokušavati da je izgrađujemo bolje nego što je Bog napravio; a ako se žena uzme za onakvu kakva je zaista, ona može još doneti čoveku neizmerno mnogo radosti.

Ima žena koje su verne i kad ne vole; a ima žena koje su jednom čoveku neverne i kad su u njega istinski zaljubljene. To su anomalije ali koje su ipak istine, čak vrlo obične. Žene koje su verne i kad ne vole, verne su čoveku zato što nisu po prirodi sklone poroku. A druge su žene neverne čoveku samo zato što su odveć verne sebi samima. Čovek zaista mora izneveriti sebe, ako je, protivno prirodi, veran nekom drugom.

Žena postaje neverna najčešće kad je to najmanje mislila, a često i kad to nije ni želela. Ne padaju samo poročne i pokvarene nego često i savršeno čiste, i po prirodi verne. Žena pada iz raznih uzroka: iz ljubavi, iz dosade, iz strasti fizičke, iz sujete, iz slabosti volje, iz interesa materijalnog, iz romantike, iz manije, iz perverzije, iz osvete. Znači, najmanje deset različitih povoda, koji se nikako ne daju nazvati samo pokvarenošću fizičkom, kako se neverna žena obično okrivljuje. Žena koja padne u porok, uopšte nije toliko razvratna koliko je slaba. Kad ljudi ovo uvide, smatraće takvu ženu više za nesrećnu nego za rđavu.

Ali na deset žena ima možda samo jedna koja nije sklona da padne bar zbog jednog od deset pomenutih motiva. Žena se često brani od poroka srčanije i poštenije nego čovek, jer zna da je ne kontroliše samo jedno lice nego celo društvo, i porodica, i religija, i istorija, i sve ostalo što su ljudi podigli protiv žene. Ima među ženama više heroja nego što ih ima među ljudima, ali su ljudi celu istoriju prigrabili za sebe, i za priče o sebi. Međutim, mi smo heroji u bojnoj vatri, a žene u hladnoj svakidašnjici; mi smo hrabri pred smrću, a one pred životom; mi pred drugim čovekom, a one pred celom sudbinom. Žena koja je lepa, ima za ceo dugi niz godina svoje mladosti da se očajnički brani od ljudi lepih, snažnih, bogatih, titulisanih, uplivnih, moćnih, slavnih; i čak, što je najteže, da se brani i od ljudi iskreno u njih zaljubljenih. Da se brani i od onog kojeg i sama voli... Niko ne zna koliko treba imati moralne snage, ili koliku ljubav za drugog čoveka, pa odoleti svima zamkama koje mi ljudi bacamo pred žene. Žena voli svoje dete i kad je rđavo i ružno; i ona ljubi usta muža, i kad je po ceo dan na ta usta govorio laži i pogrde. Ona ide za čovekom i kad je razvratnik, i pomaže ga i kad je raspikuća. Ona prima u naručje i čoveka koga niko više ne želi da primi u kuću; i pruža mu svoja usta, i kad mu niko ne bi pružio svoju ruku.

Ženu ne može da preinači nikakav čovek, ali može da je menja sredina. Žene u Andaluziji, s očima koje izgleda da piju krv kao pijavice, samo su spol i ništa drugo. Žene u staroj Kastilji su mistici. Francuskinja je u svemu žena Francuzova: smela, pozitivna, duhovita, kaćiperka, s mnogo svile i pudera, i perja, i karmina. Francuskinja se daje najduhovitijem; Italijanka traži sentimentalnost i pare; Ruskinja se daje za paradoks i ludost; Engleskinja se daje džentlmenu koji je diskretan i perverzan, i koji se mnogo smeje; Srpkinja se daje onome ko je prevari; Nemica se daje muzikantu i konjaniku; Španjolka se daje i sad svom ispovedniku.

Platon kaže da žene imaju iste sposobnosti kao i čovek, ali samo u manjem broju. Uostalom, Platon nije voleo žene, ni onda kad je lepo govorio o Ksantipi. On u jednom svom delu ne zna da li treba ženu staviti među ljude ili među životinje, zbog preterane razdražljivosti njenog spola. Istina, ženu su voleli i oni ljudi koji su o njoj i najgore mislili. Da je Dante mislio na svoju sopstvenu ženu, ne bi ispevao Beatriču; i da je Šekspir mislio na svoju ženu, ne bi napravio

Dezdemonu onako plavom, ni Otela onako crnim. Čovekova beda nije samo u tome što ženu meri po sebi, umesto da je meri prema drugim ženama, nego što joj iziskuje samo vrlina kakve ima najbolji čovek; ne dozvoljava joj ni poroke koje ima i čovek najmanje poročan. Čovek u ženi nikad ne vidi čovekove veličine, nego samo čovekove pogreške. Ženu je retko ko ispitivao prema onome šta ona vredi sama za sebe, nego uvek šta vredi u odnosu na čoveka. Zato je žena i u literaturi dugo stajala u drugom planu.

9.

Ništa ne upropasti ljubav koliko čovekova preterana dobrota. Da vas žena voli ženski, morate s njom postupati muški. Treba biti tiranin, ali dobar, onakav kakvog je Renan tražio za gospodara države. Žena treba da vidi jači spol od svog, jer ne voli mučenika u ljubavi, čak ni dobrotvora, nego zaverenika i razbojnika. Žena vas najviše voli kad ima da ona prašta vama a ne vi njoj. Pred velikom dobrotom čoveka, žena gubi spolni osećaj na kojem je kod nje mnogo sazidano; a samo snaga čovekove volje izaziva snagu njenog spola.

Ne varaju nesrećne žene, one čiji su ljudi pijanice, grubijani, raspikuće. Najvećma varaju one žene koje bi trebalo da budu najvećma srećne i najvećma blagodarne. Jure za drugim ljudima baš one žene kojima je muž dao sve raskoši u kući, i sve počasti na ulici; i verujući da je sreća u suficitu, one taj suficit traže u drugom čoveku. Žene istinski nesrećne s mužem, zbog njegovih mana karaktera, ili njegove bolesti, ili siromaštva, obično ne traže drugde ni minimum sreće, ni da se negde naplate, ili negde osvete. Bol i beda naprave sve puteve maglovitim i noge teškim. Najsrećnije žene su zaista najgore. Žena je u sreći raskalašna, koliko je u nesreći velika. Nikad ne bi trebalo potpuno usrećiti ženu, koja je svagda dete ili divljak, jer hoće da se prejede i prepije, i da porazbija sama svoje igračke. Zato žene najgorih ljudi nisu brakolomnice, i često prolaze pod dobre. Ali žene lepih ljudi, bogatih, radosnih, i srećnih, naprotiv, jure za maksimumom, i nemaju drugo u glavi nego radost i vratolomije. Čudno je da baš biraju obično ljubavnike i manje lepe, i manje umne, i manje mlade, i manje ugledne nego muž. Najmanje neverstava urade iz prave nužde, a najviše od obesti i od pijanstva sreće.

Žena je po prirodi stvorenje zlo, sujetno i bolesno. Jedino što žena ima veliko, to je moć da nam ponekad dadne iluziju kako je sasvim drugačija nego što jeste. Ženin smisao o moralu i čovekoljublju, to je ono što u paleografiji nazivaju jevrejskom interpretacijom tekstova. Često ste mogli videti ženu pored sarkofaga njenog čoveka kojeg nije volela, ili kojeg je varala. Ona tude pokazuje bol koji naliči na jedno nemo besnilo. Ne treba zaboraviti da su ljudi komedijaši u radosti i u svečanim momentima, a žena je komedijaš u momentima tuge. Samo što žena ima toliko urođenog duha da se ne prikaže, i da izdrži tu glumu do kraja.

Ne može postojati intimnost i iskrenost među čovekom i ženom, jer nisu istovetni po prirodi, ni jednaki u pravima pred prirodom. Žena po instinktu nema onoliku potrebu za intimnošću, kao čovek. Mora se donekle izneveriti svoja sopstvena duša i priroda pak da se bude veran drugom. Žena zato, po svojoj prirodi, nije prijatelj drugoj ženi. One se združe, samo kad je u pitanju neki čovek, ili mržnja prema nekoj trećoj ženi. Mi nemamo ni u mitologiji, ni u istoriji, ni u antičkoj drami, primera ljubavi drugarke za drugarku, a imamo opevanu ljubav Ahila za Patrokla, Polideuka za Kastora, Oresta za Pilada. Mnogi su veliki ljudi postupali prema ženi tako različito kao da nisu bili ljudi iste rase, čak ni istog vremena. Ciceron se razvenčao s Terencijom što ga nije volela, a Julije Cezar sa svojom ženom Pompejom, samo zato što se o njoj rđavo govorilo; ali za mudrog i velikog Katona kažu da je svoju ženu Marciju pozajmio svom prijatelju Hortenziju, kao što je čuveni Mecena smatrao za čast jednog dobrog kurtizana, što je Avgust živeo s njegovom ženom. Međutim, ovo su sve bili ljudi istog doba i istog društva.

Ima i kod najzaljubljenije žene jedno mesto u duši koje hoće da se sveti onom kojeg voli: jedna mračna klica neverstva i zloće koju ni samoj sebi ne bi umela ni smela da prizna. Čovek zaljubljen odmah misli kako svoju sreću da podeli, a žena misli kako da svoju sreću udvostruči. Ženi nije dovoljno da dobije najviše od čovekove sreće, nego da što više otme od čovekove slobode. Jer joj je snošljivija njena beda nego čovekova sloboda, pošto je čovekova sloboda, zaista, izvor svih ženinih nepravdi i nesreća. Po nesporazumu koji izlazi iz spolnih razlika, i po nejednakosti koja dolazi iz socijalnih suprotnosti, čovek i žena su nepomirljivi jedno prema drugom. To ide često u neprijateljstvo nesvesno, u mržnje prekrivene, u sukobe usitnjene ali postojane. U braku žena traži sve što joj se dopada, i uzme sve što može oteti. Čovek isto tako grabi za sebe sve ženino. Nigde egoizam ljudski nije tako opor kao u odnosu čoveka i žene, koji ratuju jedno protiv drugog ni sami ne znajući dokle ide to ogorčenje. Ljudi se bore sa ženama u ljućoj borbi nego s vetrovima, životinjama i morem.

10.

Žena je ipak po svojoj prirodi uvek nečija žena. I žena, zaista, ima samo jednog muža: a to je uvek onaj prvi. Andromaha je imala s prvim mužem Hektorom jednog sina, s drugim mužem Pirom tri sina, i s trećim mužem Helenom još jednog sina; ali je Andromaha samo žena Hektorova, i kao takva je inspirisala i Homera i Euripida i Vergilija. Uvek je za ženu prvi čovek jedini njen pravi čovek, čak i kad prestane da ga voli. Često je on njen gospodar i docnije, i kad god on htedne. U njenom karakteru ima trećinu njega; hiljadu stvari ona već vidi njegovim očima; a ima slučajeva kad i fizički sliče jedno na drugo.

Niko ne zna koliko onaj koji hoće da voli, mora da pregori čak i od svog častoljublja. Najsrećniji su u ljubavi oni koji su izgubili smisao o sebi i svojoj ceni. Ljudi od najvećeg uspeha kod žene, to su oni koji trpe najviša uniženja. Ništa ne degradira čoveka koliko žena, čak i kad je zaljubljena. Žena ne pravi razliku među ljudima, niti se razume u muškim odlikama. To mnogi ljudi dobro znaju. Ima stoga ljudi za koje je ljubav, čak i ljubav višeg reda, jedna perverzija: ljubav kockara za kocku, pijanice za punu čašu, pušača za duvan ili opijum. To je potreba da se živi polupijan, da čovek pravi planove za koje se docnije kaje, i da se govore bezumne reči kojih je čoveka posle stid kad se otrezni. Za mnoge ljude nijedna žena na svetu ne vredi taj gubitak prisebnosti. Kad su pitali Pitagoru kad treba čovek da se oda zadovoljstvu ljubavi, mudrac je odgovorio: „Kad god hoćeš da se umanjiš." Pitagora je verovao da je fizička ljubav štetna za čoveka, jer ga zamara i skraćuje mu život. Pitagora je živeo osamdeset godina.

Čednu ženu su smatrali višim bićem samo hrišćani. Opisuju se s naročitim ushićenjem neporočne devojke koje su umirale po tamnicama, katakombama, pećinama i amfiteatrima, žrtvujući se za hrišćanstvo kojem su najpre zaveštavale svoju telesnu neporočnost kao svoje najveće blago. U Toledu sam video ostatke kuće svete Levkadije, devojke iz prvog hrišćanskog veka, na kojima je neki kralj podigao crkvu, a drugi su kraljevi toj crkvi davali ogromne privilegije, i za kult svetiteljke skupljali naročite priloge. Kažu da je od te crkve i počela prava slava grada Toleda, jer su se tu docnije držali sveštени sabori, kraljevi krunisali ili ekskomunicirali, i pravljeni državni zakoni. Duboko se veruje da je svetiteljska neporočnost ove devojke Levkadije spasavala Toledo od raznih nesreća. Svi su varvarski narodi prolazili pored njenog groba, ali ga niko nije uznemirio. Uopšte, hrišćanska svetiteljka je, po pravilu, bila čedna, prema uzoru majke Hristove, u kojoj je naročito isticana telesna neporočnost.

11.

Žena ima više nežnosti, a čovek ima više dobrote; žena je velikodušna, a čovek je plemenit. Žena oprašta ali ne zaboravlja; čovek zaboravi i kada ne oprosti. Kad god je žena velikodušna, ona je to uvek prema čoveku, a nikad prema ženi. Čovek ima detinjstvo, mladićstvo i starost; a žena do kraja ostane dete, i kao dete, sve smatra igračkom. Glupost je u prirodi, i najpametniji čovek ne uspe da tome uvek izbegne, ali žena je glupa samo po izuzetku. Na deset ljudi ima jedan uman, a na deset žena ima jedna glupa. Ljubomora je jedna forma gluposti. Na stotine ljudi nema ni polovinu koji su ljubomorni iz straha da ne bi izgubili ženu koju vole, nego su ljubomorni iz oholosti prema sebi, i iz straha da sami ne budu poniženi. Ima ih koji su uvređeni što ih je unizio drugi čovek, a ne što su izgubili svoju ženu. Zatim, ima ih koji su uvređeni samo zato što ih je ponizila njihova sopstvena žena. Međutim, svi ovi povodi dolaze iz gluposti. Ali, izvesno, čovek je najmanje ljubomoran iz ljubavi. Zato su ljubomorni samo ljudi okoreli egoisti. Žena egoista ne daje drugoj ženi ni čoveka kojeg i sama ona odbacuje. Jedan od hiljadu načina kojim čovek uspeva kod žene, to je kad se postavi između dva ženska egoizma. Ljubomoran je onaj koji hoće da bude voljen više nego što sâm voli. U najvećoj ljubavi uživamo baš u onom što dajemo, a ne u onom što primamo, kao kraljevi. Ljubomoran čovek, to je kao lakom siromah ili kao imućan cicija.

Čovek u životu deli sve stvari na dobre i rđave, a žena na slatke i gorke. Žena u životu sve smatra za svoj nakit: kuću, ogledalo, sliku, stolicu, ulicu, psa i konja, grad i društvo, čak i čoveka kojeg voli. Znam jednu veliku rusku gospođu koja je imala nakita u biseru i brilijantima što je vredeo četiri miliona zlatnih rubalja; a međutim, Kolumbo je za otkrivanje Amerike potrošio, prema računima koji se još vide sačuvani, svega četvrtinu miliona današnjih zlatnih dinara!

Čak polovinu te sume utrošili su na popravku broda, što znači da je otkriće Amerike koštalo svega okolo stotinu pedeset hiljada franaka... Svakako, sve što okružuje ženu, manje je za nju od nje same, i sve je atribut njene ličnosti, koja je u sredini svemira. Da žena ne smatra sve za svoj nakit i svoje igračke, izvesno je ne bismo ni toliko voleli. Čovek voli u ženi ono što je detinjasto, jer samo detinjstvo daje iluziju mladosti, koja je za nas večita magija. Ako čovek napada ženu, to je jedino iz razloga samog spola. Kao zoološka fela, i spol je isključiv i samoživ. Ako i životinje mogu da misle, onda one imaju o nama, izvesno, isto rđavo mišljenje koje imamo mi o njima.

U pogledu karaktera, postoje tri vrste žena: supruga, robinja i odmetnik. Ako nije supruga svog muža, ona je uvek supruga nekog drugog čoveka, i ovog će čoveka tražiti dokle ga ne nađe, a često ostaće mu verna i časna, i kada nije njegova žena. Žena bez sopstvene volje i personalnosti, to je žena stvorena robinja; ona je senka jednog ili drugog čoveka, ili čak obojice ujedno, uvek mučenica i uvek žrtva. A žena odmetnik, to je egoista koji ne voli nikog, niti je iko voli. Umesto volje ima prohteve; umesto ukusa, svoje sopstvene načine; ona je zatočenik ništavnosti; ona je malo žena a nimalo čovek; najčešće je dete i divljak za ceo život. Može da voli i da ne voli. Ruskinja kaže: možda sutra a možda nikad. Ovom tipu žena-odmetnika se najvećma približuje današnja evropska žena. Ona živi preko svoje volje u muževljevoj kući, gde jede i spava s njim bezradosno i bežalosno, apatično i hladno. Ništa je osobito ne zadržava da ostane gde je, ili da ode sasvim drugde, gde bi bila isto tako usamljena i nepristupačna. Mnogo je manje ljubavi na svetu nego u literaturi; u jednom romanu ima više ljubavi nego u jednom velikom gradu.

Ne čekajte nikakvo dobro od ženine pameti, nego samo od ženinog srca. Ja pamet čoveka računam po onom šta kaže, a pamet žene po onom što ne kaže. Možda sam već napred pomenuo: žena moral smatra estetikom a čovek logikom; a to znači da je moral kod nje u osećanju, a kod njega u glavi. Zato je žena moralnija nego čovek.

Ali je još kanda opštija i sigurnija podela žena na ova tri tipa: supruga, ljubavnica, majka. Često se u jednoj istoj ženi nađe ljubavnica i majka; a često supruga i majka; ali najređe supruga i ljubavnica. Skoro nikad nisu sva tri tipa ostvarena u jednoj istoj ženi; a da su ostvareni, to bi bio zaista vrhunac božje mudrosti i božje ljubavi za čoveka. Žena ljubavnica i žena majka, to su žene instinkta, gde posredi nema ničeg isključivo čovečanskog, što ne bi postojalo čak i među nižim zoološkim felama. Dobra majka se nalazi čak i među zverovima, a dobra ljubavnica među pticama i među insektima. Skoro u najvišem broju slučajeva, žena je ili samo supruga, ili samo ljubavnica, ili samo majka. Francuskinja nije supruga nego ljubavnica i majka; Španjolka je majka a Ruskinja ljubavnica. Srpkinja je od svih drugačija: kad je najčistiji tip, ona je čoveku sestra.

Stvarno, žena ima dve svoje misije na zemlji: da bude majka i da bude supruga. Ona je od prirode stvorena da bude majka, a samo je ljudskim zakonima naterana da bude supruga. Zato se žena skoro uvek odazove svojoj prvoj dužnosti, prema božanstvu i prirodi, a prilagođava se, s manje ili više uspeha, prema zakonima braka koji su ustanova čovekova. U toj vezi s prirodom, ona je velika i moćna; ali u toj vezi s čovekom, ona je slaba i često bedna, a zato i lažna. Prva njena misija je instinktivna, a druga razumna; prva nerasudna i mračna, a druga svesna, i zato labava. Stoga se može istovremeno biti savršena majka ali rđava žena, jer su to dva razna puta i dva razna zakona.

Žena je najviša u svojim bespolnim ljubavima: u ljubavi majke, sestre ili kćeri čovekove. Stari grčki tragičari su dali izvanrednih primera ovakvih ljubavi; one su i danas uzbudljivije nego savremena književna intriga ljubavnika i ljubavnice. Bilo je u antičkoj tragediji supruga koje su se takmičile u svojoj ljubavi ne samo s ljubavnicama svojih muževa nego čak i s ljubavlju muževljevih roditelja za svog sina. Alkestida je umrla za svog muža da bi pokazala da ga voli većma nego što ga vole i njegovi roditelji, pošto ona odlazi s njime u smrt, a njegovi roditelji ostaše posmatrači, nemajući srca da i oni umru zajedno sa svojim sinom. Euripid je od ove ljubavi napisao dramu, a Platon je pominjao ovaj slučaj u svojoj poznatoj teoriji o ljubavi. Ljubav kćeri i sestre se vidi u samoj Antigoni koja je dignuta do božanstva. Ljubav između brata i sestre je kod Grka dignuta do hrišćanske čistote. Ovo je tim uzvišenije što su se u tim istim stolećima persijski kraljevi ženili svojim kćerima i sestrama, kao i u faraonskom Egiptu, i kao mnogo docnije u ptolemejskom Egiptu, gde se Kleopatra bila udala za svog brata, kralja egipatskog. Ljubav između brata i sestre, tu uzvišenu ljubav dvoje mladih, koja je tako čista od svakog nereda spola, opevala je, s grčkom uzvišenošću, još samo srpska narodna pesma. Prema ovoj čistoj ljubavi, izgleda da je svaka druga ljubav između čoveka i žene samo samo jedno fizičko slepilo, ili računsko prijateljstvo: jer svako od ovih dvoje ljubi na svoj način, u svoje vreme iz svojih razloga, sa svima protivrečnim sukobima pameti i krvi. U španskom *Romanseru*, mlada Himena, koja je najpre molila kralja da kazni Don Rodriga, ubicu njenoga oca, docnije moli istog kralja da joj dadne Don Rodriga za muža, jer mladi hidalgo prolazi svaki dan ispod njenih prozora. („Kako je lep ubica mog oca!")

Čim žena počne istinski da voli čoveka, onda ga voli pomalo kao majka: tepa mu sitne i slatke reči; boji se za njegovo zdravlje, i utopljuje ga; i brani mu da pije, ili da odveć puši; i strepi od hiljadu prilika i stvari koje bi mogle da mu učine kakvo zlo. U najvišoj ekstazi srca, žena prestaje biti ženka, a postaje dobra majka i nežna sestra. Na ovoj sublimnoj i jedinoj tački dva protivna i protivnička spola dolaze do idealnog izmirenja. Sve do te tačke su ti spolovi u stalnim sukobima, isključujući se duhovno i duševno, i ne dodirujući se nego samo fizički. Čovek i žena se izmiruju samo u ljubavi čistog srca, i u ljubavi bespolnoj, odakle izbija iskra poezije, koja je magija sveta, sunce sunaca.

12.

Čovek vlada ženom samo kad vlada sobom; a mi vladamo sobom samo kad više mislimo nego što osećamo. A naročito kad manje govorimo nego što bismo i sami hteli reći. Žena ne voli u ljubavi stradalnika, nego junaka; a junak je čovek koji stoji hladan pred neprijateljstvom žene, i koji je uvek gotov da izgubi. Treba da čovek prepusti ženi ljubomoru; a žena će postati ljubomorna, čim čovek ne bude hteo da sâm bude ljubomoran. Ako čovek nije ljubomoran nego žena, onda je on više gospodin nego što je ona gospođa. Gospodin u ljubavi, to je čovek hladan u ljubavi; a hladan je u ljubavi samo onaj koji svoje častoljublje stavlja iznad ženske dobrote.

Žena u čoveku uvek traži i muža i ljubavnika: traži i atmosferu porodične toplote, i istovremeno ljubavne slučajeve nagle, nejednake i nepredviđene. Ako to oboje ne nađe u mužu, onda se ona vraća kući s većim osećanjem otužnosti nego što je iz nje izišla. Žena je često mnogomužac, čak i stoga što je svaka žena već od petnaeste godine istraživala i nagađala u mladim ljudima svoje idealne muževe i svoje zamišljene ljubavnike. Ta navika joj ide zatim kroz ceo život. Zato nije čudo ako se ona i docnije zaludi napolju, i onda kad istinski voli kod kuće. Nikad mladoj ženi nije stranac kakav mladić za kojeg vidi da bi mogla da ga voli. Vara se svaki čovek kad veruje da je pouzdan u ženi samo zato što ga ona voli. Srce je nebrojeno, kao što je kazala jedna pesnikinja, a tako je mislila zato što je i sama bila žena. Ljubav je najnesigurnije osećanje.

Postoje dva moguća braka: jedan za mlade i za mladost, i drugi za stare i starost. Prvi da se podeli sreća i obest, a drugi da se podeli nesreća i bolest. Za jedan prođe vreme vrlo brzo, a za drugi je uvek na vreme. Za prvi od ova dva braka su devojke obučene u belo, a za drugi udovice obučene u crno. Imaju i raspuštenice, obučene u crveno, ali one su žene za sve godine. Ženiti se udovicom, to je uvek imati za brak gde predsedava jedan mrtvac u začelju stola, i koji je jači od živog domaćina; a u braku s raspuštenicom, ima uvek još jedan muž, koji je samo odsutan, ali koji je uvek važniji od drugog. Muževi udovica i raspuštenica su svagda upoređivani; i to je njihova neminovna beda. A pošto je žena videla svog prvog čoveka u njeno doba kad su oči bile mlađe i srce bilo toplije, a sve stvari na zemlji radosnije i sjajnije, onda je ovaj drugi uvek u gubitku prema prvom. On gubi već time što nije prvi, a zato ne izgleda ni da je bolji. Pametan se čovek oženi na vreme. U mladosti je brak stvar ljubavi i spola, a u starosti je stvar slabosti i straha od samoće. Još stari Hesiod kaže da je doba za ljubav trideset godina za čoveka, a petnaest za ženu. Isti antički pesnik dodaje da je najbolje uzeti devojku čednu, jer je sposobna da se vaspita u vrlini; da je mudro i oženiti se iz svog susedstva; i da treba bežati, kao od zla najgoreg, od žene koja voli pirovanja i koja je strasna, jer, kaže, ona sagori čoveka bez buktinje, i obori ga u starost pre vremena. U poslednjem stoleću produžen je vek čovekov, i danas se više ne zove ni starac svojim pravim imenom. Uostalom, nikad naše godine ne brojimo mi, nego nam ih broje žene. U osamnaestom veku starci su, možda poslednji put, još priznavali godine kao merilo mladosti i starosti. Monteskje kaže u svom autoportretu, tako skromno i bezazleno: „U trideset petoj, ja sam još voleo žene."

Nesreća je što naše ludilo za ženom traje duže negoli naša snaga za ženu; kao što se reklo da je prestareli Luj XIV trajao duže nego njegov zlatni vek. Do šezdesete godine, normalan čovek može biti i prijatelj ljudi i ljubavnik žena, jer to dvoje idu naporedo; a odatle do sedamdesete, nastaje mir; ali od osamdesete nastaje samo bolest. Njegoš, koji je umro mlad i apolonski lep, kaže da nema veće bruke od starosti. Međutim, Ciceron je napisao svoje delo *O starosti*, u kom hvali starost. Odista, ni sve starosti nisu bez lepote. Ima starost roditelja koji uživaju u deci, i artista koji uživaju u svom delu, i generala koji uživaju u svojoj slavi. Ali ja lično, nikad nisam držao do života, nego do mladosti, kao što se nisam bojao smrti nego bolesti. Mladost je lepa što je nerasudna i obesna, i što ne zagleda u sve pored čega prođe. S godinama čovek izgubi oči, i to je zlo; ali zatim dobije i drugi vid za sve stvari, a to je još gore. Čovek se s vremenom naročito smanjuje prema samom sebi. Zaista, sva je tragedija čovekova u tome, roditi se i proći kroz sav život, a ostati do kraja slep za najveće istine života. Mladost to još ne oseća, što možda i čini najveću njenu lepotu. Mladost uzima za sreću sve ono što starost smatra sujetom ili ludilom. Kad bi mladost imala filozofiju staraca, ne bi bilo na svetu nijednog sunčanog dana.

Velike sreće izgledaju vezane za velike nesreće. Tako je bezbroj ljudi velikih sudbina napustilo život u očajanju, kao žrtve svoje veličine: Hanibal, Pompej, Cezar, Napoleon; ili kao žrtve naročitog prokletstva: Hajdn slep, Betoven gluv, Milton slep, Leopardi grbav. Mladost ne vidi kobne stvari života, i zato je mladost viša nego život. Bio sam često s jednim mladim stranim kraljem pre nego što je bio proteran iz svoje zemlje. Ja sam tad mislio, kakva je to nesreća izgubiti jedno kraljevstvo. Ali sam brzo sebi dodao: „A ja sam izgubio mladost, što je nešto još više...“

Lako je razumeti ženu starog veka, matronu, ženu šefova legija ili senatora, neuku i dobru kao Virginija, lukavu kao Livija, i razvratnu kao Julija. Lako je razumeti istočnjačku ženu, koja, kao u olovnom plaštu, živi u svojoj gluposti i poslušnosti. I ženu srednjeg veka, mističnu i seksualnu. Ali kakvo mesto treba dati današnjoj Evi, koja želi da i sama čoveka dostigne u njegovim porocima, kad ne može da ga dostigne u njegovom božanskom stvaralačkom geniju. To je žena koja je gotova da izgubi svaku vrlinu, i onu u kojoj je jedino bila viša nego čovek, samo da zadobije pravo na ono zbog čega se i sâm čovek uvek smatrao nižim od žene. Ona više nije naša žena, ni majka, ni drugarica, ni saradnica. Sišla je na ulicu, napustila kuću, ostavila drugim svoju decu. Sasvim po rečima jednog antičkog pesnika: „Svejedno hoću li otići u pakao polomljenih nogu, naći će se uvek neko ko će me onamo odneti.“

13.

Žena je, ipak i neosporno, najveća iluzija čovekova. Ne postoji nijedna sreća koja je u stanju da domaši radost ljubavi. Sve drugo može biti slava, uspeh i satisfakcija, ali je žena jedno pijanstvo srca. Ni sve tamne strane ženina karaktera kao da ne postoje nego zato da bude osvetljen samo jedan njen deo, onaj u kojem ona najviše zrači, i koji je uvek božanstven. Nema nesreće čovekove koju žena nije u stanju ili da sasvim neutralizira, ili veoma ublaži. Veličina žene je u velikim momentima; u sitnim događajima je ona sitna. I sitna je samo u odnosu na svoj spol, koji je glavni uzrok svih nereda u njenom duhu uvek svežem, i u njenom srcu koje ima mnogo nežnosti, i onda kad nema mnogo plemenitosti. Budina žena je bila njegova energija. Kada su mnogi ljudi postajali gotovi brodolomnici i pogorelci, samo im je žena davala nove iluzije za život. Velike zvezde se vide samo u sutonu dana, a velike ljubavi samo u sutonu sreće.

Nema veće radosti čovekove od one koju može da podeli s jednom ženom. Nema za heroja nijednog pravog trijumfa ako ne može da svoj pobednički mač spusti pred noge žene koju voli. Nigde ni sujeta čovekova nije veća nego pred ženom. Nigde ni dobrota, ni viteštvo, ne mogu toliko biti stavljeni na iskušenje, koliko pred tim finim i nežnim i komplikovanim stvorenjem kakva je žena. I čovekova hrabrost i čovekov genije, nisu drugo nego dve brutalne sile prirode: njih čovekova savest mora najpre da oplemeni, kako ne bi okrenule na štetu drugih nego na slavu opštu. Ali ljubav za ženu rađa se već spočetka puna plemenitosti, jer hoće da se žrtvuje i da usreći. Čovek veruje u ljubav, i kad nije nikad bio voljen; i zanosi se ljubavlju i onda kada ne voli ženu. Bilo je čak i velikih pesnika čija je ljubav u stvarnom životu bila sasvim drugačija, nego ideja koju su oni stvarno imali o ljubavi, pišući svoja dela. Engleski veliki pesnik Milton, koji je pevao samo raj i anđele, bio je ne samo rđav otac nego i nesnosan muž: i zbog Miltonove brutalnosti je njegova žena morala da napusti njegovo ognjište. A on je ipak opevao svoju Evu istom visokom egzaltacijom kao Dante svoju Beatriču.

Ima nesreća koje ne postoje za čoveka, ali postoje za ženu, kao i obratno. Najveća ženina nesreća, to je kad počne verovati da njena lepota propada. Ovo verovanje, nažalost, počinje vrlo rano, čak pre tridesete godine; i zato je potpuna sreća ženina vrlo kratkog veka. Strah da poružnja, dostiže vrhunac njenog očajanja, kakvo ljudi ne mogu ni zamisliti. Ova vrsta nesreće ne postoji za čoveka, zato što on s godinama ne poružnja, nego često postane čak i lepši. Osim toga, čovekova lepota nema u društvu i životu ono mesto koje ima lepota ženina. Čovek bi imao isto očajanje samo kad bi znao da s godinama propada njegova pamet, ali se tu događa sasvim protivno, jer je čovek s godinama sve pametniji. Samo gubitak zdravlja ili časti, bile bi za čoveka dve nesreće nepopravljive zauvek, a sve drugo je zaista samo u njegovim rukama. Ženino očajanje za izgubljenu lepotu, prevazilazi i njeno žaljenje za izgubljeno zdravlje, ili za svoje propalo ime. One bi volele biti i bolesne, i važiti za nečasne, i biti siromašne, nego važiti za ružne među ljudima, i možda još više među ženama. Ali je sreća što ženina lepota opada lagano i postupno, i što se žena toliko navikne na svoje lice, ogledajući se svaki dan u ogledalu, da i ne opazi ni kad istinski poružnja. Međutim, kad bi se žena oglednula u ogledalu samo svake pete godine, mnoge bi presvisle od bola. Ima divan starogrčki epigram jedne kurtizane: „Ja, čiji je drski smeh ispunjavao Grčku — ja, Laida, koja je doskora imala na pragu čitava jata ljubavnika — posvećujem ovo ogledalo Afroditi — jer neću da sebe gledam ovakvu kakva sam — a onakvu kakva sam bila juče, ne mogu." Za žene izgubiti lepotu, znači kao tvrdici izgubiti svoj novac, ili kao vojniku svoj mač i slavu, ili građaninu svoj ugled. Ima i mnogo žena koje su ružne, ali im se dive ljudi ako su plemenite. Međutim, nisu ipak tim utešene te nesrećne žene, kao što nisu time zadovoljeni ni ti dobri ljudi. I Viktor Igo je otimao drugima žene, ali se nikad nije otimao za žensku ljubav, jer je bio zaljubljen u sebe, i to sasvim onoliko koliko su drugi ljudi bili zaljubljeni u ženu. Bio je još veliki broj pesnika, čak i najvećih, koji su imali talenta za pesmu, a nisu imali talenta za ljubav; i ko zna kolika je to bila nesreća i za njih i za svet.

<h1 style="text-align:center">14.</h1>

Žena je oduvek, neosporno, i najveći podstrek ljudskog uma i ljudske energije. Ona je inspirator kao Bog i priroda, mada sama nije tvorac. Ali ipak više vredi žena kao inspiratorka, nego da je i sama tvorac. Za mene više vredi Rafaelova lepa Fornarina, nego i sama romansijerka Džordž Eliot, ili matematičarka gospođa Di Šatle. Bez velikih inspiratorki ništa nije veliko urađeno; a sve što su one same uradile, nije otišlo dalje od osrednjosti. Žene sviraju posvednevno, a nisu dale nijednog kompozitora; i govore samo o ljubavi, a nisu dale nijednog velikog liričara, bar u hrišćanska vremena; i večno govore, a nisu dale nijednog velikog besednika. Sve je veliko stvoreno bez ženskog pera, ženskog dleta i ženske kičice. U učenoj Aleksandriji četvrtog veka, lepotica Hipatija je tumačila filozofima kretanje zvezda i Platonovu filozofiju, i napisala tri važna dela, ali zakone prirode i zakone misli su pronalazili ipak samo ljudi. I sama ova Hipatija nije ostala toliko važna koliko atinska hetera Aspasija.

Zlatni vek atinski vezan je za Aspasiju, kao za Atinu Paladu koja je stražarila na tvrđavi Akropolisa. Sokrat je, kažu, od nje učio poeziju, Platon filozofiju, a Perikle besedništvo. Ali je još važnije koliko ih je ona inspirisala svojom lepotom i umom, nego koliko ih je ispunila svojom učenošću. Italijanska lepa i zaljubljena žena srednjeg veka, dala je poreklo svima madonama velike epohe, istovremeno kad je davala svetiteljke i naučnice. U trinaestom veku italijanskom, bilo je i žena doktora civilnog i kanonskog prava, a u četrnaestom veku u Bolonji i Salernu su bile na katedrama razne Trotule, Aleksandre Đulijane ili Ane Manculino. Međutim, lepa i razvratna žena slikara Andrea del Sarta bila je od njih viša samo tim što je bila inspiratorka i model svoga muža. Niko ne zna za ljubavnice Kalderona ili Servantesa, niti se u španskoj umetnosti vidi taj blagosloveni uticaj žene na tvorački genije čovekov, što izgleda jedno prokletstvo. Žena vredi samo onoliko koliko inspiriše čoveka, bilo velikog artistu ili malog borca u životu.

Ali ako žena nije ništa stvorila, nije se ništa veliko stvorilo ni bez žene. Ima mnogo ljudi koji su vrlo gordi što se nikad nisu dali da ih žena prevari, i koji su svaku svoju ljubav satrli hvatajući ženu u lažima. Za druge su opet svi putevi ljubavi prosti i pravi: ženu koja ih laže, odbace kao rukavicu koja je tesna, ili časovnik koji ne ide dobro. Ima ih i kojima je, po instinktu, veća strast uhvatiti ženu u laži ili neverstvu, nego osetiti da ih ta žena voli: toliko je intriga razuma u njih jača nego istorija srca. A ima, najzad, i spokojnih srca i duhova koji se izmiruju pred svima slučajnostima što mogu doći od žene, i za koje nema ni fatalnih žena ni fatalnih ljubavi. Verovatno, međutim, da je bilo mnogo ljubavi koje su ostale bez suza, a ipak duboke i velike; ali, izvesno, čovek pamti samo one ljubavi zbog kojih je stradao. Ljubav je stradanje, a sve drugo nije ljubav.

Čovek ne voli, nego čak i mrzi, one koji su ga obvezali; i svaki svoj dug, moralni kao i materijalni, smatra podjednako teretom i uniženjem. Žena, međutim, nije nezahvalna i lakoma nego samo u svojoj kući i u svom braku; i nema osećanja blagodarnosti jedino prema porodici, pošto smatra da joj ova sve duguje. Sasvim kao dete. Ali pažnja tuđinca je, naprotiv, zbunjuje, i obeshrabruje, i razneži. I opet kao dete. Zato se ljudi za sve vrste svojih sebičnosti najvećma služe ovom njenom delikatnom odlikom karaktera. Žene daju svoje telo onom koji o njima ima lepše mišljenje nego drugi, često i samo lepe reči. Prvi moreplovci su zadobijali na Tahitima sve žene samo time što su im poklanjali nojeva pera za kojima su one ludovale. U evropskom salonu imaju pesnici uspeha kod žena koliko i milijarderi: ovi za njihove zlatne reči, koliko oni drugi za njihove zlatne pare. Istina, da se te reči nađu, treba talenta, a to znači treba i ludovanja a ne samo mudrovanja. Ljubav je, uostalom, mnogo više detinjasta stvar nego stvar filozofije; nju su ljudi samo komplikovali i napravili najvećom fatalnošću. Antički mudraci i pesnici slikali su Erosa kao dete, a ne kao mudraca.

O PRIJATELJSTVU

1.

Nad svetom leži dosada kao debelo more nad Zemljinom korom. Toliko je dosada neizmerna na Zemlji, da čovek uvek traži nekog da ga razonodi. Da vidi čoveka, makar kog! Da govori, makar s kim! I da razgovara, ma o čemu! I da idu, ma kuda! Čovek odlazi u društvo više iz dosade nego iz sujete. Inače ništa ne bi moglo ni da objasni opstanak društva, bar ovakvog kao što je današnje, koje nam oduzima novac, duh, vreme, karakter, ženu. Jer bi se, zaista, moglo bez toliko ljudi, žena, reči, laži, obećanja, kompromisa. Ovakvo društvo, to je nesrećni svet koji sâm sebi zagorčava život, kao kockar i pijanica. Ovakav društveni čovek, to je za polovinu propalica. Govori kad ne treba, laže bez povoda, udvara se bez potrebe, igra bez volje, peva bez glasa, besedi bez duha i cilja. Drugi se iz dosade žene i razvode, putuju s psetom, druguju s konjem, spavaju s mačkom. Veliki deo sveta ne traži umetnost da se njome inspiriše za velike akcije, nego da njom rastera očajnu dosadu. Nije svetu draga ni umetnost što je božanskog porekla i cilja, nego što odalečuje od običnog ljudskog života u kojem se davimo od dosade. Da je čamotinja jedna kob čovekovog duha, i jedna beda njegove sudbine, to se vidi i po tome što se dete i dečko isto tako dosađuju kao i mladić ili kao starac, i zbog toga jure za društvom ili za igrom.

Ljudi ne smeju ostati sami sa sobom. Često vole čak i društvo glupaka, i nevaljalaca, čak i svog protivnika, nego da trpe samoću, a to znači društvo samog sebe. Ovo je zaista najgorči paradoks. Naporni sportovi, traženje duhovitosti bufona i učenosti šarlatana, dolaze samo iz očajne dosade. Žena je najbolji spasilac od čamotinje. Ljudi se ne žene toliko iz ljubavi i fizičke potrebe, koliko iz crne dosade, ne zato da s nekim podele zadovoljstvo i sreću, koje se nerado dele, nego da podele dosadu. I žena izneverava muža više iz dosade nego iz perverzije, kao što njoj to isto radi i njen čovek. Zato mi se čini da je prvi motiv prijateljstva kao provalija, i koji je često uzrok velikih bolesti i velikih zločina.

Zbog dosade čovek menja kuću, ulicu, varoš, zemlju. Iz dosade menja lektiru, čak i ideje i principe. Čovek ne lovi da ubija životinju, nego da ubije svoje dragoceno vreme. Dosada je došla od civilizacije: preterano umnožavanje zabave dovodi do očajne prezasićenosti i zatim do mračne dosade. Svet koji je sišao na ulicu, pobegao je od kuće, od sebe, od knjige, od razmišljanja. Muž beži od žene, i žena od muža, sin od oca, i otac od sina. Čovek tako izgleda rođen bolestan. Najzad, ukus za brzinom, koji je proizvod novog vremena, jeste i jedan povod za očajanje. Čovek broji sate kao nikad pre, kada je znao danju za vreme samo po sunčanom satu, ili noću po kretanju zvezda. Čovek danas ima jedan sat koji izbija na zvonari, drugi na zidu svoje sobe, treći na svom stolu za rad, četvrti na ruci ili u džepu. Civilizacija je bacila u nazadak religiju koja je nekad bila dovoljna za život na zemlji. I raskoš je ubio ukus koji je nekad bio dovoljan za život u lepoti.

Čovek postaje prijatelj čoveku koji je zabavan, a neprijatelj čoveku koji je dosadan. Čovek se hvali najviše onim čovekom ili onim gradom koji su mu omogućili da brže satre svoje sate i dane, jer su svi dani i sati dosadni. Danas ljudi izmišljaju mašine koje govore, i kutije koje pevaju, i te sprave puštamo da govore i pevaju ne samo kad smo sami nego i kad smo u društvu, pošto nam sad više ni društvo nije dovoljno. Čovek ima stotinu veza s ljudima, za koje misli da su prijateljske, a koje to nisu nego samo po izgledu. Ljudi se dopisuju među sobom, dele međusobno sve slučajeve, ali ne iz osećanja prijateljstva, nego opet iz osećaja gorke dosade. Ni najbolji odnosi s ljudima nisu samo čista prijateljstva. Prijateljstvo ima svoje zakone, stroge i apsolutne, zato što su osnovani na snazi krvi koliko i na sili uverenja. Društvo je čovek izmislio da se odaleči od ozbiljnih razmišljanja koja odvode u ono što je bolno i teško, a to je filozofija o životu. Seneka je to osećao kad je govorio protiv samoće koja pokvari čovekov karakter: „Sâm sa sobom, vrlo si blizu rđavog čoveka."

Odista, samoća nije nego za ljude izabrane. Velikim duhovima ništa ne može da zameni njihovo sopstveno društvo sa sobom; veliki duhovi su najvećma usamljeni kada su u društvu drugih i različnijih ljudi nego što su oni sami. I Montenj, veliki samotnik, verovao je da za samoću treba biti sposoban, čak i spreman. On je verovao da odista nema ničeg većeg nego pripadati sebi. Ima dubokih dosada kojih se sećamo kroz ceo život kao kakve neprohodne zemlje ili velikog grada.

2.

Ali kao što čovek živi u večnoj dosadi, tako isto on živi i u večnom strahu. Čovek se ne boji samo opasnosti koja postoji, nego još više opasnosti koju sluti; boji se i mogućeg i nemogućeg. Uobražene opasnosti su najdublje, i uobraženi neprijatelji su najkrvoločniji. Čovek je najstrašljivija životinja, jer se boji i najslabije životinje, boji se čak i insekta. Ima ljudi koji se boje i duhova, a ima ih koji se boje i praznog prostora. Oduvek se čovek naročito bojao čoveka. Posle dosade, možda je taj strah bio jedan od prvih motiva prijateljstva. Strah od neprijatelja u primitivnom društvu bio je ogroman, jer onda nisu još postojali zakoni ni organizovana državna sila da brani našu ličnost. Ali ma koliko da su svi mudraci propovedali prijateljstvo, nisu manje propovedali i beganje od rulje. Seneka je govorio da se nikad čovek ne vraća onako miran kući kao što je miran iz nje izašao. On tvrdi da ne treba ići u mnogobrojno društvo, jer nam u njemu sve propoveda porok; a što više veza pravimo, višim se opasnostima izlažemo. Međutim, rimski mudrac misli da treba bežati ne samo od rulje nego i od samoće, naročito ako je čovek u očajanju ili u strahu, jer onda pravi planove štetne i po sebe i po drugog, zato što uzmu nesmetano maha zločinačke strasti. A pošto je Seneka uviđao da je i najpametniji čovek pun urođenih grešaka i poroka, preporučuje svom Luciliju da izabere nekog čoveka koji mu se licem i duhom najvećma svidi, i da zatim njega u životu imitira. Preporučuje mu Katona, ako mu ne izgleda odveć strog, ili Lelija, jer je njegov moral umereniji. Još je i Epikur govorio da čovek treba da bude većma nego ikad sâm sa sobom kad je primoran da bude s gomilom. A Bekon kaže: *magna civatis, magna solitudo.*

Međutim, ove istine nikad neće zadobiti odviše mesta u našem životu u kojem čovek i ne oseća nego samo dosadu i strah. Ma koliko čovek znao da je uzak krug njegovih pravih prijatelja, on će se ipak družiti sa što više sveta. Čovek traži prijatelje kroz ceo život, i onda kad to čini i bez dobrog plana i bez dobrog načina. Ovo je često i razlog najvećih nesreća, jer padamo na lažne prijatelje koji su opasniji od neprijatelja, zato što uvek nose masku na licu i nož u rukavu. Ja sam uvek bio siguran da se moji neprijatelji plaše mene većma nego što se ja njih plašim. Ali me se nisu plašili lažni prijatelji. Njih sam se užasavao, jer sam stajao pred njima bez štita, i jer su znali svagda gde se nalaze moji ključevi.

Ko se oslobodio dosade straha, postao je pitom i plemenit. Možda se ovo odnosi čak i na životinje, koje bi ponovo podivljale i pobesnele čim bi se odvojile od čovekovog društva. Ima dokaza da su po kolonijama dalekih krajeva i ljudi, napušteni sebi, od dosade i straha ponovo pali u divljaštvo, čak postali ljudožderi. Zato prva dva motiva prijateljstva (dosada i strah), postoje možda i za najniže fele koliko i za samog čoveka. Ali postoje i uzvišeniji motivi prijateljstva koji važe samo za prosvećene ljude: zajednica osećanja, zajednica ideja, zajednica interesa. Proverite sva svoja prijateljstva, pa ćete se uveriti da svako od njih mora da bude osnovano na jednom od ovih načela.

Prijateljstvo na zajednici osećanja, bilo je veza između vojnika slavne tebanske legije, koji su se udruživali zakletvom heroju Jolaisu da će svi umreti samo s ranom na grudima, kao što je i on poginuo. Takva je veza bila i između dve sjajne antičke ličnosti Epaminonde i Pelopide, koji su se borili u bitki sjedinjujući svoje štitove. Takvo je osećanje bilo i prijateljstvo nekog Lucija za Bruta, kad je u bitki na Filipinima izašao pred vojnike Marka Antonija, koji su tražili Bruta, i predao se neprijatelju govoreći da je on taj koga traže. A kad je istom ovom Luciju Marko Antonije posle toga poklonio život, zbog te velikodušnosti se Lucije zatim vezao i za Marka Antonija prijateljstvom koje je trajalo do kraja njegovog čistog života. Meni su isto tako lepi i primeri robova, koji su se, iz prijateljstva za svoje gospodare, ubijali na njihovom grobu. Osim slučaja na grobu Epaminonde, poznata je smrt Erosa, roba Marka Antonija, koji je ubio sebe ne pristavši da ubije svog gospodara kada mu je ovaj to tražio u momentu očajanja. Aleksandar se borio gologlav u bitki na Graniku, i mladi kralj bi bio poginuo u jednom okršaju da ga svojim štitom nije zaklonio njegov najveći prijatelj Klit, onaj kojeg je docnije Aleksandar u pijanstvu probio mačem. Među najlepše primere istorijskog prijateljstva spadaju izvesno primeri dvojice srpskih vitezova, Miloševih pobratima, koji su otišli s Milošem da sva trojica zajedno poginu u turskom taboru, i to za čast Miloševog imena. Ovakav primer ne postoji ni u *Ilijadi*.

3.

Svi pesnici su pevali prijateljstvo. Horacije peva da se ništa ne da uporediti s dobrim prijateljem. Terencije peva da se ne može srećom nazvati ništa što se ne daje podeliti s prijateljem; a Katul, oplakujući smrt jednog prijatelja, peva da njegov drug u grob odnosi i njegovu dušu. I stari filozofi su prijateljstvo proslavljali većma nego ljubav. Jedan od njih naziva ljubav samo prijateljstvom koje je poludelo. Homer je slavio prijatelje Ahila i Patrokla. Hesiod kaže da kad plaćamo prijatelja, treba ga platiti pošteno. Euripid kaže da u bolu treba nesrećniku prijatelj kao bolesniku lekar. I ovde u Aleksandriji, gde pišem ove redove, postojalo je za vreme Kleopatre njeno društvo *nesravnjenih*, društvo za uživanje, ali je postojalo i njeno društvo *sinapotanumen*, što znači društvo onih koji treba da zajedno umru.

Prvi je Pitagora napravio od prijateljstva jednu filozofsku i moralnu doktrinu. On je prvi postavio formulu da je naš prijatelj naše drugo ja. Prema pitagoristima, sve je zajedničko među prijateljima, čak i opasnost za život ili imanje jednog od njih, jer je prijateljstvo više i od ličnog života. Prijateljstvom se vezuju ne samo dva čoveka među sobom nego i celo čovečanstvo, i sva druga bića. Pitagora kaže da naročito milosrđe i nauka približuju ljude; i da dobro zakonodavstvo načini od njih jedno jedino telo; i da sama priroda prikazuje kako su dva stranca među sobom slična kao dva brata; i najzad, da se brakom ulazi u vezu po samoj suštini nerazlučno. Pitagoristi čak ni životinje ne isključuju iz veza prijateljstva. Priroda i ljudski zakoni su podjednake osnove prijateljstva. Ovo sveopšte prijateljstvo postaje konačno svetom intimnošću između ljudi iste vere; još i više: ono ujedinjuje sve rase i sve narode, čak i sve fele. Ova doktrina je ušla najzad u grčko društvo, državu, činovništvo, vojsku, koji su se svi smatrali vezani međusobno prijateljstvom a ne kompromisom. Epaminonda je i sâm bio pitagorista, učenik Lisisa kojem se pripisuju poznati

Zlatni stihovi, inače, po svemu izgledu, delo Pitagorino. Zaista, tebanska legija je bila prožeta ovim duhom. Ni docnija filantropija nije mogla otići dalje od ove doktrine. Za nas je interesantno i da je u to antičko doba, kad su se ljudi delili na slobodne i na robove, postojala ovakva jedna filozofska škola, koja je bila protivna toj klasnoj podeli na slobodne i na robove, ne deleći ljude drugačije nego prema njihovim vrlinama i zaslugama. Pitagora je bio prvi Grk koji je rekao da više vredi dobar stranac nego rđav Grk; a u njegovim misterijama su učestvovali s podjednakim pravom varvari kao i Grci. Ovaj kosmopolitizam je bio produkt grčkog genija koji jedini nije znao za drugačije granice među ljudima nego kulturne, smatrajući da na slobodu ima pravo samo prosvećen čovek, a neprosvećen da je prirodom označen rob. Platon i Aristotel su imali predrasude svog vremena u pogledu jednakosti među ljudima; a već Sokrat, njihov učitelj, bio je dao moral koji nije stavljen na razliku klasa nego kao nauku o sreći za sve ljude. Ali i Platon govori o pravdi, i Aristotel govori o vrlini i o zasluzi.

4.

Nemoguće je govoriti o prijateljstvu bez sećanja šta su o tome govorili antički pisci. Uvek sam voleo već ovde pomenutu lepu reč koju je kazao Monteskje: da nove pisce čita publika, a da stare pisce čitaju autori. Zaista, nije bilo nijednog antičkog mudraca koji i o prijateljstvu nije govorio duže ili kraće: i Epiktet i Seneka, kao, mnogo pre njih, Teognis iz Megare, Platon i Aristotel i Epikur i Zenon iz Atine. Ciceron je napisao o prijateljstvu jedno slavno delo koje svi i danas s ljubavlju čitamo. Naročito su stoici pisali o prijateljstvu vrlo toplo. Možda u tome niko nije bio tako neposredan i toliko intiman kao Seneka. On kaže kako traži prijatelja zato da bi znao za koga će poginuti, i s kim poći u izgnanstvo, i kome spasti život po cenu sopstvenog života. On kaže da pravo prijateljstvo ne može oboriti ni strah ni lično koristoljublje; jer pravo prijateljstvo umire s čovekom, a pravi čovek umire za prijateljstvo. Seneka poznaje mnogo ljudi koji imaju dovoljan broj prijatelja, ali ipak nema među tim ljudima pravog prijateljstva. Ovo se, kaže, nikad ne događa kod ljudi koje vezuje strast poštenja, i koje kreće ista sila volje, jer je između njih sve zajedničko, nesreće više nego i sreće. Od Seneke je ona izvanredna i sjajna izreka: „Živi s ljudima kao da te Bog gleda, a govori s Bogom, kao da te ljudi slušaju."

Ali ma koliko da su stoici verovali u prijateljstvo, koliko i pitagoristi, ipak su propovedali da stoik može opstati i bez prijatelja. Kad stoik ne nađe prijatelja, to nije gubitak bez kojeg se ne može ići i dalje putem vrline; pošto stoik ne treba da svoju sreću vezuje ni za šta spoljašnje, pa, sledstveno, ni za drugog dobrog čoveka. Oni su govorili da je stoik sâm sebi dovoljan, pošto je mudrost uvek dovoljna sama sebi. Rimski mudrac daje veliku cenu onom prijateljstvu koje ima veliki pisac za nekog drugog čoveka. On veruje da je prijateljstvo velikih pisaca spaslo mnoge ljude od zaborava.

Epikur je govorio kako pre nego što budemo mislili šta ćemo jesti i piti, treba da se zapitamo s kim ćemo biti za stolom da jedemo i pijemo; jer ako jedemo meso bez prisustva prijatelja, onda živimo kao lav i kurjak. Ali jedno opšte mesto stare grčke mudrosti o prijateljstvu, jeste da ne treba uzeti zlog čoveka sebi za prijatelja. Teognis kaže da takvom čoveku, ako ne učiniš samo jednu uslugu, on će zaboraviti sve druge usluge koje si mu učinio; zato treba od njega bežati kao od opasnog pristaništa. Uostalom, svi mudraci grčki, bez razlike, ponavljaju kako treba uzeti samo najboljeg čoveka sebi za prijatelja, i slušati njegove savete, i dobro se čuvati da se čovek s njim ne posvađa zbog sitnice. Koliko su ti mudraci cenili prijateljstvo, najviše se vidi po tome kako su mislili da je ono retko na svetu. Isti pomenuti filozof iz Megare je verovao da kad bi sa celog sveta pokupili dobre ljude, ne bi njima ispunili ni samo jednu lađu; kao što je i ubogi Epiktet govorio kako na svetu ima svega toliko dobrih ljudi koliko Nil ima ušća. Zaista, nikad ovakav pesimizam neće biti preteran. Dovoljno je pomenuti da je i sâm najveći teoretičar prijateljstva, i tvorac antičke filantropije, filozof Pitagora, i pored svojih prijatelja, umro od gladi, u Metapontu, u hramu Muza.

5.

Jedan od najvećih zločina starog veka bio je zločin Aleksandrov, kad je u Persiji pijan bacio koplje i ubio svog najboljeg prijatelja Klita, koji mu je u bitki na Graniku spasao život. Mladi kralj je nosio kroz istoriju mržnju celog sveta za ovo grozno ubistvo, što najbolje pokazuje i koliko je kult prijateljstva bio raširen u svetu grčkom i rimskom. Po svemu izgleda da su čak i škole smatrale jednim svojim važnim predmetom opširna predavanja tih doktrina o prijateljstvu. Nije ni čudo kad se zna da je prijateljstvo, već doktrinarno, tumačio i jedan od najstarijih rapsoda, Hesiod, i da je ono zauzimalo jedan važan deo najdubljeg razmišljanja u knjigama i svih filozofa. Ovaj stari pisac je kratak i hladan govoreći o prijateljstvu. Prijatelja, kaže, ne treba smatrati bratom, ali mu nikad ne treba prvi učiniti nepravdu. Ne treba ni prijatelju oprostiti uvredu, nego mu je čak vratiti dvostruko; ali ako se on docnije pokaje, valja primiti pruženu ruku. Treba biti prijatelj samo dobrih. Već i Hesiod polazi od tačke da prijateljstvo ne postoji među sličnim ljudima, nego među različitim.

Ovo je mišljenje docnije postalo i osnovom malog ali lepog Platonovog dela o Lisidu. Sokrat je, istina, u ovoj Platonovoj knjizi dosta nerazgovetan i nešto neodlučan, pitajući se stalno da li se vole prijateljski samo ljudi koji su po karakteru slični, ili, baš naprotiv, ljudi koji su po karakteru različiti. Posle jedne neverovatne igre sofizama, Sokrat ne daje ovde precizan odgovor, nego najzad napušta učenike s kojima je o prijateljstvu diskutovao kroz celu tu knjigu. Svakako, Sokrat stavlja prijateljstvo iznad Darijevog blaga. Citira i jednog pesnika koji kaže koliko je srećan onaj kojem su i deca prijatelji, i jednokopitni konji, lovački psi, i gost tuđinac. Isti mudrac još pravi i aluziju na filozofa Empedokla koji je govorio da u prirodi postoje dva principa: privlačenje i odbijanje, ljubav ili razdor, i da zato Bog vodi sličnog sličnom.

Samo je Pitagorina teorija o prijateljstvu otvorila put Hristovoj teoriji o jednakosti i milosrđu. Ali kao u svemu velikom, tako su i u teoriji o prijateljstvu grčki tragičari bili najpotpuniji! Sofokle i Euripid govore skoro kao hrišćani o ljubavi među ljudima, o jednakosti i o zbližavanju. Aristotel je u svom delu *Etika Nikomahova*, posvećenom Nikomahu, sinu svoje druge žene, koji se i sâm bavio filozofijom, dao i svoju sopstvenu teoriju o prijateljstvu, koja je slavna. Aristotel je poznat kao pesimist u pitanju osećanja prijateljstva, mada znamo da je Aristotel podigao oltar u spomen na svog prijatelja Hernija. Poznate su njegove česte reči: „Dragi moji prijatelji, znajte da ne postoji prijatelj na svetu.” Ali u svojoj knjizi priznaje da je čovek po instinktu „društvena životinja”, koja ne može bez društva ostalih ljudi. Postoje dakle zakoni koji vezuju čoveka za čoveka, i po kojima zatim postoji i društvo. Prema tome, rat nije instinktivan među ljudima, nego druželjublje. Prijateljstvo ima tri motiva: prijatno, dobro, korisno. Zato ima i tri vrste prijateljstva: iz druželjublja, iz dobroljublja i iz koristoljublja. Ovo poslednje je osećanje najniže vrste, egoistično, prolazno, i sadrži isto toliko mržnje koliko i ljubavi, zbog čega ne može biti ni predmetom etike. Zatim, kao i Hesiod i kao Sokrat, i on postavlja pitanje da li se međusobno vole slični i srodni, ili neslični i nesrodni. Ali Aristotel ovde najzad zatvara liniju govoreći da je potrebna sličnost među prijateljima, jer je u pitanju snaga nagonske ljubavi a ne samo moć razmišljanja. Čak prijateljstvo, kaže, ima snagu da niveliše, izjednačuje, pravi sličnim i srodnim. Zato je prijateljstvo i osnov svake pravde, najveći zakon društva, jedina mogućnost da živi svet u zajednici. To imaju na umu i zakonodavci, koji u pitanju prava stavljaju prijateljstvo i iznad pravde. Ima i prijateljstvo prema sebi, koje je ili rđavo ili dobro. Ono je dobro samo kad čovek u sebi voli ono što je najviše: a to je razum. Sve drugo su samo mračne impulsije sebičnosti. Tako je mislio Aristotel. Etika, to je nauka o prijateljstvu. Zaista, svi ljudski zakoni ujedno sačinjavaju jedan veliki zakonik srca i prijateljstva.

Začudo, francuska filozofija nema uzbudljivih stranica o prijateljstvu. Paskal misli da u srcu ljudskom nema urođene plemenitosti. Sve je među ljudima samo požuda fizička i oholost. Nema ljubavi, nego koristoljublja; nema ni čistog milosrđa koje nije proračunato. Nema ni herojstva bez sujete. Svi se ljudi mrze po instinktu: čovek je čoveku kurjak, kao što su govorili i starinski ljudi. Ni Larošfuko nema plemenitijih reči o prirodi čovekovoj. Egoizam je, kaže, jedini pokretač naše akcije i rasuđivanja. U nama se smenjuju samo strasti; jedna ugine a druga se rodi; ali su sve podjednako sebične. Vara se ko kaže da se u nama bore srce i razum, nego se bore samo strasti jedna s drugom. Sve vrline su slučajne: sva naša razmišljanja su proizvod naše dobre ili zle sudbine. Isti čovek je sposoban za svako zlo i za svako dobro; ali uvek iz egoizma. Jedini je od Francuza bio dobri stari Montenj, učenik Seneke u antičkim idejama o prijateljstvu. On stavlja prijateljstvo i iznad krvnog srodstva. Montenj hvali svog oca, i zatim svoga brata koji je bio protestant, ne pominjući nigde svoju majku koja je bila pokrštena Jevrejka; kao da se oseća nešto proživljeno gorko na svom sopstvenom ognjištu. On smatra da krvno srodstvo još ne znači prijateljstvo. Članovi porodice mogu biti sasvim različiti među sobom: jedni čestiti, drugi nevaljali, jedni umni, a drugi glupaci. Zato je samo prijateljstvo, kaže Montenj, odista najviše osećanje čovekovo. Plutarh nije voleo svoga brata, kao što ni Aristid pre njega nije voleo svoju sopstvenu decu. U braku ima trgovine, ali u prijateljstvu nema. Kažu da su se prijatelji tražili i pre nego što su se videli očima, i veruje da su se najzad našli milošću božjom; sasvim kao što su verovali i starogrčki mudraci. Montenj, neprijatelj društva i veliki samotnik, pominje jedan dirljiv slučaj antičkog prijateljstva koji uostalom znamo iz Plutarhove biografije o Tiberiju Grahu. Kad su posle osude Graha pohvatali i njegove prijatelje, tada senatori najpre ispitaše Gaja Blosija šta je on bio u stanju da učini za svog prijatelja Graha. „Sve", odgovori Blosije. „Zar i da zapališ hramove?" „On mi to ne bi nikad naredio." „Ali da ti je naredio?" „Ja bih zapalio hramove." Montenj dodaje ovde svoja fina opažanja, govoreći da su ova dva čoveka, Grah i Blosije, bili više tipični prijatelji nego tipični patrioti; i više lični prijatelji jedan drugom, nego prijatelji svoje otadžbine. Pravo prijateljstvo je dakle iznad razuma i dublje od razuma. Sva ostala razmišljanja Montenjeva o prijateljstvu, zaista, nisu njegova nego antička.

Dante je, u *Božanstvenoj komediji*, slavio idealno prijateljstvo među ljudima. U knjizi *Novi život* kaže Dante da niko nije tako intiman prijatelj kao što su sin i otac jedan prema drugom. Dante je imao, koliko se zna, dva prijatelja: u mladosti je to bio čuveni pesnik Gvido Kavalkanti, a u njegovoj zrelosti i starosti Čino da Pistoja. Zbog svoje naročito teške ćudi, verovatno, Dante nije mogao da lako prijateljuje s ljudima. Zbog svoje preterane oholosti, Dante je izazivao samo opaka neprijateljstva. Čak, tužno je pomenuti, i prema pesniku Kavalkantiju, drugu iz najlepših mladih dana, nije Dante zadržao stav prijateljstva čim su došle među njima u pitanje razlike dveju njihovih političkih grupa u tadašnjoj Firenci. Kao član vlade svoje republike, Dante je potpisao akt izgnanstva protiv svog prijatelja Kavalkantija, a drugom prilikom nije pristao da mu olakša pomilovanje i povratak u otadžbinu. Ovo je ljaga na karakteru božanstvenog italijanskog pesnika, koji je ovde bio samo sin svog vremena. Bajron i Šeli se nisu slagali kao prijatelji, ali su se voleli ili bar tražili. Gete i Šiler su bili takođe različiti po karakteru, ali je njihovo prijateljstvo ostalo kao najlepši dokument idejnog prijateljstva, i jedan naročiti ponos nemačke rase.

6.

Ciceronova knjiga o prijateljstvu je delo pisano u njegovoj šezdeset trećoj godini, za vreme velike žalosti, posle smrti njegove kćeri, znači u dane kad su prijatelji bili najpotrebniji. Od latinskih pisaca on je najveći teoretičar prijateljstva; njegova mala knjiga je i danas školska lektira. Istina, ovo slavno latinsko delo je više plemenito nego originalno. Uostalom, iako najbriljantniji pisac svog vremena, Ciceron je i sâm priznavao za svoje mnogobrojne knjige da su u njima misli tuđe, a njegove su samo reči, kojih, kako kaže, ima u izobilju. Naročito je bio pod uticajem Grka, bilo kad ih imitira, bilo kada ih pobija. Grčke filozofe pobija naročito kad tvrdi da je na svetu dobar samo mudrac, idealni tip grčke filozofije koji ima sve vrline. Ciceron kaže da zaista niko nije postigao mudrost onakvu kakvu su Grci zamišljali. Ovaj obožavalac Platona kaže da su mnogi ljudi bili savršeno dobri i kad nisu bili mudraci, citirajući jednog Fabricija, jednog Korunkanija i Manija Kurija, rimske velikane. Ko god je plemenit, pravedan, neporočan i postojan, on je i dobar kad i nije mudrac. Kao takav, on je sposoban i za prijateljstvo; jer prijateljstvo postoji samo među časnim ljudima. Prijateljstvo je jače od srodničkih veza, jer porodično srodstvo može postojati bez ljubavi, a prijateljstvo ne može. Prijateljstvo je, kaže ovaj mudrac, vezano za sve čovekove sreće i nesreće. Koliko je prijateljstvo skupo, vidi se po tome koliko je retko: mi poznajemo stotine ljudi ali od njih izaberemo svega dvojicu-trojicu za svoje prijatelje. Prijateljstvo je, prema Ciceronu, harmonija ljudskog i božanskog. Ništa uzvišenije nego govoriti s nekim slobodno kao sa samim sobom, i koji se raduje svakoj našoj sreći, i koji podnosi kao i mi sve naše nesreće. Ali su jedno prijateljstva obična i svakidašnja, a drugo ona koja se pominju kao primer među ljudima. Najviše dobro koje dolazi od prijateljstva, nastavlja Ciceron, to je što ne daje duhovima da padnu ili oslabe; samo tako siromah postane bogatim, slab jakim, čak i mrtav postane živim. Mržnja razori kuće i države, a to najbolje dokazuje potrebu prijateljstva. Prijateljstvo ima svoje granice gde treba da prestane: a to je ako prijatelj zatraži od prijatelja kakvu lošu uslugu. Tako su tražili Temistokle i Koriolan od svojih prijatelja da se s njima bore protiv otadžbine; a kad ovi to nisu hteli, obojica su izvršila samoubistvo. Prijateljstvo traži usluge, ali samo usluge moralne.

Ovde Ciceron ustaje i protiv grčkog utilitarizma u prijateljstvu, znači protiv teorija Epikurovih i teorija filozofa iz Abdere i Kirene. Ovi su Grci govorili da je prijateljstvo samo jedan motiv čovekovog egoizma. Ciceron pobija ove tri grčke teze. Prvo, Grci kažu da treba prijatelje voleti koliko samog sebe, a Ciceron odbija ovo govoreći da u stvarima svog prijatelja treba postupati energičnije nego i u svojim sopstvenim: moliti, preklinjati, napadati. Znači sve što bi bilo inače sramno činiti za samog sebe, ali što je najčasnije kad se to uradi za korist svog prijatelja. Drugo, Grci kažu: vrati prijatelju koliko ti je dao. Ciceron se indignira ovim računanjem i prebrojavanjem; i traži da budemo bolji u srcu nego i tačni u računu. Treće, Grci kažu: voli prijatelja koliko god on voli sebe samog. I ovo Ciceron odbija kao apsurdum. Mnogi su ljudi često preterano skromni i skrušeni po prirodi, ili nemaju pouzdanje u sebe, ili nemaju vere u svoju sreću, zbog čega ih treba voleti i više nego što oni vole sebe same. Jedino tako ćemo ih ohrabriti i podići. Isto ovako Ciceron pobija Grke kad kažu da treba nekoga voleti kao da ćemo ga sutra mrzeti. Ovo je za Cicerona još jedan apsurdum: jer vas niko neće voleti ako bude verovao da ga vi sutra možete i mrzeti. Čak treba, misli Ciceron, podnositi i rđav izbor svojih prijatelja, pre nego pomišljati na priliku za neprijateljstvo. Svako zna koliko ima koza i ovaca, ali ne zna koliko ima prijatelja; jer mi biramo prijatelje po srcu pre nego po iskustvu. Prijatelj koji vas ne prezire ni kada se on popne na viši položaj nego što je vaš, i koji vas ne ostavi ni kad ste u najgoroj nesreći, takvi su ljudi, po Ciceronu, najboljeg ljudskog soja, i skoro božanskog porekla. Najviši znak prijateljstva, to je biti ravan i nižem od sebe, kao Scipion što je bio prema svom bratu. Samo spuštajući sebe, misli rimski mudrac, podižemo druge.

Istina, slavni Scipion je govorio da teško čije prijateljstvo traje do poslednjeg dana života; jer ili ono najzad ne donosi koristi bilo jednom bilo drugom; ili se najzad dva prijatelja podele u razne političke stranke; ili se njihove ćudi s vremenom sasvim promene, bilo zbog izvesnih doživljenih sreća i nesreća, bilo zbog njihove starosti. Prava kuga za prijateljstvo, to su novac i slava. Najveća neprijateljstva su postala baš među najboljim prijateljima. Ciceron je govorio da je samo ljubav izvor prijateljstva, a nikako korist ili strah. Ljubav, kaže on, postoji i među životinjama, jer za jedno izvesno doba i one imaju veliku ljubav za svoj mali porod. Kod čoveka je ljubav tako velika da se zbliži i s onim koje nikad pre nije video. Čak volimo i ljude koji se već nalaze u dubini istorije: volimo Fabricija i Manija, a mrzimo Tarkvinija Oholog i Spurija Kasija. Rim se borio za prevlast s dva neprijatelja, s Pirom i s Hanibalom; ali Rim prvog nije mrzeo, jer je Pir bio pošten, ali je Hanibala mrzeo, jer je bio svirep. Znači, da su izvori prijateljstva uvek u idealu; i moć poštenja je toliko velika da volimo poštenje i kod nepoznatog, čak i kod neprijatelja, a kamoli kod nama bliskih. Treba staviti prijateljstvo iznad svih ljudskih sreća, i smatrati ga kao najveći dar bogova. Ovo je Ciceronova doktrina o prijateljstvu, zaista više blistava nego originalna.

7.

Obični ljudi ne žive među sobom na bazi prijateljstva nego na osnovi kompromisa. Svako traži većma da nađe ortaka u svojoj sudbini, nego prijatelja. Ima čak i ljudi savršeno nesposobnih za prijateljstvo, danas više možda nego ikad. Oni su članovi kluba, partije, redakcije i akademije, često iz razloga svih drugih pre nego iz razloga prijateljstva; i takav čovek naziva prijateljima ljude koji mu nisu bliski ni po idejama ni po osećanjima. Emerson se blaženo hvali da su njegovi prijatelji sami došli k njemu, mada ih on nije tražio, što znači da mu ih je sâm Bog poslao — a ovo je već stara teorija o prijateljstvu, pošto su još grčki rapsodi isticali posredovanje božje u stvarima prijateljstva. Emerson misli da se prijatelji sretnu tek pošto je božanstvo provalilo zid koji po prirodi stoji između dva čoveka, s pogledom na njihov lični karakter, njihove odnose, njihovo doba i spol.

Ne treba prijatelja ceniti po pravdi, nego po srcu. Čim vas neko sudi po pravdi, on je manji vaš prijatelj nego vaš prikriveni neprijatelj. Čoveka najiskrenije volimo kada ga volimo zajedno s njegovim nedostacima, čak i kad ga volimo baš zbog njegovih nedostataka. Ne voli se savršenstvo u čoveku nego u Bogu; u čoveku se voli samo svoj sopstveni duh i svoja sopstvena priroda. Zato je prijateljstvo mračno i nerasudno, kao i ljubav; a ljubav je izvesno mračnija i nerasudnija nego i sama mržnja. Ko prijatelja tumači i analizira, taj ga ne voli. Svakako, ne verujemo da će nas neko voleti zato što smo bolji od njega. Samo čovek bez ljubavi izmislio je onu poznatu reč da treba voleti većma istinu nego prijatelja Platona, iako se ova izreka pripisuje Aristotelu. Ja mislim, naprotiv, da treba više voleti prijatelja Platona negoli istinu. Srećom što se tako i događa u svima prijateljstvima velikog stila. Uostalom, ipak se na svetu više živi na osnovi prijateljstva nego na osnovi pojedinih istina.

Osim prijateljstva što dolazi iz zajednice osećanja i zajednice ideja, ima i prijateljstvo iz zajednice interesa. Mnogi su tvrdili da je ovo prijateljstvo među ljudima jedino koje postoji, ali taj pesimizam nije tačan. Zajednica interesa ne može se ni nazvati imenom prijateljstva. Uostalom, kako bi neko bio prijatelj iz interesa? Kad god dvojica dele neki dobitak, čak i ako su rođena braća, uvek veruju da podela nije pravilna, i da drugi nema pravo na onoliko koliko mu je dopalo. Ima, istina, i ortaka koji su dobro raspoloženi u zajedničkoj sreći i međusobnoj deobi; ali to je kad obojica poveruju da samo oni jedan drugom donose sreću, i da ne bi bili srećni kada ne bi bili zajedno. Međutim, u slučajevima neuspeha, ta sujevera može da obratno dejstvuje, i porodi osećanje da su nesrećni samo zato što je jedan od njih nosilac nesreće za drugog. Neosporno je, dakle, da je prijateljstvo iz interesa ne samo nižeg roda nego i sumnjive sudbine. Izvesno je samo da u ma kojem ljudskom sporazumu čovek uvek misli kako više daje nego što prima.

Pravo prijateljstvo, ono koje ide do heroizma, postoji samo među mladim ljudima. Samo se u mladosti izdašno i svesrdno dele sreće i nesreće, zadovoljstvo i porazi. Mladost, to je jedino kraljevsko osećanje. U starosti niko nije bogat, ni onaj čiji su podrumi puni zlata; svaki starac je po prirodi siromah i pun siromašnih sklonosti i poroka. U njega nema uslova za hrabre veze prijateljstva. U starca nikakvo drugo osećanje nije silno osim strah od smrti i užas od Boga. Nema u njegovom životu šta više da se deli, ili zajednički osvaja, ili zajednički uživa. Ima samo mnogo da se zajednički oplakuje i zajednički mrzi. Jer stvarno, u starosti se ne živi više ni za šta, i ne uživa se ni u čemu. Starci se sastaju da se samo mere u svojim bedama, i da ženski ogovaraju mlađe od sebe, ili bar zadovoljnije od sebe. Starci lagano dobiju sve ženske poroke: sujetu, zavist, netrpeljivost, egoizam, mračni strah od gubitka, mrzovolju, zagrižljivost.

8.

Čoveka većma uvredi ono što ste o njemu rđavo rekli, nego ikakvo zlo koje ste mu učinili. Lakše se izmire ljudi zavađeni posle bitke ili neprijatnih dela, nego posle reči u kojima je bilo uvreda. Rđavo delo je nestalo onoga časa kad se preko njega prešlo, jer se rđavo delo može popraviti dobrim delom; ali se ružne reči ne mogu ispraviti lepim rečima. Ljudi ironični bili su često ljudi puni duha; njima su se uvek divili više nego što su ih voleli. Ironija, međutim, pogađa većma onoga čije je ona oružje nego i samu žrtvu. Zaista, ne treba govoriti zlo ni o najgorim ljudima. Iza gorkih reči ostaju gorka usta. Kad govorite o lepom gradu, o cveću, i o lepoj ženi, vi postanete tužni. Ko se dotakne prljavog predmeta, on uprlja svoje telo, a ko se dotakne prljavog čoveka, on uprlja svoju dušu. Ako čovek kaže nepovoljno mišljenje o nekom pred petoricom drugih ljudi, može biti uveren da je jedan od njih unapred prijatelj napadnutog, a drugi jedan unapred instinktivni neprijatelj samog napadača. U najčešćem slučaju, sva petorica su više na strani tog rđavog čoveka, nego na strani ovog zlog jezika. Treba biti oprezan čak i kad je reč o prijatelju, da mu se našom preteranom šalom više ne škodi nego koristi; ali o neprijatelju, ako ne treba reći dobro, treba ćutati razumno. Više nam škode u životu rđavi jezici, nego rđava srca. Nikad jedan rđav čovek nije u stanju da učini ljudima zla koliko jedan zao jezik: jer ružne reči ostanu i kada se ogovarač zaboravi. Uostalom, jezik strasti je uvek neprijatan, i jezik mržnje je svakom odvratan. Pokušajte samo jedan dan govoriti lepo o svima ljudima, a o zlim ne govoriti ni rđavo ni dobro, i videćete svoj ogromni unutrašnji mir. Ni o tiranima ne govorite rđavo, jer je neko rekao: ako nam velikaši ne čine zlo, to je dovoljno da ih već zato smatramo svojim dobrotvorima. Naše lepe reči su, zaista, najkraći put ka uspehu u životu. Ima jedna stara grčka anegdota koju jedan rimski istoričar priča kao istinu. Nekog Androkla, kojeg su bili bacili lavu u arenu, nije lav hteo da rastrgne i pojede, zato što je prepoznao u njemu čoveka koji mu je u Africi nekad izvadio trn iz noge; zato mu je sad lav prišao kao starom znancu, i pomilovao ga svojom šapom. Treba neprijatelja zadužiti ma čim bilo. I ono što u ljudima postoji zversko, ne može se ukrotiti nikakvim poklonom, koliko se to može ukrotiti lepom rečju. Uostalom, nikad čovek prema čoveku nije pravedan: ni kad voli ni kad mrzi.

Volter je bio ciničan napadač na svoje protivnike. Za Žana Frerona je napisao kako ga je ujela zmija i da je od toga crkla zmija a ne Freron. Bestidno se borio protiv Marmontela i Rusoa. Jedan drugi satiričar toga doba slao je jednom velikom gospodinu svaki dan za doručak po jedan otrovni epigram, i kažu da je trideseti dan nesrećni velikaš umro od srčane kapi. Najgore je, što napadanje rečima, kao i sve drugo u čemu se ponekad uspe, postane najzad navika, i svrši kao zanimanje. Mnogi su pravednici, bar svaki treći, bili žrtve tih otrovnih reči. Aristofan, koji je žučno napadao Sokrata u svojim komedijama, smatra se da je bio jedan od neprijatelja koji je dao povod da se Sokrat osumnjiči i optuži, i da najzad dođe do njegove smrti, koja je najveća tuga starog veka. Pored političara Anita i glumca Melita, veliki pesnik Aristofan je u svojoj komediji *Oblaci* bio na taj način Juda najplemenitijeg čoveka antičke povesti.

Kao što ima idealnih ljubavi među zaljubljenim, ima i dubokih idejnih prijateljstava. Tako su pitagoristi obožavali svog učitelja Pitagoru, da su ga smatrali Bogom, i kleli se njegovim imenom. Učenici Sokratovi su docnije ostavili primere slične ovima, i kakve svet više nije video, najmanje među hrišćanskim apostolima koji su skoro izreda izneverili Hrista. Pogibija Sokratova je, naprotiv, toliko bila porazila njegove učenike, da je Platon napustio zemlju i nije se vratio u Atinu nego tek posle dvadeset godina stranstvovanja; a bilo je i drugih Sokratovih učenika koji su se razbegli da se više nikad ne vrate. Verovatno da ovakve ljubavi i odanosti među ljudima nije bilo nigde do te mere nežnosti. Zamislite i to da su ovo bili sve izreda ljudi koji su posle sebe ostavili velika imena. To su filozofi Platon, Antisten, Ksenofant; zatim govornici i naučnici Aristid, Eshin, Euklid iz Megare; i vojskovođa Alkibijad, i državnik Perikle, i pesnik Euripid.

Najvećma se vole oni ljudi koji imaju iste vrline, a najvećma se mrze oni koji imaju iste mane. Prijateljstvo se zadobija pažnjom većma nego ikakvim herojskim dokazima. Treba voleti bez obzira da li smo odmah voljeni u zamenu. Naročito paziti da se izbegnu s obe strane obaveze drugačije nego moralne. I uvek dati našem prijatelju prednost u zaslugama tog prijateljstva, a nikad ga ne staviti u podređen položaj, u kojem bi se osećao dužnikom. Vrlo je lepo, i često pouzdano, prijateljstvo između ljudi raznog životnog doba. U takvu ljubav mlađi stavlja puno nevinog poštovanja, a stariji stavlja pomalo roditeljske blagosti i potrebu da zaštićuje. Tako je bilo legendarno prijateljstvo između učenika Alkibijada i učitelja Sokrata. Takvim je prijateljem i Ksenofont smatrao Sokrata kad ga je pitao za savet da li da putuje u Persiju, gde je ovaj filozof docnije bio šef poznatih Deset hiljada. Prijateljstvo u Tebi je bilo idealno. Međutim, prijateljstvo, kakvo nam crta stara atinska Akademija, nosi mnogo puta dvosmislice ili znake sramne perverzije. Herodot govori o takvom prijateljstvu između slavnih tiranoubica Harmodija i Aristogitona; a sâm pesnik Eshil govori o Ahilu, koji je bio najlepši Grk, kao o bestidnom prijatelju Patrokla. Međutim, u čuvenom procesu Demostenovog protivnika Eshina protiv Timarha, koji je strašan primer atinske kletve, govori se, naprotiv, o prijateljstvu ovih trojanskih heroja kao naročitom primeru idealnog prijateljstva.

9.

Između čoveka i žene postoji osećanje prijateljstva samo dok su mladi; a oni su prijatelji u mladosti samo ako su fizički ravnodušni jedno prema drugom. Ima u tom prijateljstvu nečeg uvredljivog za oboje, mada to ne bi nikad jedno drugom ni priznali; jer ta ravnodušnost jednog prema drugom dolazi od razlike temperamenta, ali za njih bi izgledalo da je tome uzrok nedopadanje i razlika ukusa. Između starijeg čoveka i starije žene ne pravi se nikakvo prijateljstvo. On je njoj potreban, a ona njemu odvratna.

Bilo je rasa koje su naročito proslavljale prijateljstvo. Grci su u Tebi svetkovali praznike prijateljstva, a Srbi su se u svojim crkvama venčavali pobratimstvom. I starogrčki i srpski eposi ističu prijateljstvo i pobratimstvo s ushićenjem. Za prijateljstvo su sposobne samo mlade rase kao što su za prijateljstvo sposobni samo mladi ljudi; jer prijateljstvo, to je jedna forma herojstva. Zato su i stari Grci i Srbi ispevali svoje nenadmašne epose u vekovima kada su bili mladi. Kod starih rasa sve je odmereno obzirima, kao kod staraca, i regulisano konvencijama. Stare rase su bez spontanosti i topline, koje su glavna stvar mladićkog prijateljstva. Isto tako nisu za prijateljstvo sposobne rase koje nemaju hrabrosti. Živeo sam među narodima u kojima nisam video drugih prijateljstava nego porodičnih i poslovnih. Francuz je dobar prijatelj i častan neprijatelj. Italijan je nesiguran i kao prijatelj i kao neprijatelj. Grk je više ljubazan drug nego pouzdan prijatelj. Srbin je izrađeniji kao tip prijatelja nego kao tip neprijatelja; on za ličnog neprijatelja smatra čak i čoveka s drugog kraja sveta, samo ako ne deli njegovo mišljenje. Španac je više familijaran nego društven; većma voli rođaka po krvi, nego prijatelja po uverenju; i uvek čeka više od svoje ženidbe, nego od svoje nacije. Bugarin mrzi čoveka svog plemena, i ne zna za prijateljstvo idejno sa strancima; zna samo za odnose klike i za zavereničke veze. Osećanje prijateljstva se naročito stavlja visoko u zemljama viteštva kao što su Francuska, Poljska i Mađarska. Nemci su jedini narod na svetu koji osniva društva s kokardama i zastavama da bi njihovi članovi izazvali među sobom veštačke mržnje, i išli na dvoboje, da jedan drugom seku uši i noseve.

Trebalo bi u narodu podići ljubav prijateljstva do paradoksa, i druželjublje do religije, jer bi to bio najsigurniji uslov za sreću. Međutim, ljudi često zbog jedne žene upropaste čast svoga imena i izvršavaju samoubistvo, i onda kad je nisu voleli, i kad su je čak i mrzeli, a danas nema ni u najkulturnijim društvima primera da se za prijateljstvo prinose žrtve kakve se prinose za ženu. Samo još u Japanu je harakiri možda nešto što naliči na idealno žrtvovanje sebe za drugoga. Prijateljstvo mora ponovo da postane predmet škole. Pogledajte samo u svom ličnom životu koliko smo malo sreće postigli ako tu nije bilo učešća naših prijatelja, a koliko smo nevolja pretrpeli samo u njihovom odsustvu.

Nisu ni sva prijateljstva logična ni razgovetna. Znam vrlo moralnih ljudi koji su voleli razvratne prijatelje, i vrlo slavnih ljudi koji su iskreno voleli ništavne ličnosti. Ovo su instinktivne ljubavi, stvari krvi i rase. Svakako, preterano čest dodir dvaju ljudi izazove uvek nagle i žestoke obrte u osećanjima koja postoje između njih. Dobro je izbegavati čest susret s neprijateljem, ali i s prijateljem. A za usluge bolje se ponekad obratiti neprijatelju nego prijatelju. Ima slučajeva gde smo od neprijatelja napravili prijatelja samo tim što smo mu dali prilike da nas obaveže. Čovek prirodno voli onog kome je učinio dobro, jer onda u tom drugom čoveku ima nešto i od njegovog dela i od njegove lepote. Pošto je neprijatelj učinio dobro, on je sâm sebe uverio o osećanjima kakva nije znao da ima kod sebe, a dobio je i poverenje da ćemo posle toga primiti njegovo prijateljstvo i prestati mrzeti.

Ima slučajeva kada se prijateljima dosadi da vam i dalje budu prijatelji, i počnu lagano da skreću ka neprijateljstvu; ali ima i slučajeva kad se neprijateljima dosadi da se i dalje zamaraju progoneći vas neprestano, i tada počnu da skreću ka frontu vaših prijatelja.

Jer sve ostari pa ostari i osećanje ljubavi. Ali, izvesno, još lakše ostari tegobno osećanje mržnje. Najmanje ostare prijateljstva koja ne zamaraju, i neprijateljstva koja ne koštaju truda ili novca. Nije teško od neprijatelja napraviti prijatelja ako se dobro iskoristi ovakav momenat krize u njegovim osećanjima. Hortenzije i Ciceron su bili najpre ogorčeni neprijatelji, ali docnije najbolji prijatelji. Teško je, i možda nemoguće, ovo postići samo ako je posredi fizička antipatija, ili uvreda rečima, koju ljudi nikad ne zaboravljaju. Obične mržnje inače pocrkaju same od sebe. Kažu da postoje neki insekti u vazduhu koji za vreme velikih vrućina sami sebe pojedu, i tako uginu. Takav je slučaj i s mržnjama koje su vrlo raznolike. Dovoljno bi bilo mržnje klasifikovati, i videlo bi se koliko u njima ima nerazumnog i slučajnog.

Prijatelji su obično ljudi slični po znanju, uverenju, moralu, ali i po položaju i po ugledu. Nije nikad sigurno prijateljstvo između bogatog i ubogog, ni prijateljstvo između obrazovanog i neobrazovanog. Naročito nije sigurno prijateljstvo između čoveka otmenog i uglađenog ukusa i čoveka grubog i prostog. U stvarima prijateljstva, presudniji je ukus negoli i novac i učenost.

Najveća je nesreća kad čovek mora staviti na probu svoje prijatelje. Treba imati snage i ne tražiti ih baš onda kad nam najvećma zatrebaju. Niko ne voli nesrećne, a svako izbegava uboge. Mladi idu samo za srećnim, a starci beže samo od nesrećnih.

Ima i ljudi po prirodi lišenih svakog osećanja prijateljstva, kao što ima ljudi bez sluha za muziku ili bez glasa za pevanje. Takav čovek nema nijednog prijatelja. Tim imenom zove samo ljude iz grupe, iz stranke, iz kluba, iz lože. Ne razlikuje ljude iz grupe od ljudi istih osećaja i ideja. Takav čovek nema potrebe za druge veze, niti zna da ih ima. Korektan je iz ljubavi za konvencije; velikodušan je iz koketerije prema sebi; ljubazan je iz obzira za svoju reputaciju. Ničeg od sebe ne daje nikom, ni najbližem do sebe. Ovo je čovek takozvani dobro vaspitan, i koji je najdosadniji stvor na zemlji. Bez personalnosti i bez uverenja, on je raširen svugde, naročito u politici. Sposoban je da bude krijumčar i jatak, i zato je uvek tražen i uvek potreban velikašima. Savremeno društvo u kojem su interesi toliko izukrštani, skoro potpuno isključuje prijateljstva na osnovi uverenja i ličnog afiniteta, i sve većma izgrađuje tip cinika po osećanjima i snoba po idejama. Ima takvih ljudi koji više pripadaju nekoj grupi negoli i porodici i otadžbini.

10.

Glupost je najveći neprijatelj zbližavanja među ljudima; glupost je neumitni faktor neprijateljstva, jer je izvor svih nesporazuma i zabluda. Glupak ne veruje da uopšte mudrost postoji. Jer čemu služi mudrost? Sreći? Pa zašto se onda nije svojom mudrošću koristio Sokrat, nego ga je njegova mudrost odvela na gubilište. Sokrat je dopustio, iako najmudriji, da ga pobede protivnici, koji nisu bili mudraci. Kao najpametniji Atinjanin, trebalo je Sokrat da imadne i najviše novaca i najmoćnije prijatelje, i čak da bude kralj Atine. A on to nije bio. Glupaci tako ne veruju da ima ljudi koji se trude, i koji umiru, ne da pobede oni, nego da pobedi jedna ideja. Glupak se ne odvaja od sebe, kao ni rđav čovek. Uvek se nađu dva glupaka da se jedan drugom dive, i uvek se nađu glupa žena i glup čovek da se poljube u usta. Glupak se naslanja na glupaka, kao slepac na slepca.

Istinski umni i duboki ljudi nemaju mržnje niti podništavaju druge. Mržnja je stvar nepotpunog uma, koliko i nepotpune glave. Prva osobina primitivnog čoveka, to je da se boji svega što ne razume; a na prvom mestu se boji pameti. Glup čovek ne može mirno da sasluša pametnu reč, jer ga ona ošine kao bič po očima. Glup čovek smatra pametnog čoveka kao svoju karikaturu. Zato je on po prirodi i po svom geniju netolerantan, pošto je netolerancija stvar gluposti a ne mudrosti. I životinje, ako umeju misliti (a kažu da je slon čak religiozna životinja), onda izvesno o nama misle gore nego mi o njima. Glupaci nisu dobri ljudi, i ne treba sebi o njima praviti mnogo iluzija. Prost čovek se brani lukavstvom, kao što se kulturan čovek brani pameću. Lukavstvo, to je pamet nepametnih, i lukavstvo je perverzija razuma. Lukavstvo je inteligencija neinteligentnih i snaga nemoćnih. Lukavstvo je pamet podlih. Opreznost je kod dobrih ono što je lukavstvo kod rđavih. A pošto je lukavstvo jedino čime se glupak brani, on veruje da je čovek koji je pametniji od njega, samo lukaviji od njega; i da se ovaj ne služi mudrošću nego samo izoštrenim lukavstvom. Prostak smatra da je veliko lukavstvo jedina velika pamet, strahovito i smrtonosno oružje protiv svakog slabijeg. On ne može ni da zamisli da prava pamet znači samo kristalizovanu dobrotu i duboko čovekoljublje. Mi zaista ne razumemo ničiju prirodu drugačije nego samo kroz svoju prirodu. Prvi ljudi su verovali da jaki treba da upravlja, i da ima pravo da jede slabog, a svi prvi ljudski zakoni su bili građeni samo prema obrascu prirode. Tek mnogo docnije, došli su zakoni morala i pravde.

Najveći nemoral, to je glupost. Više bede dolazi od gluposti, koja je izvor nesporazuma, nego od sveg urođenog zla na svetu. Kao bolestan što smeta zdravim, tako i glupak smeta umnim. Kao bolestan što ide lekaru, trebalo bi i glupak da ide učitelju. Glupost je zaraznija od svih bolesti. Od lupeža nas brani i sused i država, ali niko nas ne brani od glupaka i neznalice, koji ništa ne priznaje, i koji svemu smeta. Biće najveći od zlatnih vekova onaj vek kad ljudi budu bacali vezanog u tamnicu na dve nedelje čoveka koji je kazao dve glupave misli.

Nije žalost što često rđavi i glupi ljudi ipak dobro žive; žalost je samo kad glupi i zli ljudi otmu mesta pametnim i čestitim. Državni i društveni sistem je rđav kad od dobrih ljudi napravi rđave, a to je kad vrlina izgubi svoju cenu među ljudima, i kad među dobrim ljudima nije srazmerna njihova vrlina s njihovom snagom volje. Tirani sve prostituišu i upropaste. Nije zlo samo u samovolji rđavih nego u slabosti dobrih. Ne zna se šta je kobnije i odvratnije: samovolja i nasilje tirana, ili kukavištvo njihovih naroda.

Velika je beda čovekova što ni pamet ni vrlina ne silaze s oca na sina, ali je još veća beda što ni pamet ni vrlina nisu onoliko zarazne koliko glupost i porok. Sin čestitog Fokiona i sin plemenitog Katona bili su savršeno razvratni, a sin Geteov bio je potpuno blesast. Bokačo kaže da je Danteova sestra udata za Leona Pođija imala sina Andrea koji je imao isto lice kao Dante, njegov stas i kretanje, čak i bio malo poguren kao Dante, a bio je potpuno nepismen.

Najveći ljudi imaju i najžešće neprijatelje. Jedan od najvećih slučajeva neprijateljstva među velikim ljudima, koji je meni poznat, to je neprijateljstvo besednika Eshina prema besedniku Demostenu. Pročitajte parnicu Eshina protiv Timarha, prijatelja Demostenovog, koja je sačuvana među govorima tog velikog Demostenovog suparnika u slavi. Samo još možda Tacit u svojim *Analima* navodi sličnih primera podlosti i podvale, kao što su ove Eshinove; i samo možda pokoji takav primer sadrže još protokoli nekadašnje hrišćanske inkvizicije. Istina, intriga je stara kao zemlja. Čak i plemeniti Plinije podmeće Aristotelu da je on s Antipatrom otrovao Aleksandra, zbog čega je Karakala, bojeći se filozofije, spalio docnije sve filozofske knjige u Aleksandriji i isterao filozofe iz Rima. Leonardo da Vinči je vođen na sud posle jedne anonimne optužbe da je imao sramnih odnosa s mladićem Jakopom Saltarelijem, i bio zatim proglašen nevin. Rasina su bili optužili da je otrovao svoju ljubavnicu. Dante je bio sudski osuđen za korupciju i izdajstvo.

Nije rđavom čoveku dovoljno da otme vaš položaj nego da vas istovremeno uprlja i uništi; niti mu je dovoljno da sedne na vašu stolicu, nego da sedne na vašu grobnu ploču. To su najvećma iskusili najviši ljudi. Zato sve svete i velike stvari imaju tužnu istoriju.

11.

Naš neprijatelj, to još nije naš najopasniji protivnik, jer često od neprijatelja napravimo docnije dobrog prijatelja. Neprijatelji, to su često samo naši prerušeni prijatelji, koje od nas deli samo kakav nesporazum ili predrasuda. Polovina vaših neprijatelja mrze vas samo zato što misle da ih vi prezirete, i rade vam zlo za leđima, misleći da biste to njima i vi učinili čim biste mogli. Ali lažni prijatelj, to je najgori i najopasniji čovek u našoj okolini. Neprijatelj nas gleda često samo kroz jednu svoju zabludu koje se docnije može da odrekne, i da je se najzad i sâm stidi; ali nas lažni prijatelj gleda kroz svoju prirodu koja je suprotna našoj prirodi, i kroz svoje interese koji su savršeno nepromenljivi s našim dobrom i našim mirom. I ako taj čovek nije otvoren neprijatelj, to je što nas se boji većma nego onaj prvi, a zato i većma mrzi nego onaj prvi. On je podmukliji i opasniji, jer nam lakše pronađe u čemu smo slabi, i služi se u borbi većma našom slabošću i našom pogreškom nego svojom snagom. Koliko god je često lako od neprijatelja napraviti vernog druga, od lažnog prijatelja je nemoguće ikad napraviti iskrenog prijatelja.

Ima ljudi koji nisu imali ništa drugo nego ugledne prijatelje, i kojima je to za život bilo dovoljno. To nije samo prvi uspeh u životu, nego celo jedno ogromno imanje. Istina je da čovek ne deli s prijateljem samo njegova ostala prijateljstva nego i neprijateljstva i omraze; ali ukoliko sebi tim može da zagorči dane, toliko olakša prijatelju. A pošto su sreće i nesreće zajedničke među pravim prijateljima, one se lako snose jer su zajedničke; jer podeljena nesreća je za polovinu manja. Retko koji čovek nije nesrećan ako je sâm nasuprot jednom moćnom neprijatelju. Ali je često i kakav kukavica gotov da se bije s gomilom ako ima pored sebe samo jednog čoveka koji mu je duboko odan. Hrabrost je stvar vaspitanja koliko je i stvar urođena. Poznavao sam veliki broj ljudi čiju su hrabrost drugi inspirisali svojim primerom ili svojim razmišljanjem. Monteskje je govorio da je zaljubljen u prijateljstvo. On se ponosio govoreći da je do kraja života sačuvao sve svoje prijatelje osim jednog.

Veliki uslov prijateljstva, to je ne tražiti blagodarnost za učinjene usluge. Stoga su antički pisci i istakli reč: sve je zajedničko među prijateljima. Jer blagodarnost bi bila smetnja zajedničkoj sudbini među prijateljima; u prirodi čovekovoj leži da blagodarnost ne odvodi u ljubav nego u potajnu mržnju. Blagodarnost je osećanje inferiornosti prema drugom. Mali dug pravi dužnika, a veliki dug pravi neprijatelja, a svaki dug pravi nezadovoljnika. Pitagoristi su, prema propisima svog učitelja, imali sva imanja ujedinjena u zajednici u kojoj su bili svi članovi ravnopravni, zato što je jednakost u osećanjima i jednakost u imanju među prijateljima, smatrana zakonom zajedničkog života. Sâm Pitagora je sebe smatrao ravnim ostalim prijateljima. On ih je učio, kad su bili zdravi, a negovao ih, kad su bili bolesni; on ih je tešio, kad su bili tužni, i čak im pevao neke magijske pesme. Posle Pitagore, Aristotel je dao ovu definiciju prijateljstva: „Ista duša koja živi u dva razna tela." Međutim, nijedan od ova dva filozofa ne traži da se ličnost čovekova, koja je izvor veličine i najvećeg dela, potpuno izgubi u drugom čoveku ili u gomili jednakih. Na jednom mestu savetuje Pitagora da čovek nauči sebe na život sopstveni, ali i da se tako čuva svega što izaziva zavist drugih ljudi. Život sopstveni, ovde znači život odvojen od svih drugih života. Bilo je velikih usamljenika među ljudima, žalosnih ljudi koji nikad nisu našli sebi prijatelja. Bekon je govorio o ljudskom društvu kao o čovečjoj pustinji. Pesnik Petrarka, proteran iz Italije, otišao je u Voklizu, i onde napisao očajne stranice o svojoj samoći bez prijatelja i bez ljubavi. Ali je bilo zato drugih ljudi koji su se proslavili svojim prijateljstvima koliko i svojim delima. Među piscima novijeg doba poznato je nežno prijateljstvo između dva velika nemačka pesnika, Getea i Šilera, koji su ostavili bogatu prepisku od dvadeset godina svog dopisivanja. Kad se Gete sa

Šilerom sprijateljio, govorio je da je naišlo proleće, i u njegovoj duši sve proklijalo i propevalo; a posle Šilerove smrti, Gete je očajno govorio kako je sahranio s njim polovinu samog sebe. Na to prijateljstvo nalik je bila samo ljubav između dva anglosaksonska pisca Emersona i Karlajla, koji su se dopisivali punih četrdeset godina, i najzad imali izgled da drže pero u ruci samo jedan za drugog. Ovo se ne može reći za dvojicu glavnih pisaca španske renesanse. Servantes je oštro napadao neke bizarnosti i preteranosti u komedijama Lope de Vege, i otud njihovo neprijateljstvo i krvava bitka epigramima.

Ipak je jedno nepobitno: nema prijateljstva bez srodnosti među dušama. Prijateljstvo se ne da izmisliti. Jedno su lepe veze, a drugo su intimna prijateljstva. Naša su prijateljstva malobrojna, isključiva, samoživa, ljubomorna. Ne vezuju se ljudi samo zajednicom osećanja i ideja, nego i zajednicom ukusa i navika. Naš prijatelj je naš pomoćnik u svima namerama i naš pratilac u svima našim kretanjima. Simpatija među ljudima je fizička, i zato je presudna i preka. Ali otud dolazi blaženstvo i duše i tela posle jednog sata provedenog s iskrenim prijateljem. To je najveća radost čula i misli; produženje i povećanje sebe; svoj eho i svoj odblesak; svoje drugo ja, koje opija i ohrabruje za sve mogućno i nemogućno. Bilo je velikih osvajača koji su mrzeli sve ljudske zakone i čitave narode, ali su voleli svoje prijatelje. Pisma Plinija Mlađeg puna su izvanredno nežnog prijateljstva prema njegovim drugovima koji su bili ljudi prvog reda, počinjući od imperatora Trajana, do pisca Tacita, i dramatičara Marcijala i pamfletiste Svetonija.

12.

Mi nemamo sreću da sebi biramo ni neprijatelja ni prijatelja. Neprijatelji nas sami pronađu i prvi napadnu, a prijatelji uvek dođu slučajno. Ljudi se zbliže ili razilaze po sudbini i po afinitetu, većma po temperamentu nego po duhu, i većma po interesu nego po moralu. Ljubav nema svog izvora ni svog razloga, a mržnja dolazi iz izvora i zbog razloga koji su skoro uvek potpuno jasni. Postoji mržnja rasna među ljudima dvaju raznih plemena; i postoji mržnja načelna između ljudi dveju raznih političkih stranaka; a postojala je oduvek i postojaće zasvagda i mržnja religiozna između ljudi dveju raznih vera. Mrze se često ljudi dveju raznih pokrajina jedne iste zemlje, i ljudi dveju raznih porodičnih tradicija. Ima čak i jedna instinktivna mržnja u čoveku malog stasa prema čoveku visokog stasa. Sve razlike među ljudima izazivaju na netrpeljivost ili na mržnju. Najbolji prijatelji, to su oni u čijem društvu možemo da ćutimo i da se ipak osećamo dobro kao i da se najsrdačnije razgovaramo. S neprijateljem se može razgovarati, ali se ne može ćutati. Tako je ćutanje jedna mera prijateljstva.

Svi su veliki pesnici bili apostoli prijateljstva. Ako je izuzetak bio Dante prema prijatelju pesniku Kavalkantiju, možda je ovde razlog u tome što je Dante politički bio gvelf, a Kavalkanti gibelin. Zatim, Dante je bio političar i državnik, član republikanske florentinske vlade; a političari, dolazeći na vlast, prvo iznevere ljude koje su dotle voleli svim srcem. Međutim, slučaj Šekspirov je možda najlepši od svih. Ovaj božanski pesnik je proslavio prijateljstvo većma nego iko i pre i posle njega. Za Šekspira je prijateljstvo jedno sveobimno osećanje pred kojim se gubi sve drugo; to je za njega osećanje koje ide u samoodricanje, u odanost na smrt i na život. Šekspir, koji je prema rečima njegovog prvog biografa Roua, bio u privatnom životu neizmerno nežan i plemenit, uneo je i u svoje drame taj kult prijateljstva na način sasvim antički. Zaista, pored svakog protagoniste kakve Šekspirove drame ima uvek jedan veran prijatelj: pored Otela ima Kasije, pored Hamleta ima Horacije, pored Romea ima Merkucije; čak i pored Helene ima prijateljica Hernija, pored Beatriče ima prijateljica Hero, pored Pauline ima Hermiona. Poznato je da je u drami *Dva plemića iz Verone* opisan lični život Šekspira kao muža. Između dvojice prijatelja, Valentina i Proteja, ima žena koju obojica bezumno vole, ali ljubav prema prijatelju pobeđuje ljubav prema ženi, i drama završava jednim moralnim trijumfom. Međutim, Šekspir je ovde opisao svoj slučaj sasvim protivno od onog što se dogodilo: jer je Šekspirov prijatelj većma voleo Šekspirovu ženu nego Šekspira, zbog čega je nesrećnog pesnika žena prevarila a prijatelj izneverio. Šekspir je ovaj slučaj bolno opevao i u svojim slavnim sonetima, dvadeset devetom i trideset drugom. I u pomenutoj drami i u pomenutim pesmama, njegova doživljena tuga naišla je na lične akcente kakvi se možda ne vide više ni u kakvom drugom Šekspirovom delu. Istina je i to da su biografi već skoro četiri veka uzalud istraživali stvarnije veze između spomenute drame i porodične nesreće Šekspirove. Uostalom, nije to ni potrebno. Nijedan veliki pesnik nije napisao ništa što nije izvučeno iz njegovog najintimnijeg života. Pesnici su toliko usamljeni na svetu da i ne vide ništa drugo nego ono što su sami otpatili, niti opevaju drugo nego što su sami najpre oplakali; a tek posle toga ostali ljudi nalaze kako su pesnici izrazili na božanski način i ono što je svaki od malih ljudi istinski proživeo i u svom ličnom životu. Jedan od najsjajnijih tipova pravog prijateljstva, to je Šekspirovo venecijansko lice Antonio, koji daje jevrejskom zelenašu Šajloku kilograme sopstvenog tela da bi njegov prijatelj Basanio bio srećan u ljubavi sa ženom koju voli.

13.

Razliku između ljubavi i prijateljstva antički vajari su vajali prema dva različita mita. Kupidon, alegorično božanstvo ljubavi, slikan je s vezanim očima, jer je ljubav stvar nerazumna i slepa. Ali prijateljstvo je slikano mnogo svečanije, jer je ono bilo uvek razumno osećanje, i blagodetno za čoveka. Statue prijateljstva bile su rađene gologlave, s otvorenim grudima, i s rukom na srcu. Tako je bilo kod Grka. Ali su i Rimljani slikali svog Amora kao što su Grci slikali svog Erosa. Prijateljstvo su Rimljani slikali kao božanstvo, na čijem su čelu bile napisane reči: „I leti i zimi." Na resama njegove tunike je bilo napisano: „Smrt i život." Najzad, to isto božanstvo prijateljstva pokazivalo je desnom rukom na svoje otvorene grudi, na mesto gde je srce, a tu su stajale napisane reči: „Izbliza i izdaleka." Uopšte, Rimljani nisu nimalo izostajali iza Grka u obožavanju prijateljstva. Bilo je čak viših herojskih prijateljstava među Rimljanima nego i ono nekoliko prijateljstava koja su nam kao primer ostala iz starog grčkog sveta. Interesantno je ovde navesti ideje dvojice rimskih pisaca; jednog imperatora i jednog roba, obojica klasični stoici. Marko Aurelije govori o prijateljstvu bez rezerve i s krajnjim optimizmom. On veruje da se srce čovekovo najvećma razveseli kad vidi superiornost svojih prijatelja: aktivnost jednog, opreznost drugog, darežljivost trećeg, zatim sve ostale vrline četvrtog i, najzad vrline svih drugih. Ovaj car filozof smatra za najveću sreću čovekovu diviti se vrlinama drugih, i to svojih prijatelja i sugrađana, kojima, kaže on, treba uvek stajati blizu. Međutim, rob Epiktet smatra da je teško imati prijatelja. Kad ga je jedan mlad čovek pitao bolesnog da li bi pristao da bude prenesen u kuću jednog prijatelja i da se tu leči, ovaj mu je odgovorio: „A gde biste vi našli prijatelja, filozofu?" Epiktet je verovao da se samo slični duhovi mogu sprijateljiti, i da naš prijatelj treba da bude naše drugo ja; a za filozofa je teško naći njegovo drugo ja. Stoga je Diogen bio prijatelj filozofa Antistena, a filozof Krates prijatelj filozofa Diogena. Epiktet misli da su ljudi u svemu promenljivi, pa i u prijateljstvu. Mali kučići se igraju kao da nema veće ljubavi od njihove; ali čim padne među njih komadić mesa, oni se ostrve jedno na drugo. Isto je tako i s ljudima, čak i s ocem i sinom zbog komada zemlje, ili zbog lepe žene. Uopšte, među ljudima dolazi na prvo mesto lični interes. Čovek udara na najrođenije, ako mu smetaju; i obara kipove božanstva, i zapali njihove hramove, ako mu ne koriste, ili ako neće da mu pomažu. Aleksandar je zapalio hram Asklepijev, po smrti jednog prijatelja kojeg je voleo. Stavite sve, kaže filozof Epiktet, na jedne terazije, i lični će interes brzo pretegnuti: tako je Peloponeski građanski rat između Atine i Sparte izbio zbog ličnog interesa; tako i rat Tebanaca s ovim obema državama; i rat Velikog Kralja s celom Grčkom; i rat Makedonaca najpre s Grčkom i zatim s Persijom; i najzad, savremeni rat između Rimljana i Geta... Lepa žena Helena pade među dobre prijatelje Parisa i Menelaja, i buknu strašni desetogodišnji Trojanski rat. Ni prijateljstvo, kaže dalje ovaj mudrac, nije drugo nego izraz egoizma. Međutim, kao pravi stoik, Epiktet ovde dodaje ipak da čovek, sastavljen od duše i tela, uvek stavlja napred ono što je više po esenciji, a to je duša. I zato su interesi duše pravi interesi čovekovi. A ovo je, pre svega, mir, ili „apatija" (večna vedrina). Tako i ono što hrišćanstvo naziva nebeskim blagom, a drugi zemaljskom taštinom, prema Epiktetu izlazi iz same ove logike. Antički filozofi, koji su, svi podjednako, obožavali prijateljstvo, i pisali o njemu kao o naročitom božanstvu, bili su saglasni kad su god govorili i o neprijateljstvu. Niko u staro doba nije imao milosti za neprijatelja, kao što su to imali hrišćani, čak ni obične trpeljivosti za protivnika. Sâm pesnik Euripid, u stihovima svoje drame *Bahantkinje*, kaže da je najveća mudrost i najveći dar bogova ljudima, kad mogu da pobednički stave svoju tešku ruku na glavu neprijatelja.

Uostalom, snažan muškarac i srčan čovek po instinktu pribegava svojoj fizičkoj superiornosti. Uostalom, čovek se zaista mora obeležiti u svom društvu ne samo svojom pameću i moralom nego i fizičkom snagom. Jedna velika satisfakcija čovekova, to je kad se neprijatelji plaše njegove reči i pera, ali i njegovog mača. Mir s ljudima, ali mir posle bitke, to je kao čitava slava posle pobede. A mir bez borbe, to je nemoć i letargija. U naše doba su bili Bizmark i Klemanso, jedan veliki političar a drugi veliki besednik, ljudi poznati kao najstrašniji duelisti. Klemanso je imao najsigurniji pištolj u Francuskoj, a političar Deruled se smatrao slavnim što ga u dvoboju nije bio u stanju Klemanso da pogodi. Ima jedna nerasudna ali i duboka satisfakcija u tome, biti fizički jači od svojih protivnika, i biti uveren da ga neprijatelj ne može gaziti ako ga najpre ne ubije. Zaista, mora da je strah ljudi malenih stasom i slabih muskulima, najveći užas na zemlji. Pa ipak samo u naše doba ima ljudi koji ne znaju da vladaju oružjem na zemlji.

14.

Dosada, smrtonosno osećanje čovekovo, nije ipak ista stvar za mudraca što i za nemudraca. Kod mudraca je dosada čisto duhovna, a kod drugog je čisto fizička: prvom treba lek duhovni, a drugom posao fizički, da tu dosadu rasteraju. Filozof Džon Lok većma je voleo i prisustvo deteta, nego potpunu samoću. Ljudi su rođeni nezadovoljnici; i svako nalazi da je život nepotpun, kad i ne bi umeo da kaže zašto tako misli. Ovakvo mračno nezadovoljstvo na zemlji nemamo jedino u mladosti, kad su i sve radosti i sve tuge podjednako nerasudne, i kada se živi više u bunilu krvi nego u svetlosti uma, ali sva ostala naša doba prožeta su takvim očajanjem. Inače, samo su ograničeni ljudi zadovoljni sobom i svojom sudbinom. To zadovoljstvo glupaka i vetrogonja povećava još većma gorčinu života onih koji stvarima života daju preteranu cenu. Najbolji ljudi bili su po prirodi neveseli i žalosni. Prostak nalazi za sebe sve kvalitete antičkog savršenstva: jači od Kiklopa, brži od Boreja, bogatiji od Mide, moćniji od Pelopsa, i rečitiji od Adrasta. Međutim, sjajni pisac Stendal je govorio za sebe da se sâm čudi kako ga pored njegovog rđavog karaktera iko voli, a filozof Ruso je verovao da ga ceo svet mrzi.

Ko ima potrebu za prijateljstvom? Svakako ne svi ljudi. Prijateljstvo traže veseli i dobri ljudi, a rđavi ljudi i razbojnici (oni iz šume, i oni iz salona), traže samo jatake i ortake. Zavidljivci ne znaju za prijateljstvo; a tvrdice su nesposobne da drugom dadnu imalo od svoje duše, kao što ne daju nimalo od svog novca.

Nikad nas ni novac ne usreći, koliko nas usreći obična ljubaznost drugih ljudi. Ima bezbrojno sreća koje idu ulicama i tržištima. Topao pogled i ljubak osmeh naših poznanika, usrećava i ohrabruje više nego materijalna pomoć. Stari mudraci smatrali su jedan grad samo naseljem iskrenih prijatelja, koji su zajednički povezani u bezbrojnim nesrećama; čak i sama država, to je, stvarno, samo jedna velika institucija prijateljstva. Zato je prijateljstvo bilo doktrina i nauka; čak i jedan kult, pošto su Grci prijateljstvu dizali oltare. Postoji prijateljstvo i prema gomili, a prvi izraz ovog prijateljstva jeste dobar društveni ton. Gde nema dobrog društvenog tona, tu ne postoji društvo nego rulja; i ne postoji ni prijateljstvo, nego zluradost i zla namera. U prostačkih naroda nema dobrog tona, jer je njegova mržnja razuzdana i neukroćena. Antički narodi imali su više društvenog tona nego i moderni. Poznata je visoka kurtoazija starih Persijanaca i delikatnost starih Grka. Još stari Herodot kaže na više mesta, kako ne može nešto da napiše iz obzira dobrog tona prema čitaocu. Na primer, ne može da napiše zašto umetnici u Egiptu slikaju Pana s čelom koze i nogama jarca, i zašto u Egiptu žrtvuju svinjče, za vreme punog meseca, božanstvima Mesecu i Bahu, a ne u druge dane; i neće isti pisac da opširnije govori ni o svečanostima boginje Izide. Međutim, u naše vreme, moguće je sve staviti na hartiju, čak i ono za šta se inače ljudi izbace iz društva na ulicu. Kao da radost nije dvostruka gadost kad se napiše.

Rđavi ljudi beže od prijatelja, jer, po instinktu, beže od istine; a prijateljstvo je jedna krupna istina, zato što je gola iskrenost. Rđav čovek beži od prijatelja, jer se pred njim oseća providan i bez maske; i ne usuđuje se da govori prijateljskim jezikom u kojem se sve brzo prokaže, i sve lako oseti. Za rđave ljude je iskrenost što je i svetlost za noćne grabljivice; zato rđavi ljudi vole pomrčinu i laž, konfuziju i zamršenost. Nevaljalci čak imaju instinktivni otpor i za religiju, jer osećaju da je ona jedina jača od njihovog noža i otrova. Zlikovac razume božanstvo samo kao njegovog pomagača u svima nedelima, inače ga ne razume i ne trpi. Neron je išao u Delfe da ispita Apolona, ali, primivši neprijatne odgovore, on je u tom istom hramu podavio ljude, i bacio njihova tela u svešteni ponor. Jedan tužilac, za vreme Francuske revolucije, nije spavao ni dan ni noć samo da bi što više optuženih poslao na gubilište i da bi nabavio što više lažnih svedoka. Taj isti čovek, koji se zvao Fukije-Tenvil, uspeo je da u Konsjeržeriji, gde je nekad Luj XIV rekao: „Država, to sam ja", udesi i da Mariju Antoanetu pošalje jednog dana na giljotinu. Kažu, međutim, da je taj čovek imao istog tog dana ikonicu Bogorodice obešenu o vratu, jer je bio duboko pobožan i verovao da mu u svemu ovom Bog pomaže. Poznato je i da se razbojnik na drumu, koji gađa prolaznike, najpre prekrsti da ne bi promašio. Jedan srpski razbojnik, požarevački hajduk Josovac, pošto je pljačkao noću seosku crkvu, celivao je ikonu, i na tas ostavio dva dinara. A jedan prijatelj mi je pričao u Madridu kako se nekakav čovek satima skrušeno molio Bogu u crkvi, ali izlazeći iz crkve, opazi nedaleko od vrata jedan srebrni svećnjak koji brzo dograbi i sakrije pod svoj ogrtač, dok ga stražari nisu uhvatili na ulici. Rđavi ljudi mrze i umetnost i filozofiju, jer obe idu za istim, i jer su čiste. Rđav čovek nije nikad bio prijatelj mudrosti i muza, i to sasvim prirodno, jer ni njega mudrost i muze ne vole.

15.

Ni žena nije veliki privrženik prijateljstva. Dostojanstvo i čast, u našem muškom smislu, ne postoji za ženu. Sve je kod nje u sujeti, koju je lakše uvrediti nego čovekovo častoljublje. A pošto je žena uvek i svugde u lažnom položaju, jer je uvek podređena tuđoj volji, ona je ogorčena i protivu društva, i ni jednom ni drugom nije iskren prijatelj. Za čoveka je vezana spolom i životnim potrebama, a za ženu se ne veže ničim. Umna gospođa De Lamber je govorila da prijateljstvo između dve žene uopšte i ne postoji, i izazvala je bila zbog ove tvrdnje jednu naučnu polemiku, kroz celo njeno stoleće, kad su navođeni primeri Alkestide i Eronine, a u Bibliji prijateljstvo mlade Rute za svekrvu Noemi. Svakako, ne znam ni ja za herojska prijateljstva među ženama mog društva i mog vremena. Čovek se za čoveka žrtvuje posvednevno, i životom i imanjem; a međutim, imamo primera među ženama, i onim ženama koje slobodno raspolažu ogromnim novcem, da nikad ne pomognu svoje prijateljice ni za onoliko koliko potroše za svoje najniže obesti.

Neki ljudi dolaze među sobom u sukobe i neprijateljstva, iz istih onih uzroka iz kojih se drugi ljudi zbližuju. Ovde su razlozi različiti: duhovni, što znači protivni pogledi na život; i moralni, što znači protivni principi prema ljudima; zatim, razlozi temperamenta, što znači duboki motivi krvi i atavizma; najzad, razlozi koji ističu iz čisto materijalnog egoizma. A makar što ima toliko mnogo razloga u čovekovoj prirodi da se s drugim ljudima združuje, ima ipak ljudi koji se nikada ne sprijatelje i ne združe ni s kim. Ima drugih ljudi koji se ni s kim ne sukobe kroz ceo život, ni s onima koji su im po celoj prirodi protivnici. Ali ima i sjajnih karaktera koji po čistoti svoje krvi, i lepoti svojih načela, izgledaju kao da namerno traže na jednoj strani kako bi sav ološ imali protivu sebe, da bi moćnije i ponosnije uživali na drugom mestu u lepoti svog prijateljstva i svoje akcije. Ovi su ljudi redovno žrtve života, jer se najzad uvere u ono što je najtragičnije: da rđavih ljudi ima uvek više nego što se misli, a pravih prijatelja uvek manje nego što i sami verujemo.

Nesreća je što čovek nema urođeni instinkt da unapred pozna ko ga voli a ko ga ne voli. Izvesna divljačka plemena prepoznaju po stopi na pesku da li je tim putem prošao prijatelj ili neprijatelj, prema plemenima njemu prijateljskim i neprijateljskim, a, međutim, najumniji čovek među nama ne može da prepozna neprijatelja ni po izrazu lica, ni po smislu njegovih reči. Zato na jednom mestu kaže Platon da životinje imaju urođeni instinkt prijateljstva i neprijateljstva. Sokrat govori Glaukonu: „Možeš lako videti takav instinkt kod psa, a to je jedna visoka osobina te životinje." Glaukon: „Kakav instinkt?" Sokrat: „Da laje na one koje ne poznaje, iako mu nisu učinili nikakvo zlo; a da se udvara onima koje poznaje, iako mu nisu učinili nikakvo dobro. Zar se nisi divio ovakvom instinktu u psa?"

Ima prijateljstava vrlo čistih i iskrenih, ali koja ipak nisu intimna. Sloveni su najintimniji prijatelji, jer su najduševniji ljudi. Ruska intimnost je produkt sredine i klime. U Rusiji su noći bezmerne i dani kratki, stepe neprohodne, šume neprolazne, reke neprebrodive. Pred takvim fenomenom u prirodi, ljudi se skupljaju u zajednice, u duge večerinke i posela, gde se pribiju jedni uz druge da bi bili veseli, i okupe se u zajednički rad da bi odoleli vetrovima i prostorima. Nigde nema takvog druželjublja, a zato nema nigde ni te dobrote i ljubavi čoveka za čoveka. Sve pogreške ruskoga čoveka, socijalne i političke, dolaze iz njegove duboke potrebe za evanđeoskom ljubavlju, koja, uostalom, inspiriše i dela svih njegovih najvećih mislilaca.

16.

Prijateljstvo se zove ljubav između čoveka i čoveka. Ali postoji i prijateljstvo čoveka prema gomili, državi, ideji, životinjama. Tako isto postoji i neprijateljstvo prema svim ovim predmetima. Ima ljudi koji po svom instinktu beže od gomile, a to su mizantropi koji su svagda egoisti, i tvrdice, koji su svagda kukavice. Ima i ljudi rođenih protivnika svake organizovane zajednice, i redovnih odnosa među ljudima, i oni nagonski postaju protivnici i države koja je najveća forma te zajednice. Zatim postoje i ljudi koji su rođeni neprijatelji svake ideologije, i koji nikad ne umeju biti religiozni, jer je religija najveća ideologija. Zato nisu ni socijalni ni nacionalni. Najzad, ima ljudi koji ne vole životinje, i ne mogu čak ni da ih trpe u svojoj blizini. Znači: ljubav i mržnja, obe su uvek sveobimne i apsolutne.

Odista, kad bi se prijateljstvo odnosilo samo na ljude, život bi bio gorak, teskoban, i pun razočaranja; ali srećom što ima ljudi koji vole ideje, s istom strašću kao što drugi vole ljude i žene. Zatim, srećom, što ima i ljudi koji uživaju u lepim stvarima, koliko drugi uživaju u idejama i ljudima. Oni tim stvarima okite svoju kuću, obogate svoj život, nalazeći često njihovo društvo za potpuno dovoljno. Naročito je velika sreća onih ljudi koji znaju da vole lepe i plemenite životinje. Šopenhauer je govorio da je omrznuo ljude otkad je poznao životinje. Ali je, nesumnjivo, ipak prijateljstvo čoveka za čoveka najdublja veza i najlepše osećanje. Zato su stari atinski mudraci govorili da prijatelj treba da pazi i prisluškuje čak po ulicama gradskim šta svet govori o njegovim prijateljima, da bi neopreznost prijatelja učinio pažljivim ako mu preti opasnost; i da među prijateljima nema obzira materijalne vrste, jer prijatelji ne mogu pozajmiti ništa jedan drugom zato što je među njima sve zajedničko. Istina, Grci su i ovde postavljali svoju poznatu ljubav za meru u svačem, govoreći da i prijatelja treba samo toliko voleti kao da ćeš ga sutra mrzeti, a treba ga mrzeti kao da ćemo ga sutra voleti. Ovo nije smetalo da Grci dadnu mnogo primera idealnog prijateljstva. Poznato je zaveštanje jednog ubogog Korinćanina dvojici svojih prijatelja koji su bili bogati: „Zaveštavam svom prijatelju Aretiju da hrani moju majku dok je živa, a prijatelju Hariksenu da uda moju ćerku, pošto joj dadne najbolji miraz koji mogne; a koji od njih dvojice preživi drugoga, neka nasledi i njegovo imanje." Ovakva grčka zaveštanja, tako čudna za nas danas, smatrana su onda kao logična i sveštena stvar prijateljstva. I mnogi rimski bogataši, veliki i mali, ostavljali su svoja imanja većma prijateljima, nego rodbini, a čak vrlo često i samom Cezaru.

Ima ljudi koji ne mogu ni da silno vole, ni da silno mrze; to su onda opasni sitničari i ubeđeni cinici. A pošto i za otvorenu ljubav, kao i za otvorenu mržnju, treba hrabrosti, znači da čovekova nesposobnost da nekog voli ili da nekog mrzi, dolazi samo iz kukavištva. Rimski tiranin Sula je govorio za sebe da niko nije od njega bio ni bolji prijatelj za svoje prijatelje, ni strašniji prema svojim neprijateljima; a te reči je dao tiranin da se napišu i na njegovom grobu. Ali Sula se ovde varao u ljudskoj prirodi: čovek je ili stvoren da voli, ili stvoren da mrzi, ali nikad nije stvoren za oboje. Sula, razvratnik i krvolok i raspikuća, samo je znao da mrzi, i uspeo je da postigne žalosnu slavu najvećeg od svih rimskih tirana. Jer tiranin ne ubija samo ljude, nego i ljudska dela i ljudske ideale. Sula je najpre oborio zakone, kako bi zatim mogao da poubija ljude.

Glupaci su po pravilu lukavi, a umni su po pravilu naivni i lakoverni. Glup čovek se boji drugog čoveka, i uvek ga meri samo po tome koliko njemu samom može biti opasan ili koristan; a uman čovek meri drugog čoveka nezavisno od sebe, i samo po principima, gledajući u njemu opštu čovekovu prirodu većma nego pojedinačnu ličnost, uvek ljudstvo više nego čoveka. Stoga i veliki ljudi ne poznaju male ljude, grešeći u pojedinostima, naročito u odnosu prema sebi samom. Takve zablude se ne događaju plićim i nižim ljudima, jer ovi sve dobro mere, pošto mere jedino u odnosu prema sebi. Mali čovek živi u svojoj gluposti bezbrižno i spokojno, kao svilen crv u svojoj sjajnoj čauri. Samo veliki ljudi imaju velika razočaranja; i najčešće su nesrećni zato što principe života svagda stavljaju iznad slučajnosti života.

Ima čitavih rasa u kojima nema primera prijateljstva. Kod primitivnih ljudi postoje izvesni obredi prijateljstva, koji su daleko od naše ideje o prijateljstvu. Tako je bilo gostoljublje kod starih Jevreja, ili danas gostoljublje kod beduina. Gostoljubivost je, uostalom, crta nekulturnih naroda; kulturni narodi su po prirodi isključivi u pogledu porodice i države. Za nekulturne narode nikad stranac nije smatran za neprijatelja, osim ako je naoružan, a za kulturne je narode stranac neprijatelj ili prijatelj bez ikakve veze da li je naoružan. Evropski narodi ne znaju za gostoprimstvo, ili bar za gostoljublje. Španci se hvale svojim gostoljubljem, ali su njihove kuće zatvorene za svakog osim za najbliže rođake, i nikakav stranac ne zna kako izgleda španski tanjir i viljuška. Stari su Jevreji bili gostoljubivi, ali samo među sobom; čak ni ljude iz Samarije nisu primali u svoju kuću i u svoje društvo ljudi iz Galileje. Marija iz Magdale, prosuvši ulje na glavu Hristovu, razbila je zatim bočicu, a to je bio znak da je gostoljublje i prijateljstvo dobilo time svoj krajnji izraz. Među plemenima kud i danas prolaze karavani, gostoprimstvo je samo društveni propis i skoro verski obred. Gde ima straha, nema prijateljstva. Strah je osobina divljaka i životinja, jer oni nemaju preziranje smrti, nego imaju samo slepilo i za smrt i za život. Sve vrline, pa i hrabrost, jesu plod civilizacije.

O MLADOSTI I STAROSTI

1.

Niko nije sujetan na svoju mladost, niti se oseća da je presrećan zato što je mlad; a svako je, naprotiv, i nesrećan i očajan kad je star. Reklo bi se po tome da su sreće nerazgovetne, a samo nesreće očevidne. Međutim, stvar je u tome što ne znamo u mladosti šta je beda staraca, kao što dobro znamo u starim danima šta je bilo blaženstvo mladosti. Zato ljudi smatraju starost svojom nesrećom, a žene je čak smatraju i svojom sramotom.

Mladost, to je bogatstvo i kraljevanje; to je čar telesne lepote i duhovne svežine; lepota fizičke snage; beskonačnost nadanja; raskoš u planovima od kojih je svaki ogroman i bezmeran, i od kojih svaki izgleda verovatan i kad je nemoguć. Mladost, to su radosti prečeste i prenagle; svi izbori optimizma otvoreni; a san stavljen iznad istine, i ljubav iznad života. To su namere od kojih su uvek polovina herojskih a polovina razbojničkih. Mladić, to je zaverenik; a mlada žena, to je ustaš. Svaki je okvir uzak, i svaka se reka daje preskočiti. Svaka ideja je prestarela, i svaki je autoritet nasilje. Svi su ljudi suparnici, i sve su nesreće samo ljubavne. Svaki je zakon tiranija, a svaka je utopija ideja. To je mladost. Ali taj život u paradoksu, i takva obest u iluziji, učini da se zatim sve stvari počnu da s godinama postupno smanjuju, i da najzad čovek padne u očajanje tim veće ukoliko je mladost bila potpunija i san o životu razuzdaniji. Najveći deo ljudi koji su bili nesrećne mladosti, napuste život s uverenjem da su samo oni bili nesrećni, ali da sreća ipak postoji. Međutim, najveći deo vrlo srećnih u životu svrši verujući, naprotiv, da je život komedija a ljudi komedijaši.

Starost je odista najružnija stvar na svetu. Starost nije samo poslednje doba ljudskog života, nego starost znači bolest. Star čovek, to je degenerik, a starost je nakaza. Starci su toliko smetnja da je bilo naroda u kojem su starce u izvesno doba starosti kamenovali, kao vešce i vampire. Naše doba je pravednije. Uostalom, danas se niko i ne priznaje starim. Merilo za mladost i starost sad je manji princip fizički nego princip duhovni. Najzad, i srećom, starost je bolest samo glupih ljudi i ružnih žena. Za umne ljude i za lepe žene ne postoji starost. Uman ne sme ostariti, a lepa žena ne može da ostari. Um i lepota se samo menjaju, ali s vremenom ne propadaju. Ko je jednom bio odista mlad, taj ne može postati odista star, kao što čovek koji je odista pametan, ne može postati glup. Može čovek propasti bolovanjem, ali to može i kad je mlad. Tako je filozof Ksenofont živeo stotinu godina, a Pitagora skoro isto toliko. I božanstveni Platon je živeo vrlo dugo, jer je navršio devet puta devet godina, što znači množenje broja koji su onda smatrali najsavršenijim; a navršivši osamdeset jednu godinu, taj mudrac je umro na sâm rođendan. Zbog ovog se slučaj Platonov smatrao kao savršenstvo i života i smrti. Čak i pesnik Sofokle je živeo devedeset godina, i napisao stotinu dvadeset tragedija, od kojih nam je sačuvano svega sedam. Plemenite stvari ne stare nego samo promene izgled, često čak i na lepše. Lepota ima sve sezone kao i priroda, ali nema sezonu propasti, kao što je nema ni priroda. Zlato ne stari, jer je plemenit metal; i pentelijski mramor ne stari, jer je plemenit mineral; a Platon ne stari, jer je plemenit duh, kao što ni Lelije ne stari, jer je plemenito srce.

U starosti se prokažu na licu karakter i duša čovekova, kao što se prokažu reljefi jednog brega tek u zimu kad izgubi šumu i potpuno ogoli. Ima lica koja sa starošću dobiju nešto svetiteljsko ili mudračko, druga mučeničko i bolesničko, a treća životinjsko i zversko. Znam rđavih ljudi i rđavih žena kojima se u mladosti nije raspoznavao na licu njihov karakter, jer je mladost svagda i u svemu jedna neizmerna lepota. Ali ta su ista lica dobila u starosti izgled odvratan i užasavajući, crte zločeste, pogled krvnički. Tako i ćud i sva osećanja dobiju u starosti samo njihov otvoren i očit izraz. Umni i blagorodni ljudi postaju divni starci s kojima je radost dolaziti u dodir. Neko ostari kao zlato i mramor, a neko ostari kao cipela. Prostak kad ostari, postane rugoba. Zato starost, kao ogledalo, prokaže šta je čovek bio unutrašnje celog svog veka, i onda dok je maska mladosti mogla još da prikriva svu nakaznost koja je stajala iza nje.

Treba imati mnogo mudrosti, pa znati ostareti bez ružnoće, bez pakosti i bez tuge — tri kobne stvari koje idu zajedno. Ima čak način da se nikad ne ostari: menjati zemlje, žene i knjige; ili menjati bar jedno od to troje. Treba biti naročito u društvu mlađih od sebe. Starci često govore o bolesti i o smrti, najčešće o nesanici i o rđavoj digestiji; a mladi govore o ženama, o borbama, i o večno novim planovima i namerama, o svemu što za starce odavna više ne postoji. Starce u njihovoj porodici podmlađuju deca, ali starca samotnika može samo da podmlađuje društvo. Nesreća je sačekati stare godine s mladićkim navikama, za koje se nema više snage, i na koje se više nema prava. Treba zato izrana izmišljati jednu strast za starost, makar to bila neka nauka ili kakva manija. Svakako, druženje sa starcima svojih godina, to je druženje s bolesnicima. Čovek ostari slušajući starce, a razboli se slušajući bolesnike.

Istina, ni godine ne izražavaju tačno čovekovo doba. Postojale su na svetu mladost i starost i pre nego što su ljudi svoj život prebrojavali, a verovatno da je takav život bio srećniji. Uostalom, neko je pravo rekao: da nema brojeva, ne bismo znali koliko nam je godina. Jer mladost i starost ne znače isto kod svih ljudi; ima mnogo njih koji nisu znali ni za detinjstvo, ni za mladost, bilo zbog svog temperamenta, bilo zbog proživljenih gorčina. Zato ljudi nisu istog doba ni onda kad su istih godina. Ima mladih staraca kao što ima mnogo i starih mladića.

Čovek se ne oseća starcem dok god mu žive roditelji. Zatim, drukčije se oseća starcem čovek pedesetih godina koji ima i dece, a drugačije čovek istih pedesetih godina koji nema dece. Osećanje starosti često stoga ne postoji u čoveku ni kad naiđu duboke godine, ni kad telo počinje da konačno malaksava. Ima ljudi koji po jednoj unutrašnjoj sili neće da budu stari, kao što drugi ne priznaju da su bolesni. A ovakvi nisu odista nikad ni stari nego samo nemoćni, ni bolesni nego samo oslabeli. Savremeni kulturni čovek sve manje priznaje starost, jer svoj život meri više duhovnim merilom nego fizičkim sposobnostima. Zato današnjom Evropom upravljaju starci većma nego što su upravljali i starim Rimom.

<h2 style="text-align:center">2.</h2>

Prvi znak bliske starosti, to je kad čovek postane sumnjalo. Od časa kad počinje da gubi snagu za sve, počinje da gubi poverenje u sve i svakog, jer je fizička snaga izvor svih iluzija. U starosti svi ljudi izgledaju neprijatelji, jer su jači, a sve žene rđave, jer su ravnodušne. Za mladost treba imati snagu krvi i obest spola. Malokrvni ljudi su malodušni, a bespolni ljudi su zli i melanholični. Oni ne znaju da vole ni da se raduju, jer sva ljubav i sva radost dolaze od spola. Filozofija nekog čoveka o životu, to je samo priča o snazi njegovog instinkta. Zdravlje i spol, to je mladost; a dokle to dvoje traje, nema govora o starosti. Snaga jednog i drugog se vidi kod običnog čoveka u govoru, a kod pisca u koloritu njegovog stila. Ruso je obožavao pisca Abe Prevoa, ali kad je prvi put s njim razgovarao, našao je da Abe Prevo nema blistave boje u govoru kao nekad u pisanju, izvesno samo zato što je pisac romana *Manon Lesko* bio tada već ostareo.

Redak je starac koji se zacereka od sveg srca, čak i nad najsmešnijim slučajem. Znak starosti, to je kad se nema volje za šalu, ni snage za smeh. Rekli bismo da je tome uzrok ili preživljena beda, ili mudrost života, znači jedno stanje kad se ne vidi više ničeg smešnog. Ne, nego je u tome uzrok starost koja ne vidi više ničeg veselog. Jedan pisac osamnaestog veka, pametni Diklo, kaže negde: „U starim godinama mislite da ste mudriji nego pre, a vi ste samo tužniji nego pre."

Odista, tuga starosti je najgorča tuga ljudskog veka. Retko joj umakne i najhladniji i najmudriji čovek, jer ona ne dolazi od kakvog naročitog stanja duha, nego od propasti spola. Snažni ljudi nisu nikad tužni. U dubljim godinama je takva tuga učinila mnogim ljudima da pre vremena ostare, čak i da pre vremena umru. Talejran, koji je bio najhladniji čovek na svetu, bio je posle svoje osamdesete godine očajnički tužan a njegova je sinovica opisivala gorke pojedinosti tog slučaja. Naročito je postupno umiranje njegovih prijatelja jednog za drugim, bacalo Talejrana u pravu bolest. I sâm Viktor Igo, monoman i despot, postao je, već od pedesete godine, neizdržljiv tiranin svoje okoline, neplemenit i egoista, čak i veliki hipokrit i tvrdica. Najzad je pao u takvu tugu, da je taj pesnik, inače najsujetniji čovek na svetu, tražio testamentom da ga sahrane u čamovom mrtvačkom sanduku kao najvećeg siromaha; i kao izbezumljeni očajnik, ponavljao reči: „Zemlja me zove", i umro najzad svakom dosadan. Ovoj se tuzi nisu mogli oteti ni mnogi drugi. Zar se Paskal nije bojao smrti i imao otud užasne vrtoglavice? I Šatobrijan i Pjer Loti su imali smrt neprestano u pameti.

Petrarka, dok je bio još i daleko od starosti, govorio je da treba umreti pre nego dođe tuga starosti. U četrdesetoj se čak bio odrekao i žena. Međutim, živeo je i posle toga još trideset godina, neprestano u čistoti spola, koja, izvesno, nije mogla uticati srećno na njegovu životnu radost. Znam samo da je Petrarka napisao četiri knjige satira protiv svog lekara koji ga je lečio od akrimonije žuči. Umro je spokojno, jer je umro pobožno. Talejran je, međutim, tek na samrtničkoj postelji dao svešteniku napismeno pokajanje za svoje bezverje, ali i to na nekoliko minuta pre nego je izdahnuo. Veliki diplomata je, kažu, na tom čudnom aktu potpisao celo svoje ime, kao nekad na protokolu Bečkog kongresa. A Volter, u ovakvom istom času, prevario je sveštenika, ne dajući mu obećano pismeno pokajanje, nego, naprotiv, tražeći goropadno da ga pusti da mirno umre. Nije ipak umro u miru, ali je umro u zloći, svom elementu. Retko kad je kraj života bio ovako najbolji izraz sadržine celog jednog čovekovog veka. Jedni ljudi naliče u starosti na svoje dedove a drugi na svoje babe.

Čovek koji nije bio u mladosti srčan i muževan, u starosti postane babuskera, naročito po svom duhu i po svojoj ružnoj ćudi. Starost čovekova odista počinje onde gde svršava čovekovo oduševljenje. Čovek koji ne može da zatreperi, oduševljen za neku ideju ili neku ličnost, star je i mrtav. Ima ovakvih staraca i među mladićima. Mladost, to je, pre svega, sveta vatra. Samo onda kad se ta vatra potpuno ugasi, treba leći i umreti. U starosti čovek prestaje da voli. Sent-Bev u starosti govoraše: „Volim još cveće, ali ga više ne berem." Čudna i tako pronicljiva psihološka istina o bednom starcu.

Čovek koji voli žene, nikad ne ostari; a čovek koji traži društvo mladića, nikad ne tuguje. Treba uvek tražiti žensko društvo, ako ne i žensku ljubav. Uostalom, žene nisu stroge prema godinama čovekovim; jer one traže muževnost više nego mladost. Mi ljudi žensku lepotu ne vidimo van ženske mladosti, verujući da nema ženske lepote bez ženske svežine; ali žena je, naprotiv, uvek sklona da više vidi lepotu čovekovu u sili njegove muževnosti, čak i u svežini njegove duše više nego u svežini njegovog tela. Zato ima donžuana pedesetih godina, koji otmu žene i mladim Apolonima. Žena koja je odista mlada, ne broji čovekove godine. Žena broji čoveku godine tek kada sebi počne da broji mesece, znači od tridesete njene godine. Ima slavnih staraca koji su bili slavni kao ljubavnici: Ruj Gomez,

Arnaulfo i kralj Mitridat. Pesnik Gete je bio zaljubljen u svojoj osamdesetoj, i prosio devojku koja nije imala ni dvadesete, a njegov vladar je bio gotov da za taj brak dadne miraz pesnikovoj nevesti. Šatobrijana je u njegovoj šezdesetoj volela mlada žena lepotica. Spol je ubojit; veliki vojnici su bili izreda veliki ženskaroši. Kad je Julije Cezar prvi put video Kleopatru, njoj je bilo dvadeset godina, a njemu pedeset dve; a kad je docnije Antonije poznao istu Kleopatru, njoj je bilo dvadeset sedam, a njemu četrdeset dve. Lepoj egipatskoj carici bilo je četrdeset kad je umrla, a do kraja života volela je već ostarelog Antonija. Čak najraspusnije žene imaju katkad fanatizma u ljubavi, za kakav nisu znale ni najpoštenije.

Starac je već po sebi tragična ličnost; a smešan je samo kad je zaljubljen. Kad je mlad čovek zaljubljen, on se smatra u ljubavi nepobediv; ali ako čovek ljubi u pozne dane, oseća se slab i bedan. U mladosti je ljubav samo radost i borba; a u poznije dane, bolest propadanja, strah od samoće, potreba utehe i traženje nege, makar i u rečima. U starijim godinama se zaljubljeni ljudi boje borbe s protivnikom, ne vole teške uspehe, plaše se i gorih od sebe. Zatim svugde takav čovek vidi laž žensku, jer je sâm svugde u lažnom položaju. Stari ljubavnici i ostareli muževi, najveća su beda za mlada ženska srca, većma nego i za njihovo telo. U mladosti ljubav podiže čoveka, a u starosti ga unižava pred samim sobom, više nego pred drugim. U mladosti je ljubav izvor za akciju, a u starosti je ljubav neprijatelj svake akcije, a izvor svakog kukavištva. Filozof iz Megare, stari Teognis, kaže: „Mlada žena je barka koja ne ide za krmom, i koja nigde ne utvrdi svoj lenger; a noću ide često da traži i drugo pristanište.” I sâm starac, gubeći snagu, gubi i veru u sebe. Lep je primer slučaj španskog kralja Karlosa V, koji ne mogavši osvojiti Mec, prekida opsadu s rečima da ga je napustila sreća koja ne voli starce.

U ljubavi između čoveka i žene postoji borba spolova, i neprijateljstvo ponekad krvničko; a ta borba spolova, to je najveća draž ljubavi. Međutim, u starosti je ljubav samo jedna igra duha, i samo jedna opsesija bolesne mašte. U starosti je osećanje za ženu puno zloće i zavisti na mladost. Zato su ljubomore starih ljubavnika svirepije, nego ljubomore mladih osvetnika. Mlad ubija sebe, a star ubija ženu, makar u malim dozama. Ne treba ipak ženu napuštati do kraja fizičke moći, čak ni docnije; ali ne treba se ni zaljubljivati posle četrdesete. Pozna ljubav je ili vrlo zla za ženu, ili vrlo fatalna za čoveka, i može da sve upropasti i sve naruži.

Međutim, ima nešto po čemu su stariji ljubavnici viši od mlađih. Mlad čovek ne voli ljubav nego ženu, a manje i ženu nego žene; stariji je uvek verniji i pouzdaniji. Čovek od dvadeset pet godina menja zemlje, odela, sobe, konje i žene; a čovek u četrdesetoj ređe putuje, ne ide daleko, niti se zadržava dugo, ređe menja i odela, i većma bira ženu. Kod mladića navike i ukusi nisu utvrđeni, a kod drugog jesu. Zatim, stariji umeju lepše da govore, više da kažu, brže da zavole, moćnije da zavladaju. Često su pažljiviji prema osetljivosti žene, lakše razumeju njen karakter, i izdašniji su u rečima i žrtvama; najzad, oni već imaju društveni položaj ili slavu. Treba do pedesete misliti na ženu, do šezdesete na filozofiju, a do sedamdesete na kuhinju; ali nikad ne misliti na starost i na smrt. Treba uvek verovati da ćemo doživeti godine koje odista želimo, jer je to jedini način da ostarimo bez ogorčenja na život.

Mnoge ljude starost iz osnova izmeni: od mudrih napravi glupe, a od dobrih napravi svirepe. Znam za jedan primer koji je tipičan. Flaminije, koji je osvojio Grčku i učinio kraj njenoj nezavisnosti, bio je najplemenitiji pobedilac, ali njegova žeđ za slavom u starosti se pretvorila u svirepost. Nesrećni Hanibal, isto tako star, proživljavajući svoje poslednje dane kao pribeglica i gost Prusije, kralja Vitinije, udavio je sebe da ne padne u ruke Flaminiju koji je išao da ga traži. Osim toga, Flaminije je u starosti postao i ogorčeni neprijatelj Katona. Starost je zloća više nego dobrota.

3.

Ništa teže nego opredeliti gde prestaje mladost. Ni suptilni stari Atinjani nisu bili u stanju da to reše. Mimnermo, pesnik ljubavi i tuge, želi da umre kad bude prestao da ljubi. On kaže da smo u starosti odvratni mladim ljudima i prezreni od mladih žena, i da starost izjednači ružne i lepe. Zevs je, veli, dao Titonu večnu nesreću, jer mu je dao starost koja je strašnija od smrti. Zato ovaj pesnik želi da umre bez bolovanja i bez gorkih sumnji, i da mu smrt ne dođe kad bude navršio šezdeset godina. Ali Solon, pesnik i najveći zakonodavac atinski, ispravlja Mimnerma, govoreći da ne treba umreti u šezdesetoj nego tek u osamdesetoj. Svakako, cela umetnost grčka bila je proslava mladića dvadesetih godina. To je efeb, toliko slavan. Ni bog rata, Ares, nije bio znatno stariji. Apolon je bio pravi efeb. Dionis, pijanica, bio je nešto stariji, ali je bio mlad, pošto je bio i bog plesa. Mladost su slavili stari Grci u svim rodovima umetnosti. Ubojiti pesnik Tirtej peva snagu i lepotu mladosti u ovoj dirljivoj pesmi: „Sve dolikuje čoveku dok se kao ratnik kiti plemenitim cvetom mladosti. Ljudi obožavaju mladića posle njegove smrti, a žene ga vole dok je u životu." Docnije, u Demostenovo doba, izgleda usvojeno da pedeset godina znači već starost. Starce smatraju za mudrije nego druge ljude. U nekim parnicama pred atinskom skupštinom, delovođa proziva prisutne: „Ko je od vas prešao pedeset godina, neka se javi za reč." Eshin, besednik i protivnik Demostenov, ovde dodaje: „Starci, blagodareći svom iskustvu, vrlo su oprezni." Čak i zakoni grčki smatrali su čoveka od pedeset godina starcem. Kod Rimljana, naprotiv, tek šezdeset godina beše početak starosti. Za godine senatorske smatrali su doba od tridesete do šezdesete. Stari Katon se oženio bio po drugi put mladom devojkom kad mu je bilo preko šezdeset, a savremenici su mu to upisivali među njegove pogreške. Međutim, ako su šezdesete godine bile početak starosti za rimske senatore, nisu i za rimske vojskovođe. Kralj Servije Tulije razrešava vojne obaveze ljude koji su napunili četrdeset sedmu, a Avgust razrešava i one koji su napunili četrdeset petu; ali samo šefovima vojske i države nikad nisu uzimane u obzir njihove godine. Meni je poznat samo jedan protivan primer, a to je slučaj imperatora Pertinaksa, kojeg je vojska mrzela, jer je bio starac. Epaminonda je živeo mirno kao tebanski plemić sve do četrdesete godine kada je postao tebanskim vojskovođom. I Julije Cezar je tek posle četrdesete stao na čelo vojske koja će zatim stvoriti veliko Rimsko carstvo. Još i mnogo drugih i najvećih vojskovođa bili su već starci kad su stajali na vrhuncu svoje akcije; a u nedavnom velikom evropskom ratu svi glavni komandanti zaraćenih naroda bili su ljudi duboke starosti. Sasvim, dakle, protivno od Pompeja, koji je u dvadeset trećoj godini komandovao velikim vojskama; i protivno od Aleksandra Velikog, koji je u tim godinama već bio pokorio najveće carstvo na zemlji. Teško je ipak utvrditi šta je mladost i šta starost, jer jedno o tome misle mladi, a drugo stari. Aleksandar je lepo rekao da ne broji svoje godine nego svoja dela. To je odista jedino kako ne mogu da odgovore sitni ljudi, koji sve raskivaju u sitni novac.

Genije, koji je lepota viša i od mladosti, nema svojih godina. Genije stvara do poslednjeg daha. Taso je završio svoj slavni epos kad mu je bilo trideset godina; i Leonardo je naslikao *Blagovest* kad mu je bilo sedamnaest; ali je Mikelanđelo počeo da slika Sikstinsku kapelu u svojoj šezdeset drugoj. Naravno da su najsrećniji oni koji zasluže slavu već u prvoj polovini života, a drugu polovinu provedu svesni svoje veličine, kao Hanibal i kao njegov protivnik. Ali je i ovde, kao i drugde, sreća ljudska potpuno nejednaka. Platon je, posle dugog učenja i putovanja, tek u četrdesetoj godini počeo da uči druge i da sâm piše knjige; a zatim je govorio i pisao još celih dugih četrdeset godina. Odista, najmanje je starost smetala ljudskom geniju u nje-govom stvaranju; zato se starosti ne moraju plašiti daroviti ljudi, nego samo nedaroviti plašljivci. Za duhove koji su svetlili među ljudima, skoro nikad nije bilo sumraka. Gete je pisao još u osamdesetoj; i Ticijan je u osamdesetoj još slikao bodrih očiju. A ima i slučajeva da su mnogi drugi veliki ljudi počeli svoje najveće stvari tek kad je već bila protutnjala nerasudna mladost. Zato niko ne zna šta nosi u sebi do poslednjeg daha. Priroda je u svemu ostavila sebi pravo na poslednju reč.

Ako je i po zdravlju, ono nije vezano za godine mladosti, nego za bolji i gori sastav telesni i duhovni. Ako je i po sili misli, ona nije privilegija samo mladih; čak je i često privilegija starijih. Ni čovek s trideset godina nije svagda fizički izdržljiviji nego čovek od šezdeset godina. Zato su mladost i starost relativne. Danas u evropskom društvu granice života su dosta pomaknute; čovek u šezdesetoj smatra se čovekom u najboljim godinama. Antički svet ne bi u to verovao; a ni savremeni seljaci to ne mogu razumeti. Život antičkog čoveka je bio skučeniji nego naš, i zabave vrlo malobrojne; a savremeni seljak meri životnu energiju čovekovu samo po telesnoj snazi, prema tome za kakav je fizički rad neko sposoban. Međutim, današnji starci mogu da se provode sa ženama, kao i mladići; i da današnjim sredstvima za prevoz putuju unakrst svetom, bez ikakvog fizičkog napora; i najzad, s današnjim društvenim naravima dozvoljavaju sebi sve što dozvoljavaju sebi i njihovi sinovi. Starac zdrav, to je danas nesrećnik samo za polovinu; jedino starac bolestan i ubog predstavlja najveću mizeriju na zemlji. U stvari, na ovog poslednjeg se najviše i misli kad je reč o nesreći koja se naziva starost. Čovek o nesreći i ne govori drugačije nego imajući uvek oči na najcrnjem slučaju.

Oseća se zato kod antičkih pisaca više užasa od starosti nego kod pisaca modernih. Dante ima dva mišljenja u pogledu starosti. U njegovom delu *Gozba* kaže da mladost počinje od dvadeset pete i traje do četrdeset pete. A Dante je ovo pisao kad je i sâm imao svega četrdeset godina. Međutim, Dante ovde smatra kako samo mladost traje do četrdesete, ali da život traje do sedamdesete. Tako počinjući *Božanstvenu komediju*, već u prvom stihu Pakla (koji je deo umnogome njegova lična biografija), peva kako se našao u tamnoj šumi kad je bio u sredini ljudskog života. A njemu je bilo zaista trideset pet godina kad je počeo taj svoj veliki epos; za ovu tamnu šumu znamo da je značila njegovo izgnanje iz otadžbine Firence, i zatim lutanje po celoj Italiji. Prema tome, Dante je očigledno smatrao ljudskim životom sedamdeset godina. Uostalom, ovo i jeste najtačnija ideja o čovekovim godinama života. Istina, Katon filozof, pre nego što je izvršio samoubistvo, govorio je svojoj okolini da mu niko neće moći prigovoriti kako prerano umire; a tim je hteo reći da je već bio proživeo pravi ljudski vek, i da ono drugo i ne vredi dalje proživeti. A bilo mu je tada svega četrdeset osam godina. Slično je govorio o bespotrebnosti daljeg života i Sokrat za sebe, učeniku Kritonu, pre nego je ispio otrov; ali je Sokrat umro u sedamdeset prvoj. U svom *Panegiriku* kaže Plinije kako deli život na tri etape: na prvu i drugu mladost, i najzad na starost; dodajući da dve prve periode pripadaju cezaru; a poslednje doba života po rimskim zakonima pripada svakom građaninu da sâm njime slobodno raspolaže. Ovo možda znači da starost počinje posle šezdesete senatorske godine. I Seneka ovako kaže: „U pedesetoj nas ne zovu pod zastavu, a u šezdesetoj ne zasedamo više u Senatu.” Hrišćani su, izvesno, morali imati rimsku ideju o mladosti i starosti. I Petrarka je kanda imao Danteovo uverenje da mladost traje svega do četrdeset pete. Jer odričući se žene već u četrdesetoj, Petrarka kaže kako ovo odricanje smatra za jednu od svojih najviših sreća, i Bogu blagodari što ga je u punoj snazi oslobodio tako niskog ropstva, za koje veli da ga je uvek užasavalo. Takvim je rečima govorio o ženi ljubavnik božanske Laure kad je već stajao pred vratima starosti, i pošto je već bio prvi i najviši hrišćanski pesnik ljubavi za ženu! Zaista, velika je sreća čovekova što u docnijoj nesreći može ponekad da s podništavanjem govori o bivšim srećama.

Petrarka čak govori i protiv mladosti, hvaleći starost; na jednom mestu kaže da ga je mladost tiranisala, ali da ga je jedino starost oslobodila. Ovde ima puno opšte istine. Mladost je toliko puna neizvesnosti pred životom, nespokojstva, uzrujanosti, zaslepljenosti, i grešaka, da bi mnogi ljudi lako prežalili mlade godine kada njihova starost ne bi bila skopčana s drugim bedama. Bolest starosti je strah od sirotinje; ali bezbrižnost prema sirotinji, to je opet bolest mladosti.

4.

Mnogo puta merimo mladost i starost prema sebi lično; naročito prema tome koliko smo svojih poznanika nadživeli. Ali smrt nije nikakva mera. Umire se ne samo od starosti, nego i od bolesti. Smrt od starosti je jedina normalna, ali se od starosti retko umire; a smrt od bolesti, koja je češća i najčešća, uvek je smrt zbog iscrpljene moći, a u drugoj padamo i kad smo u najvećoj snazi. Ali se događa i da telo iznemogne dok je duh i dalje u najvišoj snazi; kao što se događa i obratno: da duh posrne i kad je telo još gigantski snažno. Mi smo eto zato preživeli svoje prijatelje u životu, kao što smo ih mogli preživeti u brodolomu ili u zemljotresu, znači nezavisno od svoje mladosti i svoje starosti. Kao sreća, i smrt je slepa. Obe je, i sreću i smrt, čovek slikao, na način da pokaže kako su ove dve najviše istine sudbine nerazumljive. Sreću je slikao vezanih očiju, a Smrt bez očiju.

Čak ni čovekova volja za akciju nije nikakva mera za mladost. Bilo je mnogo ljudi koji su završili svoju sposobnost za akciju baš u godinama kad je drugi otpočinju. Moralna snaga čovekova ne zavisi od fizičke snage, i to je najveća naša sreća. Mnogi ljudi, tek izlazeći iz mladosti, osećali su potrebu za najvećom afirmacijom svoje ličnosti: u četrdesetoj su počeli svoju akciju i Platon, i sveti Avgustin, i Muhamed. Atinski general Fokion nije prestajao da se bije na čelu vojske čak i u svojoj osamdesetoj. A volja i akcija, to je jedini život. Svakako, volja za akciju je toliko isto život koliko i spolna snaga, to je jedino merilo prostih ljudi. Ne ni samo prostih ljudi, jer ovde, kao i u svemu čovekovom, žena stojeći u središtu svih sreća i nesreća, postala je i glavnim merilom čovekovog veka na zemlji.

Ne znam ni za jednog filozofa koji je o svojoj starosti pisao s više melanholije nego rimski stoik Seneka. On je na svom seoskom imanju prvi put saznao da je ostario, govoreći kako ga na selu sve opominje na njegovu starost. Jednog dana, čuvar njegove seoske kuće uverava Seneku da su troškovi oko popravke letnjikovca bili potrebni, jer je kuća veoma oronula. A Seneka se najednom gorko seti da je tu kuću on sâm zidao; znači da i zidovi njegovih godina već padaju... Platani na tom imanju izgledahu Seneki nešto zanemareni; i njihovo lišće opada ali se više ne obnavlja. Čuvar ga tada uverava kako je pazio da platane što bolje očuva, ali uzalud, jer su prestareli. A Seneka se seti da je te platane on sâm nekad posadio... Najzad, Seneka spazi jednog starca, potpunu ruševinu, kako sedi pred ovom istom njegovom kućom. „Ko je doveo iz mrtvih ovog ovamo?", pita se Seneka. „Zar me ne poznajete?", reče starac. „Ja sam Felicije, kojem ste vi donosili igračke. I ja sam sin vašeg negdašnjeg čuvara Filostina; a bio sam vaše ljubimče..." Ali srećom, Seneka je stoik, koji udarce prima mirno i ponosno, i koji zatim ide dalje. Stoga taj mudrac ovde dodaje kako je starost doba i mnogih zadovoljstava, kao što je to uostalom tvrdio i Ciceron. Ne mora se, veli, starac bojati smrti većma nego mladić. Govori o nekom Pakuviju, razvratniku, i pijanduri koji davaše da ga svako veče meću u mrtvački sanduk, i da mu uz muziku kliču iste reči: „On je živeo! On je živeo!" Seneka preporučuje i ozbiljnim ljudima da ovo isto čine. Treba, kaže Seneka, misliti svako jutro kako je ovo poslednji dan života, a sebi večerom ponoviti reči: „Ja sam umro! Ja sam umro!" Kad se i sutradan čovek probudi ponovo živ, treba da veselo klikne: „Zadobih još jedan dan!" Samo tako će, mislio je ovaj mudrac, čovek osetiti šta je odista i zadobio svakim novim danom. Čini mi se da su ipak Rimljani gledali na smrt s mnogo više straha negoli stari Grci, naročito sudeći po lamentacijama koje su bile ispisane na grobnim spomenicima. Štaviše, u Rimu se nikad ni za koga nije reklo: „umro je", nego: „živeo je", da ne bi spominjali strahotu smrti.

Putovanje, to je danas velika uteha ogromnog broja staraca. Danas putuje svako ko ima zdravlja i novca, a putuju stari kao mladi. Sretao sam po Egiptu i po Siriji na dromedarima vojske staraca i baba iz svih krajeva sveta; a naći ćete ih takve iste po svima okeanima, i po najvišim bregovima naše planete. Za ovakav slučaj se zaista nikad pre nije znalo. Ljudi su čoveka nekad smatrali starcem i pre vremena. Čak i za vreme Luja XIV, svi Molijerovi ljubavnici imali su uvek ili dvadesetak godina, ili još manje, a njihovi roditelji su smatrani starima, iako su bili stalno za roditelje uzimani ljudi od četrdeset godina. Istina, ni u antičko vreme, ni u hrišćansko doba, nisu starci nikad kao danas toliko pazili da spoljašnje lepo izgledaju, i da imaju mladićko držanje, da sportom zadrže stas, i da negom sačuvaju zube i kosu. Viktor Igo je umro kad je imao preko osamdeset godina, a umro je sa svim zubima i celom kosom. Antički starci zaista nisu mogli biti lepi, jer su bili najčešće ćelavi i redovno krezubi; niti su mogli imati herojski stav prema mladima, kad još vatreno oružje nije bilo postojalo, a kad se staračkom mišicom nije mogao starac boriti ravnopravno i s mladićem. Zato je starac bio onda u svemu bednik. Rimljani su se zato već u izvesno doba života sasvim povlačili iz grada, i išli da žive na selu: Scipion u Laternu, Ciceron u Tuskul, Horacije i Mecena u Tibur, Dioklecijan u Salonu, Plinije Mlađi na jezero Komo. Samo starost je mogla naterati i španskog imperatora Karlosa V da se povuče i svrši kao pustinjak u Manastiru Svetog Justa, pošto je pre toga za njegovu mladalačku megalomaniju prolivana krv punih pedeset godina. Mislim svakako da nema dva nesrećnija primera staraca nego što su dva najveća vladara latinske krvi: Avgust i Luj XIV. Zaista, ko se bude sećao njihove starosti, neće se nikad plašiti smrti ako dođe i pre vremena.

Pun je veselosti prema životu duhoviti epitaf Simonida, antičkog grčkog pesnika, nekom bonvivanu: „On je dobro jeo, dobro pio, i mnogo se nagovorio rđavog o ljudima: ovde počiva Timokreon iz Rodosa.” Ali su ipak njegovi zemljaci redovno slikali starost samo crnim bojama, i to većma grčki filozofi negoli grčki pesnici. Od latinskih pisaca niko s više užasa ne opisuje starost nego Juvenal u svojoj desetoj satiri. Starac je za njega nakaza, jer ima ružnu kožu, viseće obraze, duboke brazde. Svi su mladići među sobom različiti, takmičeći se u lepoti lica, snazi i gipkosti stasa; a samo su starci u svojoj bedi svi jednaki. Drhte im glas i udovi, nemaju kose, uvek su mokrog nosa, kao deca, i ne mogu bez zuba da mirno jedu svoj hleb. Ne znaju više odavna za ljubav, i cela noć ženskog milovanja ne bi starca oživela. Ali ni to nije sve. U teatru ne čuje glasove; jedva ako čuje i trube. Mora čovek da zaurla da bi ga starac čuo. Jedan je izgubio vid i zavidi čak i ćopavom. Sve ih boli, i na sve se tuže. Drugi ljudi im meću hranu u usta, koja drže otvorena, kao tić lastavice. I što je gore od svega, kaže dalje Juvenal, to je što izgube i pamet. Starac se stoga ne seća više ni imena svojih robova, ni čoveka s kim je sinoć večerao, ni dece koju je sâm rodio i odgojio. I kad starac najzad napravi svoj testament, ne ostavlja ništa svojoj deci, nego sve samoj Fijali, bludnici, koja je godinama živela u prostitutskoj kući, i koja je starog zaludela svojim otrovnim dahom. Najzad, Juvenal dodaje da čak ni starac koji uspe da sačuva svoju snagu, nije srećniji od drugih staraca: jer koliko se taj bednik napati sahranjujući ženu, i decu, i prijatelje, i poznanike. Cela starost prođe u crnini i stalnom oplakivanju drugih. Čak i Homerov Nestor, kralj iz Pila, koji je živeo koliko i vrana, najzad kuka pitajući bogove kakvo im je zlo učinio da mu dadnu tako dug vek. A ni trojanskom kralju Prijamu nije služio njegov dugi vek nego da najzad vidi svoju Troju u ruševinama. Njegova žena kraljica, preživevši i njega, onako svirepa, počela je da laje kao kučka. Tako govori Juvenal.

Ali dodajmo ovde — za našu utehu — da su, od vremena Seneke i Juvenala, promenile u našim očima svoj izgled i smrt i starost. Danas se ljudi manje plaše smrti nego ikad pre u istoriji. U viteškom srednjem veku su ratnici oblačili i sebe i konja u teški čelik, a danas se ljudi bore otvorenih grudi pred najvećim mašinama smrti, i pred otrovnim gasovima, i lete hiljade metara visoko u vazduhu, i spuštaju se u velike morske dubine. Čak se izlažu smrti samovoljno, u interesu nauke, i čak u sportu, i po ledenim polarnim predelima, i po ognjenim zemljama ekvatora. Nikad smrt nije izgledala sićušniji problem nego danas kada je život postao tako krupan zadatak. Isto se ovako od vremena Seneke i Juvenala izmenilo i pitanje starosti. Moglo bi se reći da čovek ostari samo ako to sâm hoće. Ima danas ljudi koji po velikim gradovima prožive ceo dugi čovečji vek, i ne osećajući da su stari. S ogromnim napretkom civilizacije, smrt je izgubila gospodarstvo koje je nekad imala nad ljudskim duhom. Zaista, treba sebi stvoriti ne samo sredstva za život nego i ideju o životu. Hrišćanstvo nas uči kako ćemo u veličini umreti, ali nas samo antička umetnost uči kako ćemo živeti u lepoti i spokojstvu; naročito grčka umetnost, pošto je cela bila upućena da u čoveku razvije osećanje spokojstva na zemlji. Primer pesnika Getea je bio naročito zanimljiv. Gete nije mogao da vidi u Italiji prerafaelitske slike, ni vizantijske mozaike, ni gotske ornamente; međutim, bio je sav zaluđen antičkim uzvišenim i smirenim delima renesanse. On je zatim i celog života bežao od svega sumornog i jezivog koje je hrišćanstvo unelo u civilizaciju, a naročito se nije odvajao od Homera. Mirnoća i lepota Geteove starosti nije dolazila od njegovih gospodskih ministarskih sredstava za život, nego od njegovih ideja o životu. On je rado isticao u životu i pitanje dužnosti, kao uslov čovekovog opstanka, i verovao da život traži od čoveka svoja prava. Ali je bio uzvišen iznad svih nasilja društva, stavljajući sebe uvek iznad njega, ne zagorčavajući sebi dane sitnicama, i gledajući stalno u najvišu tačku; a samo je tim Gete i sačuvao večnu mladost i olimpijski mir. Čak je u šezdesetoj godini bio iskreno zaljubljen u mladu Minu, verujući da je to možda prvi put što voli; a posle sedamdesete je prosio ruku male Ulrike, verujući i da će biti srećan muž. Iako je bio pisac pesme o Faustu, koja je gorka priča o usamljenosti genija, i pisac nekoliko drugih vrlo tužnih knjiga, Gete je ipak svoju ljubav za život uvek stavljao iznad svog osvedočenja o životu. Proširio je svoj život i svoje duhovne strasti do krajnje mere mogućnosti. Gete je bio srećan jer je bio hrabar; i živeo je koliko i Platon, jer je verovao što i Platon. Dve su stvari održale Getea večno mladim: antički ideal i ljubav za žene, dva najčistija izvora čovekove radosti.

Međutim, možda ideja o starosti dolazi uvek većma od temperamenta nego od uverenja. Gete je inače bio čovek hladan, organizovan, pedantan, samoživ, ali i bez preterane sujete. Bio je dvorski čovek, ali u jednom malom dvoru, i društven čovek u jednom malom društvu. Takav nije bio slučaj Leonarda da Vinčija, najvećeg čoveka modernog doba, i koji je Geteu u mnogom pogledu mogao biti najbliži. Leonardo je bio preterano slavoljubiv, voleo zabave, ludovao za svečanostima, gramzio za raskoši. I on je bio dvoranin kod kneza Lodovika Mora, veliki ljubavnik, sjajan kozer, duhovit ironist, rođen čarobnik. Kao mlad, zanosio je svojom fizičkom lepotom, otmenošću držanja, plemenitošću srca, sveobimnom učenošću. Niko mu nije bio ravan. Na obali morskoj u Pjombinu sluša more, proučavajući po kojim se fizičkim zakonima valovi razbijaju o obalu, kao što je prema svom sopstvenom zakoniku udešavao akustiku po lombardskim crkvama. Na Lodovikovom dvoru svira u neku srebrnu liru koju je sâm izmislio, a po severnoj Italiji kopa kanale prema svojim novim sistemima; podiže tvrđave prema svojim planovima, a po tvrđavama izliva topove kako ih je sâm zamislio. Istovremeno kad po crkvama slika najlepše Hriste koji su dotle slikani, pronalazi mašinu za letenje. Zato je starost ovakvom čoveku izgledala najveća anatema bogova. Kada je iz Milana otišao da okuša novu sreću u Rimu, onamo je zatekao Rafaela kojem je bilo trideset godina, i Mikelanđela kojem je bilo četrdeset, dok je Leonardu bilo šezdeset. Rafaelo je bio božanski lep, bogat i ljubak, i govorilo se da je u njemu ujedinjen Platon i Hristos, a Mikelanđelo je bio ružan i neprijatelj Leonarda, jer ga je smatrao nepatriotom, ulizicom bogataša, gramzivom za tuđ novac. Zato je Leonardo, kako Vazari priča, pred smrt pao u versku ekstazu, pričestio se i izjavljivao gorka pokajanja za svoje naučne misli, a testamentom je naredio tri velike mise i devedeset malih crkvenih službi, s mnogo popova i ogromnim brojem kaluđera. Sve se ovo događalo Leonardu u godinama života u kojim je olimpijski Gete osećao sebe najsvežijim, počinjao skoro novu književnu akciju, i zaljubljivao se u žene. Leonardo je umeo sve, ali nije znao kako treba ostariti. Za sujetne ljude starost je najsvirepije iskušenje.

5.

Jedna od najstrašnijih nesreća starca, to je osećanje usamljenosti. Starac je čovek koji više nema prijatelja. Stari prijatelji su ga delom izneverili ili napustili, a delom ohladneli; drugi su otputovali drugde, a treći su pomrli, četvrti prešli među neprijatelje. Malo ko ima interesa da traži prijateljstvo starca, čak i kad može da podnosi njegovu starost; a svet podnosi starca samo ako je duhovit ili bogat. Ni njegova deca nisu očarana kad ga neprestano imaju pored sebe; čak društvo starca utiče loše na vaspitanje životne radosti među mladima. Starac je samac, a ako nije tvorac, on postaje očajnikom već pre svojih šezdeset godina. Svakako, već od pedesete godine čovek više misli na smrt nego na život.

Stari ljudi vole mladost, ali ne vole mlade ljude. Mladić, to je za starca onaj koji mu je oteo sve što je do juče bilo samo njegovo. Čak i kad je mladić njegov sin, on ga voli više instinktom nego razumom. Starac oseća da se pored mladića njegova nesreća smatra porugom; ovaj ga je osiromašio, oteo mu ženu, a sutra će mu oteti pare i kuću. Zatim, mlad čovek je skoro uvek njegov protivnik u svakom mišljenju. Mlad čovek ističe nove ideje, a star čovek ističe samo staro iskustvo. Jedan uvek gleda napred, a drugi natrag. Zato nove ideje dolaze od mladih ljudi, a sve predrasude dolaze od staraca. Mladi političari se bore među sobom uvek za nešto što će tek postati; a stari političari se svađaju raspravljajući samo stare račune i stara zlopamćenja.

Tuga starosti kod žene prevazilazi svaku tragediju čovekovu. Žena sudi svoju mladost samo po svojoj lepoti. Samo dok je lepa, smatra da je i mlada; a lepom se smatra samo do tridesete godine. Već odatle počinje očajanje i borba s prvim fantomima starosti. Izbegava mlađe žene od sebe, i druži se s ružnim drugaricama; sa užasom sluša reči o godinama; ne veruje više u svoju moć nad čovekom ako se samo pojavi i malo mlađa žena, ma koliko inače bila u svemu inferiornija. Bezumno traći novac da nadoknadi gubitak mladosti, kupujući sve što misli da može da prikrije propadanje njene lepote: raspikućske nakite i toalete. Ona ne veruje da lepota žene nije u lepoti i preciznosti crta, nego u ljupkosti duha i otmenosti duše. Ni svežina tela, ni čar pogleda, ni duhovne ni moralne odlike, ni dobrota i nežnost, ništa od toga ne prestaje s mladošću. Ali sve uzalud, jer to ženi nije dovoljno. Žena hoće brza i besna osvajanja koja može učiniti samo vrlo mlada žena. Jer retko koja žena hoće da osvoji duhom, još manje dušom, najmanje dobrotom. Zato nema kobnije sudbine nego što je sudbina jedne lepotice. Dok je mlada i lepa, svi je okružuju i svi je osvajaju, a čim poveruje da je prestala biti neodoljiva, počne da veruje i da je postala odvratna i izlišna. Gospođa Rekamije, najlepša žena svoga vremena, kaže da je osetila kako je prestala biti lepom čim se deca u Savoji nisu više okretala za njom.

Međutim, bilo je mnogo slavnih lepotica i u dubokim godinama starosti. Brantom ih pominje mnogo, čak i neke velike dame iz svog doba koje je lično poznavao. Groficu Valantinoa video je kad joj je bilo sedamdeset godina, i bila je još savršena lepota; a bio je u nju zaljubljen i jedan veliki kralj. Markiza De Rotlen, majka kneginje De Konde, imala je u dubokoj starosti najlepše oči u Francuskoj, i zanosila je mlade ljude. Gospođa maršala De Omon, očaravala je svet do kraja svog dugog života. Gospođa De Marej, baba žene Dofenove, bila je u stotoj godini prava i sveža kao u pedesetoj. Gospođa De Namur i gospođa admirala De Brion su u dubokoj starosti pravile velike ljubavne furore. Brantom nalazi i među antičkim ženama sličnih slučajeva. Persijski car Artakserks II Mnemon je od svih žena najviše voleo bivšu ljubavnicu svoga brata Kira Mlađega, koja se zvala Aspasija, i bila stara ali lepa. I Darije, sin ovog Artakserksa, isto tako bio je zaljubljen u istu ovu babu lepoticu, i tražio od oca da mu uz polovinu carstva dadne i ovu Aspasiju. Svi antički pisci su pominjali da je i lepa Jelena, u vreme kad su Ahajci razorili Troju zbog nje, bila već osedela žena; a ovo nije čudo kad se zna da je opsada Troje trajala punih deset godina.

Pa ipak treba ljubav u starosti smatrati za perverziju. Mlad muž još ima prava da veruje kako će sačuvati svoju ženu i kad je mlađa od njega, ali je starac siguran da mladu ženu neće sačuvati. Istina, bilo je i muževa često srećnih i sa ženama starijim od sebe. Muhamedu je bilo dvadeset pet godina kad se oženio udovicom Hatidžom, koja je bila od njega starija punih petnaest godina; Luj XIV je uzeo za ženu gospođu De Mentnon kad je njemu bilo četrdeset pet a njoj četrdeset osam. Istina, arapski prorok Muhamed, kad se po drugi put oženio, uzeo je Ajšu, devojku od četrnaest godina.

Osećanje starosti je za ženu, obratno od čoveka, jedno osećanje gorke sramote i duboke bede. „Znate li da mrzim život, i da sam očajna što sam uopšte toliko živela, a da me ne teši ni to što sam se uopšte rodila", piše svom prijatelju Horaciju Valpulu gospođa De Defan, u starim godinama, kad ju je najzad bila izdala njena poznata otpornost prema starosti. Dok je žena mlada, ona se boji samo lepše od sebe i bogatije od sebe; ali docnije se boji i počinje da mrzi svaku ženu od sebe mlađu. Zbog ovog se dogodi i da žena u izvesnim godinama prestaje više da traži prijateljice, a to je najzad dovede do očajanja. Žena ne sme ostariti, ni zbog muža, ni zbog društva. Čovek ostari, ali ne poružnja; a žena poružnja i pre nego što ostari. Jedino što može spasti ženu u starosti, to je plemenitost i kultura, koje znače večnu mladost.

Jedno je izvesno: starci su poročniji nego što su bili kao mladi ljudi; a to znači, između ostalog, da je fizička slabost još i izvor poroka. Mladost ume da se ograniči, jer je instinkt mera samom sebi; a kod staraca je ljubav jedna perverzija koja ne zna za meru jer živi u opsesijama. Rimski imperatori su bili najrazvratniji u starim godinama. Proždrljivost je naročito bolest starosti. Dve stvari o kojima se pod starost najviše govori, to su novac i kuhinja. Svi su starci zato po pravilu tvrdice na novcu i nezasiti u jelu. I jedno i drugo im zagorči poslednje dane: pre vremena ih umanji u očima drugih, i najzad ih odnese na onaj svet i pre nego što bi nestali inače. Naročito je sujeta jedan porok starosti. Kod mladih je ambicija jedan normalan izraz samouverenja, a kod staraca je sujeta jedna slabost prema sebi i netrpeljivost prema drugom.

Čovek ostari samo kad ostare sve njegove strasti. A ovo je vrlo retko kod kulturnih ljudi. Emerson je dobro zapazio da ima izvesnih misli koje nas uvek zateknu još mlade, a neke od nas čak i održavaju mladim; jedna je od takvih misli ljubav prema opštoj i večnoj lepoti. Svakako, mladi ne umeju da mere dobre strane starosti, jer nisu kroz nju prošli; i oni su često odveć oštri prema starima, jer je mladost istovremeno jedno ludilo, čak i jedno besnilo. U mladosti je sve nenormalno, raspusno i neuravnoteženo; sve u službi spola, koji je brutalan i nečovečan; sve u ambicijama, koje su preterane i zato nezdrave; sve u namerama u kojima se ne razaznaje nikakva pamet iskustva, jer te pameti mladi ljudi i nemaju. Često nemaju ni osećanja blagorodstva koje za dobru polovinu dolazi samo iz škole života. Ako su neki primitivni narodi starce kamenovali, to je znak da je mladost oduvek bila nezahvalna za život i hleb koje su im dali drugi. Docnije su bili neblagodarni i za ideje koje su poprimali od svojih prethodnika, kao gotove puteve u planini, i gotove mostove na vodi, a od kojih će ideja, i oni sami, s malo izuzetaka, živeti do kraja života. Netrpeljivost mladosti prema starosti je prvi znak moralnog bezumlja kod jedne generacije. Jer najviše su dela napravili ljudi kad već nisu bili mladi; mladi geniji su bili uvek izvanredno retki, da bi ih na prste izbrojali.

Čak su retki uopšte i ljudi koji su istinski mladi. Ako mladić od dvadeset godina ima morbidnu filozofiju života, i nepotpun instinkt za akciju, onda je on gotov starkelja. A ako mladić počne da obara pre nego što je išta sâm stvorio, i počinje da mrzi pre nego je išta duboko zavoleo, onda je on bliži nevaljalom starcu nego zdravom mladiću. Glavna odlika mladosti, to je samopregorenje. Istinski mlad čovek hoće uvek da umre za ono što voli, i nema vremena da mrzi. Ima ljudi koji nisu, uostalom, umeli da budu ni mladi ni stari. Sreće i vrline su odista podeljene prema decenijama života. Ako mladić ima osobine starca (sujete, mržnje, ogorčenja, ćud), onda to nije mlad čovek, nego star namćor. Naročito nije mlad čovek onaj koji ne voli slavu, makar kakve vrste. Prvi znak mladosti, to je hteti biti čuven i slavan: ljubljen od žena i obožavan od ljudi. Heroju Ahilu je bilo ostavljeno da bira ili dug život bez slave, ili kratak život sa slavom, i on je izabrao ovo drugo.

Najgorča je starost u kojoj je ideja o smrti neprestano u glavi čovekovoj. Međutim, ima mnogo ljudi koji su svojom mudrošću uspeli da nikad ne misle o smrti, zbog čega smrt nije za njih ni bila strašna, a čak nije ni postojala; ali najveći broj ljudi u starosti misli na smrt s većim razmišljanjem nego što su u mladosti mislili na ženidbu. Gistav Flober je govorio kako svaki dan mora da napiše nekoliko stranica da ne bi umro u strahu od smrti i starosti; ali je Žorž Klemanso u sedamdesetim godinama ne samo tek postao slavnim piscem nego je išao u Indiju i onamo lovio tigrove. Odista, starost nije nevesela, a može biti i radosna, ako je ne pomućuje bolest ili ne truje ovakvo stalno opominjanje na smrt. Ovo poslednje postaje bolešću staraca, zbog čega ne mogu ni da razumeju koliko ono što se izgubi životom, nadoknađuje smrću. Religije, koje su najdublje mudrosti, često su govorile ushićeno o životu, ali nikad nisu govorile o smrti sa užasom ili s ponižavanjem.

6.

Ljudi nas uvek plaše našim godinama, i kad smo mladi i kad smo stari: kad smo mladi, da smo nedozreli za velika dela, a kad smo stari, da smo postali nesposobni za velike namere. Zato nije slučajno što se u dobrom društvu ne sme govoriti o godinama života. I najmlađi žele da su mlađi nego što su; i najstariji izbegavaju da broje svoje godine, jer je to najžalosnije od svega čovekovog računanja. Utvđivanje nečijih godina više je pakost nego kakva potreba za saznanjem. Kad pitaju nekog koliko mu je godina to je isto toliko bezumno kao da ga pitaju koliko je njemu kilograma; jer ni godine ni kilogrami ne znače ništa za čovekovu duhovnu i moralnu snagu, a ona se jedina može uzimati u obzir. Za lepotu i gospodstvenost jedne žene godine isto tako malo znače. Žena nema ni onoliko godina koliko oseća da ih ima, nego onoliko koliko drugi osećaju njene godine. Još tačnije rečeno: žena ima samo onoliko godina koliko to izgleda čoveku koji je voli.

Dante je počeo svoju *Božanstvenu komediju* u trideset petoj godini, a završio u pedeset šestoj, posle čega je umro. Njegovi neprijatelji su bili izdali za njim poternicu, a republika je bila donela zakon da se Dante ubije i spali gde bude uhvaćen. Da Dante nije tako živeo vek koji mu je bio potreban, ne bi imao ni onih dvadeset godina života koliko je upotrebio da svrši svoju veliku hrišćansku poemu, bez koje bi kosmos bio umanjen. Godine, dakle, treba da broje samo sitni ljudi. Veliki ljudi nemaju vremena da broje godine koje su prošle, nego godine koje im još ostaju da ostvare svoje krupne namere. Prema tome, ne vredi broj godina drugačije nego samo u odnosu s čovekovim stvaranjem. Najlepša je godina pedeseta. Za normalni duh i telo, ovo doba čovekovo prevazilazi vedrinom i snagom čak i mladalačke godine koje, za nesreću, imaju četiri glavna poroka: uzrujanost od nerazumnih želja, napon ludih prohteva, slepilo strasti, netrpeljivost i nepomirljivost.

U pedesetoj godini čovek se priprema za starost koja počinje od pedesete, odakle zatim mnogi idu brzo nizbrdo, ili naskoro sasvim nestanu. A starac, to je samo čovek od sedamdesete. Posle sedamdesete često nije više ni starac, ni čovek, nego biljka i mineral. Samo izuzetni, i od prirode privilegovani ljudi, mogu bez velike bede podnositi godine koje su s onu stranu sedamdesete. Nekoliko velikih grčkih mudraca prelazilo je osamdesetu, i dolazilo čak i do stote, ali se ne pominje u kakvom stanju. Međutim, cenzor Katon se istakao najviše u starosti, a Ciceron kaže da u Rimu niko u to vreme nije bio nit silniji nit pametniji od starog Katona.

Svakako, jedno je starost, a drugo senilnost. Starost je duboko doba života, a senilnost danas znači fizička oronulost i duhovno rušenje. O ovakvim je starcima govorio Juvenal. Ali ima, naročito danas, i takozvana zelena starost, kada čovek živi i stvara mladićki do kraja života, i umre neprestano aktivan na važnom poslu naučnom ili državnom. Pametni Francuzi kažu: *âge, oui; vieux, non!* A ima i prerana senilnost kad je čovek pre četrdesete slab kao krpa, i suv kao prut. Grci su pod imenom starca uvek smatrali oronulog čoveka, a ne čoveka koji se neprestano bori i koji neprestano stvara. Tako jedan grčki filozof oplakuje pravu starost ovim jezivim rečima: da je život kao naš gazda kuće, kojem kad najzad ne možemo više da plaćamo kiriju koju traži, on nam ukine vodu, pa vatru, i zatim izvali vrata i prozore, dok najzad i nas ne izbaci na ulicu.

Starci su obično vrlo hrabri ljudi. To je za dobru polovinu stoga što starci najbolje poznaju pravu vrednost stvari za koje se ljudi žrtvuju, ali i zato što su u poslednjim godinama svi ljudi ravnodušni prema smrti. Čini mi se najslikovitiji primer ovakvog starca-heroja je mletački dužd Enriko Dandolo, koji je zauzeo polovinu nekadašnjeg Istočnog rimskog carstva za Veneciju. Bio je slepac, i imao osamdeset godina kad su ga izabrali za dužda, a devedeset osam kad je kao komandant venecijanske flote zauzeo Carigrad. U času kad je vojska trebalo da izađe na obalu, i čim je most bio bačen, stari i slepi dužd je prvi s mačem u ruci jurnuo napred. Ima mnogo sličnih primera i u rimskom dobu. U srpskoj istoriji, koja je cela samo jedan životopis velikih heroja, opevaju se starci hajduci, kao Starina Novak i Mijat harambaša, i kao što se i u kosovskoj epopeji opeva veliki junak starac Jug Bogdan, veličanstvena iako, nažalost, nedovoljno izgrađena ličnost.

Ima jedno žalosno doba u našem životu kad čovek oseti da poznaje više mrtvih nego živih. I još gore: kad više misli na mrtve nego na žive. I što je najgore: ima i takvo doba kad se čovek ne može da odbrani od uspomena na takve pokojnike, i kad ga oni podsećaju svakom prilikom kojom prođe, za svakim stolom gde sedne, u svakom poslu koji radi, u svima namerama koje imadne. Oni ga progone po kući, navrh planine, nasred mora. Čovek je istinski prestao da živi svoj život tek kad naiđe ovakva perioda borbe s prošlošću koja sve nadvisi i nadglasi, i gde sadašnjica izgleda nešto usko i bespredmetno.

7.

Pesnici su naročito bili očajnici u starosti. To je zato što su pesnici večito zaljubljeni, i što njihova ljubav ne prestaje ni u starosti. Žene su u životu pesnikovom stavljene u središte svih sreća i nesreća; ili, bolje reći, ljubav stoji u pesnikovoj sudbini kao izvor svih veličina i svih katastrofa. A sa starošću propada i ljubav; niti više volimo, niti nas više vole. Međutim, samo potreba za ljubavlju ostaje isto onako moćna kao i uvek pre; čak su možda ljubav i novac dve magije koje nikog ne napuste do kraja života. Pesnik većma želi da ga žene vole, nego da ga ljudi obožavaju. Ako je koji pesnik bio odveć lakom na slavu među ljudima, to odista nije bio veliki pesnik, ni uopšte pravi pesnik. A koji čovek nije ludovao za ženama, nije izvesno ni mudrovao među ljudima. Lamartin, inače toliko uvek umeren u ljubavi, osećao se bedan kad nije više dejstvovao na žene, čak ni svojim duhom koji mu je, međutim, bio ostao mlad do kraja života. Stoga se jadao što nije imao sreću da umre na vreme. A na vreme, to je ovde značilo umreti kad se mre u zagrljaju zaljubljene žene. Drugi veliki pisac, Stendal, koji ni u mladosti nije bio voljen zbog svog velikog trbuha i svojih kratkih nogu, imao je pravi užas od starosti. Jednog dana, gledajući u Rimu zalazak sunca sa stepenica Svetog Petra u Montoriju, najednom se setio da je ušao u pedesetu godinu, i tada je osetio bol kao da ga je pogodila neka velika nesreća. Pesnici su u starosti žalili ljubav većma nego i kraljevi; jer žene bar nisu nikad i ničim pokazivale starim kraljevima da su kao starci manje ljubljeni nego njihovi najmlađi dvorani. Uostalom, kod izvesnih kraljeva su bile njihove ljubavi većma lične sujete nego istinska obožavanja za žene. Oni su uvek najvećma obožavali sami sebe, a izvesno najmanje ženine ljubavi ili ženske superiornosti. Najveći ljubavnik među kraljevima je bio Luj XIV, a svako zna kako su bedno završile sve njegove ljubavnice. On je plakao u mladosti iz ljubavi za suludu Mariju Mančini, ali nije plakao u starosti iz ljubavi za pobožnu gospođu De Mentnon. Ovaj kralj je i sâm u svojim memoarima govorio da ko želi izbeći neprilike što dolaze od ljubavi treba da naročito pazi na dve stvari: prvo, da žrtvuje ljubavi samo onoliko vremena koliko mu ostane od njegovih ozbiljnih poslova, a drugo, da dajući ženi svoje srce, nikad joj ne dadne i svoju pamet. Izvesno, ovaj kralj, veliki ljubitelj pesnika, nije ovde mislio na pesnike nego na kraljeve. Pesnik stvara samo u ljubavi, i samo kad izgubi pamet nađe velike puteve strasti i sna, iz kojih u njega sve potiče.

Najveći nesrećnici u starosti, to su nekadašnji donžuani. Ima ljudi koji od žene naprave centralni problem života, a to onda postane strašću koja se izmetne u zanimanje i zadatak. Trčati za ženama uzima vreme, izmori misao, izlomi noge; a pisati pisma i odgovarati, očekivati sastanke i tamo odlaziti, to je cela jedna krupna i zamršena administracija, koja često prevaziđe snagu izvesnih ljudi. Ima nesrećnika koji su takav posao shvatili ozbiljnije i brižljivije nego što svoju dužnost shvati činovnik, sveštenik i vojnik. Imaju razne periode ove ljubavne manije, prema raznim dobima života: do dvadesete godine, idealizam za žene; od dvadesete do tridesete, samo strast; od tridesete do četrdesete, duhovna i fizička navika; od četrdesete do pedesete, sujeta i samoljublje; a od pedesete do šezdesete, manija i opsesija. Ako donžuan nije požurio da zbrine starost, ostavivši ženu pre nego što ona napusti njega, onda je njegova tragedija kobnija od svih drugih.

8.

Ciceron, koji je bio jedini od antičkih mudraca koji je ostavio svoje misli o starosti, napisao je svoje malo delo da teši sebe i svog druga Atika, jer su obojica počeli da stare. Za starost kaže da je teža nego breg Etna. Ali dodaje da su sva doba života tako isto tegobna ako čovek ne zna da ih iskoristi u časti i sreći; jer čovek ne može naći zlo u tome što se potčinjava zakonima prirode ako traži sreću u vrlinama. Ko je mudrac, mora da ide za tim zakonima, inače čovek ulazi u borbu s prirodom, kao što to rade giganti. Ljudi osećaju u starosti da ih napuštaju uživanja i prijatelji; ali to se događa i u mladosti ako su ljudi loše ćudi i po duši nezadovoljni životom. Samo onaj koji živi za vrline, zadobija kroz sva doba i uživanja i prijatelje. Za starost kažu i da nosi bolesti i da nas ona primiče smrti. Naročito, ona nas odalečuje od posla. Ali kakvog posla, pita Ciceron. Svakako ne od umnog rada. Na brodu telesne radove rade mladi i snažni, ali na krmi sedi i starac, jer je uvek snažan umom. A ovo je važnije: jer mudrost upravlja a telo samo sluša. Katon je odustao od ratovanja koje je bilo njegova karijera, ali je zatim do kraja života zapovedao Senatu kako da radi. Nije služio više zemlji mačem i kopljem nego savetima, opreznošću i besedama. Da starost nema ova dobra, ne bi postojao ni senat; a u Sparti su ovu prvu državnu službu poveravali starcima, koji su bili ponos države. Ciceron nastavlja govoreći da nije tačno ni to što kažu da se u starosti gubi pamćenje. Naprotiv, grčki filozofi su radili do poslednjeg dana, a sabinski starci su uvek na poslu pri poljskim poslovima: oranju, sejanju, žetvi, jer se bez njih ništa ne uradi. Solon se hvali i stihovima svojom starošću, učeći svaki dan kao da će večno živeti. Mnoge su stvari u starosti ucvelile čoveka koji je dugo živeo. Ali nas i u mladosti isto tako ucveli ono što je tužno.

Ne treba, kaže dalje Ciceron, odveć ceniti snagu mladića, ne više nego snagu bika, nego uživati u onom što imamo. Nepromišljenost mladih ljudi uništavala je ponekad i države, a starci su ih zatim ponovo vaskrsavali. Cecilije kaže da starci koji dugo žive, postanu teret za drugi svet. Ali Ciceron misli, naprotiv, da svako traži pouku od starih ljudi, a to znači da je starost uvek aktivna i uvek korisna. Svi plemeniti i umni starci su bili okruženi mladim ljudima. Ljudska slabost, kaže dalje Ciceron, dolazi od ljudskih poroka, a ne od ljudskih godina. Homer peva Nestora s čijih je staračkih usta još tekao med rečitosti i mudrosti. Da je pod Trojom bilo desetak mudrih Nestora, brže bi bila pobeđena. Persijski car Kir je u starosti još sebe smatrao mladićem, a Katon je za sebe govorio da ni u senatu ni na tribuni nije osećao starost, iako je imao osamdeset četiri godine. Atlet Milon je u stadiju trčao noseći vola na plećima, ali niko ne može porediti njegovu snagu sa snagom Pitagore. Starci ne treba da žale mladost većma nego što mladići žale detinjstvo. Detinjstvo je doba vatre, slabosti, mladost doba bujnosti, ali starost je doba ozbiljnosti.

Veliki prekor koji čine starosti, to je što se ona mora odreći sladostrasti. Ali treba, naprotiv, blagosloviti starost koja nas najzad spase te tegobe mladalačke što nas baca u sve preteranosti. Izdajstva, revolucije, podlosti, brakolomstvo, zločini, dolaze od naše želje za uživanjima. Ciceron ovde navodi misli Arhita iz Taranta koji odriče tako razuzdanim duhovima da mogu uopšte biti sposobni za ozbiljno razmišljanje. Starost uživa u stvarima duha, a te su stvari najvišeg roda među svima stvarima. Starac u selu uživa u klijanju i plođenju svog semena, i ta starost zemljoradnika je najblaža od svih starosti. Naravno, kaže dalje Ciceron, da se ne možemo ponositi starošću nego samo delima svog dugog života. Ipak su Spartanci poštovali starce zbog starosti. U Atini je jedan starac ušao u teatar, a kako se niko nije dizao da mu ustupi svoje mesto, to su učinili ambasadori iz Sparte koji su se tu našli toga dana, i kojima je publika atinska za tu pažnju živo pljeskala. I među rimskim augurima se na skupštini daje prva reč najstarijem, što vredi više, veli Ciceron, nego sve slasti mladalačke. Ni poroci staraca ne dolaze od njihovog temperamenta. Starci veruju da su napušteni, prezreni, izigrani, i zbog toga su uvređeni; ali takav nije slučaj umnih staraca.

Život starca je tako kraći nego život mladića; ali zato što mladi ljudi više boluju i teže se izleče nego starci. Uostalom, čovečji život je uopšte tako kratak da ga ne vredi premeravati, kaže Ciceron. Mlad umire s bolom i užasom, a starost se gasi neosetno, što znači jedno dobro. Naročito ne treba žaliti onog koji umre da bi zatim ušao u besmrtnost.

Ovako je pisao Ciceron da bi sebe tešio. Naročito se hrabrio besmrtnošću duše, u koju su verovali i Sokrat i Ksenofont. On završuje sa željom za sve ljude da dočekaju starost kako bi i sami uvideli koliko su njegove tvrdnje osnovane.

Treba ovde dodati da sâm Ciceron nije doživeo pravu starost, jer je udavljen tek što je bio prešao šezdesetu. A zdrav čovek, i naročito mudrac, u šezdesetoj godini nije starac nego jedva na pragu starosti. Samo bolesni ljudi i ljudi male pameti u šezdesetoj ne samo da ostare nego i oblesave. Plašljivci čak i ne ostare nego pomru pre vremena od straha. Heroji, ako ne poginu, obično dožive duboku starost. Starost je, dakle, jedna privilegija hrabrih i mudrih, a to ide na njenu veliku čast i ponos.

9.

Nesumnjivo, starost je čovekova nesreća; ali je to i jedina od svih nesreća koju svaki čovek sâm sebi želi, i za koju moli Boga, i zbog koje i radi. Nema nikog ko ne bi želeo da ostari, i čak da doživi vrlo duboku starost. Nema ni starca koji ikad iskreno zaželi da umre. Niko nije izvršio samoubistvo samo zato što je ostario. Ima i staraca koji najzad postanu i zadovoljni svojom sudbinom, i koji, s izvesnim ponosom za sebe, žale svoje drugove iz detinjstva što su popadali putem života, ne dočekavši njihove godine. Ima i ljudi koji su ostvarili svoje planove tek u svojoj starosti, i zato se osećaju blaženim što su uspeli da dožive bilo slavu kakvog svog javnog rada, bilo neku sreću svoje porodice. Starost, dakle, nije nesreća. Nesreća je starost jedino kad čovek i samog sebe preživi; a to je kad više ne stvara, niti više učestvuje u životu.

Spartanci su zaslužnijim ljudima u njihovoj starosti davali počast doživotnih senatora, da sude mladim ljudima o njihovoj hrabrosti; a Ksenofont ovde kaže da je Likurg na taj način napravio od starosti nešto časnije nego što je i mladićka hrabrost. Uostalom u svima kulturnim narodima se odaje počast ljudima sedih vlasi. Platon u svojoj knjizi *O državi* traži naročito poštovanje za starce. U srpskom narodu mladi ljudi pozdravljaju starce skidajući kapu, a žene ih pozdravljaju ustajući s mesta; najzad, u našoj seljačkoj zadruzi je najstariji domaćin bio gospodar i sudija. Neosporno, ima mnogo staraca koji su bez ikakvih zasluga, ili koji su čak bili i štetni za društvo; ali prosečno, svaki starac je zaslužan za porodicu, a prema tome i za društvo. Za vreme Francuske revolucije odredio je bio Sen-Žist, učenik Platona, da se starcima dadne „ešarpa starosti", neka vrsta legije časti za zasluge prema potomstvu. Odista, starac je faktor razvitka, prsten u lancu napretka, stub crkve i države. Zato je nepoštovanje staraca bila osobina samo varvarskih naroda i divljačkih plemena; a sve što se ide dalje u civilizaciju, starci postaju uvaženijim, mestimice i svetiteljskom figurom. Njegovo je iskustvo ravno učenosti; njegov duh i neukaljan život je ravan herojstvu; a njegova vernost principima zajednice i otadžbine ravna je veličini i zaslugama istorijske ličnosti. Potomci žive ne samo od legendi svojih predaka nego i od onog što su ti preci otkrili po rudnicima, podigli u zgradama, sagradili u putevima, ostavili u gotovom novcu, zaveštali u nauci i umetnosti. Starac je predak, ali i dobrotvor; a nacije žive najpre od slave i zasluga predaka koji su ostarili stvarajući za one koji dolaze, pa tek onda od zasluga onih koji su došli posle njih. Zevs je slikan kao otac bogova i ljudi, i Hronos kao otac sveta; a hrišćanski Bog je slikan kao starac, jer je istovremeno i tvorac ljudi i tvorac kosmosa, znači Hronos i Zevs ujedno. Blaga i duboka hrišćanska religija je u licu samog božanstva obožavala starce.

Mudrac ne može pasti u očajanje, zbog starosti, jer je mudrac mlad dokle god mudruje, znači dokle god misli. A mudrac misli do kraja svog veka, jer nikad ne može iscrpsti svoje predmete razmišljanja. Čak što je neko duže mislio, sve je većma otkrivao takve predmete. Mudrac je u stalnoj vezi s energijom života i s ljudima; i nije ni u starosti napušten, nego je, naprotiv, tražen i voljen zato što je mudrac. Čovek samo u starosti dođe do izvesnih ideja i osvedočenja, na koje nikad u zaslepljenosti mladalačke strasti ne bi mogao doći. Zato je starost i jedan faktor duhovnog usavršavanja čovekovog. Najzad, u haosu ličnih sujeta, i u sukobu ljudskih interesa, starac je element mira i pomirenja. Stoga je starost i jedan veliki element poretka i harmonije.

O PESNIKU

1.

Nauka vidi sve u evoluciji, a pesnik u večnosti: znači u vremenu koje se ne daje opredeliti ničim, pa ni etapama. Nauka vidi stvaranje i razvijanje, a pesnik razgrađivanje i rušenje. Nauka vidi trijumf života u novom listu koji izbija iz stare grane, a pesnik već vidi uvelu granu u novom listu. Za nauku je sve radost u obnavljanju, a za pesnika je sve u drami raspadanja. Nauka sve vidi u zatočenju hladnih prirodnih zakona, a pesnik sve humanizira: iznad svega stavlja senzibilitet ljudski. On sve meri po sudbini čovekovoj koja je prolazna, i zato neizmerno tragična. Za nauku je čovek deo sveta, a za pesnika je svet deo čoveka. Praveći od sudbine svemira svoju sudbinu ljudsku, i obratno, život tim postaje samo jedno crno more tuge i čemera, izliveno na sve stvari i na sva bića. Ovaj slučaj čini tragičnost pesnika koji je prvi da to oseti i otpati. Svi su veliki pesnici bili tužni: Sofokle, Šekspir, Dante i Gete; i svi veliki muzičari, kao Betoven i Šopen; i svi veliki filozofi, kao Heraklit i Platon. Lepota i tuga bile su svagda rođene sestre. Čak i u staroj Grčkoj nije bila umetnost bez mnogo tuge. Bakhilid, jedan njen pesnik, kaže da su najočajnije pesme svagda najlepše pesme. Za pesnika sve je lepo, ali i sve tašto. Sve je najlepše što je stvoreno, ali sve je i jače od čoveka. Zato su svi pesnici tužni po svojoj filozofiji. Sva su pesnička dela melanholična, i najbolje delo je u isto vreme i najtužnije. Sve na svetu je u vezi s čovekom, jer sve postoji samo utoliko ukoliko postoji za čoveka i njegovu sudbinu. A sudbina je tužna. Nauka meri duhom koji je ograničen, a pesnik meri dušom kojoj se ne znaju granice, i koja je u vezi s dušom stvari. Zato nauka samo konstatuje, a pesnik sudi; nauka o svetu misli, a pesnik o svetu oseća. Zbog toga se nikada nauka i poezija neće izmiriti, kao ni voda ni vatra. Nauka i kad misli da nešto tumači, ona samo klasifikuje fenomene. Zato se naučne istine često potiru među sobom, ali velike istine, koje su kazali pesnici, ništa nije demantovalo. Bekon je smatrao zakone Galileja kao proste dosetke, ali nijedan pesnik nikad nije mogao verovati da mračni determinizam, izražen u Edipu, ne odgovara najvećem zakonu opšteg života. Zato jedini koji tumači, to je pesnik koji svemu traži krajnji smisao, i koji oseća događaje oko sebe u njihovom bar jednom — možda i jedinom — odnosu: u odnosu prema čoveku. Zato je pesnik od svih drugih ljudi smatran najbližim božanstvu. Platon stavlja u usta Sokrata — u jednom dijalogu učitelja s rapsodom Jonom — svoju definiciju poezije: pesnik je nešto lako, krilato i sveto — tumač božanstva.

Odista, postoje samo dva tvorca u svemiru: Bog i pesnik. Prvi sve počne, a drugi sve dovrši. Tajna pesnikovog stvaranja isto je tako duboka i neobjašnjiva kao i tajna božjeg stvaranja. Ne zna se kako je postalo pesničko delo, kao što se ne zna kako je postao kosmos. Od toga kako se jedno delo začne u umu pesnika, i kako ono dođe do savršenstva izraza, to ne može ni sâm pesnik sebi da objasni. Tome je često povod najmanja sitnica, a celo građenje događa se u jednom mutnom i duševnom stanju koje zbunjuje i samog tvorca, i kojem filozofi ne umeju da nađu pravo ime. Zato pisci raznih estetika izgledaju pesniku obični klasifikatori gotovih slučajeva, onakvi kakvi su botaničari i zoolozi. Velika tajna u kojoj je začeto i ostvareno jedno umetničko delo, tako ostaje za sve i zauvek potpuno mračna. Da jedan čovek bude Šekspir, a da to ne bude drugi čovek iz društva tog pesnika, niti ijedan drugi čovek njegovog vremena, taj slučaj ostaje tajna možda naročite konstrukcije jednog organizma. Zato je pesnik potpuno drugačiji čovek nego posebice drugi ljudi; a, izvesno, nje-govo delo nije jedini dokaz za ovo tvrđenje. Čovek nije pesnik zato što stvara delo. On je samo viši od drugih ljudi zato što je jedini on njihova esencija; a govori kroz pesme, jer se sve veliko među ljudima izrazilo pevanjem. Veliki proroci govore jezikom velikih pesnika. Čak mnoge ptice i insekti, kad rade i stvaraju, pevaju. I ona toliko puta gorka nelagodnost, koju pesnik oseća u dodiru s drugim ljudima, čak i najboljim, i njegov napor da se prilagođava sredini koja je sva u kompromisima, dokazuje da je on večni stranac i među najbližim. Jedino mesto na kojem se on sreta s drugima, to je sublimna tačka ljudskog života: ideal. Na svakom drugom mestu, on je odrođen.

2.

Samo pesnik stvara, jer samo on misli da bi izmislio. Ko je god nešto stvorio, on je bio pesnik. Jer sve novo što je poniklo, poniklo je iz pomenute nedokučne tajne stvaranja: iz nečeg nerealnog koje je izvor sveg realnog. Pesnik je svagda i nepomirljivo idealista, jer sve gleda kroz ideal, to jest kroz prizmu savršenstva. To ne znači da pesnik nema osećanja stvarnosti, mogućnosti i nemogućnosti; pesnici su, naprotiv, jedini ljudi koji gledaju na stvarnost pomičući je uvek do njenih krajnjih granica usavršenja. On je super realan, onaj koji među ljudima vidi realnost jasnije nego iko drugi, jer je jedini on vidi u njenoj nepotpunosti i nedovršenosti. On najtačnije zna odakle treba da se doveže konac kojim se ide od današnje nepotpune stvarnosti do njenog sutrašnjeg usavršenja. Samo obični ljudi vide onoliko koliko postoji; tvorci vide i ono što ne postoji danas, a što može postojati sutra, jer inače ne bi bili tvorci. Realisti nisu ništa stvorili, nego su samo primenjivali tuđe stvaranje; a kad god su se odmakli od tuđeg uzora, oni su samo kvarili. U paradoksu rečeno: utopisti više vrede nego realisti, jer je mnogo puta jedna utopija samo začetak jedne istine; utopija, to je jedna ideja u njenom prvom zametku. Pesnik misli podsvesno; on je jedini sasvim intuitivan, i nije izmislica kad se kaže kako on ima jedno čulo više nego drugi ljudi. Jer stvarno, i ono što ne postoji, oni vide u obliku kao da postoji. Za sve druge ljude jedan komad belog mramora, jeste samo jedan komad belog kamena, a za njega je u tom hladnom predmetu zatvorena jedna boginja ili jedna sotona, koji traže samo ruku skulptora da te zamisli pusti iz njihovog kamenog zatočenja u život i u obožavanje. Na belom listu hartije, na kojem za ceo svet nema ničeg napisanog, za čoveka koji se zove Dante ili Šekspir, na tom praznom prostoru, zatrepere istog časa reči najlepše koje su rečene posle reči božjih.

Pesnik je tumač božanstva, jer je božanstvo slika čovekovog ideala. Taj ideal je pesnik bio nekad izrazio u vidu predmeta, ili docnije u vidu čoveka, slikajući svog boga uvek prema razvitku svoje kulturne istorije. Bog prosvećenih naroda ima sve mudrosti i vrline koje čovek u svom snu o idealu smatra za najviše. Pošto pesnikovo delo svagda govori samo o najvećim vrednostima, i govori i ushićenjem i verom, on je tumač božanstva, onako kako to u dve reči kaže Platon. Ima i filozofa koji su verovali da je kosmos mogao postati bez učešća božjeg, što bi moglo značiti da je mogao postati i bez njegove volje, i protiv njegove volje, po jednom zakonu čisto mehaničkom, koji je sâm sebi dovoljan. Ali ja ne poznajem nijednog pesnika koji je bio bezbožan, i verovao da je građevina postala bez građevinara. Nikad nijedan pesnik nije opustošio svemir, ni ostavio prostore bez velikog božanskog daha koji izbija iz svih stvari. Pesnik je religiozan, jer su pesnici i izmislili religiju. Da Bog nije čak ni stvorio svet i čoveka po svom obrazu, nego da je čovek napravio Boga po svom idealu, pesniku bi i to bilo dovoljno da bude pobožan: on bi ničice pao pred lepotom takvog čovekovog dela koje prevazilazi sve druge lepote na svetu. I zato, pesnik i kad sumnja, on veruje; jer je sumnja jedan osećaj, a ne misao. Ni ateizam nije pravo odsustvo religije, to je indiferentnost. Pesnici su baš, naprotiv, najpobožniji među ljudima. Svi antički i grčki pesnici bili su pobožni, jer nisu nikad videli čoveka drugačije nego u vezi s božanstvom. Homer i Hesiod bili su pravi hijerofanti, a *Ilijada* jednog i *Teogonija* drugog, bile su najveće religiozne knjige. Tako je bilo i s latinskim pesnicima. Kad se za vreme poslednjih latinskih kraljeva i početkom republike vodila borba u Rimu da narod ne primi grčki Olimp, i ne prizna grčka božanstva i za svoje nebo, onda su to radili samo sveštenici i političari. Ali docnije, čak i u cezarsko doba, bilo je u narodu latinskom mnogo pristalica da se rimska vera ponovo vrati svom primitivnom nacionalnom kultu iz vremena Romula i Nume, znači poljskim i planinskim božanstvima starih Latina. Tada su prvi pobornici ovog povratka bili pesnici Vergilije, Horacije i Ovidije. *Enejida* je bila podjednako religiozno i nacionalno delo. Takav je pobožan pesnik bio docnije i Dante. Njegova *Božanstvena komedija* je jedno delo koje je uticalo na religioznost katoličkog sveta možda malo manje nego jevanđelje.

Pesnik bezbožan ne da se ni zamisliti. Eshil je ratovao protiv božanstva, ali jednog božanstva konvencionalnog, koje nije poteklo iz moralnog ideala, nego iz šarene bajke; borio se protiv Homerovih bogova koji su pretvorili bili Olimp u leglo svojih poroka, i u tvrđavu protiv svih ideala čovekovih. Pesnik Eshil, međutim, verovao je u jedno novo božanstvo, prijateljstvo prema ljudima: u Prometeja, raspetog na Kavkazu, preteču Hristovog, raspetog na Golgoti.

Pesnik je prvi objavio Boga. Ideja o božanstvu javila se, izvesno, u svojoj čistoti i veličini samo kroz umetnost: čim je primitivan čovek počeo da stvara, on je dobio ideju o stvaranju; a videći sebe kao tvorca svih drugih stvari, pitajući se otkud i sve drugo oko njega. Samo tako mereći svoja dela s delima tog nepoznatog graditelja, dobio je pojam o njegovoj svemoći, sveznanju, sveumenju.

3.

Najizrazitiji i najpotpuniji tip jedne rase, to je pesnik. On je merilo rasnog genija, senzibiliteta, ideologije. Kao što pesnik uvek stoji na raskršću između dva doba, on stoji uvek i na raskršću između dva naroda. To je sunčani sat na kojem sama sunčeva luča crta svoje puteve u vasioni; i pesnik je esencija rase, kao što je možda i njen krajnji motiv. Zato je pesnik nepobitno i fatalno najveći patriota. Bilo je i velikih pisaca koji su bili kivni na svoju otadžbinu, i to izražavali često bezobzirno i gorko. Dante se potpisivao: „Firentinac po rođenju ali ne po moralu." Šopenhauer se gorko i otvoreno kajao za svoje nemačko poreklo. Niče je govorio da se stidi što je Nemac. Bajron je napustio Englesku s ogorčenjem i zakleo se da se u nju nikad neće vratiti. Ruso se formalno odrekao svoje Ženeve, a Žozef de Mestr i Stendal su pisali rđavo o svojoj Francuskoj. Baš najbolji patrioti govore često o svojoj zemlji s ovakvom dubokom gorčinom, zato što je njihov ideal o otadžbini viši nego otadžbina njihovog vremena, a naročito nego njihovi savremenici. Oni koji se hvale, ili su neznalice, ili lažovi, ili cinici. Hteti sve savršeno, to je najveće osećanje ljubavi.

Prvi prosvećeni čovek je bio najveći patriota. Otadžbina, to je savest društva. Osećanje ljubavi počinje s roditeljima, nastavlja odmah s otadžbinom, i svršava, tek na trećem mestu, u ljubavi za ženu. Pesnik je zato uvek ogledalo svoje rase. Euklid i Hipokrat su mogli biti naučnici ma kojeg naroda u kulturnoj istoriji starog doba; a Galilej je mogao lako biti i sunarodnik Arhimedov. Međutim, Sofokle je mogao biti pesnik samo grčki, a ne ni persijski, ni egipatski. Tako isto je Dante mogao biti samo pesnik hrišćanske religije i latinske rase, i pesnik katoličke Italije trinaestog veka. Trinaestog, jer je pesnik ogledalo ne samo svoje rase nego i svog vremena: ideala jedne generacije. Tako je Taso bio pesnik jednog kolena, a Ariosto jednog drugog kolena, ma koliko bilo kratko doba koje je razdvajalo periode renesanse i reforme. Između Dantea i Petrarke ima rastojanje od četrdeset godina, a to se već vidi i po njihovim delima. Između Korneja i Rasina ima ista razlika u godinama: kao šezdeset prema dvadeset šest, što se i ovde dobro vidi po njihovoj estetici i njihovoj fakturi.

Pesnik je najčistija gruda svoje zemlje. Običnom čoveku može otadžbina izgledati jedna predrasuda istorije. Odista, zemlja koju nazivamo otadžbinom može danas biti malena, a sutra velika; danas na severu, a sutra na jugu; danas jednorasna, a sutra sastavljena od više rase; znači, nešto što ne predstavlja ni jedno isto zemljište, ni istu klimu, ni istu krv. Za vreme Tukidida, Grci su smatrali svojom otadžbinom samo svaki svoju pokrajinu s jednim glavnim božanstvom, a ne celu Heladu, ni sva grčka božanstva. Ali predmet čovekove ljubavi za otadžbinu koji se menjao s vremenom po formi, ipak se nije menjao po suštini; i ta ljubav je stara koliko i istorija čovekova. To je osećanje stečeno u prvoj zajednici sreća i nesreća jedne grupe ljudstva: u sigurnosti kod kuće, u strahu od neprijatelja spolja. Jezik i tradicije zajedničke, samo su emanacija jednog višeg motiva: mračne čovekove ljubavi za tlo koje ga je hranilo odmah posle majčinog mleka. Jedno od najstarijih grčkih božanstava bila je Gea, što znači zemlja koja rađa; a jedno od najvećih božanstava, boginja Demetra, bila je božanstvo zemljinog ploda, sa svetilištem u Eleusini, koja je postala centrom grčkog sveta. Tako je osećanje za domaće tlo postalo mračnim atavizmom, i jačim od sveg našeg unutrašnjeg života. Za plemenitog čoveka ljubav prema zemlji prevazilazi ljubav prema porodici. Veći mu je bol kad neprijatelj zagazi u njegovu zemlju, nego kad negde na granici potuče vojsku. Mi volimo svoju zemlju i kad ne volimo svoje sugrađane; i mi volimo svoj rodni grad i onda kad nas progna iz sebe, kao što je bio slučaj Ovidija i Dantea. Čovek se posle svih nepravdi vraća u svoju otadžbinu kad je u opasnosti, da joj ipak pomogne, kao Aristid što se krišom vratio iz progonstva da se bori u bitki kod Salamine; ili kao Platon što se vratio, da bi učio svoje sugrađane kako da upravljaju svojom državom. Najprosvećeniji čovek nije neminovno i najveći patriota, ali je najveći patriota neosporno onaj čovek koji je najdublji; znači najduševniji, i znači najrasniji. A to je uvek pesnik. On je to i onda kad nije najveći vojnik. Bilo je rđavih vojnika među pesnicima, jer se pominju Arhiloh i Horacije; ali je bilo i heroja kao što su bili Eshil, Servantes, Kamoens, i stotinu drugih pre i posle njih. Eshil je jedan od najvećih heroja sa Salamine, a u Atini na slikama su predstavljali Eshila kako je pravio čuda od junaštva i u bitki na Maratonu. Junaštvo je često stvar grube i tvrde volje, nasleđe, vaspitanje, lična sujeta, patološko krvološtvo, ljubav za fizičku pobedu čoveka nad čovekom, žeđ za slavom ili za osvetom, čak i strast za jedan strašan lov. Ali pesnik koji bi bio kukavica, ne da se ni zamisliti. Horacije je sâm govorio da je bacio štit u jednoj bitki i pobegao iz borbe; međutim, zna se dobro da je kod Filipa bio hrabar vojnik. I pesnik Ovidije se kod Filipa borio hrabro na strani republikanaca Bruta i Kasija. Bajron je išao da se mačem bori za oslobođenje Grčke, a i Puškin i Ljermontov su poginuli na dvobojima. Nemački pesnik Gete, prisustvujući bitki kod Valmija, šetao se poljem, koje su zasipali topovski meci, da bi okušao snagu svojih nerava, a u istom ratu je Šatobrijan, bretonski vojnik, bio ozbiljno ranjen. I sâm Dante je u dva maha bio florentinski vojnik. Sve ovo dokazuje isto krvno poreklo heroja i pesnika. Međutim, heroizam nije samo pred životom: ima svakodnevnih moralnih hrabrosti koje su strašnije i lepše negoli i fizička hrabrost na bojnom polju. Ono što ponekad nema pesnik od heroja (snagu volje), to ima heroj od pesnika (ideal). Heroj i pesnik, to su dva blizanca i dva najsavršenija uzora ljudskog soja.

Ne da se zamisliti istinski umetnik koji nije duboko častan čovek. Poštenje umetnikovo je jedna glavna osnova njegovog dela. Šarlatan, to je umetnik bez poštenja. Može neko biti rđav krojač, ili rđav vojnik, pa ipak biti pošten čovek. Ali rđav pisac nije samo čovek koji rđavo piše, nego je još rđav i nepotpun u mnogim stvarima, a najčešće pokvaren i zao čovek. Svi loši pisci su bili nevaljali ljudi. Ja sam ih poznavao mnogo takvih.

<h2 style="text-align:center">4.</h2>

Kad jedno osećanje postaje poezija, i kad se javi iskra tvoračka? Ko bi na to mogao odgovoriti, kad znamo da je tajna umetnikova velika kao i tajna božja. Meni se ipak čini da se ta iskra javlja u sudaru dveju suprotnosti, u dodiru dvaju polova. Na primer, u osećanju tragičnog, a to je kada ideja o večnosti stane nasuprot ideji o smrti. Zatim, ta iskra izbija u osećanju ljubavi, a to je u spajanju dveju duša ili dvaju tela. Ili, najzad, u osećanju ideala: kada instinktivna ljubav čovekova za sebe treba da se žrtvuje u svesnoj ljubavi za drugog. I tako dalje. Iskra poezije izbija, dakle, ravno iz one tačke gde su se takva dva protivna pravca ukrstila. Čovek je utoliko dublji, ukoliko ima više ovakvih sukoba u njegovoj duši. A ako tome zna i da dadne umetnički izraz, da jedan momenat uopšte i napravi sveobimnim ljudskim fatumom, onda taj čovek postaje pesnik. Veliki broj ljudi žive bez ovakvih unutrašnjih potresa, ili su ti potresi kod njih sasvim epidermički; a to je onda gomila običnih ljudi, nepotpunih, nedovršenih i plitkih. Ovakav čovek, i kad je u stanju da nešto oseti, on nije u stanju da tom osećanju dadne mesto ni cenu. Za sitne ljude je sve sitno, a za velike duhove nema sitnice; jer veliki duhovi vide sve u nedeljivosti. Sitnica je za njih samo deo nečeg bezmernog. Veliki duhovi su kao duboke planine iz kojih se ponova svaki eho vraća stokratan. Jedan španski mislilac kaže na jednom mestu: „Za razočaranog filozofa nema ničeg novog pod suncem, ali za pesnika iluzionistu sve je novo u svakom trenutku." A iluzija, to je najveći faktor stvaranja. Iluzija o životu, to je čitav optimizam kosmički.

Zato je optimizam odlika mladosti, a pesnik je uvek mlad, često i uvek dete. Sve filozofske škole, kad su bile silne i mlade, bile su optimistične: i Platonova akademija, i Zenonov stoicizam, i Aleksandrijska škola. Platonizam je postao skeptičkim tek s Karneadom, znači tek u doba propadanja. I dve najsnažnije rase evropske dale su dve moćne struje filozofskog optimizma: Francuska s Dekartom i Malbranšem, i Nemačka s Lajbnicom. Nemci su postali pesimisti u filozofiji tek sa Šopenhauerom, a to znači kad su bili izgubili veru u svoju državu i ljubav za svoju naciju. Tako je nekad i skeptička filozofija Pironova u staroj Grčkoj izbila naskoro posle propasti kod Heroneje, i za vreme nacionalnog pomračenja.

Optimista izgleda lakouman i bez jasne ideje šta može i šta hoće; a pesimista izgleda divlji stradajući od želja velikih i nesrazmernih, ali zna šta hoće i ume da meri šta može. Međutim, optimista stvara, jer u sve veruje, a pesimista zadržava stvaranje i sâm sebe isključuje iz pokreta. Prvi je pozitivan i koristan, a drugi negativan i razoran. Bilo je velikih pesimista među pesnicima, kao Leopardi i Alfred de Vinji; a bilo je čak i velikih pesimističkih religija, kao budizam. Ali najsilniji narodi nisu znali za pesimizam. *Veltšmerc* ili *mal de vivre*, jeste jedno novo ljudsko osećanje. Među starinskim pesnicima nije bilo pesimista. Pesnik je prirodno optimista, jer je on jedini stvaralačka sila, i jer nešto hoće do krajnjih granica. Zato je on u stalnom sukobu pomenutih dveju suprotnosti, i u stalnom dodiru dvaju pomenutih polova. Zato je svako njegovo osećanje jedna iskra začeća.

Treba voleti čovečanstvo samo zbog nekoliko velikih ljudi koje dadne s vremena na vreme. Ja ne znam šta je Bog, ali veliki čovek daje mi ideju o tome. Stari Grci su imali reč ἡμίθεοι, što znači znači ljudi-bogovi. Taj isti narod je raspeo kritičara Zoilosa što je napao pesnika Homera.

5.

O pesnicima se mogu reći ili samo obične stvari, ili samo neobične zablude; zato ko o njima ne kaže ovo prvo, u opasnosti je da kaže ovo drugo. Jer je umetnost najisključivija tvorevina ljudskog genija, pošto za nju nijedna definicija nije dobra ni dovoljno tačna. A tako isto i nikakvo tumačenje za nju nije potrebno. Nije moguće ništa tumačiti što se tumačenjem ne daje prepraviti ili popraviti. Lepota i božanstvo se ne daju izraziti rečima; pokušajte to pa ćete videti koliko je veliko siromaštvo ljudskog govora. Jedini pesnik uspe da nađe reči i da se približi tim nepristupačnim i neizrecivim veličinama. Treba odista neverovatna smelost onima koji se umešaju između pesnika i tih izvora njegove inspiracije. Stari Grci nisu za umetnost ni imali kritičare nego samo pamfletiste; a zna se da su imali istoriju književnosti još u staro vreme. Imali su i udžbenike o zakonima estetike. Polikletov *Kanon* je bila knjiga koje su se držali oni koji su učili skulpturu samo po školama; ali u ateljeu samog Polikleta su, izvesno, učili bez te knjige. Jer se umetnost uči od umetnika, a ne od kritičara, koji uvek ističe sebe više nego umetnika. Skulptura se uči od skulptora, slikarstvo od slikara, a tehnika poezije se uči samo iz pesničkih dela. Umetnost se ne daje objasniti nego samo osetiti. U tome je ona superiornija od svih tvorevina ljudskog genija. Jedino se ona poziva na forme misli koje nisu opšte i svačije, nego privilegija izvesnih priroda koje su zatvorene u sebe i u svoju tajnu.

Svi su ljudi sposobni bar za jednu od mnogih grana nauke, ali su za umetnost sposobni samo izabrani duhovi i naročiti senzibiliteti. Ima veliki broj ljudi koji bi radije vukli lađe, nego čitali pesme, ili posmatrali slike. Aristotelov učenik, Aleksandar, nije se odvajao od *Ilijade,* ali sâm priznaje da je iz tog eposa učio strategiju, a ne sublimnu lepotu pesničke vizije. Bilo je velikih naučnika i vojskovođa koji su ili sami pisali pesme, ili sa strašću čitali tuđa pesnička dela.

Između velikih ljudi ima jedan afinitet koji pokazuje da ljudski genije izlazi iz jednog istog izvora, i da se veliki ljudi uvek sretnu u najvišim visinama. Tako kad jedan pesnik postane zaista veliki, on postane filozof; a čim jedan filozof postane zaista veliki, on postane pesnik.

Međutim, ukus za lepotu je donekle urođen svim ljudima. Primitivni čovek je počeo da pravi umetničke šare i figure na zidovima svoje pećine i pre nego što je znao da broji, i pre nego što je znao da govori. Možda je i pevao melodije, pre nego što je izgovorio i prvu frazu. Ali ko nema takvo urođeno umetničko osećanje, uzalud mu je tumačiti stvar lepote. Tumačenja lepote nisu učinila drugo nego da se ukusi nivelišu, i da ljudi pođu za jednom opštom formulom lepote više nego za svojim sopstvenim osećanjem: više za tuđim rečima, nego za svojim očima.

I zaista, ukusi su najzad postali više kolektivni nego individualni, više sugerisani nego inspirisani. Zato su na svim raskršćima istorije postojali zajednički ukusi u velikoj grupi kulturnih naroda, i na polju različitih dela. Ne samo da su se posvećeni ljudi jednog istog doba podjednako divili istom umetničkom delu iz poezije ili muzike, nego su imali i isti način govora, oblačenja, nameštaja, plesa. Taj zajednički smisao išao je ponegde do gotove formule, koja je uvek bila silnija od pojedinog čoveka. Razlike su postojale samo u nijansama. Pred delima velikih majstora svi ljudi imaju iste utiske, bar za sve krupne odlike, a razlikuju se najčešće samo u detaljima. To je kao visoko stablo palme koja ide u visinu dok se ne počne račvati i granati u svoje lepeze na sve strane. Kolektivni ukus diže se na taj način do svoje visine, ali najednom prestaje da bude jedini i apsolutni vođ, nego počne da se grana i račva u individualne ukuse, koji zatim postaju stvarima srca i temperamenta svakog pojedinca. Polazeći s mesta gde se odvajamo od opšte formule, knjiške i školske, tu već nastaje osećanje ličnosti, kad manje tumačimo i sudimo, nego što volimo i mrzimo. Odatle sve gledamo kroz sebe i za sebe; i više nije toliko reč o umetničkom delu, koliko o našoj prirodi. Odatle već deluje netrpeljivi i nepomirljivi lični ukus, koji je često urođen. Na tom delu linije tražimo u jednoj umetničkoj stvari svoj sopstveni smisao za lepotu, za prirodu, za ljubav, za sreću, za smrt.

Vidi se iz ovog koliko je kritičar jedno potpuno strano lice u stvarima gde prestaje kolektivni, a počinje individualni ukus i suđenje. Ipak će kritika uvek postojati, ako ne kao književnost i umetnost, a ono kao nauka. Kritika, to je nauka o čovekovom duhu (kao što je antropologija nauka o čovekovom telu), ali je kritika nauka samo kad je u pitanju čovek umetnik. Predmet proučavanja kritičkog, to su osobine pisca koje su u vezi s delom. Možda su to beskorisne disertacije za čitaoca, a naročito za pisca, ali ipak tesno vezane za njegovo stvaranje. Kritičar treba da piše samo o dobrim umetnicima i dobrim delima; a on je koristan samo kad hvali. O rđavim se piscima nema šta reći, kao ni o najboljim. O rđavim piscima pišu samo rđavi ljudi. Kritičara mrze podjednako i rđavi i dobri umetnici. Rđavi pisci se boje njegovog znanja, a dobri pisci se ne boje njegove pameti, nego njegovog zlog jezika.

Ima, dakle, u svakom umetničkom delu nešto apsolutno i opšte, i nešto relativno i lično. U prvom mi idemo za onim što smo naučili a u drugom za onim što smo sami osetili. Prvo odgovara ukusu svih ljudi jednog istog vremena, a drugo odgovara ličnom temperamentu i rasi. O prvom se daje govoriti s izgledom da i drugi podele naše mišljenje, ali se o drugom ne daje govoriti bez opasnosti da uvek dođemo u sukob i s onim ljudima s kojim smo inače u svemu drugom potpuno složni. Zato je posao kritičara neblagodaran; i nije čudo ako izaziva zlu krv kada hoće da bude nasilan. Kritičari bi bili potrebni samo kada bi u književnosti plevili i raščišćavali. Međutim, oni odista nisu bili u stanju da škode ni najgorim piscima kad su pisali protivu njih, ni da išta isprave i izmene. Lažni pisci propadnu jedino pred ravnodušnošću čitalaca, a to je kada su čitaoci od njih književniji. Ne postoji u umetničkom suđenju eksperiment ni princip, nego osećanje i kapric; niti se sudi do kraja metodom i pameću, nego temperamentom koji nije ni metodičan ni pametan. Zato je kritika nepotrebna. Jedan strani pisac je rekao da pesnik uvek govori o sebi, a nama izgleda da govori o nama. Neosporno, ono što mi nađemo na jednoj slici ili u jednoj pesmi, kao da je intimno naše, to je ono što je najlepše i najdublje za nas lično, i kad je najpovršnije za nekog drugog. Zbog tog delića mi volimo ili mrzimo jednu pesničku stvar i njenog tvorca, i na tom deliću niko nije potreban da nam išta tumači.

Istorija umetnosti, to je istorija razvijanja samo opšteg, kolektivnog ukusa. To je priča o tom šta su kulturni ljudi zajednički smatrali lepim u raznim periodima istorijskog procesa. Ta priča ništa ne dokazuje, nego samo pokazuje.

6.

Modernisti u umetnosti, to su ustaši protiv kolektivnog ukusa. Oni se odmah postave otvoreno protiv istorije, jer su protiv tradicije; i to su buntovnici protiv tradicije; i to su buntovnici protiv utvrđenih navika, jer su neprijatelji svih ograničenja. Oni neće da znaju koliko je svet star, niti priznaju da pod suncem nema ničeg novog. I zato, pre nego što bi nešto i sami ostvarili, oni pokušavaju najpre da poruše ono što je pre njih postojalo. Jer modernisti ili novatori predstavljaju jedan zakon prirode čovekove, koji je neumitan: potrebu za promenom i ukus za novim. U njima se buni instinkt novog čoveka, pre nego što se pobunilo osvedočenje novog tvorca. Oni se pitaju da li su nosioci progresa ili su jedino predstavnici degeneracije; oni se samo bune protiv ustajalosti koju, s pravom, smatraju za načelo negacije i propasti. Najzad, oni predstavljaju još i jedno više i opštije osećanje čovekovo: mladićku netrpeljivost za starost i za staro, borbu protiv akaparisanja, i najzad, svoju lepu i razumljivu želju za ličnom afirmacijom. Ovaj fenomen je često interesantan više kao pokret, nego po samim ličnostima tih novatora. Više uvek ima među njima zbunjenih nego pobunjenih. Uz nekoliko istinskih novih talenata, obično ide povorka bukača i šarlatana, koji su najgrlatiji i najdosadniji, i koji će otpasti kad se utiša pobuna, i nestati s pomrčinom i s prašinom čim svane prvo novo i trijumfalno jutro.

Istina, pravi velikani nisu imali svoje herolde ni trubače da ih objavljuju, niti su sami tumačili svoje programe i svoje umetničke namere. Pravi tvorac antičke tragedije, Eshil, sin sveštenika u Elefsini, počeo je mirno kao da je i sâm bio sveštenik; jer se zna da je drama prvo bila u službi vere. Najvećeg pesnika hrišćanstva, Dantea, niko nije objavio, niti je sâm sebe oglasio za tvorca kakve nove škole. Petrarka je čak mislio za Dantea da je napisao jedino knjigu *Obnovljeni život*, ali je za Danteovu *Komediju* pobožno i iskreno verovao da ju je napisao sâm Duh sveti, a ne Dante. Šekspir je bio samotnik, kao Himalaji. Gete i Šiler su bili vrhovi nemačke zemlje i rase; bez reklame i bez vojske, i veliki lični prijatelji, iako je Gete bio čist pobornik tradicije (u svom *Gecu od Berlihingena*), a Šiler novator i pobornik nemačkog ujedinjenja (u svome delu *Valenštajn*). Znači: i po namerama i po duhu potpuno različiti. Ni Rasin nije znao za sebe da je novator. Samo oholi i bolesno sujetni Viktor Igo je imao potrebu za fanfarama; i samo gordeljivi i zagrižljivi Lekont de Lil je govorio o svim drugim pravcima s ponižavanjem i uvredama. Pravi tvorac ide za instinktom, a ne za programom; i uzimajući novi pravac, on se i ne pita da li se i koliko se odalečio od starog utapkanog druma. Ovakav tvorac nema namera nego samo potreba; jer je on pre jedan nov instinkt nego išta drugo.

Novator može da donese nov talenat, možda i nov način izraza, ali ne može napisati ili naslikati delo koje čak i u dalekoj prošlosti ne bi imalo svog premca. Na dvesta godina pre Rafaela bilo je rafaelskih Madona i po našim nemanjićkim manastirima. Ima jedna postupnost u ostvarivanju ljudskih lepota, koja od početka čovekove istorije ide ravnomerno i logično, čak i onda kad izgleda da je sav istorijski progres samo jedan niz bučnih revolucija. Miron je bio novator samo po položaju tela svojih statua. Fidija je bio modernista samo po izrazu svojih figura. Skopas, i Lisip, i Poliklet, i Praksitel, bili su novatori samo po onom što su dodali starom delu, a ne po nečem bitno novom. Donatelo je novak, ali samo relativno, i samo prema vajarima svih vremena; a Mikelanđelo je nov samo u odnosu prema Donatelu. Nov umetnik, to je čovek koji unese nove emocije ili naročito samo pojedinačne nove forme. Ništa više. Stari vek evropski je bio skoro ceo u produkcijama grčkog genija, ili grčko-latinskog, i zato je bio uzak i jednolik, jer je bio izraz samo jedne rase i istorije. Srednji vek je bio širi. Srednji vek je imao mnogo varvarskih najezda, i veliki broj novih naroda, mnogo strašnih ratova, mnogo svirepih boleština, i, najzad, hrišćansko shvatanje života i smrti. Zato je srednji vek morao duboko izmeniti senzibilitet ljudski, i prirodno učiniti ogromne promene u stvarima umetnosti. Na srednjovekovnoj umetnosti je sarađivalo mnogo novih i raznih naroda, ali je ipak pitanje da li je koji vek stvorio odista išta novo, ili samo dopunio nešto staro. Takav je bio četrnaesti vek kada se čovečanstvo našlo između dve protivurečne duhovne i moralne struje: srednjeg veka i renesanse, vere i sujevere, ali ipak između nečeg što je već bilo staro (hrišćanstvo) i nečeg što je bilo još starije (paganstvo).

Svaka istorijska perioda ima svoj posebni pokret filozofski, religiozni i književni. Ali je takva nova perioda morala biti uvek samo velika posledica dubokih filozofskih kriza u čoveku i u društvu. U takvom slučaju idu i filozofski i religiozni i književni pokreti naporedo, tesno povezani i skoro sliveni u isto korito. Tad se ima iluzija kao da se rađa jedno novo čovečanstvo. Tako je bilo u vreme Anaksagorino, a tako je bilo i nekoliko puta docnije. Nijedna velika škola nije došla improvizacijom i navalom ambicioznih ljudi da se pošto-poto obori staro, a stvori novo. Sholastička filozofija se razvila dugim pokušajima izmirivanja antičke filozofije s hrišćanskim učenjem. Bekon, a naročito Dekart, oborili su sholastiku zbog njenih zloupotreba nad ljudskim zdravim razumom. Ogist Kont je stvorio pozitivizam kad su najzad i zloupotrebe metafizičara postale novim bespućima za ljudsku pamet. A nijedna nova filozofska škola nije bila bez novog i dubokog uticaja na umetnost. Bez nove filozofije nema nove umetnosti.

Ima novih umetnika, ali nema novih umetnosti. Međutim, ko god je personalan, on je za sebe jedan nov slučaj. Nesreća, što je malo učitelja a mnogo učenika. U naše doba je slikar Sezan bio, ako hoćete, nov; i slikar Renoar je bio nov; ali sezanisti i renoaristi nisu već bili novi, jer ne idu za sobom nego za drugim. Pristalice raznih škola jesu učenici, a nisu sami novatori, jer je nov samo onaj umetnik koji je izraz samog sebe, nezavisno od svojih prethodnika ali i od svojih savremenika! Jedno je Hristos, a drugo su hrišćani. Zato među novatorima ima uvek veliki broj uljeza i šarlatana. Nije ni sve dobro što je novo: naročito je glupost stara koliko i svet.

Svaki pokret ima jednog svog velikog protagonistu i glavnog inicijatora. On počne, sve izrazi, i najzad sve dovrši. Škole koje se naprave okolo takvih protagonista samo su utočište bednih epigona, koji se zaklanjaju za jedno krupno ime, ili za jedan krupan pravac. Evropski rat, čiji smo očevici bili, izgledao je mnogim površnim duhovima kao nekakva nova brazda odakle ide i nova perioda. Ali nije tako. Nisu kapitalistički ratovi, kao ovaj 1914, u stanju da urode regeneracijom ljudske misli i srca, nego naprotiv. Samo ratovi duhovni i duševni, a to znači samo duboki pokreti religiozni i filozofski mogu biti inicijatori novih ideologija i novih senzibiliteta. Rat francusko-nemački 1870, od ogromnog značenja, nije u stvari idejno izmenio ništa u tim dvema zemljama. U Francuskoj je taj rat, u duhovnom pogledu, samo rasturio parnasovce, kao školu, ali nije ništa stvorio stvarno novo; a u Nemačkoj je stvorio ničeizam i vojničku megalomaniju, ali ne i nove duhovne vrednosti i nove umetničke inspiracije. Ni simbolizam, koji je došao nešto docnije, nije bio nov duhovni pokret, koliko jedan nov manir. Simboli i simbolizmi nisu nimalo novi; čak su to načini ljudskog govora možda stariji nego i ma koji drugi. To je samo jedan način govora ali ne novo osećanje. Kad je francuski simbolizam pokušao krajem devetnaestog veka da bude novo osećanje, on je pao brzo iscrpen. Nijedan ozbiljan pesnik nije hteo da se ograniči na samo simbolističke efekte. Ima u simbolizmu velikih grešaka. Njegova psihologija je nenormalna; njegove ideje i asocijacije su odveć bizarne; njegovo negiranje neposrednog proživljavanja jeste sasvim pogrešno; njegovo pretpostavljanje maglovitih nagoveštaja svakom jasnom i logičkom izražavanju, jeste lažno; i najzad, njegova muzika vetra i vode pre ljudskog govora („muzika pre svega drugog"), samo je jedno besciljno precenjivanje sporednih slučajeva. Zato je i taj pokret prošao s dosadom, kao i sve drugo što je imalo nesreću da se jednom nazove modernizmom.

I danas postoje nove manije, a ne nove estetike; i novi kurioziteti, ali ne nove lepote. Simbolisti su se, pre pola veka, pozivali na filozofa Novalisa, kao na svog učitelja, a današnji se pozivaju na filozofa Bergsona. Oni koji budu došli docnije, možda će se pozivati na Boga, i biće bolje, i svet će im verovati, jer su sve velike umetnosti, postajući u momentima velikih religioznih kriza, izišle iz ideje o Bogu. Najlepša pesma jednog pesnika ima uvek izgled molitve; i najlepša slika jednog slikara ima izgled ikone. Sve su umetnosti oduvek bile u službi religije. Zato je laž u dnu svakog onog pokreta koji ne dolazi iz najdubljih čovekovih izvora vere ili sumnje.

7.

Sve što se događalo u promenama umetničkog smisla kroz vekove, događalo se u tesnoj vezi sa ostalim stvarima života. Postojale su uvek logičke veze između pojedinih pojava društva. Smisao umetnički je varirao često možda sasvim bez reda u pogledu njegovog razvijanja, ali u potpunom redu s društvenim pojavama; a ja mislim da je umetnost najviše varirala prema moralnim promenama jednog društva. Svakako, postoje u umetnosti razne forme lepote: čudno, novo, naivno, ljupko, misaono, uzvišeno, srdačno, ravnodušno, čedno, lepršavo, preozbiljno; pornografsko, amoralno. Zato je i često u istoriji postojao nesporazum između umetnika i njihovih savremenika; a to je onda kada su umetnici bili viši nego njihovo društvo, ili kada je njihovo društvo stajalo kulturno i moralno više nego njegovi umetnici. Ipak, nikad nije bilo nesporazuma između najboljih umetnika i najpametnijih njihovih savremenika. Kad je Verokio video sliku *Krštenje Hristovo* svog učenika Leonarda da Vinčija, još dečka, kažu da se taj dan rešio da nikad više ne uzme kičicu u ruku. Pagansku je umetnost razumevao njen svet, jer je stajala u vezi s paganskim mitom; a srednjovekovnu umetnost razumevali su tadašnji hrišćanski ljudi, jer je bila religiozna kao i njeno doba. Današnja posleratna umetnost bi trebalo da bude nešto treće, pa da bude shvaćena, što znači voljena. Možda ona luta zato što je svet ostao bez svoje osnovne ideje o životu, bez svoje centralne ideje filozofske i moralne, rasejan, razoren, anarhičan, zaraćen, i možda na ivici propasti. Današnja umetnost očigledno stoji na bespuću jednog čovečanstva koje je izgubilo svu snagu da u nešto veruje onako kao što je pre verovalo u Boga.

Ideje imaju svoje poreklo i svoje rođendane, kao i ljudi. Ništa se u duhovnom životu nije rodilo bez veze s opštim zakonom napretka ili nazatka čovekovog. Naročito se ovo može odnositi na ljudska osećanja, koja su postajala ili nestajala uvek s velikom logičnom postupnošću. Možda bi se moglo i čak tačno utvrditi kojim je slučajem postala koja ideja u životu, i kakvim je obrtom postalo koje čovekovo osećanje o veličini i lepoti. Zato postoji tako velika razlika između čoveka paganskog i čoveka hrišćanskog. Antički narodi nisu znali za nežnost u našem smislu. Nisu mogli biti jednaki ljudi koji su nekad verovali u hladnu Minervu, s ljudima koji danas veruju u Bogorodicu, majku koja drži jednog mučenika u naručju. Hrišćanstvo, unoseći u ljudski život dobrotu i kult bola, unelo je među ljude i versku tugu kakvu stari mudraci nisu izvesno smatrali ni lepotom ni vrlinom. Neosporno, religija je bila uvek najviša nauka o sudbini. Zato ni istorija umetnosti nije drugo nego jedan deo istorije religija. Umetnost se nikad nije mogla odvojiti od misije da bude afirmacija božanskog u čoveku; i umetnost je uvek bila glavna veza između neba i zemlje.

Bilo je mnogo slučajeva nerazumljivih u književnim pojavama. Za mene je takav čudan slučaj kako su Francuzi imali romantizam, koji, stvarno, nije bio njihovo rasno osećanje nego tuđa importacija. Ceo svet je pre njih bio romantičan i imao romantičku literaturu: Italijani s Ariostom, Španci s Kalderonom, Englezi sa Šekspirom, i Nemci s Geteom. Čak Francuzi nisu uopšte imali istorijskog osećanja u umetnosti, niti su bili zaljubljeni u prošlost, nego uvek u sadašnjicu. U njihovom takozvanom zlatnom veku, Molijer je govorio sa užasom o gotskim katedralama, kao i odvratnim nakazama, iz vekova neznanja i tmine. Tek docnije, s padom racionalizma, romantici unose istorijsko osećanje u umetnost. Oni čak i tada slikaju tuđi romantički život, praveći tako svoj francuski književni romantizam. Interesantno je da su Francuzi bili uvek pod tuđim književnim uticajem, većma nego i Italijani i Španci. Pesnici francuski iz renesanse su bili svi pod uticajem latinske literature, a uzalud je škola Renoarova pokušala da francusku književnost helenizira. I vek Luja XIV bio je bliže latinstvu nego helenizmu. I pesnici osamnaestog veka još imitiraju rimske liričare iz Avgustovog stoleća. Tako je išlo dok nisu na kraju tog veka uzeli sebi za uzore Getea i Šekspira, opet učitelje više nego i uzore. Najčudnije je što se zna da su i latinski pesnici bili uvek tuđi učenici, i priznavali grčkim piscima prvenstvo, i sami čak učili u Atini. Ovo bi značilo da su Francuzi, iako genijalni, uvek imitirali imitatore. To im nije smetalo da najzad postanu i sami nenadmašnim. Međutim, francuske *šanson de žest* i pesme o Lanselotu bile su izvor i samim Italijanima za njihov romantizam. Francuzi su zato stvorili svoj romantički pokret devetnaestog veka, posle svih drugih, i pošto su bili manje romantični nego ikad.

Današnji smisao o lepoti jeste proizvod dugih vekova. Istorija umetnosti radila je dugo i mnogo na stvaranju izvesnih zajedničkih osvedočenja u stvarima lepote. Postavila je poneka merila, koja su već uzela oblike principa, čak i dogma. Danas narodi iste kulture imaju skoro i iste principe o ukupnom životu; a nije moguće da to ne zahvati i umetnost. Sve većma misao čovekova postaje kosmopolitkinja. Dokaz, što se jedno umetničko delo, s jednog kontinenta, smatra lepotom i na drugom kontinentu. Ako crnci nisu u stanju da osete našu umetnost, mi smo zato bili u stanju da osetimo njihovu; čak je prilično i kopirali, naročito danas, u skulpturi, plesu i muzici.

Ali što je i sad najopštije za sve nas, to je formula lepote koju su dali stari grčki artisti. Lepo, to je ipak ono staro grčko lepo. To je materija i ideja, ujedinjene u harmoniji. Osim lepog na grčki način, postoji i bizarno kao lepo, i snažno kao lepo, i novo kao lepo, i primitivno kao lepo, i divljačko kao lepo, čak i prostačko kao lepo. Ali apsolutno lepo, to je samo ono grčko, i definisano: lepota u harmoniji. Takva je bila aksioma celog grčkog života, pa i njihove umetnosti. To je visoko gledanje na sve strane života; to je Anaksagorin duh kao regulator nereda u materiji; to je plavooka Atena, glavno božanstvo atinsko, koje je bilo božanstvo pameti. Jer nema umetnosti bez lepote, niti se umetnost i lepota smeju odvajati; jer je to onda samo veština i virtuoznost, a ne umetnost. Pindar, koji je imao svoj tron u Apolonovom hramu, u Delfima, da s njega čita svoje stihove, kaže Hijeronu, tiraninu u Sirakuzi: „Kneže, ja se razumem samo u metrici." Ko bi hteo među današnjim umetnicima da istakne da je znanje metrike jedna velika čovekova sudbina; i ko bi od nas smatrao za dovoljnu gordost da bude samo jedan korektan metričar.

8.

Kad jedan pesnik piše o drugom pesniku, taj je slučaj interesantniji nego kad o pesniku piše kritičar. Jer je pesnik odista jedini koji može da neko delo pronikne do u samu njegovu srž, a to znači do u krajnje tančine svake pojedinosti. Ovo osećaju i mnogi kritičari. Pesnik je jedini koji može da oceni, ne samo šta je drugi uradio, nego i sve šta je hteo ili trebalo da uradi, znači sve što je i postignuto i nepostignuto. On jedini može da kod drugog tvorca oceni i celo stvaranje. Kritičar stvarno nije ništa drugo, ni više, nego jedan prefinjeni čitalac, koji zapisuje svoje impresije, i koji ima sujetu da ih objavljuje. Ali sâm kritičar nije tvorac. Ako je tvorac, on više nije samo kritičar, nego filozof književnosti, što znači pisac koji od umetnosti pravi nauku. Pesnik uopšte ne može ništa uraditi, čak ni u kritici, da i sâm odmah ne pređe u stvaranje; a govoreći o drugom, on i u tom času govori stvarajući. Kritičar, naprotiv, govori bez sopstvenog stvaranja; i još više, on se uvek drži izvesnih normi, čak normi koje su drugi pre njega postavili, kao neobilazne i osveštane, akademske i školske. On uvek ide za drugim i ranijim kritičarima, više nego i za samim piscem o kom govori. Osim toga, kritičar više govori o sebi, nego ma koji drugi pisac. Knjiga kritika i studija umetničkih, to je uvek biografija jedne sujete. Možda ni sama knjiga jednog liričara, nije u stanju da bude takav dokument duhovnih navika i ličnog vaspitanja, kao kritičareva knjiga. Kritičar ne govori svagda da presudi kao sudija, nego da optuži kao državni tužilac, ili da odbrani kao slavan advokat. Ali, najčešće, sračunato na efekat u publici, i skoro uvek na račun i na štetu pravog pisca. Zato je najčešće kritičar bez spontanosti i bez iskrenog divljenja, čak i pred najlepšim delom; a to stoga što uvek stoji izvan knjige o kojoj govori, i uvek sebe stavlja iznad samog pisca. Kad nije rutina i manir, onda je šema i kategorija. Kritičar sve vidi vezano za jedan vek, za generaciju, za žanr, za školu, za princip. On je toliko zauzet klasifikacijom takvih slučajnih fakata, da mu i najlepši kvaliteti jedne ličnosti ispadnu iz vida. Naročito njegova upoređivanja ubiju u jednom pesničkom delu sve što je u njemu odista najčistije, i najličnije, i najviše. A koji je to kritičar koji dve trećine svojih razmišljanja ne vuče iz tih fatalnih i razornih upoređenja.

Pa ipak, kad kritičar piše o pesniku, on se bar drži nečeg što se smatra već dobro razmišljenim i konačno usvojenim kao merilo. Odavno se išlo za tim da se i za umetničke vrednosti nađu nemerljivi principi, kao što su nađeni za mnoge druge tajne čovekovog duha. Čak se i kritičareva manija za upoređivanje mora razumeti i kao jedno sredstvo za razmišljanje; jer, odista, čovek i ne misli bez upoređivanja; analogija, to je jedan od važnih principa naše misli. Pesnik, naprotiv, postajući kritičarem, ne drži se nikakvog utvrđenog načela. On ide po snazi svog instinkta, i govori po volji svog prohteva. Zato kad pesnici pišu o drugom, oni su u tom slučaju, i u takvom odnosu, pedantni i netačni. Kazaće, izvesno, vanredno lepih opažanja, možda i mnogo novih istina, ali uvek samo povodom i mimogred, i nezavisno od čoveka o kojem govore, čak možda potpuno i bez veze s delom koje ocenjuju. Kritičar, naprotiv, vidi u jednom delu ono što vredi bar za najveći deo kulturnih ljudi njegovog vremena. Pesnik i u tuđem delu traži svoje sopstvene mašte, i ocenjuje nešto ne prema tome kako je to uspelo, nego baš prema onom kako nije uspelo. Pesnik ne gleda pri kritikovanju kako je onaj drugi pisac nešto uradio, nego kako bi on sâm uradio da je o istom predmetu pisao. Zato je nesiguran i često netačan.

Svod rezonance je, istina, mnogo širi i dublji, i drugačiji, u pesnika nego u drugog čoveka. Zato je i jedno delo uvek drugačije odjeknulo u njemu nego u običnom čoveku, čak nego i u jednom neobičnom kritičaru. Kritičar bi trebalo da ima istu moć asocijacija, i isto toliko visok emotivan život kakav imaju i pesnici, pa tek tada da imadne hrabrosti da veruje kako je tog pesnika dovoljno i pravilno osetio. Kad ma koji čovek govori o samom sebi, onda to može još biti i tačno; ali kad čovek tumači drugog, tu više ne može biti govora o tačnosti, jer onda sve gledamo ili kroz svoju prirodu, ili samo kroz tuđe principe. A to je, skoro redovno, slučaj kod kritičara. On uvek smatra da je pisac i manje učen i manje dubok nego njegov sudija. Stoga je retko kad bilo slučajeva da je jedan ozbiljan pisac istinski voleo da čuje razmišljanje takvih često nametljivih ljudi, koji uvek radije presuđuju nego što srdačno vole. Ali je i sâm pesnik nesiguran sudija još i zato što je preterano zatvoren u svoju već odveć jaku i ličnu prirodu. Pesnik je uvek interesantniji i neosporno bogatiji od svakog kritičara, čak i kad je taj kritičar najveći književni filozof. Ali to ne znači i da je mnogo tačniji, i da će on reći ono što se traži od jedne ocene, i što kritičar nije hteo ili nije umeo dati. Zato je pesnik nesigurniji sudija negoli sâm kritičar.

Zatim, što u jednom delu najvećma volimo ili najvećma ne volimo, to je sâm njegov pisac. Ovo se odnosi i na pisce antičke, kao i na pisce koje lično poznajemo, i koje možda sretnemo često i u svojoj ulici. Mi u jednom piscu vidimo ili jednog umnog prijatelja i zabavnog druga, savetnika ili utešitelja, ili, naprotiv, nađemo u njemu čoveka koji nije za nas lično nijedno od svega toga. A pesnik, baš zato što odveć silno voli i silno mrzi, može biti neizmerno nepravedan i netačan prema piscu kojeg ili lično voli ili lično ne voli. Pošto takav pisac kojeg on napadne, može biti za sve druge ljude često tvorac vrlo velike vrednosti, pesnik kao kritičar bi ovde napravio ružnu nepravdu i opasnu zabludu. Najzad, pesnik, presuđujući drugog, uvek pomalo presuđuje i samog sebe, ili uvek brani pre svega svoj umetnički smisao. Ocenjujući i većeg od sebe, ili drugačijeg od sebe, on je, i nehotično, u oba slučaja nepravedan. Jer je i pesnik čovek s ljudskim strastima, od kojih se ne može osloboditi, ni kad je najčedniji i najplemenitiji.

Kritičar, međutim, može da ne dođe bar u ovakva iskušenja. Ali nije isključeno da padne u iskušenje mnogo gore: da govori o sebi više nego o piscu kojeg ocenjuje. On često afektira odvojeno mišljenje od svih drugih mišljenja kakva su pre njega bila rečena o tom istom piscu. To može da povredi javni ugled jednog talenta, i dovede u zabunu čitaoce prema jednom važnom nacionalnom delu. Kritičar je, po principu, ili novator ili konzervativac: a ako pisac kojeg ocenjuje ne bude čovek njegovih ideja, ili bar čovek njegovog kruga, može da za to skupo plati takvu slučajnost. Najzad, da bi kritičar i sâm imao izgled pisca, čak i važnog, upotrebljava često neko delo u čiju vrednost niko drugi ne sumnja, da se njegovim povodom baci kamenom na osveštane vrednosti jednog vremena, ili na usvojene mere jedne književne generacije. Niko nije toliko požudan da izgleda naročito učen i samostalan u mišljenjima, koliko kritičar; a to uvek pada na štetu pisaca koje ocenjuje, i koji ponekad predstavljaju čak pravi kapital jedne književnosti. Tako filozof Kroče ruši pesnika D'Anuncija, i tako je naš kritičar Nedić rušio našeg Zmaja. Ja nikad nisam bio radoznao da vidim koliko je jedan kritičar o meni rekao tačnosti, nego koliko je prema meni pokazao prijateljstva i ljubavi. Jer tačnost, to je njegova dužnost prema čitaocima, a prijateljstvo, to je njegova dužnost prema piscu. Pisac ima pravo da vidi kako se jedan kritičar sa isto onoliko iskrenosti oduševio onim što je u njegovom delu veliko, s koliko se pakosti ustremio na ono što je loše. Kritičar koji napada i pisce od talenta, to je klevetnik, kao lažni svedok pred sudom.

Nisu, dakle, neminovno tačni ni pesnik koji kritikuje drugog pesnika, ni kritičar od zanata. Pesnik većma kritikuje samo stvaranje, nego stvoreno delo, zato što je i sâm tvorac; a kritičar opet ocenjuje ono što je stvoreno, i ne znajući kako se umetničko delo začelo i zatim stvaralo kroz njegove pojedinosti, zato što i sâm nije tvorac. Osim toga, kritičar nikad ne poznaje dovoljno tehnička pesnikova sredstva, niti zna vrednost jednog retkog obrta, ni koliko je često savršeno nova jedna metafora, ni koliko je retka jedna rima, čak mnogo puta ne zna dovoljno ni univerzalno značenje ove ili one pesničke ideje. To su velike tajne pristupačne samo pravim tvorcima. Zato najčešće o jednom piscu drugačije misle sami tvorci, a drugačije misle kritičari. Drugačije je Betovena razumeo jedan direktor konzervatorijuma, a drugačije ga je razumevao jedan Šopen. Prvi je grešio kad ga je osećao, i kad je verovao da ga potpuno razume, a drugi je mogao pogrešiti samo ako ga je drugom tumačio.

Ali kako ni pesnik ni kritičar nisu sigurni ocenjivači tuđeg dela, ostaje čitaocu da se povodi sâm za sobom. Najbolja je samo ona knjiga koja nam je najmilija, kao što je najlepša ona žena za koju nalazimo da je lepa, a ne znamo zašto je lepa. Klasična dela su veličine koje vreme nije moglo oboriti, i koje su prolazile u trijumfu s kolena na koleno. Monteskje je zato rekao onu lepu misao da moderne pisce čita publika, a klasične pisce da čitaju autori. Odista, ko se vaspitavao na duhovima stare umetnosti i literature, ne treba da se boji da će njegov ukus ikada zastareti. Ko je mnogo polagao na modernizam, prošao je i sâm s modom.

Neki stari grčki pesnik kaže da velika boginja Atena nikad nije ogledala svoje lice u diskosu od bronze, ni u providnim talasima Simoisa, jer je znala da je njeno lice uvek lepo. Ni za umetničku lepotu ne treba nikakvo ogledalo, niti ikakav tumač. Pesničko delo, ukoliko je dublje, utoliko je prostije; a ukoliko je prostije, utoliko se manje o njemu može govoriti.

9.

Ništa ne može odoleti vremenu, pa ni delo pesnikovo. Ako ga vreme i ne poništi, ono ga iskvari ili nagradi. Svi književni rodovi zastarevaju s vremenom, a lirika je prva koja zastari. Ono što naročito u poeziji jednog vremena najbrže propadne, to su metafore i opisi prirode. Homerove opise Alkinojevih vrtova, koji su jedini slavan primer antičkog opisa prirode, mogao bi danas napisati i običan diletant. I Petrarkini takvi opisi, najbolji koji su nam ostali iz srednjeg veka, nisu dostojni ni osrednjeg imena među današnjim piscima. Osećanja za religiju i za ljubav ne menjaju se mnogo s vremenom, ali osećanje za prirodu — kao treći od velikih motiva ljudske inspiracije — menjalo se stalno i ogromno. Opis prirode kakav mi danas volimo, postao je tek poslednja dva stoleća. Karakterističan opis prirode u starijoj književnosti bila bi Fenelonova metafora o polju za koji ne ume drugačije da kaže nego da izgleda kao zelen ćilim. Nekada je i ta metafora mogla izgledati nova i lepa, a danas je stara i ružna. Homer je govorio „dan s belim konjima", ili „zora s ružičastim prstima", ili Eshil „sve šume mora", što je više bizarno nego lepo. Šekspir na jednom mestu kaže, imitirajući Homerovu metaforu: „zora sa sivim očima"... Danas je jednu bizarnu metaforu lakše naći i jednom običnijem piscu, nego što je bilo nekad velikom grčkom rapsodu i ocu svih pesnika. Barok je takva jedna lepota bizarnosti, i ona već traje više od dva veka, uvek s mnogo sugestije za ljudsku fantaziju, a verovatno da, zbog svoje detinjaste ljupkosti, neće nikad ni prestati.

Manje nego opisi prirode, zastarevaju pesničke ideje. Izgledalo bi skoro da se one uglavnom i ne menjaju. Događa se i da dva umna čoveka u dva razna doba istorije dođu do jedne iste ideje o istoj stvari, čak i da tu ideju izraze skoro istim rečima. Ovo naročito važi za pisce slične kulture i sličnog senzibiliteta. I u umetnosti, kao i u običnom životu, mnogi su ljudi došli na naše ideje i pre nas. Zato i u antičkim piscima nalazimo toliko od nas samih. Da ne postoji ovakav odnos između novog čitaoca i starinskog pisca, ne bi više postojao ni interes za ono što se nekad pisalo. Jer što ipak najviše volimo u svakom piscu, novom ili prastarom, to su naše sopstvene misli i osećanja.

Sreća je što metafora i ideja nisu jedino što može da sadrži neko umetničko delo, jer bi rušilačka ruka vremena bila još strašnija. Ali ima u umetničkom delu još jedan faktor, a to je faktor duševni. U književnosti je to onaj element koji ostaje zanavek isključiva svojina svakog pisca, jedino što se ne daje kopirati ni prisvojiti. Petrarka ima jedan sonet „prođe moj brod pun zaborava", izvesno jedan od najboljih njegovih soneta, i koji niko neće ni nadmašiti ni ponoviti. U njemu je rečena o čovekovoj sudbini tako jedna lična i intimna duševna reč, koja se ne može dva puta reći, ili bar ne jednim istim načinom. Ma koliko da je opisna lepota i misaona dubina u tom sonetu nešto od najsavršenijeg u svetskoj lirici, ipak duševni faktor u tom malom delu prevazilazi i njegovu misaonost i njegovu metaforu. Ništa uzbudljivije nije kazano pesničkim jezikom o čovekovom strahu pred životom. Zato je najveći pesnik onaj koji je imao najviše duše, a ne najviše duha. Duša je individualna, a duh je univerzalan.

Što u staroj atinskoj tragediji i sada ima za nas neodoljivog, to je onaj strah atinskog čoveka od sudbine koju su zvali *nužnost*; ona verska tuga koja je nešto najduševnije što su nam stari zaveštali. Dante i danas najvećma uzbuđuje svojom tugom hrišćanina i prognanog građanina, nego svojim idejama i svojom savršenom formom. A pesnici, kao Bajron, daju se ponovo ispevati, jer su više opisni i duhovni, nego duševni. Međutim, pesnik Alfred de Mise ne može se prepevati nikad više, jer je sav osećanje i tuga. Niko ga ne bi mogao imitirati, nego samo kopirati. Čovek koji odista ima svoju sopstvenu dušu, veoma je redak među ljudima; ali se naročito među piscima takvi ljudi daju izbrojati na prste. Istinski personalan pesnik, to je samo pesnik duboko duševan.

Svako doba čovekovog života ima svog naročitog pesnika. U dvadesetoj godini ljudi su zaluđeni nekim pesnikom, kojeg već u tridesetoj godini neće više čitati, ili će ga čitati bez nekadašnjeg uživanja. U četrdesetoj godini imamo opet naročitog svog pesnika; a docnije se te razlike ocrtavaju još oštrije. Bajron i Mise, ili u nas Branko i Vojislav, ostaće zanavek pesnici naših dvadesetih godina, jer su pevali strasti i ideje mladog sveta. Leopardi i Bodler, pesnici bolesne duše, čitaće se dugo, s više uvaženja negoli najbolji među pesnicima, jer su zanimljivi i kad nisu lepi. Ne treba se zato čuditi ako ljudi dvadesetih godina nemaju o jednom pesniku isto mišljenje koje imaju ljudi kada su već u četrdesetim ili pedesetim godinama. To je nemoguće tražiti od mladih ljudi, čiji je sav život drugačiji, i sve navike različnije, nego u njihovih očeva. Često dva čoveka iz dve takve razne generacije imaju više među sobom razlike, nego dva čoveka raznih rasa ili raznih kontinenata. Pod suncem neba sve su stvari drugačije obasjane, i drugačije obojene, i drugačije izražene.

Lirski pesnici zastarevaju, jer se menja naš senzibilitet na svakom raskršću istorije. Ovo će s budućim vremenima, u kojima će se brzo živeti a mnogo stvarati, ići još brže. Svima danas mnogi veliki lirski pesnici prošlog stoleća izgledaju hladni i ravnodušni. I veliki Gete, i veliki Igo. Ali ako su ova dvojica divova zastareli, ipak ima lirskih pesnika, čak istorijski od nas još udaljenijih, a koji su nam ostali duševno uvek bliski: Sapfo, Tibul, Petrarka, Ronsar. Jer što jednu pesmu sačuva i napravi večnom, to je njen intimni ton, intimna ideja o ljubavi i sudbini, koje su u osnovi nemenljive i opšte. Veliki pesnici su uzvišeni, ali ne i intimni; oni nas zadivljuju, ali ne zanose. U tome je njihova veličina, ali i njihova nesreća.

Naročito bol, iskreno izražena, sačuva pesmu svežom kroz vekove; jer su sreće različne, ali je bol uvek ista. Religija i bol, to su dva izvora stvaranja, i dve lepote koje nikad ne menjaju svoju snagu nad ljudima. Sve umetničko se začinje u njima dvoma. Nema velikog književnog dela bez velikog bola. Sve se rodilo iz bola i krvi, kao i dete. U tamnici je Sokrat pisao pesme pre nego što je došao čas da ispije čašu otrova: napisao je jednu himnu Apolonu, i u stihove prenosio Ezopove basne.

10.

Razlika između pesnika i naučnika jeste i u tome što je svaki pesnik jedna figura za sebe. Pesnikovo je delo uvek kao jedno usamljeno ostrvo, koje izgleda da ima svoje sopstveno nebo i sopstveno sunce, na čijem osvetljenju zrači njegova sopstvena lepota. Zato što je najređe i u književnosti, to je takva personalnost. Ima vrlo poznatih i mnogo čitanih pisaca, čak i slavnih, koji nemaju svoje personalnosti. Međutim, svako ide nasilno da uveri o tome da je ličan i samosvojan.

Jer nema opakije strasti nego što je književna manija, ni bestidnije taštine nego što je književna sujeta. Ima jedan bacil književne ludosti koji razorava mozgove otkad ljudi žive, ili bar otkad pišu. Novac i slava, to su dve najkobnije pohlepe; za novac se srlja u sramotu, a za slavom se srlja u smešno. Cezari su pisali stihove, a pape su bile literati. Slavni kardinal Rišelje je bio rđav pozorišni pisac, i plaćao poslednju galeriju da mu pljeska za vreme predstave. I kraljevi, kao Fransoa I i Luj XIV, obojica veliki ljubavnici, pisali su epitre i madrigale. Poznato je kako je pesnik Boalo odgovorio Luju XIV, kad mu je ovaj tražio sud o njegovim kraljevskim stihovima: „Vašem veličanstvu je sve moguće. Hteli ste da napišete rđave stihove, i uspeli ste." Ovaj sjajni vladar, jedan od retkih ljudi koji nikad nije bio smešan, prestao je posle toga da piše stihove. Ludilo za književnu slavu, odvodilo je u smešno i one čija je slava bila inače osigurana u nauci, ili u politici, ili u vojničkoj veličini. Volter, koji je imao ironije za ceo svet, bio je najsmešniji u svojoj poetskoj ludosti. Krvoločnije lične sujete nije bilo. Posle premijere njegove drame *Semiramida*, išao je Volter u tada elegantnu kafanu Prokop, prerušen u fratra, s molitvenikom, s naočarima i perikom, ispod koje se jedva video nos, i tako sakriven iza novina u jednom uglu slušao šta se govori o njemu; i kako kažu, napuštao kafanu tek kad su se svi drugi gosti razišli. Najzad, verujući da samo Šekspir smeta njegovoj slavi, on je napadao Šekspira kao plagijatora, koji je svoje drame pisao prema romanima danskog pisca Saksa Gramatikusa (*Klaudija, Gertrudu, Hamleta*). Jedan engleski pisac kaže kako je Volter i svog prijatelja, pruskog kralja Fridriha Velikog, toliko bio ozlovoljio protiv Šekspira, da je ovaj kralj najzad progonio čak i glumce koji su Šekspirove drame igrali na pruskim pozornicama.

Pesme vole samo deca i mudraci. Prvi u pesničkim mislima vide šarene slike, a drugi u tim šarenim slikama vide duboke misli. Pesme ne vole ljudi rđavog srca i lošeg vaspitanja. Prostaci po pravilu preziru poeziju, i ako mogu, progone pesnika. Nema u celoj književnosti nijednog roda za koji treba toliko duboko književno obrazovanje, i tako izvanredna prirodna prefinjenost, kao za razumevanje jedne umne lirske pesme. Ali ako je mnogima teško pročitati i razumeti jednu lirsku pesmu, njima izgleda da je nije teško napisati. Posle evropskog rata su naišle po svetu čitave armije lirskih pesnika nebrojenim devizama i programima, nešto što se nije videlo od početka sveta. Reklo bi se da je sutradan posle evropskog rata naišao val idealizma i čovečanske ljubavi; i da je posle moralne poremećenosti i bestidnog grabeža, poslao Bog vojske pesnika da objave novo i drugačije čovečanstvo. Međutim, posredi je bila samo književna manija, koja je vrlo stara bolest. Nikad se u Evropi nije više pisalo, a nikad se nije manje imalo šta da pročita. Nikad u istoriji čovekove misli nije bilo na površini više šarlatana, ni više trgovaca prljave hartije. A međutim, bilo je pisaca koji su se po primeru crkve mogli nazvati „svetim ocima" jedne književnosti.

11.

Oseća se da se još do našeg veka nije rodio veliki lirski pesnik. Onaj kojeg danas nazivamo velikim pesnikom, samo je pisac koga treba odvojiti od srednjeg. Ima mnogo lirskih pesnika koji su blizu velikog, ali stvarno nije to još nijedan. Uporedite samo kako su nedogledni vrhovi u drugim granama književnosti, kao na primer veliki tvorci epopeja i drame: Homer i Sofokle, među pagancima, a Dante i Šekspir, među hrišćanima. Možda su takvi i u romanu Balzak i Tolstoj i Dostojevski. Nema nijednog lirskog pesnika na svetu koji može da izdrži upoređenje s ogromnom manifestacijom sile koja izlazi iz ovih nekoliko genijalnih imena. Pitanje je možda da li uopšte liričar može biti od onolikog zamaha i od onakvog obima koliko su ti veliki epski i dramski pesnici, ili pisci romana. Onamo se operiše krupnim masama i velikim sudbinama, koje izražavaju celo čovečanstvo jednog vremena, projektirajući svoju silu čak i u dubine drugih vekova, i vekova koji su prošli, i vekova koji će doći. Liričar je, naprotiv, zatvoren samo u sebe, i ne izlazi iz svoje prirode, iz opisa svojih ličnih sreća i nesreća, svojih ličnih ideja i sopstvenih emocija. Izgledalo bi da lirski pesnik i ne može biti izraz celog čovečanstva, čak ni kad je to najveći čovek svog vremena. Priroda nije u jednog čoveka usredsredila sve svoje tajne i sve svoje istine, pa ma koliko taj pesnik bio njen izuzetni i privilegovani čovek. U čovečanstvu ima uvek više nego u jednom čoveku, ma kojem i ma kolikom. Međutim, to ipak samo tako izgleda, jer samo liričar opisuje ono što je esencijalno i osnovno u čovekovoj prirodi. Drama opisuje akciju i karaktere, a roman daje događaje i opise, a samo lirika zapisuje najtananije i najskrivenije pokrete čovekove duše.

Liričar će postati velikim pesnikom samo onda kad bude kazao velike istine o trima najvećim i najfatalnijim motivima života i umetnosti: o Bogu, o Ljubavi i o Smrti. U pesmama o Bogu, veliki pesnik bi dao izraz svemu onom čime je čovekova duša vezana za prirodu i njene tajne. U pesmama o Ljubavi, kazao bi sve ono što nas vezuje za stvari i bića u jednoj neizmernoj lepoti atrakcije i snage. I najzad, u pesmama o Smrti, kazao bi sve slutnje o konačnom cilju, i svu gorčinu neizvesnosti na našem prolasku kroz misterije života. Do danas nijedan veliki lirski pesnik nije to dao u potpunosti, ni Gete, ni Šeli, ni naš savremenik Tagora. Ne samo da nisu dali svoju sopstvenu poetsku ispovest o svima tim trima velikim motivima, nego ni o jednom jedinom nisu rekli dovoljno.

Za mene, dramsko pesništvo, otkad postoji, grupisano je oko tri velika imena. Tri velika dramska protagonista, iako nejednaki po svom geniju, predstavljaju celu svetsku dramu: Sofokle, kao centralna figura antičke drame, i Šekspir kao centralna poetska ličnost moderne tragedije, a Ibzen kao najveći pisac savremenog duhovnog teatra. Sudbina čoveka je izražena pomoću drame kroz ovu trojicu pesnika najpotpunije, čak ni u jednom logičkom i istorijskom razvijanju. Naime, u Sofoklovim dramama božanstva progone čovekovu rasu s kolena na koleno, kao lozu Edipovu, i taj mračni determinizam znači stvarno boj neba i zemlje. Međutim, u Šekspirovim dramama više ne ratuje čovek protiv naivnog crnca, i zelenaš Šajlok protiv dobrog Antonija; znači porok jednog čoveka protiv bespomoćne dobrote drugog čoveka. Najzad, u pokušaju koji je dao Ibzen, izgrađujući jedan duhovni teatar svog vremena, ne ratuje više ni božanstvo protiv ljudstva, ni zao čovek protiv dobrog čoveka. Naprotiv, prema ovoj drami se bije boj u samom čoveku: jedna naša sujeta protiv jednog našeg principa, ili jedna naša prekomerna ambicija u sukobu s našom slabom voljom. U ovim dramama ne padaju ljudi ni od anateme svojih božanstava, kao u Sofoklu, ni od noža i otrova svojih sugrađana, kao u Šekspiru, nego su sve njihove katastrofe čisto unutrašnje: mračni atavizmi i poroci, u sukobu s otpornom silom uverenja ili vaspitanja; kobna i neumitna bitka između belog i crnog u samoj prirodi jednog dramskog lica. Jedino zbog ovog je Ibzen nov, i samo zbog ovoga je Ibzen ipak najveća figura društvenog i duhovnog teatra svog velikog književnog vremena. Sve što se napisalo u drami i komediji, mora, u pogledu ovakvog osnovnog principa drame, da bude grupisano oko ova tri vrha, nejednaka po veličini ali bliska po sudbini, u celom dosadašnjem dramskom stvaranju.

Možda će se veliki lirski pesnik večito čekati, a možda on nikad neće ni doći. Jer nikad nećemo moći osetiti da je neko izrazio sve od onog što je glavna tajna čovekova na zemlji. I kad najveći lirski pesnik bude dao najveću knjigu, ona nam ipak neće izgledati poslednja reč. Uvek će ljudi verovati da je čovek viši od ma koje čovekove knjige. I uvek će imati pravo kad bude tako mislio.

12.

Ima pisaca koji su izgubili mnogo vremena dok su našli sami sebe. Ovi su mi artisti bili uvek najmiliji. Možda su još simpatičniji oni koji uopšte nisu uspeli da se ikad konačno nađu. Verovatno čak da među ove poslednje spadaju ljudi od najvećeg talenta: jer je talenat jedno večno nespokojstvo, i večna borba duha s formom. Pesnik koji je spočetka našao svoj put, ili je bio genije kojem je sve moguće, ili mali čovek koji je uvek s malo zadovoljan. Ljudi malih svojstava uvek su gospodari sebe, uvek prisebni gospodari svoje reči i svog čina. Oni uvek znadu šta hoće i šta mogu, a to im daje jedno osećanje samopouzdanja drskog i prostačkog. Ali istinski veliki tvorci, naprotiv, hoće mnogo, hoće odveć, često čak i van granica svojih mogućnosti. Hteti nešto van svoje snage, to je najveća tragedija čovekova. Ovo je bila i tragičnost svih pravih genija. Svaki je od njih bio sobom nezadovoljan, i svaki je na kraju života gorko znao da svoju najkrupniju reč nije rekao. Pisci nose u duhu jedno delo celog života. Tako je Gete u vrlo stare dane pisao drugi deo svoga *Fausta*, i nastavio roman o Vilhelmu Majsteru, koji je inače bio pisao davno, a koji je za svakog bio već svršeno delo. Nema nijedne knjige za koju njen pisac misli da je sasvim gotova. Najbolji je onaj pisac, koji misli da bi svako svoje delo trebalo da iznova napiše.

Pesnik koji sebe uvek traži, to je tvorac, koji neminovno već time dokazuje da je u stalnom razvitku. Tražiti sebe postojano, to je neprestano penjanje ka idealu. Pesnici koji su se odmah našli, nisu ni osetili ovo mučenje. Ali zato nisu osetili ni veličanstvenost takvog penjanja ka zvezdama. Oni su progovorili čim su se rodili, a sve svoje rekli čim su otvorili usta. Imali su odmah i svoj osnovni ton, i svoju gotovu formu. Redak je slučaj Mikelanđela koji je izvajao svog *Davida* pre tridesete godine, a Torkvato Taso je ceo svoj slavni epos bio napisao već u svojoj tridesetoj. Redak je i slučaj kao što je bio s tri najveća lirska pesnika engleska, Bajronom i Šelijem i Kitsom, koji su umrli kao mladići, ali ostavivši ipak gotova i savršena dela. Inače, veliki talenti su rasli sporo kao veliki kedrovi na Libanu.

Početnik, kakvo sjajno doba u karijeri jednog duha! Tu su sve slobode pokreta i prostora; svi prkosi drugima i sebi samom; sve nestalnosti koje dolaze od nereda u željama; i sve protivurečnosti, što izlaze iz zbrke o tome šta se hoće i koliko se može. Blagoslovena ova trzanja i ove besanice mladog talenta, kakve nisu imali radost da poznaju mnogi tvorci zadovoljeni brzim uspehom, ili površnom slavom, ili bestidnom idejom o svojoj veličini. Početnik, ali početnik od snažnog dara! Prva njegova knjiga, ali makar u njoj samo jedna pesma od velike vrednosti; ili bar jedna strofa neke pesme, ali strofa koju pesnikovi savremenici imaju potrebu da nauče napamet, jer lirski pesnik ne živi ako ne postoji na živim ustima svojih savremenika, i ako ga savremenici ne pozivaju u pomoć kad god imaju da sami izraze najzagonetnije slučajeve srca i savesti. Nema pravih pesnika koje svet nije osetio čim su došli na videlo; niti ima velikih talenata koji ostanu u senci, znači nerazumljivi čak i najumnijim njihovim savremenicima. Nema te reči koju je svet čekao da jednom bude kazana, a koju nije razumeo ako je najzad odista i rečena. Svet uvek čeka onoga koji će doneti istinsku lepotu, posle mnogih loših pisaca koji muče i sebe i druge. I ovaj uvek odista i dođe. Mikelanđelo je izvajao svog *Davida* iz jednog velikog komada mramora, kojeg je pre toga bio pokvario neki neznalica.

Ima novih slikara koji prvih godina slikaju samo svoje želje i sujete, a ne svoja stvarna osećanja i uverenja. Njihova dela se ne znaju ni gde počinju ni gde svršavaju. To su zastavnici čitave izmišljene vojske novih ljudi, koji su u njegovoj raspusnoj mašti silniji od svega što je ikada postojalo. Jer novom čoveku nije dovoljno samo da bude pobedilac svog vremena, nego da poruši i sve što smeta nestrpljivoj i besomučnoj sujeti. Međutim, ipak treba sve dozvoliti mladom pesniku osim da nema talenta. Mladi Viktor Igo je izvesno izgledao sebi, posle uspeha svoje drame *Ernani*, viši nego veliki Aleksandar, ulazeći u Persepolis, kao pobedilac najvećeg carstva na zemlji. I obratno: bilo je i najvećih među pesnicima koji su bili uvek nezadovoljni sami sobom. Dante je pevao o tome koliko ga je rad na njegovom eposu omršavio; a Vergilije je hteo da spali svoju *Enejidu*, da ga Avgust nije sprečio, jer je pesnik verovao u svoj neuspeh.

Danas je najmanje onih koji sebe traže, to jest koji sebe izgrađuju kroz život. Istina, novo doba je dalo velikih književnih talenata i krupnih književnih dela: tako je Balzak napisao više nego Dante, ili Taso, ili Ariosto, i možda imao i talenta koliko ma koji od ovih najvećih među pesnicima. Međutim, koji bi pesnik Balzakovog doba, ili našeg izbezumljenog vremena, mogao koncentrisati ceo svoj genije i ceo vek čovekov na strpljivu i napornu izgradnju jedne jedine knjige kao što je *Božanstvena komedija*, delo s onom grandioznom arhitekturom, i s onom neverovatno teškom versifikacijom. I delo u kojem je jedan pesnik izrazio i svoju latinsku rasu i svoju hrišćansku religiju, a sebe samog izrazio i kao liričara, i kao epičara i kao dramatičara, sve u isto vreme. Istina, onda su dani drugačije mereni; ljudi su imali vremena da pišu, čak i da čitaju; bilo je više ozbiljnosti, i sve što se radilo, to je rađeno za večnost: crkva, slika, stub, kladenac, poema. Na delima Igoa i Balzaka ima trag žurbe — i na *Legendi vekova*, i na *Ljudskoj komediji*. Nijedna posebna knjiga Balzakova nema izgled da je pisana za celo čovečanstvo i za sva vremena, ni po sadržini, ni po obliku. Jedna fatalna nesreća u stvaranju danas, to je ta nemoć da se, kao nekad, jedan genije ceo izrazi u jednoj grandioznoj i večnoj knjizi.

Svaki veliki pisac i artist treba da ima svoje centralno delo, koje predstavlja esenciju celog njegovog talenta. Fidija je bio pre svega skulptor svoga *Zevsa*, a Praksitel svog *Hermesa*. Arhitekt Iktin je iznad svega tvorac Partenona, iako taj hram nije po redu ni prvo ni poslednje od njegovih dela. Mikelanđelo je slikar Sikstinske kapele i skulptor *Mojsija*, a za neke tvorac *Davida*. Šekspirovo je možda centralno delo *Hamlet*, a Geteovo *Faust*. Balzak nema tog centralnog i esencijalnog dela; a neki pokušavaju da Viktora Igoa smatraju pre svega piscem *Legende vekova*, kao knjige namenjene za večnost. Centralno delo odista izražava jednog pisca često više nego sve drugo ujedno. Ono ima izgled da će odoleti vremenu i kad se nekad docnije knjige budu odveć umnožile, i kad jedan veliki pisac ostane poznat ili slavan samo kao pisac jedne knjige, ili čak kad od jedne njegove knjige budu ljudi pamtili samo nekoliko odlomaka. Međutim, ima odista jedna opširnost i prolivenost koja je karakteristična u literaturi dva poslednja veka. Nikad ljudi nisu pravili ovakvu zloupotrebu reči i fraza. Antički pisci nisu imali naša sredstva za pisanje, ni naša pera

i mastilo, ni našu hartiju, ni naše štamparije, i stoga, za njihovu
sreću, bili su kratki. Kažu da su i veliki antički besednici držali svoje
sjajne govore ne raspolažući pri tome nego s četiri stotine raznih reči.
Volim jednu sjajnu izreku koju je kazao Karduči, italijanski pesnik:
„Ko jednu stvar može da kaže s dve reči a on je kaže s tri, to nije
pošten čovek.”

13.

Ljude od duha traže, ali ih ne vole. Njima se dive, ali ih se boje.
Ono što obični ljudi najmanje praštaju drugom čoveku, to nije no-
vac nego talenat. Svako može očekivati da će nekad u životu pasti na
njegovu glavu zlatna kiša, i da će postati bogat: jer nema veće utopije
nego što je ideja o budućnosti. Ali svako zna da neće imati talenta,
ako ga već nije imao kad ga je želeo imati. Zato se manje mrze među-
sobno ljudi bogataši nego ljudi od duha. Bogataši žale samo što ne-
maju više zlata, ali ljudi od talenta su nesrećni i otrovani i kada neko
ima više priznanja nego oni. Životinja je samoživa i proždrljiva samo
kad je gladna fizički, a čovek je proždrljiv i kad je najsitiji i najbogatiji.
Nema mere ni leka ljudskom egoizmu. Superiornost jednog čoveka,
ma koje vrste ona bila, ne tiče se samo onog koji je njom obdaren,
nego se tiče i svakog drugog čoveka koji s njim dolazi u dodir. Zato
ona vređa ili sujetu, ili interes, ili ideju o sebi svih ljudi iz njegove
okoline. I zato su velike heroje ubijali, velike kraljeve progonili,
a velike pisce mučili. Zato Dionisije, tiranin Sirakuze, ne mogavši
postati pesnik kao Filoksen, poslao je Filoksena na robiju u rudnike;
a ne mogavši postati besednik kao Platon, on je tog filozofa prodao
kao roba u Eginu. Ljubomora prema ženi izgleda istog porekla kao
i zavist prema čoveku. Opazio sam da skoro isti čovek koji je ljubo-
moran prema ženi, nosi u sebi otrov zavisti prema ljudima. Skrom-
nost je zato nazvana vrlinom, jer samo skromnost može da u čoveku

prikrije njegovu superiornost nad drugim čovekom; da ukroti zavist okoline, i da ne opominje druge na njihovu inferiornost. Skromnost velikih ljudi treba da bude u tome da sakriju kao porok ono što je u njima božansko. Skromnost je neprirodno osećanje, ako je iskreno, a najsavršenija forma laži, ako je izveštačena. Ciceron je po svojoj prirodi bio sramežljiv, i izlazeći na tribinu on je, kažu, drhtao većma nego kad je u ratu komandovao legijama. Sramežljiv je bio i veliki hrišćanski besednik, Bosije, izlazeći na amvon. Ali se za Cicerona ne može reći da je njegova sramežljivost značila skromnost; naprotiv, niko u Rimu nije bio toliko razmetljiv kao Ciceron. Bio je neskroman i Katon Cenzor, koji je čak dozvoljavao da se otvoreno svaki čovek podiči ako ima čime. Kad su ga pitali zašto nisu još Rimljani postavili i njegovu statuu na Forum, on je odgovorio: „Bolje da se svet pita zašto nisu postavili na Forum statuu Katonovu, nego da pitaju zašto su je postavili.” Međutim, drugom prilikom je rekao, uvređen: „Više Rim duguje Katonu nego što Katon duguje Rimu.” U novo doba niko nije bio razmetljiviji nego Mirabo, ni naduven koliko Viktor Igo. Možda je ovoliko bio neskroman samo još Valter Skot koji je sâm o sebi pisao pohvalne članke.

Ima skromnost i skromnost. Ima ljudi koji nikad o sebi ne kažu lepu reč, ali tu lepu reč nisu kazali ni o ma kome drugom. Ima čak ljudi koji prećutkuju i svoje najviše osobine samo da bi mogli s više prava da o drugom kažu najveće pogrde. Veliki ljudi su svagda bili mučenici svoje slave. Još stari Hesiod kaže na jednom mestu: „Veliko ime je opasno, lako se dobije, s mukom se nosi, a teško ga napuštamo.” Samo ljudi velikog srca cene ljude velikog uma. Ima ljudi genijalnih srcem, kao što ima ljudi genijalnih umom; jer se srcem i stvara više nego umom.

Mnogi slavni ljudi bili su čak poruga svojih savremenika. Jer ako mudrac izbegava glupaka, još većma glupak izbegava mudraca. Što glupake najvećma zamara, to je da prave duhovni napor; zato je uman čovek za njih samo donosilac patnje. Čovek uman ima čak izvesnu bolećivost prema čoveku bez pameti, jer mu ovaj izgleda kao dete bedno i nedovršeno; ali čoveku maloumnom, čovek mudrac izgleda samo naduven, i kad je najskromniji, a agresivan, kad i najpasivniji. Čak mu izgleda i lukav i opasan, i onda kad je potpuno bezazlen i dobar. Ovakvo osećanje nepoverenja i antagonizma ide zatim u strah, i prelazi najzad u mračnu mržnju. Nema velikana za male ljude. Veliki čovek vas sudi po vašim vrlinama, a mali čovek vas sudi po vašim manama. Velikan nađe načina da vas i na taj način uveliča, a mali čovek vas unizi i smanji. Sitan čovek se bavi samo sitnicama. Zato kult za genije ne postoji kod onih koji su odveć daleko od svake darovitosti, jer ga oni ne posmatraju izbliza, i ne razumeju ga, a prema tome, i ne cene. Koliko se jedan genije sve više penje na visine, utoliko više iščezava s vidika za one koji ostaju uvek u nizinama. Samo oni koji sami idu naviše, znadu šta su to veličine nekog cilja, i dokle dopru visine jednog duha.

Običan čovek razmišlja: „Jedan je Platon, a ja nisam; drugi je Cezar, a ja nisam; treći je Šekspir, a ja nisam; a četvrti je Betoven, a ja nisam. Čak je i Mikelanđelo bio istovremeno i arhitekt i slikar i vajar; a ja nisam nijedno. Prema tome, kao da veliki ljudi postoje samo zato da pokažu drugima kako su mali i bedni. Zato, dole veliki ljudi!" Ovakvo je osećanje gomile prema velikanima, koje ona uvek prima preko srca, i održava bez svake dobre volje. Klicanje gomile u slavu velikana daleko je od toga da bude razumno priznanje i srdačna hvala. I kad god podižu spomenike velikim ljudima, ideja nije došla od običnih, nego opet od sasvim neobičnih ljudi, neobičnih po njihovom umu ili po srcu. Ne samo da velike ljude za života cene pogrešno, ili nedovoljno, nego i posle smrti. Retko je koja slava, bilo kakvog vojskovođe, bilo kakvog pisca, ostala da se u svakom veku ne nađe veliki broj njih koji su je osumnjičili ili čak uprljali. Svi su veliki ljudi i za života krvavo platili svoju slavu. Sâm učenik Aristotelov, mladi Aleksandar, metnuo je u kavez filozofa Kalistena, rođaka Aristotelovog. Protivnici su proterali Dantea iz njegove otadžbine i osudili ga na smrt da bude sagoren na lomači gde ga uhvate; a posle građanskog rata u Parmi, proteran je i Petrarka, koji je zatim otišao da očajava u Voklizu. Gledajte kako na vaše oči bedno umiru najveći građani vaše istorije, bili oni najveći pisci, ili najveći heroji. Odista, superiornost nosi nesreću. Bomarše i njegovi drugovi bili su bičevani u dvorištima velike gospode. Volter je tražio od senjera Rohana satisfakciju oružjem za neku uvredu koju mu je ovaj bio učinio, a Rohan je, mesto satisfakcije, poslao svoje sluge koji su Voltera sačekali i premlatili na mrtvo ime. Istog Voltera, koji je bio prijatelj kraljeva i bogataša, i sâm senjer i bogataš, čak i neko vreme i maršal dvora, izbacio je iz Versaja elegantni Luj XV, jer je Volter imao običaj da kralja čupka za rukav dok s njim govori. Našeg pesnika Đuru Jakšića premlatili su politički partizani u jagodinskoj kafani; a mnogi drugi su naši velikani bili prljani za života kad nisu puštani da pre toga umru u bedi. Svakako, i jeste teško svesrdno i stalno ceniti nekog koji je duhovno viši od nas. Zavist je urođena svakom čoveku, makar to jedni krili a drugi u sebi suzbijali. Čak i ljudi fizički maleni, potmulo mrze čoveka fizički krupnog. Koliko zavist čini nesreće među ljudima, najbolje pokazuje jedna mudra kineska izreka, koja kaže: „Kad si s bogatim, pravi se ubog, kad si sa zdravim, pravi se bolestan; a kad si s pametnim, pravi se glup.” Jedino su stari Grci smatrali umetnika i pisca kao visokog činovnika u državi; duhovni velikan je smatran kao državni velikodostojnik. Pesnika Sofokla postavili su komandantom eskadre protiv Samosa, kad je zadobio jednu književnu nagradu; a Rimljani su Lukula postavili za svog vojskovođu zato što je važio kao veoma književan. Još samo za vreme italijanske renesanse postojalo je ovakvo obožavanje misli i mislilaca. Slavne pape Julije I i Lav X bile su u velikom ličnom prijateljstvu s velikim majstorima svoga vremena, prvi s Mikelanđelom, a drugi s Rafaelom. Bilo je tada prošlo doba Bonifacija VII, i njegove mržnje na Dantea, jer je već helenski duh otvorio bio u Italiji periodu svetlosti. Papa je nudio slikaru Rafaelu kardinalski šešir, a drugi bi ga ljudi možda docnije napravili i papom. I kao što su nekad bili drugovi tirana u Sirakuzi jedan Platon, i Eshil, i Pindar, tako su docnije na dvoru Lorenca Veličanstvenog ili Luja XIV diskutovali filozofiju i poeziju vladaoci s velikim ljudima, bez kojih oni nisu mogli da žive.

Divan je slučaj što su antički Grci sebe smatrali izabranim narodom, ne zato što su bili najjači, nego što su bili najprosvećeniji. Ovaj kult duha u Grčkoj bio je u krvi od pamtiveka. Progonili su ostrakizmom samo velike ljude, i to ne zato što su bili veliki nego što su bili odveć popularni, i kao takvi opasni za atinsku demokratiju. Međutim, nikad nije činjena nepravda samim imenima tih velikih ljudi. Grci su svagda smatrali velike ljude kao naročite ljubimce bogova. Tako su verovali da je bog Pan voleo Pindara i njegove pesme, i da je pesnik tu ljubav vratio božanstvu kad mu je spevao himne koje su devojke iz Tebe pevale prilikom njegovih praznika. Plutarh tvrdi još da je njegov zemljak Pindar i sâm čuo boga Pana kako peva njegovu himnu. Isto su ovako bili voljeni od božanstva i drugi velikani. Tako su posle smrti dvojice pesnika, Hesioda i Arhiloha, išli bogovi na njihov grob da im učine posmrtne počasti; i da je sâm bog Asklepije napravio grobnicu za pesnika Sofokla kome je za života išao u goste i stanovao u njegovoj kući kao lični prijatelj.

Velikodušnost ne treba gledati u odnosu prema nesrećnim i bednim, nego prema srećnim i jačim od sebe. Ništa se teže ne prašta ljudima nego baš ono po čemu su oni najbolji: velike sreće ili velike vrline. Kad bi nam ljudi praštali naše vrline i zasluge, kao što praštaju nedostatke i pogreške, gde bi bio ovaj svet. Zato ne stradaju najvećma oni koji su najgori, nego baš oni koji su najbolji; i ma koliko da ovo izgleda apsurdno i fatalno, to je neumitni zakon ljudskog društva.

Međutim, bilo je velikih ljudi koji su bili i ljudi velikih sreća. Od pesnika su takvi ljudi naročito Pindar i Petrarka. Pindar je, osim Homera, bio najveća slava grčka, bez razlike gradova i plemena; nazivan je božanstvom, i činjene su mu počasti kao polubogu. U najvećem svetilištu grčkom, Delfima, imao je svoj presto u hramu Apolonovom odakle je sâm čitao svoje himne. Čak je njegova slava izlazila i van granica grčke zemlje. Tako je Pavzanija video u hramu Amonovom, u oazi egipatskoj, jednu trougaonu ploču na kojoj je bila ispisana himna koju je grčki pesnik onamo poslao za božanstvo, i onde čuvana religiozno. Kralj Aminta iz Makedonije i Hijeron tiranin iz Sirakuze sedali su pesnika Pindara pored sebe za vreme velikih svečanosti. Svi gradovi grčki davali su tom pesniku pravo gosta, po rešenju svojih skupština; a rušeći osvojenu Tebu, mladi Aleksandar je poštedeo samo kuću ovog grčkog rapsoda kao svetinju svih ljudi.

Petrarka je, čini mi se, ličio po sreći i slavi ovom velikanu starog doba. Tri grada su ga pozivala istovremeno da ga okrune lovorima: Pariz, Napulj i Rim. On je primio ponudu Rima, kao grada sveštenog i imperatorskog, i krunisan je u njemu lovorima na sâm Uskrs 1341, kad mu je bilo trideset sedam godina. Jedan stari italijanski pisac, Monaldeski, piše da je sav Rim bio u girlandama i zastavama, i da su sa svojih balkona rimske žene bacale na Petrarku cveće i prolivale mirise. Krunisanje je izvršeno na Kapitolu. Litiju je otvorilo dvanaest mladih rimskih plemića, obučenih u purpur, koji su izgovarali zlatne stihove Laurinog ljubavnika. Za njima je išlo šest starijih plemića iz prvih rimskih patricijskih kuća: Saveli, Konti, Orsini, Anibali, Laporeze i Montanari. Svaki od ovih je nosio po jedan venac, spleten svaki od drugačijeg cveća. A na kraju ove povorke išao je jedan senator rimski, okružen konjanicima i gomilom naroda; a popevši se na Kapitol, i sednuvši na svečanu stolicu, senator je skinuo sa sebe lovorov venac, i u ime Rima postavio ga na glavu

Petrarkinu, s rečima: „Neka bude talenat okrunjen lovorima.” Posle ovoga je nastupilo klicanje naroda. Najzad je svečanost završena kad je pesnik izgovorio jedan svoj sonet, u slavu antičkog Rima, i blagodarno kliknuo narodu i senatorima. Slava je, uostalom, Petrarku pratila kroz ceo život. Svi vladari malih državica italijanskih, slavni kondotijeri i tirani, otimali su se na čijem će dvoru pesnik živeti: i Mediči, i Sforca, i Malatesta, i Gonzaga, i Kolona. Roberto, vladar Napulja, kralj Sicilije i Jerusalima, bio je njegov najveći obožavalac i prijatelj. U Veneciji, prilikom jedne pobedne svečanosti, na Trgu svetog Marka, dužd Čelso postavio je Petrarku desno od sebe u prisustvu svega plemstva i naroda. A Galeaco Dandolo, udajući svoju kćer za sina engleskog kralja, pozvao je bio Petrarku da mu bude najveći nakit svadbene svečanosti.

Ali od svih pesnika, nesrećnih u pogledu njihovih odnosa sa savremenicima, čini mi se da su dvojica njih bili najveći bednici. Prvi je Ovidije, kojeg je Avgust proterao iz veselog i raspusnog Rima na hladne obale Crnog mora, da nikad više ne vidi sjaj ondašnjeg rimskog društva, kojem je docnije ravno bilo samo društvo Luja XIV, po eleganciji i galanteriji; i da više ne vidi ni rimske žene zbog kojih je morao i umreti na obali melanholičnog mora i među varvarima. Drugi nesretnik, bio je francuski pesnik Ežezip Moro, na čijem se grobu u Parizu i danas čitaju ove reči: „Ovde leži Ežezip Moro, pesnik — umro od gladi.” Itd. Neki veliki čovek je rekao za svoj neblagorodni rodni grad ove gorke i strašne reči: „To je vaza, puna zmija, iznesena na sunce.”

O HEROJIMA

1.

Svaki čovek je heroj. Još i više: svaki je čovek heroj u mnogo slučajeva; čak i većma nego jednom dnevno. Nije čovek heroj samo kad svoj život stavlja na kocku, nego je on heroj i u nebrojenim malim slučajevima plemenite hrabrosti. Ali obično herojem nazivamo čoveka koji sav žrtvuje sebe za dobro drugih; a takav čovek je za stare narode bio božanstven. Postojao je kult heroja kao viših bića, čak i pre nego što je postojao kult bogova kao besmrtnih bića. Pitagoristi su bili postavili heroje između bogova i ljudi, i kao posrednike između neba i zemlje. Najveće počasti su pripadale Bogu, organizatoru svemira, a odmah zatim bogovima koji su najveća bića na svetu, i koja izlaze iz njega, kao prva posle njega, besmrtna i njemu slična, i koji su njegovi saradnici u organizaciji stvari. Ali na trećem mestu, posle bogova, dolaze heroji, koji su primili snagu od najvećeg bića, i zato ne mogu biti odvedeni u zlo. Oni okružuju Boga kao hor; večno su dobri i večno ozareni. Tek na četvrto mesto dolaze ljudi, koji su manji od bogova jer su smrtni. Herakle je napravio dvanaest čudesa koja su sva učinjena za dobro ljudi, i zato je Herakle najveći heroj antičkog sveta. I Tezej i Belerefont su isto tako heroji oslobodioci. Naš je Obilić heroj oslobodilac, dakle, heroj sveštenog karaktera. Svi kosovski heroji su istog roda. Kod Troje ratuju sve ahajske vojske, i ceo grčki svet i svi grčki bogovi, zbog jedne lepe Jelene; rat između Tebe i Fokeje bio je isto tako zbog otmice lepe

Tebanke Teane; a između Fokejanaca i Kireanaca zbog lepe Megiste. Međutim, na Kosovu se biju vojske srpske za ideju nebesku protiv ideje zemaljske. Na Kosovu su se borile ne samo dve vojske nego i dve ideje: evropska protiv azijske, hrišćanska protiv nehrišćanske, ideja prava protiv ideje sile. Lazarevo carstvo nebesko, to je ideja o slobodi. Da se naša vojska odmah pokorila Sultanu i Antihristu, to bi bila pobeda zemaljskog carstva nad nebeskim. Azijske vojske tukle su se na tome polju ne za pobedu jednog ideala, nego za pobedu jedne mračne strasti. Oni su bili silni vojnici, ali zato nisu bili heroji. Heroizam, to je snaga u kojoj ratuje božanstvo dobra protiv božanstva zla, Bog protiv Sotone, pravda protiv nepravde. Herojstvo i hrabrost nisu jedno isto: hrabrost može biti bez herojstva ali herojstvo sadrži u sebi oboje: i hrabrost koja je slepa sila prirode, i ideju koja je sila svesnog i dobrog genija.

Ima momenata kad mnoge i najveće odlike čovekove postanu izlišne, a kad život traži od čoveka samo snagu železnog karaktera. Ima i momenata kad se više ne misli kako će se živeti, nego u kakvoj će se lepoti umreti. Heroj je pre svega karakter. Instinkt za život, koji je urođen čoveku, postane u njemu manji i slabiji nego čovekova ljubav za ideal, koja, međutim, čoveku nije urođena, nego samo stvorena istorijom.

Ima ljudi koji se ne boje smrti, jer nemaju ideju o smrti; ili koji umiru lako, jer su očajnici; ili poginu svojevoljno, jer nemaju osećanje ljubavi za život. Zato se umire često bez velikog bola za životom, mada je ljubav za život usađena u instinkt. Hrabrosti su zato raznovrsne. Ima ljudi koji su hrabriji pred smrću nego pred životom. Ima i ljudi koji radije umru za jednu zabludu, nego što htednu da žive za jednu ideju. Zatim ih ima koji su hrabri pred smrću, a koji su veliki plašljivci pred javnim mišljenjem. Postoji i hrabrost državnika u momentima velikih narodnih briga, kao što postoji i smelost političara pred odgovornošću. Ove su hrabrosti među sobom neuporedive.

Državnik i političar bili bi možda poslednje kukavice u bojnoj vatri, a hrabar komandant bi možda uvek radije primio da komanduje vojskom u boju, nego da primi odgovornost za jednu stvar mira. Znači da smrt ima svoje heroje, a život svoje. Dodajmo ovde da ima i ljudi koji se ne boje ni smrti, ni javnog mišljenja, ni svog kralja, ali se boje svoje žene kod kuće. Svirepi rimski general Sula je bio pod terorom svoje žene Metele; a Ciceron je slušao svoju ženu Terenciju kad je osuđivao na smrt saučesnike u zaveri Katilininoj. Antonijeva žena Fulvija je bila duša trijumvirata, a Avgust je slušao Liviju. Sokrat je umro kao bog, bez straha od smrti, a, međutim, trpeo je za života da mu Ksantipa prospe na glavu kantu punu splačina.

Ima dakle heroja i heroja, a ima kukavica i kukavica. Niko nije do kraja ni jedno ni drugo. Prema tome herojstvo ne znači hrabrost trenutnog pregnuća, nego neograničena predanost ideji. Ovo može biti ideja o otadžbini, ili ideja o veri, ili ideja o društvu, ili, najzad, ideja o svojoj porodici, domaćem miru, ljubavi za jednu ženu. Ali čovečanstvo zove herojima samo one velike duhove koji su umrli za najviši smisao o dobru, a to je ideja za koju se bore njegovi sunarodnici. Ovo je najčešće ideal o otadžbini i veri. Naš heroj Lazar je jedan od najvećih i najlepše izgrađenih heroja čovečanstva, zato jer se borio za taj dvostruki ideal koji je on zvao nebeskim carstvom. Postoji razlika između ideala i fikcije, za koje ljudi umiru često s istom lakoćom. Ideal, to je jedno saznanje o najvišoj istini; a fikcija, to je samo pusta mašta. Ka idealu se ide pameću i naukom, a ka fikciji se ide strašću i perverzijom. Heroj umire samo za ideal. Zato hrabrost mora da ima plemenit i nesebičan cilj da bi se zvala herojstvom. Samo je takva hrabrost svesna i božanska; a drugačija hrabrost je samo nesvesna i životinjska sila.

Ideal grčki, to je mudrac, a to znači Atinjanin koji živi u čistoj kontemplaciji, bez moralnog i fizičkog nereda što dolazi od uživanja. Znači kao Pitagora i Sokrat. A ideal rimski, to je bio građanin, *civis*, koji je pre svega patriot i heroj, kao Scipion i Katon. Nemački heroj je Zigfrid, koji se bori s ognjem da bi spasao nemoćnu devojku. Francuski je heroj oslobodilac otadžbine od tuđeg ropstva, a to je bila Jovanka Orleanka. Srpski je heroj Lazar koji gine za veru, i Miloš koji gine za svoju vojničku čast, i Marko koji umire od zamora što se celog veka borio braneći nejake. Heroj hrišćanstva je mučenik.

2.

Hrabrost, i kad je najveća, nije dakle dovoljna da se nazove herojstvom. Ima ljudi neizmerno jakih, ali po mračnoj i brutalnoj sili, a ne po svesnoj ideji. Najviše je hrabrih po atavizmu, svireposti, sujeti, bolesti, čak i po vojničkom vaspitanju. U jednom jurišu na tvrđavu, ginu junački hrabri ljudi svih ovih kategorija. Među svima njima usamljen gine samo onaj heroj, koji ima duh omađijan jedino pobedom neke ideje. Pored njega pada čovek koji u tom jurišu gleda samo pobedu sile veće nad silom manjom, a ne sile više nad silom nižom. I pored ovoga gine čovek koji iz lične sujete ubija, ili pada ubijen čak i protiv neprijatelja koji se bore za viši ideal pravde. Tu isto tako ginu i izvesni ljudi u borbi s drugim ljudima, kao što bi u afričkoj šumi poginuli u borbi sa zverovima: iz krvoločnog sporta ili brutalne manije; više iz obesti nego iz razumne energije i svesnog herojstva.

U rimskom polju, i samo za jedan dan, vežbahu se deset hiljada mladih ljudi iz svega carstva da kao gladijatori umru u cirkusu za zabavu Cezara i rimske gospode. Cezar je svako prepodne bacao zverovima ljude i s uživanjem posmatrao njihovu smrt, a poslepodne je išao da u pozorištu sluša ljubavne stihove Marcijala i Terencija. Bilo je među tim istim cezarima i ljudi koji nisu bili inače po srcu rđavi. Vespazijan je sagradio cirkus samo za prestiž svoga carevanja; a i njegov sin Tit je išao u taj cirkus po potrebi političara; ali je Domicijan, brat Titov, išao već po potrebi svoje navike i svoga ukusa. Prema tome Vespazijan, Tit i Domicijan su bila tri različita čoveka. Jedini je Domicijan bio krvolok. Samo su kukavice krvoloci, a on je jedini od trojice bio kukavica. Heroj ne voli krv i nasilje. Herojstvo je plemenito i čisto i nevino, kao Ifigenija. Heroj ne ubija za svoje zadovoljstvo, ni iz lične osvete, ni iz lične sujete, nego samo iz ljubavi za ideju pravde i za dobro drugih ljudi. Svirepi imperator Vitelije govorio je da ništa ne miriše na suncu kao lešina neprijatelja; ali plemeniti imperator tog istog carstva, Marko Aurelije, govorio je: „Milosrđe je čuvar države." Kad su Anriju IV, čestitom kralju francuskom, prebacili da kod Rošela nije bio dovoljno strog prema neprijatelju, on je odgovorio: „Ja sam uradio što sam hteo, a hteo sam samo onoliko koliko sam morao." Naš heroj Lazar je postao ideal narodnog heroja tek onda kad ga je pesnik opevao prema ovakvom idealu. Inače, istorijski, knez Lazar je bio samo svirepi čovek feudalnog doba, sebični gospodar, neumitni vladar. Pobedivši vojvodu Nikolu Altomanovića, svog velikog protivnika, oteo mu je Užice, a njega je osļepeo. Ali docnije, žrtvujući svoj život i svoju državu na Kosovu za nebesko carstvo, postao je herojem za ideale narodne, najpopularnijim vladarom istorije, i, najzad postao je svetac, kao što bi u antičko doba bio postao takozvanim polubogom. Tako nebo vraća zemlji ono što ona čini za pobedu svetlosti nad mrakom. Reka Diras je izašla iz zemlje da pomogne Heraklu da rashladi svoju ranu.

3.

Kao što su oduvek narodi imali potrebu za božanstvima, tako su imali i za herojima. Ljudi su imitirali heroje, gramzeći za njihovom slavom. Bilo je slučajeva da su oni pretvarali heroje u bogove, kao Zevsa, ali i bogove u heroje, kao Herakla. Heroj je bio, po pravilu, posrednik između besmrtnih božanstava i smrtnih ljudi; ali su i sami heroji polubožanske loze, jer je uvek bio kakav bog njihov otac, ili im je majka bila neka boginja. Istina, heroji su umirali, ali zatim živeli svojim zagrobnim životom na Ostrvu blaženih. Neosporno je da je svaki grad slavio najpre svog zemljaka heroja, pre nego heroja kakvog drugog grada, kao što bi u nas u Prilepu slavili heroja Marka, a u Topoli heroja Karađorđa. Kada se kakav grčki heroj vraćao kao pobedilac u svoj grad, onda ga njegovi zemljaci nisu primali na kapiju grada, nego su u gradskom zidu otvarali naročiti prodor kroz koji je heroj svečano ulazio. U starom grčkom eposu su heroji slavljeni samo kao borci, ali su docnije postali predmet i verskog obožavanja. Ljudi su oduvek osećali da velikim ljudima nije dovoljna slava, nego da im je potreban i kult, a naročito da velikim kraljevima nije dovoljan presto, nego im je potreban i oltar. Aleksandar je imao u Olimpiji statuu u izgledu Jupitera, a pesnicima Eshilu i Sofoklu posvetili su kult i podigli oltare na kojim su prinošene žrtve. Svi su grčki gradovi pobožno čuvali grobove svojih heroja, onako kao što hrišćanski gradovi čuvaju ćivote svojih svetaca. Često su herojima na grobu podizani hramovi, izgovarane molitve, i donošene statuete i uljanice — sasvim slično onome što čine hrišćani danas hrišćanskim svetiteljima. Putopisac Pausanija piše kako je video u Sparti slavne grobove Brazide i generala Pausanije, čak i heroja Leonide, čije su kosti bile donesene sa Termopila, četrdeset godina posle slavne bitke. Video je u Sparti i grob lepe Jelene, i heroja Herakla, i pesnika Alkmana, i nekolicine generala koji su komandovali spartanskim brodovima kod Salamine. U Atini je, u dvorištu Areopaga, video grob Edipa; u dvorištu Akademije, grob Platona; a blizu Keramikona, grobove Perikla i heroja Trazibula. Tako i po celoj Grčkoj.

I pre i posle svoje smrti, heroji su spasavali druge ljude od njihovih neprijatelja, besnih životinja, ili teških boleština. Pausanija kaže da su se Ahajci bili zabrinuli što se Trojanski rat bio prekomerno otegao, a vračevi su bili tada objavili da će rat biti završen samo kad Ahajci nabave jednu strelu Heraklovu i jednu kost heroja Pelopsa, koju su ovi odista našli ali izgubili za vreme prenosa morem. Nekad docnije udarila je bila boleština na Elidu, a vračevi su opet savetovali narodu da idu i nađu kost heroja Pelopsa koja je bila propala u more, kad su je onako prvi put nosili u pomoć trojanskim herojima. Znači da su stari grčki heroji bili čudotvorci, kao, uostalom, i naši posvećeni srpski vladari, kralj Prvovenčani u Studenici, ili kralj Dečanski u Dečanima, ili kao knez Lazar u Ravanici. Ovo se poređenje između antičkih heroja i našeg kulta za heroje nameće i nehotice. Mnogi naši heroji, istina, nisu bili posvećeni u našoj srpskoj crkvi, čak ni najveći među našim herojima. Na Kosovu nije bio posvećen Miloš, nego Lazar. Uostalom, i u Homera ima ovakvih slučajeva: u *Ilijadi* su posvećivani kao heroji samo borci, slični Ahilu i Patroklu, ali docnije su u *Odiseji* posvećivani dalje samo kraljevi, slični krfskom kralju Alkinoju. Najzad, srpski narod možda nije ni grešio što je herojstvo Lazarevo stavio i iznad herojstva Miloševog. Lazarevo je herojstvo čistije i bliže božanstvu.

Drugi narodi su obožavali svoje heroje kao inkarnaciju Sunca, i takve heroje nazivali su herojima sunčanim. Imali su ih Indijci u svom sjajnom eposu *Ramajani*, kao što su ovakvi heroji postojali i u Grčkoj, i u Judeji, i u Germaniji. Čudo je kako i naš Momčilo, koji leti na svom krilatom konju iznad Skadarskog jezera, nije postao sunčani heroj; a naročito Marko, koji je pravio natčovečanska dela, ubijajući crnog čoveka koji je imao tri glave, i bacajući sa Šar-planine svoj topuz čak u daleko i nevidljivo more. Heroj iz *Ramajane*, poreklom iz kraljevske sunčane dinastije, uči se kod mudraca Višvamitre magičnom oružju da brani njegov žrtvenik, i tim oružjem zadobija devojku Situ, ćerku kralja Viče. A kad su tom heroju Rami ukrali Situ, on pravi savez s kraljem majmuna, i zatim odlazi s Velikim majmunom da s obale baci kameni most na ostrvo Cejlon, gde ubija otmičara Ravanu i spasava svoju ženu Situ. Ali je otrovna ljubomora već bila pomračila njegovu dušu, strepeći da nije otmičar Ravan povredio čistotu njegove Site. Mlada žena pristaje da održi kušanje, ulazeći u oganj, dok su je gledali kralj Vajsravana, i bog Indra s hiljadu očiju, i Varuna, bog sviju voda, i Brama, tvorac sviju svetova. Iako ovaj Rama nije oslobodilac ljudi, nego samo heroj svoje ljubavi, on je ipak smatran sunčanim herojom. I sâm veliki Buda nije po tradiciji bio istorijsko nego samo legendarno lice. Njegovo rođenje i život i smrt su samo jedan mit, i to najčistiji. Ovaj se heroj rađa iz jutarnje magle, ulazeći odmah u strahovitu borbu protiv demona tmine; on po nebeskom svodu okreće „točak zakona", jureći na svojim ognjenim kolima, dok uveče ne potone u pomrčinu. Sasvim slično grčkom Febu.

Heroj je često poređivan sa suncem, jer sobom nosi život i oplođava svet. Heroj je uvek dobrotvor, pa bilo da ubija bika na Maratonu, ili sablast u Argosu, ili da tamani komarce u Aliferi. I sâm Aleksandar je sebe smatrao dobrotvorom ljudskim i herojem mitskim, verujući najpre da silazi od Ahila, a docnije i da je sin Amona. U *Starom zavetu*, najkrvavijoj knjizi koja je ikad postojala, ima mnogo heroja. Ali je car David smatran u jevrejskom narodu za najvećeg heroja, a to je car iz trinaestog veka pre Hrista. David je, stvarno, bio jedan od najvećih krvoloka starog veka, jer je, između ostalog, nasleđujući presto prvog cara Saula, najpre mačem iskorenio svu njegovu rodbinu. Ali je David bio i jedan od najvećih monarha antičkog doba, tvorac slavnog Jerusalima, pobedilac redom svih neprijatelja Izrailja. Zato je i ostao kao prvi nacionalni heroj. David je bio nacionalni junak, ali ne heroj sunca. Bio je i legendarni heroj, ali ipak samo ličnost istorijska. Međutim, David je imao i natčovečanske borbe, kao borba s Golijatom, koji izgleda kao kakva od onih nemani s kojima se borio Herakle, ili kao zmaj Piton kojeg je ubio Apolon. Jedan lep mit o sunčanom heroju izgrađen je o jednom drugom i manje zaslužnom jevrejskom čoveku, Samsonu, koji nije bio kralj nego sudija, što opet znači zaštitnik i vođ. Već samo njegovo ime znači Sunce, a njegov je mit pun i čist. Njegove su kose sunčani zraci; a lišen takve kose, on propada. Samson vrši herojski ciklus od dvanaest čudesa kojim odgovara dvanaest znakova u Zodijaku. Kao srpski heroj Marko, što pije vino s neprijateljima Turcima, tako i Samson ide među neprijatelje Filišćane da s njima pir piruje. Putem nailazi na lava koga rastrgne „kao jare", a idući dalje, ubija još i tisuću ljudi; i to jednom magarećom vilicom. Kad ga je u gradu Gazi izdala njegova verenica Dalila, i kad su mu odsekli kose, i bacili ga u tamnicu, Samson je čekao da mu kose ponovo porastu, posle čega jednim zamahom obara stubove na kući svojih neprijatelja. Na krovu je bilo tri hiljade ljudi Filišćana, koji su tude našli zajedničku smrt s ovim jevrejskim herojem. U čudnoj Knjizi o sudijama, biblijska tradicija i sama jasno ističe blisku vezu ovog heroja s božanstvom, jer se na njegovu molitvu jednog dana otvara stena, da iz nje poteče hladna voda, i utoli njegovu žeđ.

4.

Nijedna ideja o heroju nije dostigla vrhunac kao što je grčki mit o Prometeju; a nijedan pesnik od postanja sveta nije ovog nenadmašnog borca za ideal predstavio moćnije nego pesnik Eshil. Uopšte heroj, to je odista duh koji menja zakone reda u prirodi, i koji na taj način udara na božanstvo: heroj pobeđuje jače od sebe, i stavlja sreću slabih iznad sreće jakih, a to znači sasvim protivno načelima same prirode. Prometej je još inovator, koji se bori protiv starih predrasuda, nosilac nauke, mučenik svog ideala. Reklo bi se i tvorac nove vere, iako to u Eshilovoj tragediji ne kaže Prometej sâm za sebe. Neosporno, heroj Prometej je heroj prosvetitelj, znači najviši soj heroja. Prometej se bori protiv Zevsa koji je oborio s uprave na Olimpu svog oca Hrona, i zatim zaveo tiraniju nad svima božanstvima, i najzad hteo i da uništi ljudstvo, kako bi stvorio zatim drugo i drugačije. Ali Prometej, titan, dolazi ovde kao spasilac ljudi. On je ukrao Zevsu veličanstvo ognja, kojim se dotle služio bog Hefest, i dao ga ljudima kao najveće dobro, jer je vatra izvor sve civilizacije. Sâm Prometej kaže, na usta pesnika Eshila, da sve što ljudi znaju i umeju, duguju samo njemu. On ih je naučio da prave kuće od cigala, i da podižu skele, i da više ne žive pod zemljom kao mravi, ne znajući za godišnja doba. Da bi, kaže, umeli ljudi i da misle, pokazao im je kako se neke zvezde pravilno podižu, a kako neuredno zalaze. Za njih je pronašao i Broj, „najdosetljiviju stvar", i zatim izmislio poredak slova; a najzad je pronašao i „pamćenje, koje rađa Muze". Prvi je on zapregao životinje da rade umesto ljudi, i sagradio brodove, i naučio ljude lekarstvu, i pokazao im tajnu proricanja pomoću snova i tamnih otkrića, po letu ptica i po spaljivanju kostiju. Najzad, on je za ljude pronašao u zemlji tuč i železo, zlato i srebro, i naučio ih zatim svima zanatima i industriji. Tako kaže Eshil. Ali zato je čovekomrzac Zevs osudio Prometeja da bude prikovan za stenu u Kavkazu, „gde prestaje poslednja staza na svetu", kako peva isti Eshil; i sâm Hefest je heroja onda prikovao. Prometej je na Kavkazu podnosio ponosito svoja stradanja, i trpeo da mu orao Zevsov trideset godina kljuje telo. On je bogovima Uranu i Hermesu, koji su ga jednog dana posetili na Kavkazu, govorio o gromovniku s preziranjem, uveravajući da će Zevs najzad propasti, i to od sopstvene slabosti, a da će Prometej naposletku trijumfovati. On ne prestaje da ističe ponosno kako je spasao čovečanstvo, jer mu je dao vatru, koju je ukrao ispod nogu gromovnika. Njega ovde pitaju morske vile: „Zar nisi ništa drugo uradio za ljude?" „Još sam ih sprečio da ikad mogu predvideti svoju smrt." „A čime si sprečio to zlo?" „Usadio sam u njihovu dušu slepa uzdanja", odgovara heroj.

Mnogo vekova pre, i pesnik Hesiod je opevao istog Prometeja u svojoj *Teogoniji*. Kad je heroj Herakle posle ovih Prometejevih trideset mučeničkih godina, prošao kroz Kavkaz, taj sin Zevsa i Alkmene s lepim nogama, ubio je orla, i tako oslobodio okovanog titana Prometeja. Zevs je ovo oslobođenje dozvolio samo da bi njegov sin Herakle imao još više slave na zemlji. Zatim se i bog bogova konačno odrekao svoje mržnje protiv napaćenog titana, čovekoljupca Prometeja, sina Japetova, koji je bio i brat Atlanta što na drugom kraju Evrope, „u predelu večeri", isto tako mučenik, držaše na svojim plećima stubove nebeske. Prometej je oličenje ljubavi za ljudstvo, a to je i apoteoza stvaralačkog genija, koji je genije samo čovekov. Mnogi su smatrali heroja Prometeja zlotvorom ljudi, jer ih je naučio radovima koje im je sama priroda odricala, i tako ih napravio nesrećnim. Međutim, pesnici, koji su odista jedini shvatili ovaj mit u njegovoj pravoj i jedinoj lepoti, opevali su ovog heroja kao pretka svih drugih antičkih heroja, i koji je zatim postao i predak svih hrišćanskih mučenika. Prometej je, neosporno, najveći heroj među svima herojima sveta, jer nije ni lokalan, ni nacionalan, nego jedini heroj opštečovečanski.

5.

Dva tipična istorijska heroja, i to heroja vladara, to su makedonski kralj Aleksandar i francuski car Napoleon. O oba ova heroja vladaju, kao i o svačem drugom na svetu, podvojena mišljenja. Jedni smatraju Aleksandra samo kao megalomana i avanturistu velikog stila; kao velikog vojnika, ali ne i velikog čoveka; kao učenika filozofa, ali ne i prijatelja filozofa; kao prijatelja helenske kulture, ali ne i kao prijatelja helenskog naroda i helenske slobode. Niko o ovom učeniku Aristotelovom nije govorio gore nego mudri Seneka, učitelj Neronov. On ga zove ludim Aleksandrom. Drugi, sasvim obratno, obožavaju, kao Boga, ovog mladog kralja i heroja. Za Monteskjea, nije Aleksandar jedan osvajač rimskog tipa, koji sve osvoji da bi sve uništio, nego, naprotiv, da bi sve sačuvao; i nije išao da pobeđuje kako bi samo pokorio, nego kako bi oslobodio, darujući slobodu satrapijama i prosvetu varvarima. Što je odista najčudnije, svet se ne pita gde bi danas bilo čovečanstvo da je Aleksandar otišao da helenizira Evropu, a ne varvarsku Aziju; i da prosveti evropska plemena koja su bila tek počela živeti; a ne azijska koja su bila već degenerisana u svojoj sopstvenoj civilizaciji, i potonula u najsramnijim porocima. Naročito taj persijski narod, politički i moralno sasvim propao, i savršeno nesposoban za ma kakav novi uzlet, čak ni za kakav novi rat protiv Grčke. Što je najgore, posle Aleksandrove smrti, makedonski generali, nisu se ni sećali da ih je mladi kralj doveo onamo da heleniziraju varvarske mase, nego su odmah prešli u otmičare, bijući se jedan s drugim do istrebljenja. Uzmite samo borbu Antigone protiv Eumena, i Ptolemeja protiv Seleuka, ili borbe docnijih makedonskih vladara protiv Atine, kako bi je konačno zbrisali sa sunca. Zbog ovih slučajeva nije moguće, odista, ne biti ushićen inače tako sjajnom ličnošću mladog Aleksandra. Jer nema ljudske veličine ako u njoj nema ljudske dobrote; veličina bez dobrote, to je samo sila, nalik na silu materije.

I za Napoleona postoje dva razna mišljenja. Tako istoričar Hipolit Ten smatra Napoleona samo tipom italijanskog kondotjera iz doba renesanse. Za njega je to čovek od samog instinkta, koji zato više voli akciju nego ideal, služeći se ljudstvom većma nego služeći ljudstvu, vođen slepom samovoljom, a ne principima ili ljubavlju. To je oličenje egocentrizma, sujete, despotizma. On nije ni Aleksandar ni Pompej, nego istočnjački zavojevač, i čovek koji sve gazi da bi se on sâm što više popeo. Prema ovom mišljenju, Napoleon ne bi, odista, bio tip heroja, jer je bio bez dobrote. Istina, nije nikog ubio „izvan bojnog polja", ali je gledao u krv ljudsku bez užasa i bez gađenja, umirujući sebe da ipak neće upropastiti toliko francuskih vojnika koliko će mu francuske žene naroditi francuske dece. Da je mogao sto godina ratovati, on bi sto godina ratovao. Znači, Napoleon nije bio uzvišen heroj nego samo veliki general. Ali srećom, postoji o Napoleonu i drugo, i opštije mišljenje. Napoleon je bio tvorac velike vojničke legende jednog od najvećih kulturnih naroda, legende koja je najveća posle rimske. Znači da je bio i jedan od tvoraca Francuske. Kao heroj, tukao je uvek veće vojske svojom manjom vojskom, a kao oslobodilac, išao je u zemlje manjih sloboda gde je bio nosilac velikih principa revolucije. Možda je bio još veći kao organizator i administrator reda i pravde. Izmenio je u Francuskoj podelu zemlje, sudstvo i finansije, stvorio Narodnu banku, napravio puteve i luke, kanale i mostove, bolnice i azile, pomagao umetnost i književnost, doneo novi građanski zakonik, stvorio trgovinski polet kakav se nije video od Kolberovog vremena. Znači da je on bio heroj — dobrotvor. A bio je i heroj — oslobodilac Francuske, jer je tu zemlju spasao od anarhije koja je bila nastala posle velike revolucije, a tim otklonio možda i tuđu okupaciju.

Istorija čini nepravdu i prema Cezaru, kad ne govori o njemu samo kao o vojskovođi i sebičnom diktatoru. Neosporno, Cezar je imao sve pogreške čoveka svog vremena; bio je često bliži Suli i Pompeju nego Katonu ili Ciceronu. Nije imao mnogo moralnih skrupula, ali nije bio zao, nego čak i dobar, često i dobrodušan. Bio je u Senatu osumnjičen da je učestvovao u zaveri Katiline protiv republike, što izgleda i tačno. Ali je i Cezar, kao Napoleon, išao da stvori moćno carstvo od republike, koja je tek bila izašla iz anarhije Marijeve i tiranije Suline. Napoleon je obožavao Julija Cezara, i često se pitao šta bi Cezar uradio da nije bio ubijen. Istina, i pored svega toga, Julije Cezar nije heroj čistog tipa o kakvom ovde govorimo. Među velikim karakterima antičkog veka stoji, možda, Epaminonda kao jedna od najsjajnijih fizionomija čistog tipa heroja: jer je bio borac za opšti ideal, bez ikakve primese egoizma i lične taštine.

Svesna i prosvećena hrabrost, to je najveći stepen herojstva. Čak i dužnost, to su dva najveća pokretača za svakog heroja, a sve drugo može biti i samo sujeta i krvološtvo. Metel, dva puta konzul, diktator i pontifeks maksimus, izgubio je vid što je uleteo u veliki požar hrama Veste da spase paladijum. Srpski kralj Stevan Dečanski nije hteo da ratuje na zemlji svog zeta kralja Mihaila Šišmana u Vidinu, nego je molio protivnika da svoj hrišćanski mač okrene na neverne Agarjane koji su već prelazili Balkan. A ovaj je varvarin odgovarao samo rečima: „Hoću s tobom da se bijem." Pobožni srpski heroj primio je taj boj, na Velbuždu, gde je zatim bio ubijen taj bugarski kralj, kao što će docnije biti ubijen i na Kosovu drugi naš neprijatelj, turski car Murat. Ali srpski kralj, posle sjajne bitke na Velbuždu, koja je dala srpskoj državi hegemoniju na Balkanu, zadovoljio se samo moralnom i hrišćanskom pobedom nad jednim zlim čovekom, a ne primivši nikakvih drugih trofeja od Bugarske, koja je već bila pokorena, i bačena pod noge. Ovo je jedan od najvećih i najtipičnijih slučajeva klasičnog herojstva u istoriji. Na ovo izgleda nalik samo jedan antički slučaj. Kralj Gelon u Sirakuzi, koji je potukao trista hiljada kartaginskih vojnika, zaključujući s Kartaginom mir, nije tražio uslove druge nego da se Kartagina obaveže da neće više prinositi na žrtvu bogu Balu svoju sopstvenu decu. Ovo je nesumnjivo najplemenitiji ugovor o miru kakav je ikad napravljen u istoriji, a kralj Gelon najhumaniji pobedilac.

6.

Ima mnogo rđavih ljudi na svetu, ali iz razloga koji su vrlo različiti: jedni su rđavi što su nesrećni, drugi što su bolesni, treći su loše vaspitani, što su po prirodi samoživi. Broj dobrih je tako malen, da je pravo čudo kako ih ovi rđavi ne pojedu. Jedna španska poslovica kaže: „Neka Bog poživi rđave, jer ih je mnogo više." Čovek je dobar samo po jednom razlogu: ako je zdrav duhovno, a naročito ako je zdrav duševno. A rđav čovek je rđav iz više razloga, i na više načina. Međutim, onim dobrim pripada dužnost da od rđavih brane ne samo sebe nego i ideal o dobrom. Ovi malobrojni dobri ljudi prave korisne revolucije, daju ideji sjajne heroje, i donose dobre zakone. Oni vuku sobom ka idealu neizmernu masu rđavih i glupih. Istoriju, istina, nisu pravili samo dobri ljudi, nego zajedno s rđavim i na-jrđavijim; ali su sve dobre puteve ljudstvu prokrčili samo dobri ljudi, boreći se i protiv samih zakona prirode, koji ne poznaju dobro, nego samo slepu silu. Zato će biti spaseno ljudstvo kada bude razumelo da je svakidašnji dobar čovek u stvari jedan svakidašnji heroj.

Jer se često ne može biti dobar za druge ljude, bez štete za sebe; niti se uvek činiti dobrota drugom, a da se ne učini sebi poneka nepravda. Kad je Sokrat rekao da je vrlina najveće dobro, i da samo čineći dobro delo, čovek čini i samom sebi korist, ovo je tačno samo u načelu. Učiniti sebi dobro sa što manje zla za drugog — ovo je, prema opštem osećanju u ogorčenoj ljudskoj utakmici već dovoljan ideal o dobru. Kad ljudi ne bi bili jedan drugom zlotvori, ne bi ap-solutno bilo nikad potrebe da se govori o dobrotvorima i dobročin-stvima, niti bi milosrđe bila prva čovekova vrlina. Ali kao što ima ljudi glupih duhovno, ima ih i glupih moralno. Ovo su najopasniji ljudi i najmračniji glupaci.

Blagorodni ljudi ne znaju za opreznost, jer istinski i po instinktu čovek plemenit nikad do kraja ne veruje da zlo odista postoji. Opreznost je jedna vrsta zloće prema drugom, koliko je nužna mera prema sebi. Velika opreznost dolazi iz nepoverenja u drugog, a nepoverenje je potcenjivanje ljudi. Najbolji ljudi bili su lišeni ovog instinkta, i dobri su ljudi zato i najveći i stradalnici. Zbog ovog su opreznost antički Grci smatrali i proklamovali sumom pameti. Međutim, i kukavice ne smatraju sebe plašljivim, nego samo opreznim. Odista, ne zna se tačno gde svršava kukavištvo, a odakle počinje prava i mudra opreznost. Jedan primer opreznog čoveka izgleda mi da je bio atinski vojskovođa i mudrac Fokion, koji je nabusitim a slabim Atinjanima ovog vremena govorio: „Budite ili najjači ljudi, ili prijatelji najjačih ljudi." Stari Grci, još iz vremena Homerovog, smatrali su mudrošću pokazati krajnju pokornost prema „mnogo jačim".

I mnogo docnije njihovi potomci su dizali oltare, i nazivali čak bogovima one kojih su se bojali. Posle Farsale je Julije Cezar imao oltar u Atini, a Neron je nazvan božanskim, kao i vladari naslednici Aleksandrovi, Demetrije ili Antipater.

Pravi putevi zna se gde počinju, i zna se gde svršavaju, a krivim se ne zna ni pravac ni kraj. Dobri ljudi ne znaju za krive puteve, jer oni po njima ne idu; samo krivoumni ljudi najpre vide i izaberu krive puteve. Nepošten čovek zato s velikom brzinom izvrši zlo za koje pošten ne zna nego po čuvenju, kao nešto spoljašnje i potpuno strano njegovoj prirodi. Podao čovek misli da je nadmudrio poštenog čoveka ako ga je prevario; a on ne zna da ga je prevario samo zato što pošten čovek ima iluziju o drugim ljudima, i što živi u čistoti svojih mišljenja. Ovo je, uostalom, najveća snaga poštenih, ali i njihova katastrofa. Jedan engleski pisac negde je pametno rekao: „Kad bi pošteni ljudi imali drskosti nepoštenih ljudi, gde bi bio ovaj svet?" Kada bi umni i dobri ljudi imali oči na tim krivim putevima, nikad im lukavstvo ne bi naškodilo pameti, i život bi bio pobeda dobrih.

Najveća vrlina ženina jeste duševnost, a najveća vrlina čovekova jeste hrabrost. Plašljivost je uzrok nebrojenih pogrešaka čovekovih, često i samih njegovih zločina. Najveći broj heroja bili su u svemu plemeniti i blagi ljudi, a plašljivi su redovno vrlo rđavi ali i drski ljudi. Plašljiv čovek, pošto je istovremeno i zao, manje se boji heroja što je hrabar, nego što je častan; pošto dobro zna da je častan čovek odveć strog u svojim suđenjima. Dobar čovek je prav kao mač, ali i oštar kao mač.

Ima jedan tip čoveka i heroja koji postaje sve ređi: to je gospodin, heroj salona i društva. Gospodin se rađa kao i genije. Njegovo prisustvo izaziva bojazan i divljenje čak i kod onih koji najmanje cene i samo gospodsko osećanje, a to je osećanje nezavisnosti i usamljenosti. U našem Dubrovniku su pučani pozdravljali vlastelina rečima: „Gosparu, ja vas štujem", a nekakav od te vlastele je odgovorio: „A ko si ti da me poštuješ?" Ovim je hteo reći da plebejac nema ni toliko prava da plemića poštuje. Ovo je ružna oholost skorojevića, ali ne plemeniti ponos kućića. Istinski gospodin je više nego plemić, jer je gospodstvo stvar rase a plemstvo stvar klase. Lakše je biti kralj nego gospodin; a najteže je biti i kralj i gospodin. Bilo je silnih imperatora koji nisu bili gospoda. Najzad, lako je izgledati gospodin drugom, ali je teško izgledati samom sebi gospodin. Drugim rečima: najteže je o sebi samom imati dobro mišljenje. Gospodin u društvu i velika dama u salonu, produkti prosvećenosti i krvi, nalaze se pomalo u svim slojevima društva; a u srpskom narodu je gospodsko osećanje vrlo rašireno u Hercegovini. To je kovnica jezika i zemlja rapsoda, što objašnjava veliku tvoračku moć tog dela naše istorijske grupe, jer se bez jednog gospodskog osećanja za život ne daje stvoriti ništa uzvišeno za druge ljude, najmanje umetnost. Osećanje gospodstvenosti je vezano za darovitost i snagu moralnu ili duhovnu. Istinski artisti su po pravilu gospoda; od svih ljudi na zemlji su najponosniji artisti i mislioci, kojih je veliki broj izginuo za čast ili za svoje učenje. Dante je bio izgnan iz svoje Firence, i pevao kako je gorko penjati se uz tuđe stepenice po stranim zemljama, ali — ipak nije hteo da primi pomilovanje florentinske republike drugačije nego kao bezuslovno; i umro je van svoje zemlje. Visoka gospodstvenost slavnih umetnika vidi se i iz slučaja kada je engleski kralj Henri VIII, imitirajući slavnog Fransoa I, pozvao sebi za dvorske slikare Rafaela i Ticijana, a oni su to odbili, smatrajući njegov dvor i društvo nedovoljno kulturnim. Mikelanđelo je odbio da vaja grob oca engleskog kralja.

7.

Ko je mogao misliti od Tacitovih savremenika, da će oni ljudi koji sakrivahu po katakombama, biti naslednici prave veličine Rimskog carstva; i da će mučenici biti veći od osvajača sveta? Ko je mogao misliti da će od malih opština hrišćanskih u Rimu, gde su pri zemljanoj uljanici u podzemnim hodnicima čitali poslanice apostola, postati stubovi prestola novih imperatora? I da će reči polukulturnih propovednika odneti pobedu nad besednicima iz Senata i s Foruma? I da će oni koji su glavu posipali pepelom, i oblačili se u kostret, biti sudije onih koji su u svoju kosu sipali mirise i nosili senatorski purpur? I, najzad, ko je znao da će najsavršeniji dotadašnji zakonik čovečji, delo zakonodavaca koji su bili veliki mudraci paganski, ustuknuti pred nekolikim propisima hrišćanske nauke, i Deset zapovesti koje su došle iz pustinje?

Ljudi će uvek živeti, kao i dosad, sa svega dva ili tri opšta principa. Biće čak i ubuduće naroda koji će postati jaki samo tim što su fanatizovani u jednoj utopiji, koliko su drugi vaspitani u jednoj ideji. Ali pored ovakvih, biće uvek velikih naroda koji će živeti srcem ceo svoj istorijski vek. Nije hrišćanstvo bilo religija koja je pobedila samo zato što je štitila bedne; jer su te bedne štitili već i rimski zakoni, koji su čak bili i jasniji. Hrišćanstvo je pobedilo zato što su hrišćani davali živote za svoje reči, onako kako to nije činio niko i nikad pre otkad je sveta i veka. Jer ništa ne uverava koliko uverenje. Sve su druge vere bile poetske legende ili filozofske sentencije, a samo je hrišćanstvo bila religija, san i ushićenje. Svi su drugi bogovi bili drugovi ili zločinci čovekovi, a samo Bog, koji se rodio u duhu jednog mladića u Nazaretu, bio je car neba i zemlje, utočište i milost, najveća logika čovekovih osećanja, i najviša muzika srca. Nije hrišćanstvo pobedilo što je pravedno za svakog, nego i što je logično za sve; zato što su logika i dobrota izražene ovde u formi kakvu grčki filozofi nisu umeli naći; u ljubavi čoveka za čoveka, kakvu Sokrat nije znao napraviti filozofijom, a koju je Pitagora napravio samo školskom doktrinom.

I pored sve naivnosti filozofske i naučne, hrišćanstvo je, kao osećanje, kao stvar srca, veće nego sve što se pre javilo kao veza među ljudima. Pored sve nepismenosti njegovih proroka, koji nisu znali za Anaksagoru, ni za Platona, ni za visoku retoriku Ciceronovu, apostolske poslanice, bilo apokrifne ili istinite, sadrže ono što nikad dotle nije imala ljudska reč: duh večitog i inspiraciju božanstvenog. Sve je drugo bila reč ljudska i za ljude, i u ime ljudi; ali je Ideal, koji je u Nazaretu nazvan Bogom, prvi put stavljen onde gde ni paganac Platon nije uspeo da stavi svoju Ideju ideja: na najveći stepen sna i ekstaze za dobro. Dobro zajedničko i mir opšti, to su ipak naši najveći motivi i najviša priviđenja. Hrišćanstvo ih je prvo razumelo i obuklo u parabole milosrđa i požrtvovanja, i to tako prosto da izgledaju plitke, i tako naivno da izgledaju detinjaste. Grci su znali za veličinu života, Egipćani za veličinu smrti, a samo Jevreji za veličinu Boga.

Menjaće se kultovi i molitve, ali će istina o Dobru i Miru među ljudima biti zanavek vezana za hrišćanstvo kao najpotpuniju istinu o čovekovoj sreći na zemlji. Naivna kosmogonija hrišćanska biće i dalje apsurdum za pozitivnu nauku, ali hrišćanska moralna filozofija ostaće i dalje potpunija nego Sokratova, i nego Zenonova, i nego možda svih onih koji se u stvarima osećanja budu obraćali nauci većma nego snu. Stari grčki kult su napravili pesnici Homer i Hesiod samo kao jerarhiju sila u prirodi, obučenu u šarene bajke o božanstvima, stavljenim na Olimp kao središte svemira. Ali već prvi jevrejski proroci, koji su bili pesnici, dali su poreklo mladome tvorcu hrišćanstva koji je dao prvu i jedinu religiju osnovanu na moralnim a ne fizičkim zakonima. Samo je jevrejski narod bio sklon da veruje u proroke kao posrednike između Boga i ljudi i kao božjom voljom ovlašćene tumače nebeskih zapovesti: Grci to po svojoj prirodi nisu mogli. Sa svojim filozofima su bili skloni samo kritičkom posmatranju života, čistom racionalizmu i na suhoj dijalektici. U takvoj sredini jedna nova vera i moralna ideja o sili koja vlada svetom, nije mogla ponići. Propovedi na Jezeru i na Gori osvajale su svet, jer je u njima sadržana istina srca koja je večna, a ne razuma koji stvara isto onoliko zabluda koliko i istina. Hrišćanstvo je religija ljubavi, što znači pesma srca. Hristos je pokazao da je Pesnik-heroj jedini gospodar i pobedilac u svemiru.

8.

Paganstvo je posvećivalo heroje, a hrišćanstvo mučenike. Stari Sveti oci kažu da mučenik, već time što je mučenik za veru, postaje svecem svoje vere; kao što su Grci heroje pravili bogovima. Grčki bog i hrišćanski svetac imaju jedno isto poreklo i istu sveštenu misiju: prvi da brani čoveka, a drugi da umre za ideal. Mučenici antičkog sveta, i kad su umirali za najviše stvari, smatrani su i dalje običnim velikim ljudima, a samo je u hrišćanstvu onaj veliki koji umire za veru, i samo vera posvećuje svoje heroje.

Sama figura Hristova izdigla se iz ideje o samopregorenju, i napravila mučeništvo jednim visokim načinom da se umre za ideal. Mučenik hrišćanski je jedini koji je išao uzastopce tragom za Spasiteljem sveta. Ovde je herojstvo za Boga, a ne za otadžbinu. Ovde se umiralo za božanstvo i za ideal, a za ljude samo ukoliko je bilo u pitanju njihovo spasenje na onom svetu, a ne za njihovu slavu na zemlji. Kao što antički heroj ide u borbu protiv nemejskog lava ili kritskog minotaura, tako hrišćanski mučenik ide da bude heroj u borbi protiv mraka. Sveti Ignjatije, u svojoj poslanici Rimljanima, s ushićenjem govori svoju želju da postane mučenikom. „Ja sam pšenica gospodnja, i treba da me izlome zubi zveri, da bi se povratio u čisti hleb Hristov.” Odista, već i po ovoj visokoj i nesravnjivoj lepoti govora, ništa nije prevazišlo hrišćanske mučenike. Možda su im po samopregorenju ravni još samo mučenici nauke. Filozofa atomistu Tomaza Kampanelu su španske vlasti u Italiji osudile kao zaverenika na dvadeset sedam godina tamnice, a filozof, u svom glavnom delu, pisanom u tamnici, blagodari Bogu za ovaj slučaj, koji ga je odvojio od materijalnih sreća, i celog namenio nauci. Možda je i Đordano Bruno ovako mirno primio i svoju mučeničku smrt. Ali ne treba zaboraviti da su obojica ovih mučenika mogli ovo samopregorenje naučiti jedino od hrišćanske ljubavi za ideal. Hrišćanstvo je dalo prvi primer da čovek dadne sebe, celog, posvetivši svoj vek samo jednoj istini. Zato su hrišćanski mučenici uzori nenadmašnog samopregorenja, vrlo čestog u istoriji te vere, a vrlo retkog pre pojave hrišćanstva.

Nijedan heroj antički, ni Herakle, ni Persej, ni Agamemnon, ni Ahil, niko im nije ravan. Niko nije išao na gubilište s onom vedrinom i uzvišenom čistotom kao hrišćanski mučenik, koji blagodari sudijama za smrtnu presudu kao za akt koji mu je dao samo priliku da se skrušeno iskupi pred svojim idealom. Stoga su kosti mučenika kroz ceo srednji vek prenosili iz grada u grad, a neki su ih gradovi čak i krali od drugih da bi usrećili svoj narod. Naš Dubrovnik je imao u svoje vreme četiri mučenika kao svoje zaštitnike, a grad Jajce u Bosni imao je ćivot svetog evangeliste Luke. Srbi su posvećivali svoje zaslužne kraljeve, kao što su Grci posvetili kralja Zevsa, čiji se grob do u hrišćansko doba pokazivao na Kritu. Srbi su jedini evropski narod koji ima kult heroja, kao što su ga imali nekad i stari Grci. Bol i stradanje za veru, to je izvor veličine hrišćanske; da nije bilo tih žrtava, teško bi hrišćanstvo pobedilo paganski kult, ma koliko da je on već bio profanisan. Mučenik je bio glavni nosilac evanđelja. Paganci su bacali u more ili spaljivali na lomači tela svojih mučenika, da se ništa ne očuva od poštovanja za njega, jer je za njih heroj morao uvek biti pobedilac. A hrišćani su, naprotiv, često oko groba mučenikovog sazidali ceo kakav novi grad. Imperator Teodosije nosi na svojim rukama kroz carigradske ulice glavu Jovana Krstitelja, da je položi u Evdomoni, kao najveće blago prve hrišćanske prestonice. Docnije dolaze u isti grad mošti svetog Stevana, svetog Lavrentija, svetog Jovana Zlatoustog, svete Agnije, i svete Anastasije. Antički svet nije razumevao kako treba za ljubav Jupitera da se jedan vernik umori postom, bičevanjem, nespavanjem ili torturom na točkovima. Samo su hrišćanski učitelji napravili bol božanstvenim, bol koji su Grci prezirali u svim njenim formama. Pored antičkog pokojnika nije plakala ni govorila pobožne reči njegova rodbina, nego su kukale unajmljene naricaljke; a njegov grob je bio više jedan spomenik, nego novi dom jednog srodnika. Pored puta su ležali grobovi i onih ljudi čija su tela bila sahranjena na hiljadu milja daleko. Euripid je imao svoj kenotaf pored puta koji je vodio za Pirej, nedaleko od groba pesnika Meandra, iako je Euripid umro u Makedoniji, a ne u Atici. U hrišćanstvu je i život izgledao samo jedan povod za smrt. Hrišćani naprave sveštenim čak i predmete onog koji je umro za svoju veru: verige svetog Petra, i rešetke na kojima su mučili svetog Lavrentija.

U Grka je sve vedro i nasmejano, u Rimljana sve strasno i bludno, a u hrišćana sve strašno i kobno. Hrišćani su odista napravili zakon za upropašćenje svih ljudskih sreća. Ali samo za ljubav ideala! Život i smrt su ista stvar, govorio je i sumorni Heraklit; ali za grčku logiku, život je služio svima velikim stvarima, dok smrt nije služila ničemu. Za hrišćane, međutim, i život i smrt su služili samo za herojstvo prema veri. Antičko herojstvo je bilo jednoliko i prosto: pobediti u borbi za slavu grada, a hrišćansko je herojstvo značilo, uglavnom, stradati za svoju crkvu. Bilo je dve vrste svetaca: stradalnici i pokajnici. Imali su skoro istu versku vrednost: prvi nije ljudske sreće nikad uživao radi vere, a drugi ih se docnije odrekao s pokajanjem za ljubav te iste vere. Sveti Avgustin, najraskalašniji čovek, bio je takav pokajnik. Sveti Antonije se odrekao ljubavi jedne kraljice, a sveti Jeremija se osušio kao mumija sagorevajući za ženskim telom. Odista, lakše je bilo postati grčkim herojem u borbi sa zmijom iz Lerne, ili bikom s Maratona, nego hrišćanskim herojem u borbi sa ženom, bar prema hrišćanskim opisima. Zato je hrišćanstvo jedna vera mučenika, i jedan princip samopregorenja i kajanja. Samo kroz to mučeništvo i kajanje sprovodila se cela politika hrišćanske crkve. Sveti Denis nosi u naručju svoju glavu za spomen na svoje mučeništvo, a sveta Lucija nosi svoje oči na tanjiru.

Grčki heroj legendarnog doba je bio pobedilac natčovečanskih bića: Meduze, Minotaura, bika iz Maratona ili zmije iz Lerne, i bio je sin kakve boginje ili kakvog boga; ali grčki heroj istorijskog doba, to je mudrac, stavljen kao idol i uzor savršenstva. Mudrac Sokrat je heroj, ne zato što se ne uklanja od neprijatelja i što umire herojski za ideal častoljublja, nego što je bio savršen u svojim vrlinama duha i karaktera u isto vreme. Ovo bi se moglo reći i za Rimljane. Njihov građanin, *civis*, to je čovek zaslužan životom ili smrću za državu, pošto je država bila najveći ideal kojoj su služila i sama božanstva. Scipion Afrikanac je heroj, jer je pobedio Kartaginu, a stari Katon Cenzor jer je spasao državu od rđavih kraljeva. Njegov potomak Marko Katon je bio i po vrlini i po ličnoj hrabrosti primer rimskog savršenog čoveka njegovog doba. Ciceron je nesumnjivo ne samo najveći filozof u to vreme nego i heroj rimski. Ne samo što je bio najveći besednik i pisac nego je uzoran politički karakter, zato što je očuvao republiku stavljajući pod sud Katilinu i njegove drugove. Kao takav državnik je dobio i ime Spasitelja. Bio je nekoristoljubiv i čistih ruku; i, najzad, ubijen od tirana Antonija i Oktavijana, neprijatelja republike. Međutim, braća Grah ne mogu biti nazvani herojima. Istina, bili su najčestitiji Rimljani po svom životu; i državnici koji su izvršili podelu zemlje, osnivali nove gradove, izvršili reformu sudstva. Bili su i veliki junaci; pošto je Tiberije prvi istrčao na zidove Kartagine, a u Numanciji spasao dvadeset hiljada Rimljana; a njegov brat Gaj je u Španiji isto tako bio slavan borac. Pa ipak, oni nisu tipski heroji, jer su najzad pobegli pred neprijateljem, iako, po celom izgledu, iz obzira opreznosti komandanta nego iz straha za sebe. Heroj mora biti uzor ne samo sjajnom smrću nego i svetlim životom, i obratno.

9.

Strah čovekov na zemlji je vrlo različit, a zato je različita i hrabrost. Postoji strah od smrti, od Boga, od životinja, od ljudi, od bolesti, od duhova, od gubitaka materijalnih, i najzad, od gubitaka časti i ugleda. Na svakom koraku, i najhrabriji čovek ima dakle razloga da ustukne i da zastrepi. Strah i dosada, to su dve najviše čovekove nesreće, a one su raširene svugde. Strah je izvor svih zabluda, a dosada je izvor svih poroka. Emerson ima jednu lepu reč: „Uradi uvek ono od čega te je strah." Ovo je jedan savet naročito za ljude koji izmišljaju bauke. Ali čovek bi odista, navikavajući sebe na strah, pustio svojoj mašti da stvara strašila svakog trenutka. Neosporno, i hrabrost može postati jedna navika kao i strah. Svi smo mi imali ili mladost vrlo hrabru, ili veliku hrabrost u starosti. Koliko sam lično video, retko je koji čovek imao kroz ceo život isti napon hrabrosti i istu snagu volje. Mnogi se ljudi varaju u stvarima smelosti. U običnom javnom životu kukavice daju sebi najviše izgled odvažnih i buntovnih. Oni uvek sve smeju. Ali ima ljudi koji sve smeju ne zato što se ničeg ne boje, nego zato što se ničeg ne stide. Hrabrost pravog heroja je sramežljiva, a drskost bestidnih je uvek nabusita i ubojita. Ljudi obične pameti, smatraju najdrskije ljude za najhrabrije.

Odista, otkud taj instinkt heroju da pogine za druge? Kako to da ljubav za ideal postane najednom moćnija i veća nego urođeni instinkt za život? To je samo zato što je i ljubav za ideal jedna forma ljubavi, koja je usađena u nagon koliko i volja za život. Jer stvarno, samo ljubav i jeste jedina sila mračnija i strašnija negoli instinkt za život. Ljubav u svima njenim oblicima, to je jedno sveobimno osećanje, isključivo, nerazumno, iznad života i iznad smrti.

Platon kaže ovako: ljubav, to je aspiracija na besmrtnost, želja za produženjem života; a želja za slavom, to je samo jedna forma ove ljubavi prema potomstvu. Mizantrop je jedini koji ne traži slavu, zato što ne voli ni potomstvo, kao što nije voleo ni svoje savremenike. Slava, to je želja za ljubavlju, i to dvostrukom: da volimo i da nas vole. Heroj na bojnom polju ili naučnik na teškom radu oba su ljubavnici slave. Ljubav za otadžbinu, kaže dalje Platon, to je želja za nečim večnim, u čemu bismo i mi postali večnim. Najobičnija forma ljubavi, to je ljubav za ženu, znači opet za potomstvo, u čijem bismo životu i mi postali besmrtnim. Ljubav pojedinačna, kolektivna, kompleksna, to su ljubavi za slavu, za otadžbinu, i za potomstvo svoje loze. Kao nagon za večnošću, ta ljubav je u osnovi naše prirode: jer čovek je nešto prolazno koje svom snagom teži da postane večnim. Prema ovoj Platonovoj ideji, najveći i najdublji instinkt čovekov leži baš u ovoj ljubavi za slavom, čiji su oblici različni, ali svi podjednako moćni i fatalni. Ljubav za slavu, dakle, toliko je isto instinkt, kao i ljubav za život. Ako je ovo tačno, što kaže Platon, onda je heroj onaj čovek koji se digao odista do savršenstva božanskog jer je ujedinio život i ideal u jednoj istoj čovekovoj sudbini.

Pravi nesrećnik, to je neznalica. Tako je mislio i Sokrat, a tako su mislili i mnogi posle njega, naročito Dante i Leonardo. Ali pravi heroj je mudrac, pošto svaki porok ističe iz neznanja, a svaka vrlina ističe iz znanja. Po samom Sokratu, znati, to znači biti dobar; i zato logika, to je istovremeno i nauka o moralu. Ako ste rob, onda ste neznalica, i zato nemate vrlina, a zbog toga ne možete imati ni prava na sreću: jer mudrost pripada slobodi. Rob je svaki čovek koji služi strastima; i on je neizlečiv, jer robuje neznanju. Sve sramote i nesreće izviru iz zabluda. Prema svemu ovome, kako misli mudrac, heroj je čovek svestan svog cilja, znači jedna velika filozofska volja; onoliko volja filozofska, koliko je mučenik Hristos jedna velika religiozna volja. Međutim, za jednog modernog mudraca, Emersona, heroj nije ni filozof ni pobožan, nego sav intuitivan; i zato što je heroj samo jedna neizmerna duboka intuicija zato je on jači i od razuma. Prema Emersonu, heroj može biti i čovek bez nauke, i bez mnogo pameti, ali s mnogo svete vatre. Heroj, to je onaj čovek, kaže Emerson, koji je sav koncentrisan. On sebe smatra jačim od svih protivnika sadašnjih i budućih. Od primitivnog čoveka heroj ima ljubav za borbu, a od mudraca ima mržnju za uživanje. Heroj prezire opreznost koja obezglavi više nego što umudri. Nekoristoljubiv, on ne gleda oko sebe, nego samo gleda pred sobom. On je iskren i prav, velikodušan, umeren, neproračunat. Emerson zamišlja heroja bezobzirnim prema protivniku, koliko i prema protivnostima, s dušom koja se ne da preinačiti ničim pa ni strahom. Emerson ima pravo. Ja sam poznavao nekoliko srpskih heroja koji su bili ravni Agamemnonu ili Ahilu. Svi su bili blagi kao deca.

Heroj je veran sebi, sanjalica, srdačan, veseo, skroman, sebi dovoljan, bez svake potrebe za hvalu. Međutim, često se videlo i hrabrih ljudi koji su bili koristoljubivi, razmetljivi, sračunati i osvetljivi; ali to su bili samo hrabri ljudi a nikako heroji. I razbojnik može biti odlučan i lično hrabar, koliko i heroj; razlika je samo u cilju. Takav junak bez časnog herojstva, nije se mogao smatrati klasičnim grčkim herojem, sinom boga i čovekove žene, ili sinom jednog čoveka i čovekove žene, ili sinom jednog čoveka iz ložnice s jednom boginjom. Čezare Bordžija nije heroj, a Savonarola je heroj koliko i Scevola. Uzmite za primer samo ove antičke karaktere pune blagosti herojske: Sokrata i Fokiona u Grčkoj, ili P. Emilija i Scipiona Afrikanca u Rimu. U srpskoj povesti, možda većma nego igde, razlikovaćete tako jasno slavne heroje od slavnih razbojnika. Za razliku, mnogi su narodi stvarali oko heroja mit po kojem se oni bore i s natprirodnim bićima, i s nemanima: srpski heroj Marko Kraljević ubija troglavog Arapina, a španski heroj Sid Kampeador se bori s lavom.

10.

Heroj se rađa, kao i pesnik; ali herojem se i postaje. Mnogi su ljudi počinili prava herojska čuda i postali slavni, čak i večni, iako nisu pripadali lozi starogrčkih heroja čiji je otac bio bog ili majka boginja. I u današnje doba je sramno biti kukavica koliko i lopuža. Čovek dobre porodice, ili sin velike rase, i sâm smatra da mora biti junak pred životom. Veliki besednik Eshin je optuživao na Pniksu genijalnog Demostena, koji nije zaslužio zlatni venac posle boja kod Heroneje, jer je iz tog boja pobegao. Antički čovek, naročito Atinjanin, morao je biti integralan; morao je biti i lep, a kamoli ne hrabar. Rimski vojnici Fabijevi nisu polagali zakletvu samo da će se hrabro boriti, nego da će i pobediti. Najhrabriji su vojnici modernog doba bili Francuzi i oni imaju najveću vojničku epopeju posle rimske. Mnogi njihovi kraljevi su bili i lično slavni vojnici i borci; čak je nemogućno zamisliti Francuza koji nije hrabar. U Engleskoj su hrabra samo gospoda. Za Amerikance kažu da ne poznaju strah. Srbi su hrabri samo u ratu, a najhrabriji su ljudi na zemlji kad se bore u gomili. Evropsko plemstvo je svoj život živelo viteški, a ono je bilo prava škola junaštva; istina, nije tu bilo svagda idealnog herojstva. Tako borba između kuće Valoa i kuće Austrija, koja je trajala vekovima, nije bila drugo nego borba oko Italije koja je služila stranom bogatom plemstvu za pljačkaške ratove.

Danas je najteža bolest našeg vremena bolest personalnosti. To se vidi u savremenom društvu gde je svako nalik na svakog. Čovek odista personalan ima protiv sebe i ljude i konvencije, i na svakom koraku naiđe na netrpeljivost i na neprijateljstvo. Pravu i izgrađenu personalnost ne trpi politika u kojoj se sve pokorava oštroj stranačkoj disciplini; niti je trpi umetnost, u kojoj uvek jedna nova generacija pripada novoj školi i novoj modi. Niti je trpi moral, koji uopšte ne trpi nikakvo novo tumačenje; niti je trpi salon, gde je personalnost uvek tegobnija nego zabavnija. Pa ipak, pravi put naše sreće, to je učiniti čoveka da podigne poverenje u sebe, što znači razvijanje personalnosti do njenih krajnjih mera. Snažni ljudi nikad neće instinktivno ići za starim grčkim idealom, a to je bio mudrac, jer je mudrost suzbijanje i ograničenje ličnosti. Zato treba razviti ličnost više u formi heroja nego u formi mudraca. Danas je društvo povezano većma nego ikad: religijom, patriotizmom, državom, strankom, sindikatom, vojskom, klubovima, tajnim ložama, porodičnim tradicijama, pokrajinskim konvencijama. Sve ovo neizmerno uniformiše čovekov karakter i suzbija razvijanje personalnosti. Čovek koji odista ima personalan duh izgleda zaverenik protiv konvencija, neprijatelj društvenih zaveta, protivnik većine, manijak, i izazivač. U društvu često najmudriji idu za najluđim, i najrazumniji za najstrasnijim, jer ih pobeđuju jače volje a ne jači mozgovi; zato ljudi koji su moćni ili umom ili voljom lako zavladaju, a samo ljudi koji su drugačiji nego ostali, ne zavladaju nikim. Međutim, ideal je odvojiti svoju ličnost od terora grupe, i sličiti sebi a ne celom svetu. U tom možda nije sreća čovekova, ali je u tom satisfakcija elite, istina vrlo skupa; jer ljude ne vređa ako ste od njih bolji ili gori, nego samo ako ste drugačiji nego oni. Odvojiti se, znači odmetnuti se, i zato je odvojen čovek smatran kao odmetnik. Ličnost našeg vremena je bolesna; evropski rat, u koji je svako ušao bez sopstvene volje, i ne znajući kud ide, ostavio je taman trag u duhu čovekovom koliko i krvav trag u istoriji. Danas treba čoveka vratiti k njemu samom, dižući mu poverenje u sebe; uputiti ga produbljivanju svoje ličnosti i svoje mogućnosti, razviti duhovni egoizam ličnosti nasuprot materijalnom egoizmu gomile. Uzdati se više u sebe nego u druge; verovati u svoju sudbinu i u svoju glavu; polagati na svoju snagu koliko i na svoju mudrost; smeti ići uvek do kraja svoje brazde; ne odreći se nijednog prava u životu! Antička grčka rezignacija je pomagala bednim, ali je obarala jake.

11.

Ima jedna hrabrost prema sebi, ali postoji i jedan pravi heroizam prema sebi. Hrabrost prema sebi, to je sposobnost pojedinih ljudi da se odreknu nekoliko nekorisnih ili štetnih prohteva; kocke ili alkohola. Ali herojstvo prema sebi, to je kada čovek sebi ne dozvoli ništa što nije u vezi s najdubljim osnovama ideje o časti i o opštoj sreći. Zato je heroj po prirodi nekoristoljubiv, bez svireposti prema pobeđenim, pun blagosti prema manjim od sebe. Prva razlika između razbojnika s nožem i heroja s mačem jeste nekoristoljubivost heroja, i zatim njegova nemogućnost da ikad bude svirep. Paulo Emilije je heroj, a Tamerlan je pre svega razbojnik. Prema učenju pitagorista, reč „heroj" dolazi od reči „eros", što znači ljubav. Ovo kazuje da su heroji zaljubljeni i ljubavnici, i da ljube božanstvo, i da sve nas druge uče da ga ljubimo. Ovo je duboko dirljivo tumačenje jedne božanske lepote u čoveku, i zato nije čudo što to tumačenje dolazi iz grčke škole. Hijerokle, jedan antički tumač Pitagorin, kaže da nas heroji uzdižu iz ovog zemaljskog boravka u večni grad božanstva. Isti pisac kaže da heroje nazivaju i dobrim genijima, jer imaju natčovečanskih znanja, i razumeju nauku o zakonima božanstva.

Ima i slučajnih hrabrosti, kad čovek ispadne pobedilac, ali neočekivano, i kao da je sve radio u snu. Znam kod nas ljudi koji se čude zašto ih smatraju hrabrim, i zašto su ih kao takve u ratovima odlikovali, jer oni se ne sećaju za vreme svojih jurišanja ni da li su koga neprijatelja oborili, ni kako su se na neki položaj probili. Dogodilo se jednom da je jedan kulturan srpski oficir pitao vojnike koji je od njih ubio kojeg od velikog broja neprijatelja što su ležali na bojištu, ali se nijedan vojnik nije setio da je nekog oborio. Čovek hrabar, neosetljiv je za strah, kao što je gluv neosetljiv za zvuk, ili kao što životinje hladne krvi ne osete studen. Naši Crnogorci jedan drugom čestitaju u boju dobijenu ranu, kao što drugde čestitaju vojniku dobijenu zlatnu medalju za hrabrost. Prva odlika jednog ratničkog naroda, to je što ne oplakuje one koji su pali u boju kao što se rida za onima koji umru na svom ognjištu. Srpske narodne pesme opevaju a ne oplakuju poginule junake, jer ih ne sažaljevaju nego proslavljaju; a Spartanci su se oblačili u svečano ruho, umesto u korotno, kad im je neko u porodici poginuo za otadžbinu. Makedonski kralj Aleksandar je govorio svom ocu kralju Filipu, koji je posle jedne rane bio izgubio oko, a posle druge rane ostao hrom: „Ne ljuti se na ranu, jer te ona svaki čas opominje na tvoju hrabrost.” Heroj većma ceni, čak i većma želi, u boju dobiti ranu nego dobiti orden; a samo sujetan i krvoločan vojnik nema ovakvo osećanje. Između heroja i kukavice ima razlika, što kukavica misli da će poginuti u prvom sukobu i od prvog zrna, i da će se, u isto vreme, svi njegovi drugovi razbeći, a njega ostaviti samog na bojištu protiv cele neprijateljske vojske; a heroj duboko veruje da njega zrno i ne pogađa. Heroji jedan drugog istinski obožavaju, i to bez svake zavisti, koja je, uostalom, uvek stvar egoista ili krvoloka. Prešavši s vojskom u Aziju, Aleksandar je potražio grob Ahilov i optrčao go oko njega tri puta, prema jednom starom kultu za heroje.

O KRALJEVIMA

1.

U svakom društvu od deset lica, ima jedno lice koje je kralj i jedno koje je luda. Zbog prvog se udešavaju svi razgovori, a na račun drugog se svi smeju. Instinkt vladanja je, stvarno, urođen svakom čoveku; i svako se bori da bi potčinio fizički ili nadmudrio duhovno drugog, kako ne bi bio ostavljen na tuđu milost. Kod najjačih postoji potreba da zavladaju množinom ljudi i veličinom broja stvari. Skoro je zaslepljujuća potreba vladara da istovremeno zagospodare ljudima, stvarima, morima i životinjama. Pojedinci su stavljali na kocku celu veliku otadžbinu, i sve svoje saplemenike da bi samo oni stali na čelo drugih. Agripina je saznala od astrologa da će njen sin Neron postati vladar ali da će nju ubiti, i ona je odgovorila: „Neka on samo postane kralj, pa makar i mene ubio.” Tako i posle svojih poraza, nije Napoleon mislio ni na svoju slavu, ni na svoj život, nego samo na to da li je osigurao svoju dinastiju. Istorija je prepuna zločina koji su dolazili iz ove svirepe lakomosti da jedan čovek zavlada drugim. Pape su, postavši vladarima, postali trovači. Aleksandar VI je priredio banket da otruje goste vinom svog sina Čezara, i tom prilikom otrovao i sebe.

Vladari su ili bogomdani ili slučajni. Prema tome se dele na tvorce i rušioce, mudrace i ludake, svece i vampire, očeve i očuhe, parazite i izdajice. Ali na hiljadu vladara bi se moglo nabrojati na prste onih koji su bili srećni, još manje istinski voljeni. Od svih ljudskih blagodeti, izvesno je najmanje vladati gomilama koje su sazdane od toliko rđavih ljudi po instinktu, zlih iz koristoljublja, glupih po prirodi, slepih zbog strasti. Uobražena je bila sreća najvećih cezara da žive u zatvoru svoje palate na Palatinu, okruženi kopljima kao razbojnik, i špijunima kao izdajnik. Najčešće su im nesreće dolazile od onih koji su ih čuvali; a svagda je bilo više špijuna koji su uhodili njih nego druge zbog njih. Redovno su imali ono društvo koje im se samo nametnulo, a nikad ono koje su sami izabrali. Kad su bili s drugim ljudima, bili su svagda s gorim od sebe; a ako su se takvih ljudi klonili, oni su živeli zatim među fantomima samoće koji su bili opasniji savetnici nego i najgori ljudi.

Hiljade porodica bile su uvek vezane interesima za njegovu ličnost, i napuštale ga čim se javila opasnost za njega kao vladara. Uticaj žena bio je više fatalan nego srećan. Nepotizam je bila jedna od najvećih njihovih beda, u duhovnom više nego u materijalnom pogledu. Samim sticajem prilika, cezari su okruženi ljudima koji nikad ne govore istinu, ili bar ne celu. Oni vide okolo sebe i pred sobom samo dve vrste ljudi, a obe vrste skrušene i ničice pognute: jedne koji uvek nešto mole, i druge koji uvek nekog klevetaju. Živeći izvan života ostalih ljudi, oni žive od onog što im se kaže; i zato poznaju svet samo kroz druge, i preko drugih. Nema načina da poznaju ni prave prijatelje ni prave neprijatelje. Otud je bilo mnogo njih, čak i najboljih, koji nisu trpeli oko sebe nikog drugog nego laskavce. Pošteni dvoranin u Versaju, pesnik Boalo, govorio je da se najzad i s Lujem XIV nije imalo šta govoriti čim bi se prestalo s laskanjem.

Ljudi su svagda bili nepravedni prema kraljevima. Svaki zakon ljudi smatraju za nasilje, a vladara su uvek smatrali kao prvog nasilnika. Čak i evanđelja i Koran su šireni ognjem i mačem, iako su bili zakoni ljubavi. Zato su stari zakonodavci Numa i Likurg objavljivali da su svoje državne zakone primali s neba. Tako je radio i Mojsije kad je doneo sa Sinaja najviši dekalog, zakone ljubavi i poretka među ljudima. Nema naroda koji je jedan režim priznao da je dobar; a ako je priznao, to je samo kad je taj režim bio prošao, ili kad je došao drugi koji je uvek izgledao gori. Kad je Solon, prvi zakonodavac atinski, dao otadžbini svoje zakone koji su bili najveća politička i društvena reforma grčkog sveta, on je odmah posle toga napustio svoju zemlju dok se ljudi naviknu na njihovo poštovanje. On je otputovao na ušće Nila da kod Kanope razgovara s egipatskim filozofima Psenofisom iz Heliopolisa i filozofom Sonhisom iz Saisa. Ljudi su po svojoj prirodi protivnici discipline i reda i neprijatelji svakog rada i napora. I najbolje i najhumanije stvari su ljudima morale biti nametnute lukavstvom i nasiljem. Isti ovaj Solon se jednom docnije napravio poludelim da bi smeo protivno jednom propisu izaći na agoru u zgodnom političkom momentu, zadobiti svoje sugrađane za jedan koristan rat. To je da od Megarana ponovo osvoje osvojenu Salaminu koja je bila pre toga povod teških poraza, toliko da je bilo smrću zabranjeno ko o novom ratu bude govorio.

Svakog čoveka odveć silnog drugi ljudi smatraju tiraninom. Za obične pameti sila i nasilje idu naporedo. Svi oni kraljevi koji vladaju voljom naroda, i kad su bili najbolji za svoju zemlju i građane, ne održavaju se ljubavlju nego silom. Ovo odvede često u tiraniju, ako takav sukob između pritiska i reakcije (mehaničkog zakona koji je u osnovi svega u prirodi i među ljudima) degeneriše u neprijateljstvo. Zbog ovog razloga i mnogi vlastodršci nisu voleli razumne ljude, jer su im oni izgledali najopasniji. Govoreći o Cezaru kaže Plutarh da isti Cezar nije mogao trpeti Kasija i Bruta, ali je delio vlast s pijanicom Markom Antonijem jer nije stavljao u zasenak, kao što je Seneka najzad omrznuo Neronu a Platon omrznuo Denisu. Strah od umnih ljudi je u prirodi čovekovoj, kao i strah od svega i što je odveć moćno i što nas premaša. I Hristos je mrzeo skribe i fariseje, a to je značilo mudrace i intelektualce, a voleo je ribare. O teškoćama da se vlada ljudima govori i Ksenofont već u prvom članku svoje *Kiropedije*. On kaže da su uvek jedne uzurpatore obarali drugi uzurpatori, i da se zato svet mnogo čudi onima koji su se bar za kratko vreme mogli zadržati na vlasti. Čovek, kaže Ksenofont, ni u kući svojim mlađima ne zna zapovedati; međutim, životinje hoće da idu za onima koji se o njima staraju, a ljudi neće; i životinje pasu na onom mestu u polju gde ih čoban odvede, i slušaju šta im se zabranjuje, i nikad se stado ne pobuni protiv čobana, nego mu još daje i sve koristi koje im on traži. Ako su životinje zle, kaže dalje atinski filozof, nisu protiv svog gazde nego protiv stranih ljudi; a ljudi se, naprotiv, bune baš protiv onog koji hoće da njima upravlja i njihove stvari u red dovede. Ksenofont najzad kaže da je zato došao do uverenja da ne postoji nikakva životinja kojom je teže upravljati nego čovek.

Stari Grci nikad nisu bili u stanju da ostvare veliku državu ni naciju. To je najpre zato što su veliku državu smatrali azijskim tipom monarhije, nalik na ogromno Persijsko carstvo gde se niko među sobom nije razumevao, i zbog čega je propalo; a o grčkoj naciji nije moglo biti govora u zemljama gde je većina robova koje nisu smatrali ljudima. Platonova ideja o državi, to je polis sa 5.040 stanovnika, koji na čelu ima filozofa, a gde su zajedničke žene i imanja. Broj žitelja ne sme nikad preći gornju cifru, i zato je bilo dozvoljeno da se novorođena deca izlože i napuste ako zapreti opasnost od preteranog prirasta. Ovo je država bez građanske slobode, bez imanja i porodice, čiji je cilj samo usavršavanje duha i ulepšavanje tela, a gde je sva vlast u rukama mudraca koji je, sasvim prirodno, tiranin. Tek Aristotel traži socijalne zakone. Diogen i Kratet, kinici, odriču čak i državu i otadžbinu, i nazivaju sebe građanima kosmosa. Ali je interesantno da je Atina, u svoje najbolje vekove, bila demokratija u kojoj je kralj, *arhont*, bio više ceremorijalna ličnost koja se gubila u životu i istoriji iza pravih šefova države, a to su šefovi dveju partija, narodne i aristokratske. Niko ne pominje danas atinske kraljeve za vreme četrdesetogodišnjeg Periklovog vladanja republikom.

Istina u to vreme država još nije bila predmet filozofije nego tek posle Peloponeskog rata. Velike razlike između atinske demokratije i spartanske učinile su od Atine i Sparte dva različita mentaliteta, koji su najzad odveli u građanske ratove, razorili Grčku, i pripremili rimsku okupaciju i propast grčkog genija. Za vreme Perikla je njegov savremenik Ksenofont mogao i sâm da se uveri kako je teže vladati ljudima nego životinjama. U samoj Atini su prvi ljudi nekad kao Temistokle, Kimon, Tukidid, Alkibijad i najzad taj isti Ksenofont, bili za spartanski aristokratski režim. Ksenofont je poslao bio i svoje sinove na nauke, a Alkibijad se bio primio neke vrste spartanskog ambasadora u svojoj sopstvenoj zemlji.

Od kraljeva se traži uvek više nego od ma kojeg drugog čoveka. On mora biti istovremeno vojnik, političar, državnik, salonski i društveni čovek. Mora razumevati sve što se radi, govori i piše. Ne sme dozvoliti da ga drugi čovek prevaziđe ni umom ni hrabrošću. A od toga nema ništa teže. Naročito je teško kralju sakriti svoje nedostatke; možda u ovom i leži sva sudbina jednog vladara. Vladar može biti političar ili pesnik. Političar ne razume čoveka nego gomilu s kojom jedino i računa i operiše; a pesnik ne razume gomilu koja je za njega nešto konfuzno, i haotično i plitko, zbog čega se on radije udubljuje u jedinicu i njene nebrojene detalje. Bilo je filozofa koji su bili naročito birani za diplomate, kao Kornead za poslanika u Rimu, kod Senata, ili Dante za poslanika u Rimu kod pape, ili Šatobrijan i Dizraeli u novo doba. Ali nije bilo filozofa koji je umeo biti mađioničar gomile. Gomila je uvek u stanju ludila; čovek dolazi do pameti i svesti samo kad se izdvoji iz mase. Gomile i ne žive od ideje nego od strasti. Zato su moderne kraljeve samo ustavi i parlamenti oslobodili od odgovornosti i naročito od mržnje gomile. Apsolutni vladari starog doba bili su silni ali nisu bili srećni. Naročito njihovo nepoznavanje gomile koja je u starom Rimu bila dvostruka (narod i vojska) bilo je izvor svih njihovih katastrofa. Video sam u polju čobanina koji je u svom velikom stadu raspoznavao svaku svoju ovcu posebice; čak je znao kojoj pripada koje jagnje, što je pravo čudo od pamćenja i posmatračke moći. Imao sam čak i jednog prijatelja koji je voleo lepe kokoši, i u svom kokošinjcu ih je uvek imao najmanje po dvaestinu; i ne samo da je svakoj dao njeno ime, nego je znao i koja je od njih snela koje jaje. Međutim, čovek zbunjuje čoveka; nikad čovek, i kad je najpametniji, ne veruje da poznaje drugog čoveka. Zato naš Njegoš, koji je bio i pesnik i vladar, kaže da je čovek najveće čudo drugom čoveku. Platon je govorio da pas ima jednu superiornost nad čovekom što samim nosom može da odmah prepozna ko mu je prijatelj a ko nije, što čovek nikakvim sredstvom ne može postići.

Vođi u narodu nisu zato nikad ni najbolji ni najpametniji ljudi, nego ljudi naročite pameti i naročitog morala. Vođ ima pamet koja druge ne zasenjuje i moral koji druge ne plaši. Vođ, to je čovek koji vlada voljom, kontinuitetom i taktom. Još kardinal De Rec je govorio da dvanaest vekova u Francuskoj postoje kraljevi i da nikad nisu bili tako apsolutni kao u njegovo vreme, jer se centralizacija Luja XI videla zatim i u Rišeljea i Luja XIV. On kaže da u staro doba (Karolinga i Kapeta) kraljevi nisu bili ograničeni zakonima i šartama kao u Engleskoj ili u Aragonu, ali je postojao *le sage milieu* koji je bio kao jezičac na vagi između razuzdanosti naroda i raspuštenosti kraljeva. O tome da je zanat kraljeva najteži od svih ljudskih zanimanja, i mudri Montenj to ističe govoreći „da je teško održati pravu meru u jednoj sili tako bezmernoj." Ni narod nije tačan sudija u stvarima u kojima nas se svaka pojedinačno tiče; i da su i superiornost i inferiornost podjednako gotove na zavist i poricanje.

Jedino su filozofi i pesnici bili pravedni prema sudbini kraljeva. Filozof Favorin je dao da ga Cezar nadmudri govoreći zatim: „Mora da bude od mene mudriji čovek koji upravlja s trideset legija." Mnogi su pesnici smatrali kraljeve kako je Dante smatrao papu Bonifacija VIII. Iako je ovaj papa bio svirep i sebičan vladar, i naročito i njegov lični progonilac, Dante ga je ipak smatrao kao katolik poglavicu svoje crkve i kao zamenika svetog Petra među ljudima. Da su pesnici bili surevnjivi i osvetljivi, kako bi izgledali danas mnogi cezari u istoriji.

Od svih ljudi velikog imena kralj je jedini za kojeg i poslednji njegov građanin misli da ima pravo da ga sudi, i uveren je da ga uvek sudi pravo. Kralj je jedini čovek koji se smatra krivim za pogreške drugih. Uostalom, ljudi se nikad ne zadovoljavaju samo pravim krivcem. Sokrat je imao među svojim učenicima dva atinska velika plemića i mlada bogataša, Alkibijada i Kritiju, koji su docnije oba postali političari. Alkibijada su sudili za uvrede državnim božanstvima i za zaveru protiv republike, a Kritiju su sudili što je bio na čelu aristokratske oligarhije Tridesetorice koju su Atini nametali spartanski pobednici. Atinjani su zato i Sokrata smatrali krivim što je vaspitao ovako naopako svoje učenike; a glumac Melit i advokat Anit su mudraca na sudu označili kao koruptora mladeži, tako da su Sokrata odista osudili na smrt ljudi iz narodne stranke koja je posle tih krvavih osam meseci oborila pomenutu oligarhiju.

Zbog ovih nasilja gomile, vladari su često glumili kao da imaju svoju direktnu vezu s nebom; kralj Numa je slušao nimfu Eleriju koja je znala sve božanske tajne, a mladi Neron je na Kapitolu simulirao da mu na uho govori Jupiter čija je statua stajala uz njega.

Mi najčešće volimo one koje poznajemo, i najvećma cenimo one koje ne poznajemo. Mnogi su se kraljevi starali da mudrinom za istoriju sačuvaju ime ako je bilo sjajno, ili da ublaže njegove pogreške ako su postojale. Nije samo veliki Aleksandar zavideo Ahilu što je imao svog Homera. Horacije kaže da je bilo i pre Agamemnona drugih heroja ali ih nijedan pesnik nije opevao i oni su ostali u pomrčini. *Vixere fortes ante Agamnona...* Avgust je bio okružen pesnicima. Govorili su kako u Rimu od sjaja književnog napretka nije svet imao vremena da misli na samovolju i nasilja cezarova. I sâm Luj XIV je smatrao za potrebno da imadne svog ličnog istoriografa i uzeo je bio za to pesnika Rasina, najslavnije pero njegovog doba, a ovaj se pisac odmah bacio na posao čitajući Lukijana, Tacita i Tita Livija. Ali je Rasin bio nepodoban da opiše kralja, nego je mogao samo da ga opeva. Na jednoj marginaliji ostavio je ovu zabelešku: „Vidim da je istorija nešto drugo nego poezija, jer pesnik poziva u pomoć sve bogove da opeva Agamemnona, a istorija opisuje Filipa samo onakvog kakav je bio." Rasinov rukopis o Kralju Sunca je izgoreo u jednom požaru pre nego ga je iko bio čitao. Možda i bolje, kad se zna kolika je bila sujeta velikog kralja. Ko zna i koliko bi ovaj Filip bio opevan više kao Agamemnon nego opisan kao pravi Filip. I koliko bi to delo možda umanjilo Rasina više nego što bi podiglo slavnog Luja. Istina, ne bi to Rasin bio učinio iz idolatrije ili iz straha, nego baš sasvim prostodušno: jer između najvećeg kralja i najvećeg francuskog pesnika postojalo je jedno uzajamno divljenje koje nije imalo granica. Takav je odnos bio između imperatora Trajana i pisca Plinija Mlađeg, od čega je ostao *Panegirik Trajanu*, remek-delo ovakve književnosti. Sličan je slučaj i Tacitov napis *Život Agrikole*, njegovog tasta za kojeg je ovaj plemeniti pisac imao najdublju nežnost i divljenje. Ako su mnogi vladari izbegavali pisce, to je što su se bojali da ne prokažu svoje mane, i tako su ostavili u pomrčini i svoje vrline. Šta je sâm Sen-Simon, veliki dvoranin i pisac, učinio za dvor Luja XIV, koji je ostao slavan jer su ga proslavili pesnici. Kralj je bio i odveć sunce da bude netrpeljiv prema slavama drugih ljudi. Ali što je najčudnije, Kolber, njegov ministar trgovine, uvek glavni član kraljeve vlade, bio je onaj koji je smatrao da jedan veliki kralj treba da bude okružen samo velikim ljudima, i stvorio vladaru ovakvu duhovnu kamarilu.

Žeđ za vlašću je strašnija nego žeđ za vodom. Koliko su stari Atinjani prosuli filozofskog genija da od mudraca, koji je stavljen ostalim ljudima kao uzor, naprave pre svega čoveka koji ne gramzi za vlašću nikakve vrste. Istorija se odista ne može smatrati borbom belih protiv crnih, ni bitkom dobra protiv zla, nego samo jačih protiv slabih, ljudi kojima su zlo i dobro bile sporedne vrednosti. Ako je strašna potreba da se izbije na vlast, još je svirepija potreba da se vlast sačuva. Još Platon je govorio da ko zadobije vlast izgubi pamet. Ja verujem pre da izgubi srce; znam odista da sam gubio jednog za drugim svoje prijatelje kako se koji dizao na vlast. Car Konstantin, kojeg je crkva posvetila i nazvala velikim jer je presto napravio hrišćanskim, dao je ubiti svog sina Krispa i u ključaloj banji ugušio svoju ženu Faustu. A njegov sin, imperator Konstancije, uobraženi teolog, naredio je ubistvo cele svoje porodice iz pobočne linije, svojih ujaka i rođaka, osim dvoje dece: jedan je bio sjajni Julijan Apostat. Sve za hrišćansku veru. Međutim, ovaj je Konstancije primio docnije arijanstvo za državnu veru, i izazvao svirepi rat između hrišćana i arijanaca oko istine Hristove. Zato ne samo narod nego je i vera služila samo u svađi među velikašima. Nikad u istoriji nije vladao zakon nad nasiljem, jer nikad nije imao pravo slabi nego jaki. Gomile idu za vojvodama a ne za mudracima, kad god je u pitanju veliko rešenje sudbine. Izuzetak su činili samo stari Atinjani koji su za svoje vojvode birali samo mudrace.

I onde gde ima samo dvoje, uvek jedno vlada a drugi podnosi to vladanje. Malim ljudima ne imponuje pravda nego snaga. Sva mudrost kraljeva je u tome da snaga njegove vlasti ne bude samo fizička nego duhovna i moralna. Ali su zato mali i slabi vraćali samo mržnjom onima koji su nad njima vršili svoju silu. Niko ne mrzi koliko rob; pesnik Ezop je mrzeo jer je bio rob, a filozof Epiktet, koji je takođe bio rob, imao je istinsko preziranje za gomilu koja odista uvek ili robuje tuđoj pameti ili svojoj gluposti. Odista, ono zbog čega je kralj najvećma klevetan i najčešće proganjan, to je glad u narodu. Narodi su uvek gladni, ili govore uvek o gladi. Rimskom narodu, koji je od Senata tražio da mu se podeli žito, Katon kaže: „Građani, teško je govoriti trbuhu koji nema ušiju." Sve tiranije duha i savesti su narodi lakše podnosili nego izgled na glad, a najveći broj kraljeva je stradao od zloće ugroženih i gladnih. I političar najvećma imponuje nesebičnošću. Ciceron je bio sramežljiv i vrlo slavoljubiv, ali je uvek imao duboko preziranje za novac, i kao pretor i prokonzul bio primer nekoristoljublja i humanosti. To je bio jedan razlog zbog kojeg je, i pored svih nedostataka, bio u svoje doba najveća figura rimskog Senata. Samo vrlo prosvećeni narodi kada su monarhisti, traže da njihova monarhija bude stabilna, što znači, između ostalog, da ima dinastiju koja je jaka: to znači mnogobrojna porodica i imućna kuća. Najmanje su snage imali kraljevi feudalnog doba. U desetom veku je Francuska bila podeljena na osamdeset velikih imanja koja su imala na čelu svoje veliko plemstvo, kneževe i grofove, koji su bili po snazi ravni francuskom kralju, nasledni suvereni i potpuno nezavisne pokrajine. Ti nebrojeni vladari, neki moćniji od svog kralja, obučeni u čelik i opkoljeni teškim zidovima svojih dvoraca, pljačkali su jedni druge, ubijali svoje mlađe, ne odgovarajući nikakvoj kraljevskoj vlasti koja je bila potpuno prazna reč; a crkva, isto tako bogata i moćna, bila je despotskija nego plemstvo i imajući snagu da ekskomunicira, bila iznad kraljeva. Tek Luj XI, četiri veka docnije, izvršava centralizaciju zemlje oborivši jednu za drugom sve ove glavne kneževine i grofovine, svaku na svoj način: knez od Alansona osuđen na večnu robiju, grof od Armanjaka posečen, grof od Anžuja opljačkan, grof od Sen Pola i knez od Nemura posečeni. A drugi su u masama bačeni u vodu zašiveni u džakove na kojima je napisano bilo: „Pustite da se izvrši kraljevska pravda." Ali se kralj stalno pretvarao sirotinjom da bi narod verovao u njegovo lično nekoristoljublje. U početku XIX veka bile su najapsolutnije države u Evropi Turska i Danska, ali je turski narod bio najnesrećnije građanstvo kad je danski narod osećao svoju autonomiju boljom od engleskog prosvećenog parlamentarizma. Socijalist Sen-Simon to objašnjava time da je danski kralj bio najsiromašniji od svih evropskih prinčeva, a sultan najbogatiji svetski vladar jer je u svojoj državi bio jedini sopstvenik koji je mogao da kao jedini gospodar uzme sve od svakog, što znači da nije nikad reč o formi vlade nego o formi svojine.

Preterana sreća pokvari ljude isto toliko koliko i preterana nesreća. Kad Bog dadne ljudima sva dobra ovog sveta, onda oni veruju da im Bog više nije potreban i rade sve što je protiv njega. Ako ih grom odmah zatim ne ubije, oni su onda sigurni da mogu produžiti samo zlo bez ikakvog jačeg straha od opasnosti, i da je podao čovek jači od sudbine. Aleksandar je u Aziji bio ranjen strelom i tada je rekao: „Ceo svet mi kaže da sam sin Zevsov, ali ova rana što boli kaže mi: 'Ti si samo čovek'." Napoleon, koji je bio toliko omađijan slavom Aleksandra, posle bitke na Arkoli poverova da je bogom poslat čovek i da ima pravo da od života traži sve što najveće može dati, i pravo pošao tim putem. Možda odista čovek mora da ima o sebi mišljenje nesrazmerno i svojoj snazi i snazi drugih ljudi pa da pođe za preteranim planovima; potpuno logičan i uravnotežen čovek ne ode daleko. Možda treba verovati da su narodu potrebni veliki ljudi ali ih nijedan narod ne treba da često poželi. Mudrost, to je poredak; a mudrost u jednom danu ipak učini više dobra nego što je učinilo tog istog dana herojstvo kakvog velikog čoveka. Hrišćanstvo je religija niščih, i nigde ne propoveda kult čoveka velikog i izuzetnog među ostalim dobrim ljudima. Pitagoristi su propovedali strah od kraljeva ali i preziranje za gomilu. Kažu da ne treba mudar čovek da ostane u kraljevom dvoru duže nego za koliko se vremena skuva jedna špargla, a za gomilu su govorili da je u sirotinji podla a u bogatstvu bestidna, i da zato ne treba sejati po ulici jer je narod uvek neblagodaran. A Anahars je rekao mudrom Solonu koliko se čudi što na grčkim skupštinama mudri predlažu a ludi rešavaju.

Od svih naroda, italijanski narod najlakše snosi tiraniju. Ceo srednji vek su stranci pustošili Italiju i nikad se nije narod zajednički pobunio protiv strane invazije nego su i pape i kneževi pravili sporazume sa španskim, francuskim i nemačkim kraljevima u međusobnim borbama i otmicama. Italija je rađala tirane od pamtiveka i živela pod najgorim režimima otkad postoji, ne menjajući drugo nego tiranije. Možda je jedno gorko zaveštanje istorije da su kao najveći državnici u prošlosti smatrani ovi ljudi: Mediči, Rišelje, Mazaren, Kromvel, Luj XIV, Fridrih II i Napoleon, kao da se odista ne može postati velikim čovekom ako se najpre ne obore zakoni za male ljude. Svi ovi velikani su bili tirani. I svi su se ljudi njima divili. Ali nema naroda koji bi ih danas sebi poželeo. Narodi zaboravljaju velika njihova dobročinstva ali pamte njihove grubosti i zločine. Zaborave i sve poroke i razvrate ali se sećaju nasilja nad životima i pravima drugih ljudi. Kažu da su lako oproštene ludosti Kaligule i raspikućstvo Heliogabala, ali se pamti krv koju su prolili. Nikada ljudi nisu praštali krvološtvo i kad je ono bilo neophodno, čime se pokazuje da je život čovekov najviše što drugi može da mu otme ili može da mu spase.

Jedan od najčešćih slučajeva, i najtežih za vladare, što uvek gomila stoji na gledištu: kakav kralj, takva vlada i takvi političari. I obratno. I to ne samo u doba apsolutizma nego i u doba slobodnih izbora. Narodi koji za svašta čine odgovornim kralja ili su nekulturni ili moralno nepotpuni. Bilo je čak naroda koji su vekovima mrzeli i progonili svoje kraljeve. Takvi su bili Rimljani koji veliki deo svoje propasti mogu da pripišu ovom instinktu da stvaraju kraljeve da ih posle ubiju, čemu je izvesno uzrok netrpeljivosti među velikašima, znači aristokratski sistem društva. Svaki kralj koji se hteo nasloniti na narod protiv velikaša izazvao je sukob s *patres* i s bogovima. Prvi kralj, Romul, bio je ubijen za vreme jedne poljske svečanosti naročito za to priređene. Drugi kralj, Numa, umro je kod kuće jer je bio u službi patricija. Treći, Tul, prijatelj plebejaca, poginuo je od plemstva. Četvrti, Ank, polukaluđer, umire mirno kod kuće. Peti kralj, Tarkvinije, bio je ubijen. Šesti kralj, Servije Tulije, prijatelj plebsa, bio je zadavljen na stepenicama Senata. Sedmi kralj, Tarkvinije II, krvavi neprijatelj patricija, autokrat, protivnik Senata, bio je svrgnut i oboreno kraljevstvo. Docniji cezari su bili u stalnoj borbi sa Senatom i nisu se smirili dok ga nisu omalovažili, čime su potresli sve osnove države. I kroz ceo srednji vek papa i malih vladara italijanskih, videla se ista netrpeljivost za tiranina i kad su pokorno trpeli tiraniju. Odista, cela istorija to je smena jedne tiranije za drugom: borba između jakih za njihov račun. Narod je uvek bio sredstvo za račun poglavice ili velikih porodica. U petnaestom veku su pape radile sve da unište velike familije u Rimu koje su bile vrlo bogate i moćne, jer je cela okolina Rima pripadala njima, a po svim putevima bile su kondotjerske čete dveju porodica, Orsini i Kolona, glavnih posednika rimske kampanje. Rišelje je tako isto radio protiv velikaša, velikih posednika u Francuskoj, koji su bili izvanredno moćni, sasvim kao nekad Luj XI. U naše vreme rušili su velike porodice u svojim zemljama i Pašić u Srbiji i Venizelos u Grčkoj.

O PROROCIMA

1.

U čovekovom životu je izvesna samo prošlost; jer sadašnjost ne postoji, a budućnost će tek postojati. Zbog takve neizvesnosti svog života čovek nije prestajao da razbija vrata ćutanja na velikoj i tamnoj tvrđavi sudbine. Uznemirenje i strah na zemlji dolazi samo od nečeg što čovek sluti, a uvek sluti samo ono što je strašno. Zbog toga su i sujevere bile jače nego vere. Vere, kao što je hrišćanska, počivaju na načelima božanske pravde, a sujevere se osnivaju samo na osećanjima straha od fatalnosti; zato su samo najsavršenije vere s nešto uspeha suzbijale mračnu i neobuzdanu moć sujevere. Za hrišćanina je verovanje u čudesa značilo verovanje u čudesa božja; ali je za paganca to verovanje značilo samo verovanje u mračna i fatalna čuda u prirodi, pošto je, stvarno, priroda za paganski materijalistički svet ostala do njegovog kraja uvek u stanju haosa.

Zato je svaki čovek prorok, jer po ceo dan proriče ili sebi ili drugom. On proriče malo i veliko, dobro i zlo, pravo i nepravo. Ovo će se dogoditi, a to neće! U ovom ćete uspeti a u tom nećete! Tako šapuće svaki čovek na kojeg naiđete putem, ili kojeg sretnete na stepenicama. Ko zna da ovaj nagon za proricanjem nije možda naš najbliži dodir s Bogom. Pola čovekovih razmišljanja su načinjena od ovakvih zidanja ni na čemu; i ono što ljudi zovu svojim idejama, nisu u velikom broju ništa drugo nego osećanje i takve proročke opsesije. Najzad, dobra polovina cele ljudske energije ide na pregnuća koja su ponikla samo iz himera ove vrste. Ljudi često svoja sopstvena proricanja, više nego tuđa, uzimaju za gotove istine. Uostalom, avantura je urođeno pijanstvo svih inspirisanih ljudi, i ljudi snažnih po karakteru ili po duhu. Svet ima prirodnu potrebu da uvek ide za nečim što je samo naslutio, jer nikad obične stvarnosti nisu bile smatrane za potpune sreće. Sveta vatra, to jo plamen koji osvetljava samo puteve onih koji stvarno ne gledaju kud idu, ali dobro znaju kamo odlaze. Niko se ne može osloboditi potrebe da veruje u čudesa. Kad ljudi ne bi verovali u čudesa, ne bi bilo velikih dela, niti bi život bio izvorom neprestanih ljudskih stvaranja. Najbolji dokaz, što je verovanje u čudesa čak više osobina moćnih ljudi nego slabih. Zato veliki ljudi uvek izgledaju drugim ljudima manijaci. Oni odista ne veruju u nemoguće, i nikad se ne osećaju slabijim od onog što hoće da postignu.

Proričući sebi neku mogućnost, čovek zaboravi sve drugo oko sebe, i svom silinom instinkta ide ka tom cilju, skoro zatvorenih očiju; i pravo, kao koplje bačeno u prostor. Pronaći sebi cilj, to je pronaći svoj put u životu i odmeriti svoje mesto među ljudima: to je istovremeno jedna čovekova duhovna moć i njegova moralna dužnost; jer ko ne pronađe svoj cilj, taj luta kao slepac bez očiju, ili kao zločinac bez moralnog smisla. Međutim, ljudi sve u svom životu ostvaruju slučajno; najmanje je onih koji znaju kuda idu, i da li idu putem svoje prirode i svog talenta. A oni koji su u sebi pronašli svoj cilj, vrlo često i stignu da ga ostvare. Jer između nas i našeg cilja postoji jedna nerasudna ali sigurna veza, pošto mi nikad nećemo duboko poželeti osim ono što istinski možemo i ostvariti; i uvek naš cilj stoji u srazmeri s našom krajnjom moći, kao da se naša želja začinje bez nas, u odsustvu našeg razuma koji i nije prava mera ni naše snage ni tuđeg otpora. Najbolji su dokazi za ovo heroji, jer njihova dela uvek prevazilaze meru razuma. Heroji su ljudi izvanredni, već i zato što ne znaju za najveću ljudsku bedu, za strah na svetu. Stoga legendarni heroji ubijaju zmajeve i aždaje, a i sami istorijski heroji, u stvarnom ljudskom životu, obaraju gomile i narode. Ne razumevajući ništa od onog što ih premaša, ljudi nisu razumevali ni heroje. Zbog toga heroji iz stare legende imaju oružja po pravilu uvek drugačija nego svi ostali ljudi, i uvek onakva kakva im pripadaju prema njihovoj snazi ili veličini njihovog cilja. Čak najčešće imaju ona oružja koja su sami sebi skovali. Ahilu je oružje skovao sâm bog Hefest, a opis njegovog štita u *Ilijadi* spada među najsjajnija mesta u toj epopeji. Srednjovekovni heroj Zigfrid ide u svoju avanturu protiv aždaje koja čuva blago, nju ubija a blago osvaja; ali zatim napušta blago da bi oslobodio devojku Brunhildu što čeka u svojoj ognjenoj planini heroja oslobodioca, heroja koji se ne boji čak ni ognja. Cilj herojev bio je svagda izraz najveće čovekove sudbine. Istorijski heroji Aleksandar i Napoleon, bacajući pod noge svoje čitave narode i njihova carstva, činili su to verujući da oslobađaju nekulturne narode i njihova carstva od njihove sopstvene nesreće, i da ih vode višim ciljevima.

Ljudi koji veruju u svoje više sudbine, uvek veruju i da su silniji od svih protivnika i od svih prepona; a samo kukavice veruju da je od njih svako silniji, i da ih sve teškoće premašaju. Plašljivci nisu obdareni proročkom moći, jer u duhu plašljivog čoveka postoji nered. Kukavica i glupak imaju to zajedničko što je jedan glup voljom koliko je drugi glup pameću. Ni jedan ni drugi ne poznaju osnovni zakon misli, a to je zakon o proporcijama, pošto sve vide bez srazmere i u zbrci. Zbog tog je proročka moć odlika samo hrabrih srca i vedrih duhova.

Postoje četiri velike bede čovekove pred životom, i to čovekovim životom koji uvek traži namere i akcije, a to su: slabost volje, lična sujeta, razočaranje, strah od drugog čoveka. Heroji života za ovo ne znaju, a kukavice života, naprotiv, ne znaju nego samo za te bede. U zdravom i moćnom duhu je prvi znak zdravlja, to je osećanje mere ravnoteže. Zbog toga su naše želje uvek u srazmeri s našim duhovnim i moralnim zdravljem. Mnogobrojne želje, to su uvek mnogobrojne moći i još neostvarena dela; neostvarena ali precizirana dela. Ko ima mnogo želja, taj ima mnogo snage, a ne samo mnogo mašte ili sujete. Prestajanje želja, to je propast instinkta i prva smrt čovekova. Apatija i smrt, to je jedno isto; a želja i život idu nerazdvojno. Želeti, to je živeti. Želja koja je besna i neobuzdana, to je već želja koja je upola postignut cilj. U jednoj bitki se mladi kralj makedonski Aleksandar borio gologlav, kako bi raspalio u vojsci želju za takmičenjem i pobedničku obest volje, pošto su njegove trupe bile malobrojne prema neprijateljskim vojskama. Španski kraljević Don Huan je u bitki kod Lepanta stajao na svojoj admiralskoj galiji sav u zlatu kao izliven, i s papinom zastavom u ruci, da bi među hrišćanima razbuktao želju za pobedom, i to zakona jedne više volje.

Uvek pobeda duha dolazi pre svake materijalne pobede. Naše su želje svagda zavisne ili od naše sopstvene volje ako je jaka, ili od nečije tuđe sugestije ako nismo dovoljno jaki. Čovek koji ponovi sebi svoju želju stotinu puta, on zatim izgleda sav od nje izgrađen, a to je pravi put ka cilju. To je odlazak Zigfrida da prodre i u samu ognjenu planinu. Čovek zove uverenjima i svoje fikcije o budućim stvarnostima, pošto čovek mnogo manje duguje svom razumu nego svojim instinktima. Zato su sve duboke energije proizišle samo iz dubokih himera i proročanskih opsesija. Ima ljudi koji od početka izgledaju da nose svoju sudbinu kao go mač u rukama, i da ništa neće moći omesti njihove planove u životu. Ovo je vrhunac duha i volje koji postižu samo ljudi dubokih proročkih energija. Cezar je pobedio u Galiji, a ne rimske legije; a Napoleon je na Austerlicu bio jači od obe vojske koje su se borile.

2.

Pošto svaki čovek proriče sebi i drugom, sasvim je u njegovoj prirodi da veruje i kad drugi njemu proriču. Zato će proricanja biti smatrana za svete stvari dokle traje sunca i meseca. Prema tome, i postanak proroka je bio jedan rezultat istorije ljudskog srca, i duha. Najkulturniji narodi antičkog doba, kao egipatski i grčki, digli su bili svoja proročišta do najviših religioznih ustanova. Amon je u Egiptu proricao sudbine ljudima i narodima kao i docnije Apolon u Grčkoj. U Delfe su išli ne samo Grci kao u središte sveta, nego i kraljevi iz Lidije i cezari iz Rima. Hramovi strašnog boga Sunca u Egiptu bili su izvorima najvećih misterija, kao i hramovi grčkog boga Sunca. Veliko proročište u Delfima nije bilo pribežište ljudi samo slabih voljom i nejakih duhom, nego su onamo odlazile i slavne vojskovođe, kao Temistokle, i veliki filozofi, kao Aristotel. Prema takvim proročanstvima, i ako jedva razumljivim, upravljale su se i same države; i ma koliko sumnja bila urođena ljudima, većma nego i vera, niko nije sumnjao u delfijska proricanja. Atinjani su za vreme persijske najezde napustili svoj grad i sklonili se na brodove kod Salamine da Persijance dočekaju u jednoj pomorskoj bitki, a ne u kopnenoj, samo zato što je tako tražilo delfijsko proročište. Tako je isto Pitija prorekla i da će slava makedonske monarhije dostići vrhunac pod jednim Filipom; a tako se i dogodilo. Nije uopšte bilo antičkih proricanja koja nisu i pogađala, a o takvim ozbiljnostima proročanstava govore sve knjige Herodota i Plutarha. Zato nije ni čudo što su Grci imali ništa manje nego tri ovakva velika proročišta, najpre u Dodoni, a zatim u Delfima i u Samotraki, i sva podjednako sveta. Bilo je i vračeva šarlatana, ali je bilo i grčkih vračeva koji su odista i zavek smatrani pravim prorocima i tumačima božje volje. Bilo je među takvim prorocima i ljudi koji su proslavljani kao pravi heroji. Pausanija pominje nekakvog proroka Agiju koji je prorekao slavnom spartanskom generalu Lisandru da će u bitki kod Egospotama zarobiti sve brodove atinske, osim deset trirema koje će jedino uspeti da pobegnu u Kipar, što se za dlaku i ostvarilo; a posle ovoga je isti Agija za to dobio svoju bronzanu statuu na glavnom trgu grada Sparte. Zar i Hanibal nije poverovao i sâm proročanstvu Amonovom kad mu je ono proreklo da će umreti u Libiji, što je taj heroj razumeo kako će umreti u afričkoj Libiji; znači kao slobodan čovek i pobedilac, a ne u jednom azijskom selu Libiji blizu Nikomedije, kao što je odista i umro, i to bednom smrću pobeđenog. Ni Aleksandar ni Cezar nisu ništa preduzimali dok nisu saslušavali vračeve; Aleksandar je vodio čitavu gomilu takvih augura, a Napoleon je saslušavao čak i babe koje su vračale u bob. Istina, ni grčki vračevi ni rimski auguri nisu smatrani svetim licima; prvi su bili samo pogađači a drugi samo sveštenici. Čak ni jevrejski proroci nisu postali svetiteljima dok ih nisu posvetili hrišćani, nego su u *Starom zavetu* bili samo običnim posrednicima između Jehove i njegovog izabranog naroda.

Mnogi su veliki ljudi i sami za sebe lično verovali da stoje u neposrednoj vezi s Bogom, i to ne samo Mojsije i Numa koji su bili zakonodavci nego i Fidija koji je bio slavni vajar. Svršivši kip svog *Zevsa* od zlata i slonove kosti, za hram u Olimpiji, kip koji je bio najpoznatije vajarsko delo antičkog veka, umetnik Fidija je zapitao gromovnika da li je zadovoljan njegovim radom, a Zevs je na ovo odgovorio skulptoru udarivši gromom u patos hrama, i osvetlivši na taj način njegov kip radosnom nebeskom vatrom. Tako piše o Fidiji stari Pausanija.

Ali ovo su samo vračanja, a proročanstva su nešto sasvim drugo. Čovek nosi svoju tajnu sobom kao zaključan kovčežić ili zapečaćeno pismo. Čovek zna za ovo otkad je postao, i to ga muči i tera u sujeveru. U Arkadiji je postojao jedan bunar u kojem su ljudi, ogledajući svoje lice, uvek sagledali ono što su tražili da saznaju. I srpski heroj Marko se oglednuo u bunaru na Šar-planini i video u vodi da mu nema glave na ramenu, po čemu je i razumeo da će skoro umreti.

3.

Četiri velika pokretača i tvorca među ljudima, to su pesnik, heroj, kralj i prorok. A pošto svaki čovek nosi u sebi elemente ove četiri stihijske i neobuzdane tvoračke sile, čovek je božanstven, rođen od Boga (diogenes), i bogočovek. Pesnik dadne proroku svoju lepotu govora, heroju dadne svoju veru u slavu, i kralju dadne svoju ljubav za ljude. Ali je prorok možda zbir svih mogućnosti ove trojice ostalih pokretača i tvoraca. U jedno doba ljudske istorije, prorok je bio odista sve ovo ujedno. On je jedini bio vođ i zakonodavac, pesnik i kralj; Mojsije i Homer, Huma i Likurg. Prorok je onaj koji naveštava pobedu dobra nad zlom, pobedu čistog ideala nad rđavom stvarnošću, trijumf sreće nad nesrećom, vezu između neba i zemlje. On kliče vojskama da izdrže bitku do kraja, pesnicima da nađu reč koja je sinteza božanske mudrosti, kraljevima da budu nad dobrom niščih. Bez proroka bi svet potonuo u mrak i izgubio put; i zato je Bog stavio u njega jednu totalnu snagu kakvu u istoj meri nemaju ni pesnik, ni kralj, ni heroj. Proroci su prvi ukazivali na stvari za koje su heroji ginuli, kojima su pesnici pevali, i za koje su kraljevi stavljali na kocku države i narode. Oni su ljudski duh stalno podizali iznad malih sreća i iznad sitnih nesreća. Oni su najveći sanjari i utopisti, bogonosci i životvorci, glasonoše i predstraže.

Njihove ličnosti su uvek bile iznad svih istorijskih ličnosti, a njihovi su životi uvek postojali fabulom i mitom. Njihove reči nisu smatrane samo za reči najvećih mudraca, ni za reči najdubljih vizionara, nego kao najviše poruke s neba, i kao najveće tumačenje zakona božjih.

Proroci su večiti borci za nešto što je više od svega onog za što se bore obični ljudi, ili za koje žive narodi, a to je za viši zakon. Proroci su bili borci protiv idolatrije i zablude, mračnjaštva i nazatka, koji su u krvi i ljudima. Oni su bili najveći nosioci božanskih zaveta i otkrivači obetovanih svetova. Mnogi su proroci verovali i u religiozno bratstvo kao najčvršću vezu između onih koji vladaju i onih koji slušaju. Hristos je govorio o onom svetu kao o višoj stvarnosti, a ovaj je svet bio ostavio Cezaru. Proroci su bili buntovnici protiv zla više nego protiv zlotvora. Hristos je govorio da Bogu treba dati božje, a Cezaru cezarovo, i zato rimski sud u Judeji nije sudio novog proroka kao neprijatelja rimske države, nego ga je, kažu, osudio na smrt jevrejski sud samo kao jevrejskog jeretika. Hrišćani su govorili o ravnopravnosti među ljudima, i bili su za slobodu robova; ali su istovremeno govorili i da je svaka sila od Boga. Oni su propovedali poslušnost i pokornost prema jačem, jer je ovaj svet sporedan a onaj drugi je glavni. Apostol Pavle je čak propovedao da ostane svako onde gde se zatekao, i da rob i sluga odaju gospodaru počast, jer mu ona pripada. Međutim, svi su podjednako odgovorni pred nebom. Sveti Justin je govorio imperatoru da Bog traži računa od onih kojima je dao vlast nad ljudima, ali svetac ne kaže i da li su velikaši za zloupotrebu odgovarali na ovom svetu. Luter, koji je bio prorok, prenerazio se kad je video da je njegova pobuna protiv pape izazvala u Nemačkoj seljački ustanak protiv grofova. Štaviše, tada je Luter, indigniran zbog buntovnika, rekao ove zanimljive reči: „Svaki ustaš krije u sebi pet tirana." Jer je Luter bio skrušen pred vladaocem i onda kad je bio najveći buntovnik prema papi. Uostalom, ovaj kompromis je možda bio i glavni uzrok njegovog uspeha u toj borbi. Najzad, hrišćanstvo je bilo protiv otadžbine, zato što je ona od ovog sveta, a priznavalo je samo jedno idealno carstvo, a to je božje, koje nije od ovog sveta. Izbegavajući ovako sukob s cezarima, hrišćanstvo nije nikako bilo revolucionarno, bar naizgled. Odobravalo je samo defanzivni rat, mada su sve hrišćanske doktrine stvarno išle za potpunim prevratom tadašnjeg društva.

Svagda je zemlja dala od sebe znak radosti kad se rodio jedan prorok. U času kad se rodio prorok Zaratustra, cela je zemlja obasjana, reke nabrekle kao posle blagodetnih kiša, šume zatreptale svetlošću i muzikom, a zveri i plamenovi došli da čuju zapovesti prorokove. Za trideset godina koliko je taj prorok obitavao pećinu, jedna vatra je stalno zalazila u njegov stan, kao poslanik Ahura-Mazde, čiju je mudrost prorok objavljivao svetu. Kralj Vispa je i sâm primio veru od ovog proroka, i stavio svoje vojske u službu njegove svete reči, protiv Deva, lažnih bogova, koji su onda pustošili Baktrijanu. Hristosa su objavili anđeli i zvezde. Prorok Muhamed je bio pozdravljen svetlošću kad se rodio, a istog časa su se i demoni strmoglavili iz nebeskih sfera u crni ponor. Zemlja se zatresla iz osnove, palate kralja Kozroesa prepukle, i četiri kule na mestu survale, a sveta vatra persijska, zapaljena pre više od hiljadu godina, najednom se ugasila pred prvim dahom ovog novorođenog deteta koje je bilo prorok. Muhamed je sličan Mojsiju i Zaratustri, pošto je i on bio rušilac idolatrije, kao i ova druga dvojica.

Iako su i pesnici i kraljevi i heroji isti takvi bogoljudi, ipak su proroci bili jedini koji su govorili s Bogom nasamo. Na molbu Mojsija, prestao je da pada strašan grad koji je u to vreme pustošio Egipat; i tek kad je, po naredbi Gospoda, pružio Mojsije ruku prema Crvenom moru, poraslo je to more toliko da je potopilo silne vojske faraonove koje su gonile Jevreje prilikom njihovog izlaska iz Egipta. Docnije je Gospod preko proroka Samuila osnovao i kraljevstvo izrailjsko. Znači da je bilo primljeno kao konačno verovanje kako Gospod dejstvuje samo kroz svoje doglavnike na zemlji, a to su proroci. Muhamed je sâm sebe smatrao slugom jednog višeg zakona i više volje, ali se on nazivao i božjim prorokom. Muhamed je bio ubog čovek, krpeći sâm svoj plašt i svoju odeću, ali je bio i silan vojskovođa, koji je sâm predvodio svoju oružanu vojsku. On spada među najviše životvorce među ljudima, jer je okupio u jednu ogromnu religioznu porodicu sva dotadašnja neznabožačka plemena, međusobno zakrvljena. Ovo je učinilo da za hiljadu pet stotina godina, otkad postoji muslimanstvo, nikad pripadnici islama nisu znali za ratove među sobom, niti su ratovali ni s drugima nego samo da prošire velike istine prorokove. Nije uopšte bilo dozvoljeno jednom muslimanu da ubija drugog muslimana, jer ga je čekao inače veliki pakao kako kaže jedna sura iz Korana, koja je pala s neba. U ovom pogledu, Muhamed je najveći mirotvorac kakav se dao zamisliti. Samo Hristos koji je prvi znao za opštečovečansku ljubav, prevazilazi svojim čovekoljubljem arapskog proroka.

4.

Bilo je velikih pesnika koji su bili prvi proroci. Eshil je pevao u svom spevu o Prometeju kako će Zevs, bog čovekomrzac, najzad propasti, i to propasti od svoje sopstvene slabosti. Zar pesnik nije ovde odista bio prorok? Zevsa, čovekomrsca, oborio je hrišćanski Bog koji je bio čovekoljubac, i kojeg se, kao takvog, nikad više neće do kraja odreći! Hrišćanstvo je najveća pobeda prometejizma. Prometej je predak svih antičkih heroja i predak svih hrišćanskih mučenika; on je oličenje tvoračkog ljudskog genija koji svoje zakone dobrote stavlja nasuprot prirodnim zakonima sile. Prometej je bio pravi Hristos u grčkom politeizmu.

Pesnik i prorok izgledaju često jedno biće s dva lica; jer pesnik, dižući se u svojoj čistoti iznad svih ljudi, najzad dobije uverenje o svojoj misiji među tim ljudima. Počnite odakle hoćete, od Homera i Hesioda, koji su napisali prve sveštene knjige grčkog politeizma, do Eshila i Sofokla, koji su napisali prve sveštene drame. Ono što su bili proroci u Judeji i Arabiji, u antičkoj Grčkoj su to bili pesnici. Veliki rapsodi *Ilijade* i *Teogonije* su bili oni koji su utvrdili konačno grčku religiju i odredili bogovima njihova mesta na Olimpu u vezi s njihovim zanimanjem među ljudima. Sve do ovih dvaju velikih rapsoda, grčki politeizam je odista bio konfuzan, i božanstva su živela neodređeno i bez pravog svog rodoslovlja; ali posle ovih rapsoda je najednom utvrđen kult koji je zatim izdržao, skoro bez promene, do kraja starog helenskog sveta. Čak i izvesne novosti, koje su došle fatalno posle Homera i Hesioda (naročito tendencija da se od amoralnih božanstava naprave božanstva koja razlikuju među ljudima dobro i zlo, i prema tome im određuju kazne i nagrade, a to je orfizam), bilo je opet jedno delo pesnika, koji su ispevali poznate božanstvene orfičke himne, te ushićene molitve i religiozne ditirambe.

I Danteova je *Božanstvena komedija* jedna propoved: da se ka sreći ide filozofijom, a ka savršenstvu teologijom. To su moralne alegorije izražene najvišim religioznim jezikom srednjeg veka: jer pakao ima onoliko krugova koliko, prema hrišćanskoj doktrini, ima ljudskih grehova. Njegov pakao i raj su uglavnom visoke slike ideja Platonovih i Aristotelovih, i mnogih zamisli Diogena Areopagita. Dante je uopšte bio proročka ličnost (shvaćen i van svoje poezije), a to je kao patriot i državnik. Nije samo iz gordeljivosti i nabusitosti taj veliki pesnik izjavio, kad je poslat da pregovara s papom u ime florentinske republike: „Ako ja odem u Rim, ko će ostati u Firenci? Ako ja ostanem, ko će otići?" Veliki pesnik je mogao ovo da kaže samo verujući u svoju misiju. Dante, najveća ličnost srednjeg veka, ima i celim svojim ponositim i stradalničkim stavom sve crte jedne ogromne proročke figure. Uostalom, ljubav za otadžbinu, kao i ljubav za Boga, zadahnula je često velike patriote pravom proročkom inspiracijom, praveći ih vizionarima. Na jednom mestu kaže stari Plutarh da je patriot Katon prorekao sve nesreće koje će Rim snaći posle njegovog vremena.

Bilo je tako i nekih velikih pesnika koji su postali prorocima svojih nacija samim svojim ogromnim delom koje se s vremenom stavilo u središte nacionalnog života, kao neka duhovna žiža koja je u sebi apsorbovala sva druga zračenja. Takav je bio i Šekspir, koji u svojoj ličnosti sjedinjuje sve što engleska rasa ima kao svoj posebni rasni genije; Šekspir stvarno vezuje među sobom sve Engleze rasturene po svim kontinentima, i to većma nego što te Engleze vezuje i sama njihova engleska crkva ili englesko kraljevstvo. U naša vremena su najveće proročke figure među pesnicima bili Dostojevski i Tolstoj, svojom evanđeoskom humanošću. Za Getea su govorili da nije živeo u svom vremenu, i da nije razumevao tok istorije, i da prema tome nije ništa predviđao. Međutim, za Hajnea se zna da je, pišući o Parizu, predvideo katastrofu Drugog carstva. Ali je Šiler neosporno bio jedna proročka priroda, jer je bio apostol novog doba za nemački narod. Dok je Gete pisao svoju dramu o Gecu od Berlihingena, kao konzervativac zaljubljen u prošlost, Šiler je, naprotiv, napisao svoju dramu o Valenštajnu u kojoj se pokazuje kao prorok budućnosti.

Proroci nisu mogli postojati a da ne budu i sami istovremeno pesnici: oni su *Starom zavetu* dali pesnički jezik i visoki besednički ton, zato što su bili pesnici. Bez te poezije bi krvava Biblija bila nečitljiva kao knjiga, a nemoguća kao verski dokument. Proroci koji su govorili s Bogom izradili su i prikladan jezik za sebe kao posrednike između neba i zemlje.

5.

Proroci nisu bili samo ljudi koji su govorili samo o onom svetu, nego, čak pre svega, o ovom svetu. To su ne samo veliki moralisti nego i veliki političari. Je li Konfučije prorok? Nesumnjivo, jer je prorokovao ljudima sreću na zemlji ako budu postupili po zakonima višeg smisla, koje je uostalom on sabrao sâm u svoje četiri knjige. Zatim, on sâm, kao Hristos docnije, postavio je sebe za model i moralni ideal svim drugim ljudima. Bio je i političar, i to veliki, jer već u prvoj od njegovih sveštenih knjiga, zvanoj *Veliko učenje*, cela sadržina je ispunjena mudrovanjem kako se postaje dobrim vladarom i šta je dobra vlada. On traži od kralja da smatra državu kao porodicu, ali da zato najpre i sâm lično imadne sve najbolje porodične odlike: iskrenost, vernost, mudrost, ljubav. Narod imitira kralja u dobru i u zlu. Ako je kralj mlad, treba da ima prema državi osećaj sinovljev, a narod će ga voleti kao što otac voli sina; a ako je kralj star, treba da prema narodu ima osećaje očinske, i narod će ga voleti kao što dete voli oca. Odista, ako ovog istočnjačkog mudraca možete smatrati i prorokom, to nije jedino zbog dubine njegovih razmišljanja, jer bi po tome bio samo filozof ili pesnik; ali je Konfučije prorok zato što je sebe izjednačio sa svojim učenjem, i to načinom svog ličnog života, pokušavajući da predstavlja po svemu uzor najboljeg čoveka na zemlji. Takav, odista, nije bio izrađen lik Epikura, za kojeg su ipak njegovi učenici verovali da je oličeno savršenstvo, a kojeg je i sâm stoik Seneka smatrao kao boga. Međutim, Epikur je bio najubogiji i najbolji čovek u Atini svog vremena. Takav nije bio do kraja izgrađen ni Sokrat, iako je bio plemenit, i umro za svoje učenje ponosito kao svetac za svoju veru. Takav je posle Hrista bio samo Muhamed koji je napravio jednobožačkim Arape, surova plemena koja su dotle ubijala čak i svoju decu da umilostive svoje nemilosrdne bogove. Učeći varvarska pustinjska plemena o jednom Bogu, koji dobre nagrađuje a zlo kazni, Muhamed je nametnuo tom narodu jedan dotle nepoznati smisao o čovečanskoj dužnosti. Najzad, Muhamed je kao prorok dobro izgrađen, zato što je svojim sopstvenim životom posvedočio duboki moral svojih istina. Mojsije, koji je mladićem živeo na dvoru silnog faraona Ramzesa II, izveo je iz Egipta progonjene Jevreje posle pet vekova njihovog boravka na obalama Nila, i po tome bi Mojsije bio samo jedan heroj oslobodilac. Ali je on u pustinji Sinaja prvi otkrio Jehovu, i nametnuo zatim tu jednobožačku ideju Jevrejima koji su do Sinaja došli s njim kao nepomirljivi mnogobošci, i zatim nametnuo im i deset božjih zapovesti, primljenih s neba. A po ovom je Mojsije prorok. Istina, Mojsije je napravio svog Boga po obliku faraona, čiju je bezgraničnu i apsolutističku silu i sâm poznavao živeći u Egiptu. On je prvi saznavao njegove namere, kao prorok, a sprovodio te namere kao sveštenik. Ali i kao državnik. Izvođenje Jevreja iz Egipta bilo je jedno političko delo. Mojsije, otišavši iz Sinaja na Jordan, išao je tamo već kao državnik, da osvoji Hanan, obećanu zemlju, s razlogom da to čini što treba stvoriti prvu državu. To je država u kojoj Jehova treba da imadne svoj kult u svom izabranom narodu. I naslednik Mojsijev je nastavio tu misiju, ratujući protiv nebrojenih judejskih kraljeva kao protiv mnogobožaca, koji su u Hananu prinosili žrtve ubijajući svoju decu pred Balom, jednim pravim divljačkim božanstvom. Zato, dakle, nijedan prorok nije bio jedino moralista ni samo obnovitelj novog božanstva, nego i političar i državnik. Crkva i država su bile oduvek nerazdvojne kao totalna organizacija duhovnog i materijalnog života čovekovog.

Proroci nisu bili svagda i potpuno originalni tvorci, tvorci na način pesnika. Sve njihove doktrine su postojale već mnogo ranije, bilo u savesti samih njihovih naroda, ili nekog bliskog ljudstva. Ni Konfučije nije ništa novo stvorio, nego samo sabrao mnogobrojne moralne norme koje su već na dve hiljade godina pre njega predstavljale etički ideal tog ljudstva. Stari su Grci sve svoje ideale smatrali naukom o usavršavanju, a grčka mudrost je značila zbir svih tih velikih načela. Mudrost, ali ne religija, koju su do kraja zadržali sujeverom i bajkom. Tako je isto i Konfučije, i to mnogo pre njih, potpuno isključio Boga od svakog mešanja u njegovu nauku o savršenstvu. Uostalom, ako proroci nisu svagda bili ni glavni tvorci svog učenja, ni poslanici božji, oni su uvek bili inkarnacija svoje propovedi.

6.

Proroci su uvek bili ljudi svoje rase, patrioti svoje zemlje, najveći zatočnici svoje crkve. Hristos je odista najmanje izgledao rasni jevrejski čovek, a zato možda nije čudno ni što je bio protivnik patriotizma. U svojoj skromnosti, nikad nisam do kraja verovao da je Hristos bio jevrejske semitske rase, mada je bio pripadnik crkve Jehovine. Na jednom mestu kaže i Renan da je Palestina u to vreme imala jake slojeve raznih naroda drugačije krvi: Sirijaca, Asiraca, Grka, i Filišćana koji nisu bili semitske rase. Hristos je bio čak ličnost koja se ne daje ni zamisliti u jevrejskom svetu; njegov je Bog sasvim drugačiji nego Jehova, a kad je pokušao da izmeni Sinagogu, on je nju samo razoravao. Istina, Jehova je bio neumoljiv Bog pošto je bio Bog oslobodilac svog naroda iz egipatskog ropstva, znači komandant svojih vojska. On ih je vodio protiv mnogobožaca, prema kojim nema milosti: kao protiv Hanana, gde je postojala sveštena prostitucija, orgije pri obredima i rodoskrnavljenje. Neosporno, Jevreji su jedna od najviših rasa koje su postojale pod suncem: jer su Zapovesti Mojsijeve osnova celog današnjeg morala, primljene iz Jehovine ruke, zbog čega je dobila Sinagoga i njeno svetlo mesto u odnosu ljudstva s nebom.

Po svojoj ljubavi za Boga, mesto straha od Boga, Hristos ima izgled antičkog Grka; po svom misticizmu, imao je izgled jevrejskog proroka, govorio je kao Mesija i bogočovek, kakve Grci nisu poznavali. Ali kao ličnost, znači kao srce, i kao prvi nosilac opštečovečanske ljubavi, a ne nacionalne na način jevrejski, on je helenski čovek. Ako je i jedan veliki kralj, Aleksandar Veliki, bio pošao da stvori jedno opštečovečansko carstvo, i to je bio san jednog grčkog čovekoljupca. Zna se da su svi stanovnici Palestine morali verovati u Jehovu, zato je i Hristos pripadao toj veri, možda veri jedne rase koja je lako mogla biti potpuno strana njegovoj krvi. Poeziju ljubavi i dobrote koju je ovaj prorok proširio po celom čovečanstvu nije mogao osetiti čovek s atavizmom *Starog zaveta*. U Hristu je mnogo helenizma; a ko zna da to nije bio glas krvi, pošto njegova doktrina nije ponikla iz jedne učene glave nego iz jednog velikog srca. Zato nije čudo ni što se dugo u grčkoj Aleksandriji izmirivala večna čovekoljubiva filozofija helenska s hrišćanskom ljubavlju, čemu izvesno treba zahvaliti što je hrišćanstvo tako oplemenjeno i prilično očišćeno od orijentalizma doprlo do nas. Hrišćanstvo je rođeno u Sinagogi, ali kao reakcija na njeno učenje, i kao jeres prema Jehovi, a primilo je mnogo i od budizma koje su pronosili asketi. Hristos je nesumnjivo bogočovek, već i zato što ga dosad za dve hiljade godina najveći i najprosvećeniji narodi smatraju za takvog, ali je njegovo učenje, za ljude koji nisu samo teolozi, ni samo istoričari, ni samo vernici, još i jedan rezultat rase i krvi, za koje možda mogu misliti naučnici prema konkretnim dokumentima, ako ih ima, a sasvim drugo osećati pesnici prema dokazima duševnim i duhovnim; Hristos je po svom načinu govora i svojoj inspiraciji ljubavi bio većma antički Grk nego savremeni Jevrejin.

Jovan Dučić, jedan od najznačajnijih pesnika srpskog modernizma, rođen je u Trebinju. Tačan datum njegovog rođenja još uvek je predmet rasprave. Pretpostavlja se da je rođen 15. februara 1874. godine.

Osnovnu školu pohađa u mestu rođenja, a kada se porodica preselila u Mostar, upisuje trgovačku školu. Željan daljeg školovanja, upućuje se u učiteljsku školu u Sarajevu gde završava prvu godinu. Školovanje nastavlja u učiteljskoj školi u Somboru gde je i maturirao 1893. godine.

Iste godine dobija posao učitelja u Bijeljini odakle ubrzo biva proteran od strane austrougarske vlasti zbog patriotskih pesama „Otadžbina" i „Oj, Bosno". U Mostar se vraća 1895. godine, gde do 1899. radi kao učitelj. Tu, zajedno sa Aleksom Šantićem i Svetozarom Ćorovićem, 1896. godine osniva književni časopis „Zora".

Nakon što je 1899. proteran i sa učiteljskog mesta u Mostaru, upisuje studije prava na Filozofsko-sociološkom fakultetu u Ženevi. U obližnjem Parizu susreće se sa modernom francuskom poezijom parnasovaca i simbolista koji postaju njegovi pesnički uzori.

Posle završenih studija u Ženevi, 1907. vraća se u Srbiju gde biva izabran za pisara u Ministarstvu inostranih dela, a tada počinje i njegova uspešna diplomatska karijera. Godine 1910. postavljen je za atašea u poslanstvu u Carigradu, a zatim i u Sofiji. U periodu od 1912. do 1927. godine bio je ataše, sekretar, a nakon toga i otpravnik poslova u ambasadama u Rimu, Atini, Madridu i Kairu, te delegat u Društvu naroda u Ženevi.

Privremeno je penzionisan 1927. godine, ali nakon dve godine biva vraćen na mesto otpravnika poslova u ambasadi u Egiptu.

Redovni član Srpske kraljevske akademije postaje 1931. Godinu dana kasnije postavljen je za izaslanika u Budimpešti. Od 1933. do 1941. bio je izaslanik u Rimu, a zatim i prvi jugoslovenski diplomata u rangu ambasadora u Bukureštu. Iz Bukurešta je zatim prebačen u Madrid gde je bio opunomoćeni poslanik sve do raspada Kraljevine Jugoslavije. Nakon što je Španija priznala tzv. Nezavisnu Državu Hrvatsku, Kraljevina Jugoslavija prekinula je diplomatske odnose sa tom zemljom, pa se u junu 1941. Dučić seli u Lisabon odakle je nakon dva meseca otputovao u Sjedinjene Američke Države, u grad Geri.

Preminuo je 7. aprila 1943. od posledica španske groznice i upale pluća. Dučićevi posmrtni ostaci pohranjeni su u portu srpskog manastira Svetog Save u Libertivilu, da bi konačno, prema njegovoj poslednjoj želji, bili preneti u Trebinje 22. oktobra 2000. godine i uz najviše počasti položeni u kriptu crkve Hercegovačka Gračanica na brdu Crkvina iznad Trebinja.

Zbirka filozofsko-književnih eseja *Blago cara Radovana* (1932) jedno je od najznačajnijih i najčitanijih dela srpske književnosti. Ova riznica filozofske proze sadrži Dučićeva poetična promišljanja o značajnim aspektima čovekove sudbine kao što su sreća, ljubav, prijateljstvo. Svojom celinom predstavlja neprocenjivo književno blago kojem se generacije čitalaca uvek iznova rado vraćaju.

SADRŽAJ ▌

Uvod 1

O sreći 5

O ljubavi 51

O ženi 91

O prijateljstvu 124

O mladosti i starosti 165

O pesniku 198

O herojima 242

O kraljevima 272

O prorocima 285

Beleška o piscu 301

*Naslovna fotografija: Kyle Larivee
(https://unsplash.com/photos/yfYSUtxm9A4)*

www.ingramcontent.com/pod-product-compliance
Lightning Source LLC
Chambersburg PA
CBHW070438170726
48291CB00002B/559